U0046954

LOCUS

LOCUS

LOCUS

LOCUS

to

fiction

to 105
鋸齒形的孩子
The Zigzag Kid
作者：大衛．格羅斯曼（David Grossman）
譯者：林婧
責任編輯：翁淑靜　封面設計：張士勇
內頁排版：洪素貞　校對：陳錦輝
法律顧問：董安丹律師、顧慕堯律師
出版者：大塊文化出版股份有限公司
台北市10550南京東路四段25號11樓
www.locuspublishing.com

讀者服務專線：0800-006689
TEL：(02)87123898 FAX：(02)87123897
郵撥帳號：18955675　戶名：大塊文化出版股份有限公司

總經銷：大和書報圖書股份有限公司
地址：新北市新莊區五工五路2號
TEL：(02) 89902588　FAX：(02) 22901658
初版一刷：2019年4月
定價：新台幣420元
Printed in Taiwan

The Zigzag Kid
鋸齒形的孩子

大衛・格羅斯曼（David Grossman）著
林婧 譯

目錄

【導讀】勇敢的去與命運相遇

柯倩華（兒童文學評論家）

這部《鋸齒形的孩子》是國際知名的以色列作家大衛．格羅斯曼讓主角諾諾以一種樂觀、溫暖的眼光回述童年的成長小說，表面上像是帶有漫畫喜劇風格的偵探冒險動作片，充滿不斷從魔術師帽子裡變出來的驚喜（或者驚嚇）和祕密，連臺好戲令人目不暇給；實際上一層一層的抽絲剝繭，探究關於親情、愛情、人性、人生的真相，以及一個貫穿全書、也是貫穿人生最基本的問題：我是誰？

故事的背景是即將滿十三歲的少年諾諾，獨自踏上了為成年禮做預備的旅程。那段旅程原本是父親的計畫和安排，不料半途出現意外，諾諾陰錯陽差的走上了另一條發現之旅。這樣的形式本身頗具成長的象徵意義。父母親對於孩子的成長總有許多計畫，無論是出於成人的期待或孩子的需要。然而，現實生活偏偏常與原先寫好的劇本不一樣。不過，所謂的意外可能其實只是不同的劇本。就像在這個故事裡，所有的意外實際上都出於另一套完整的精心策劃。曲折離奇的峰迴路轉和柳暗花明，不一定是奇幻或超現實的故事，就算在腳踏實地的現實生活中也不斷上演，而內在世界的變化可能跟外在環境的變動一樣快速精采。諾諾在緊張刺激的冒險中，不斷發現表象與真實的落差，不斷發現許多人、事跟自己想像的不一樣，不斷的自我修正和調整觀點，不斷的猜疑與理解，不斷的發怒與寬恕，這些普遍的內在經歷不僅發生在十三歲的少年身上，其實也是許多成年人的人生日常。就像主角在故事中發現，「我已經開始明白，……沒有任何事情是可預期的，情況、計畫、未來……隨時都會變換。」以如此靠近成年人生活的「不可預測性」做為基調，來描繪關於成年禮的故事，真是貼切。

猶太文化很重視傳統儀式，儀式的意義代表價值的傳承。猶太男孩十三歲時舉行成年禮，宣告「我今天已是成年人了」。這表示他們在公開的儀式中，選擇成為成人；所謂成人，不僅表示要對自己的行為負責，還有兩個更深的含意。其一，成人是可以跟上帝立約的人，能認識到自己是上帝偉大計畫的一部分，自己的天賦是上帝所賜的寶藏，成年的意義包含了認識真實的自己而發現生命的喜悅。其二，在儀式中認識到自己屬於一個由許多先祖建立起的傳統，因此，認識自己的前提之一是認識自己與傳統、先祖們的關連。而這樣的儀式也同時提醒大人，孩子已經長大了，大人應該要改變對待孩子的方式。通常為成年禮的預備方式是，小孩跟隨猶太教導師數個月學習經文教義，然後在成年禮那天在教堂講道，證明自己明白應當遵守戒律的義務。格羅斯曼將這個平常的、例行的文化儀式，將每個猶太男孩普遍熟悉的生活經驗，轉化成一個新奇的故事；以想像力去穿透而昇華了現實，以虛構表達真實。諾諾極力掙扎著認識真正的自己，也選擇敬佩那些能夠忠於自己內心的成年人。他是誰？他的家人是誰？像是兩支交織在一起的旋律，融合在一起才能成為好聽的、完整的樂章。「認識自己」可能是世界上最驚險的旅程，格羅斯曼用幽默和文學的手法體現了成年禮的意義。

鋸齒形（Z字形）的意思是突然的、完全的改變，並以同樣的方式又變回來，不斷反覆。在故事裡，角色的塑造和對兒童的觀點表現出這樣的特色。例如當加比為諾諾辯護時說：「並不是每個人都完全適合學校這個方形的條條框框！有的孩子是圓形的……有的是八邊形的，還有的孩子說不定是三角形的，為什麼不行？而有的是…鋸齒形的孩子！」情節的安排也是如此，前一刻尖叫驚慌的劫火車，後一刻從容品嘗乳酪三明治；一會兒感謝大人為他費心安排，一會兒為自己仍被視為小孩而感到屈辱……。在不確定的搖擺晃動中摸索前進，是需要勇氣的；但如果不前進，人生就沒有任何可能性。角色的特質與情節的發展息息相關，這樣的寫作技巧使人物立體傳神，使故事逼真可信，因此讓讀者在閱讀中認識人性與人生的關連。

格羅斯曼另一項高明的寫作手法是以描繪而不僅是敘述，創造出讓讀者可以參與和體驗的想像世界。他運用充滿感官經驗的文字，加上幽默的比喻和象徵，使文字淺顯易懂並生動有趣。故事開場送行的場景，以氣味、溫度描繪旅行和自由的感覺；用身體的動作、姿態、行為呈現外在環境與內在情緒。用迂迴、間接的方式提出小孩普遍思慮的問題：「我的父母親到底愛不愛我？」但同時，他也能將吹哨警告的列車員比喻成管弦樂隊，將苦口婆心的伯父形容成站在巨大舞臺上的表演者，讓讀者會心一笑的同時明白了所有的意在言外。讀者跟著諾諾一起觀察線索、猜想、推理、判斷、感受、發現，閱讀小說就像是體驗我們自己從未想像過的人生。

約翰．史坦貝克曾說：「任何誠實的寫作都在企圖理解人。」文學提供青少年一個安全的想像空間去學習認識人性的善與惡、人的各種可能性：人在什麼樣的情況下，會做出什麼樣的情緒反應或行為選擇，會有什麼樣的後果……。孩子的社會發展從家庭開始，認識人的起點是認識自己的父母親。例如故事裡，諾諾的父親與女友之間反覆的爭吵、和解以及互相對待的細節描繪，諾諾對於父親的想像「他也曾經那麼年輕……」，分辨懂得討小孩歡心的成人不見得是適合撫養小孩的成人等等，都展現了小孩對於人性的理解。他甚至認為，若父親能無畏的誠實完整展露在他面前，才是成人儀式最大的禮物。而他因為意識到了別人不贊同的眼神，便背叛了好朋友米加，也呈現了人性脆弱不堪的一面。認識自己、認識每一個對自己重要的人，果然是一生的功課。故事的開頭和結局，以警察和罪犯拷在一起的情節首尾呼應，似乎都在問相同的問題：這個人是誰？

書中的角色的名字各有寓意，雅各（Jacob）是《聖經．創世記》裡的人物，有「很會抓緊不放」的人格特質，與神摔跤而勝被賜名為以色列。佐哈拉（Zohara）音似Zohar，有光明燦爛的意思。加比（Gabriella）來自希伯來文的加百列，在基督教裡被認為是傳遞神的訊息的天使。諾諾的名字阿姆農（Amnon）在《聖經．撒母耳記下》是大衛王的兒子暗嫩，常意指性格衝動無法自制的人。不過，在這個故事裡，作者讓諾諾經過鍛鍊後學會了自制，「在火山爆發之前的那一瞬間，我控制住了自己」，而有了成長和真正的自由。就像他一開始不斷想到要向同學炫耀自己的奇遇，然後，他突然醒悟，自己為什麼要取悅別人呢？真正的偵探，是看穿人心，包括別人和自己的。這樣的瞬間，我們或許也經歷過。是的，我們的確有可能，在別人的故事裡，遇見自己。

獻給我的孩子

第一章

哨子聲響，火車就要駛出車站了。有個孩子站在火車的包廂座位窗邊，看著月臺上與他揮別的那對男女。男人單手搖晃著，動作輕微而羞澀。女人揮舞著雙臂，甩著紅色的大圍巾。那個男人是孩子的父親，而女人是加布瑞拉，也叫加比。男人穿著警察制服，因為他是個警察。女人穿了黑裙子，因為黑色顯瘦。加比曾開玩笑說，直條紋的衣服同樣也顯瘦，而最顯瘦的是，站在某個比我還胖的人身邊，只是到現在我還沒發現這個人。

那個倚在漸行漸遠的火車車窗邊，看著他們倆，猶如看著一幅再也無緣見到的圖畫的孩子，就是我。我想，他們現在要單獨在一起過上兩天了。一切都不能挽回了。

這個想法抓住我的頭髮，一把一把地將我拉出窗外。爸爸癟了癟嘴，按加比的說法是「最後通牒」。算了吧。要是他真的在乎我，就不會把我送去海法兩天，而且是送到「那個人」那裡。

一個穿著列車工作服的男人，站在月臺上，朝我用力吹了吹哨子，用大幅動作示意我把腦袋收進去。真是太瘋狂了，這滿滿一車的人，怎麼這個穿制服、吹著哨子的人偏偏只警告我。我偏不把頭收進去。這樣爸爸和加比就能看著我直到最後一刻，就能記住這個孩子。

火車緩慢地穿過混合著柴油味的悶熱氣浪。四周開始有了一些新的感覺，那是旅行的氣味，自由的滋味。我在這裡，要去旅行！獨自一人！我把一邊臉頰伸到熱風裡，接著又換另一邊臉頰。我試圖風乾爸爸的吻。他之前從來沒有像今天這樣當眾親吻過我。這次他為何這樣親我，接著目送我離開？

現在已經有三個列車員在月臺裡像是正規的管弦樂隊般，朝我吹哨子了。因為這會兒已經看不見爸爸，也看不見加比了，我緩慢而隨意地坐下來，表明我壓根不在乎那哨子聲。

我坐了下來。要是包廂裡有人作伴就好了。現在怎麼辦？從這裡到海法要四個小時，而他將在路途的終點等著我。他比我更抑鬱，更憤慨，更絕望，他是撒母耳·史勒哈夫博士。他是教師、教育家，寫了七本教育學和公民權益的教科書，他正好也是我的伯父，爸爸的兄長。

我站起來。檢查了兩遍如何打開窗戶，如何關上它。我打開又關上垃圾桶的蓋子。包廂裡也沒別的什麼可以開開關關了。所有東西一切正常。火車裡真是井井有條。

我爬到座位上，整個身子鑽進上方的行李層，然後又頭朝下地翻回到包廂地板上。我要檢查看看有沒有人碰巧掉了錢在椅子底下。可惜沒人掉錢，都是些細心的人。

爸爸和加比真該死，他們怎能就這樣把我送到撒母耳伯父那裡去呢，再過一個星期就是我的成年禮了。好吧，爸爸對他的哥哥心懷敬仰，特別崇拜他那套教育理論。那加比呢？加比可是在背後叫他「貓頭鷹」。難道這就是她答應送我的特別禮物？

我座椅的皮套上有個小洞。我把手指塞進去，將它弄成大洞。有時在這種地方可以撿到錢。但我只摸到海綿和彈簧。

我有四小時的時間可以用手指鑽洞，至少挖通三節車廂，挖出一條通向自由的隧道，從此消失，看看他們還敢不敢送我到撒母耳．史勒哈夫（原姓費爾伯格）那裡。沒等鑽通三節車廂，我的手指已經疼到不行了。我伸開腿躺在座位上。我是名囚犯，是名轉移中的犯人，正被移送法辦。我口袋裡的錢掉了出來，硬幣滾得滿包廂地板都是。有些我找著了，有些則消失無蹤。

家族中的每個年輕人一生當中都得在撒母耳伯父那裡經歷一次這樣的摧殘，加比將這種痛苦的儀式叫「史勒哈夫化」。但對我來說這是第二次。歷史上還沒有哪個孩子經歷兩次這樣的事還能保持精神正常的。我跳到座位上，開始在包廂壁上敲敲打打。沒多久我改成有節奏的敲擊。說不定隔壁包廂坐著某個像我一樣倒楣的囚犯，想要與他同病相憐的兄弟互通聲息？可能這火車裡坐滿了要送去我伯父那裡的少年犯？我又敲了敲，這次是用腳。檢票員進來了，叫我安靜坐好。我坐了下來。

上一回我被「史勒哈夫化」以後，我的整個人生都終止了。那是在我惹了潘西婭，鄰居馬烏特耐爾家的那頭母牛之後。那一次，伯父把我關在一間又小又悶的屋子裡，毫不留情地教訓我整整兩個小時。他一開始還輕聲細語，甚至還記得我的名字。但是過了一會兒，他就像以往那樣完全忘記他身在何處了，也忘了跟誰在一起。他感覺就像是站在城市廣場的巨大舞臺上演講，面對著人群，裡邊有他的學生，有仰慕者。

而現在，又來了，而且毫無意義。我又沒犯錯。「成年禮之前，你得好好聽聽撒母耳伯父的話。」加比說。突然間他又成了「撒母耳伯父」？

我知道原因。

為了離開我父親，加比需要我不在她身邊。

我站起身來，四下踱步，又坐下來。過去他們不允許我去旅行。我了解他們。要是沒有我在他們中間，他們會吵個不停，說出一些相互威脅、沒法彌補的話。這就是我的命運，現在已經確定了。

父親朝加比問道：「幹嘛不等工作的時候再談？我都已經遲到了。」

「因為工作的時候辦公室裡總是有人走來走去，也會被電話打斷，沒法談啊。來吧，先進咖啡館再說。」

父親嚇一跳。「咖啡館？大白天的？事情有這麼嚴重嗎？」

「你別把什麼事都不當真。」她開始生氣。眼淚還沒掉下，鼻頭已經泛紅。

父親厲聲說：「如果還是那件事的話，你趁早忘了吧。自從上次咱們談過後，我的情況仍舊是老樣子。我還是辦不到。」

加比說：「這次你得聽我說，讓我一口氣把話講完。聽我說話你起碼做得到吧！」

於是他們上了警車，父親發動了引擎。他面色凝重，肩上的警銜閃閃發光。加比則縮在一旁。甚至都沒人開口講話——他們之間的拉鋸已經展開了。加比從她的手提包裡找出一面圓形的小鏡子，看了一會兒映在鏡子裡的臉，想要整理她那蜷曲不堪、糾結成一堆的髮髻。「我長得一臉猴樣。」她心裡說。

「不對！」我跳了起來。此時我正在一列開動的列車上。

我從來不會讓加比貶低自己。「你偏偏長著一張有意思的臉。」我發覺這麼說還不能完全說服她，我得補充說：「關鍵是你還很有內在美。」

「我們聽到了。」她尖酸地回答道：「奇怪的是從來沒舉辦過一屆『內在美』選美大賽。」

突然間我發現自己正站在控制桿旁，它是個固定在窗邊的紅色手桿。就我的心理狀態而言，這可不是個好位置。一旦拉動控制桿，可以讓整列火車停下來。我讀著警語：僅在緊急情況下允許拉動控制桿。無故拉動者，將面臨高額罰款及刑責。我的手開始發癢。指尖癢，指間也癢。我又高聲朗讀了一遍具體的條款。沒用。掌心也開始出汗了，我便把手插到口袋裡，可沒一會兒又抽出來了。沒見識過我這雙手的人就會說——不過是手腳好動，管不住。我全身都開始流汗了。於是我摸向脖子上的項鍊，那上面掛著一顆子彈，沉重而冰涼，能使人鎮靜。這是你父親身上的，我默默地對自己說，是從他肩膀裡取出的，它守護你不被無端傷害。然而我整個身體開始感到刺痛。

我知道這種感覺，並且知道後果。我心中開始了這樣的對話：「也許火車司機壓根不會知道這個被拉動的控制桿位於哪節車廂？但是如果在駕駛室裡有一個設備能顯示被拉動的控制桿的位置呢？好吧，我可以在這裡拉了，然後逃到其他車廂去。但如果他們在手柄上找到我的指紋怎麼辦？不然拿布包住手指再拉？」

我為何要進行這種徒勞的內心掙扎？我後背的肌肉鼓了起來，我像父親那樣站起身，結實、強壯得像頭熊，我告訴自己要冷靜。但都於事無補。我雙眼之間有個地方時常感覺灼熱，在這種時刻它變得更熱了，這會兒它又發作了，它在控制我，到最後一刻我完全屈服了。我把手腳綁在一塊，蜷縮著躺在座位上。加比將我的這種舉動叫「防禦性抵觸」。每個東西她都能作出具體的定義。

她這會兒正在咖啡館裡對爸爸說：「我已經不是小女孩了，我和你還有諾諾已經生活了十二年了。」此刻，她仍然控制著自己的聲音，安靜而理性地說著話。「十二年來，我帶大他，照顧你們父子倆，打理你們家。我比世界上任何人都了解你，無論如何我是那麼想和你一起生活。不僅想當你工作上的祕書、家裡的廚師和清潔工。我想和你住在一起，當諾諾的母親，無論白天黑夜。你到底在害怕什麼，告訴我？」

「我還是沒辦法。」父親說，並用他的手掌緊緊握著咖啡杯。

加比等了一會兒，深呼吸一下，然後說：「我已經不能再繼續這樣下去了。」

「你看啊，加比。」父親說，眼神閃爍不安，透著不耐煩。「像我們這樣有什麼不好的？我們都已經習慣了這樣的生活，這對我們仨都挺好的。為什麼突然間要改變？」

「因為我已經四十歲了，雅各，我想過完整的日子，生活在一個完整的家庭。」現在她的聲音都嘶啞了。「我想要跟你有一個我們自己的孩子。是你和我的。我想知道我們的結合可以創造出一個什麼樣的人。如果我們得再等一年，也許我就老到不能生育了。我還認為諾諾應該有一個真正的母親，而不是兼職的媽媽！」

她此刻正在跟爸爸說的這番話，我都能背下來了。她已經對著我操練這段長篇大論無數次了。還是我貢獻了這感人的句子：「當諾諾的母親，無論白天黑夜。」我還給她一則很實用的建議：別哭。千萬千萬不要在他面前哭！因為只要她一開始哭，就全完了。爸爸受不了她掉眼淚。任何人掉眼淚他都受不了。

「加比，現在還不是時候。」他歎了口氣，偷偷瞄了一眼手錶。「再給我一點時間，這麼大的事我不能倉促地下決定。」

「我都等待十二年了，再也不能等了。」

沉默。他沒有回答。她的雙眼已熱淚盈眶。拜託，請控制自己，控制一下，加比，你聽見了嗎？

「雅各，你現在就當著我的面直接告訴我：好還是不好？」

沉默。她的雙下巴都在顫抖，她的嘴唇抽搐著。如果她開始哭，就註定要失敗了。還有，我也完了。

「因為如果答案是否定的，我會起身就走。就這一次了，到此為止。再也不會像從前一樣沒完沒了。到此為止！」她激動地拍著桌子，眼淚已經順著她圓圓的臉龐流了下來，眼妝全花了，淌下來，流過她的雀斑，糊在她嘴唇旁邊的兩道皺紋裡。爸爸把臉轉向窗外，因為他無法忍受看到她哭，也許他純粹就是不願意看她這個樣子：淚眼婆娑，又紅又腫，臉頰本來就胖嘟嘟的，還不停顫抖著。

這一刻她真的不好看。這其實挺不公平的，因為如果她再漂亮一丁點，比方說有一張可愛的櫻桃小口，或是翹翹的鼻子，爸爸都有可能因為她那唯一一點美麗之處而突然愛上她。有時候哪怕是最微小的美都足以贏得一個男人的心，即使這個女人並非「外在美」選美冠軍。但是，當加比哭泣的時候，恕我直言，她是一點可取之處都沒有。

「好吧，我明白了。」她捂著那條紅圍巾哽咽道。那圍巾之前倒是派上了更為體面的用場。

「我真是個傻瓜，我一直認為你可以改變的。」

「噓……」他乞求她，並注意周遭動靜。我當然希望在咖啡廳的人此刻都盯著他。所有的廚師、服務生和咖啡師都從廚房出來，穿著圍裙，雙臂抱胸，站在他身邊，狠盯著他。如果有一件事能使他害怕，那就是這種人人圍觀的場景。「你看，嗯，加比。」他試圖安慰她。這回他似乎溫柔了一些，也許因為身邊還有別人，要嘛就是因為他感覺到，這次她是來真的了。「再給我點時間好好想想，好嗎？」

「想什麼？想我到了五十歲的時候還給你更多的時間考慮？你是要到那時才告訴我，咱們分手吧？到時候誰還肯看我一眼？我想成為一個母親，雅各！」人們都盯著他，他恨不得鑽進地洞裡，然而加比還繼續說：「我能給孩子、也能給你很多愛！你看我做諾諾的母親做得多好，你怎麼就不能試著去理解我呢？」

即使在我們事先排練的時候，加比也一度特別入戲。她哭泣，懇求，就好像我是我爸爸一樣。但一會兒，她又能突然打住，紅著臉說抱歉，有些事情不適合告訴我這個年齡的小孩子。唉，其實無所謂，反正我什麼都知道了。

我不是什麼都知道，但如今我學到了很多東西。

加比捲起那堆濕透的紙巾，塞進菸灰缸。她從紅腫的眼睛上擦去花掉的化妝品痕跡。

「今天是星期天。」她說，努力保持堅定的語氣。「成年禮在下週六。我就給你時間，直到下週日上午，你有整整一個星期來做決定。」

「你這是給我下最後通牒？這件事不是靠威脅就能解決的，加比！我還以為你有多聰明。」

他說話不緊不慢，但雙眉之間已經皺起來，怒不可遏。「我已經沒有等待的氣力了，雅各。我都聽明了十二年了，還不是孤單一人。說不定蠢一點倒更好。」

爸爸什麼也沒說。他的紅臉比以往任何時候都更紅了。

「好了，我們開車回去工作吧。」她嗓音嘶啞地說。「對了，要是你的答案跟我猜的是一樣的，你最好現在就開始找一個新祕書。我要與你斷絕一切接觸。嗯。」

「你看，嗯，加比……」爸爸又來了。他想不出什麼別的話來，只有這句「你看，嗯，加比」。

「就到下週日。」加比打斷他，站起來，走出咖啡廳。

她要離開我們。

她要離開我。

在火車上，我的胳膊和腿從「防禦性抵觸」狀態解放。緊急情況，緊急情況，用大紅色寫在小拉桿邊上的這兩個詞像在對我尖叫。我坐在這列越駛越遠的火車上，我的生活即將被摧毀。我捂住耳朵，對自己大聲喊：「阿姆農．費爾伯格！阿姆農．費爾伯格！」就好像有人在外面試圖告誡我不要碰那個拉桿，要從我自己手上救下我自己。這個人就像父親，或是老師，或是一位傑出的教育家，甚至是感化院的負責人。「阿姆農．費爾伯格！阿姆農．費爾伯格！」但是，什麼都幫不了我。我獨自一人。被遺棄了。我不應該離開家。我現在必須馬上回去。我踉踉蹌蹌地走向那個拉桿，向它伸出手，我的手指已經抓住它了，因為現在真的遇上了緊急情況。

但就在這時，就在我要使出全力拉起這個控制桿的時候，背後的包廂門打開了。有兩個人正要朝裡面走，一名警察和一名囚犯。他們都愣在那裡，充滿疑惑地盯著我。

第二章

我是說，真正的警察和囚犯。

那個警察又矮又瘦，眼中神色不安。囚犯比他高大一些。他對我露出燦爛笑容，說：「早安啊，孩子！坐車去看你奶奶？」

我都不知道根據法律我能不能回答他的問題。另外，怎麼突然扯到奶奶？我看起來像是坐車去看望爺爺奶奶的小孩嗎？就跟童話裡的小紅帽一樣？

「不准跟囚犯說話！」警察一聲怒吼，用他那骨瘦如柴的手在我和囚犯之間用力地揮了幾下，彷彿要斬斷我們之間那幾道看不見的連接線。

我坐下來。不知道要做什麼。我努力不去盯著他們看，但偏偏越是努力克制就越難忍住。他們看上去很緊張不安，彷彿有什麼事困擾著他們。警察把他們的車票檢查了一遍又一遍，無比困惑地抓頭。囚犯也檢查了車票，也開始抓頭。他們就像兩個被要求表演什麼是「抓耳撓腮」的演員。

「我真不明白你為什麼買了兩張座位分開的票？」囚犯抱怨道，警察聳聳肩，解釋售票處那個人沒告訴他票是分開的。他，那個警察，本來很確定他們的座位是相鄰的，他本以為售票員顯然不會將座位分開的票賣給像他們這樣的人，當他說「像我們這樣的人」時，他抬起了自己的右手——和囚犯的左手用手銬銬在一起。

這真是一個奇異的場景。他們看上去就像動畫片裡的獄卒和囚犯：犯人穿著條紋襯衫，戴著條紋小帽。警察頂著一頂過大的盤帽，帽檐總是垂下來遮著眼睛。他們站在走道上，隨著火車運行的節奏一搖一擺，不知所措。我無緣無故地變得不安分起來。

剛開始他們試圖按車票上標示的座位坐好。囚犯坐在我旁邊，而警察正對著我，但受到手銬的牽制，他們不得不彎下身子面向彼此。過了一會兒，他們同時站起來，再次隨著火車行駛的節奏搖晃了起來。這麼搖晃著倒讓他們放鬆許多，警察的腦袋低垂著，差點就要靠在囚犯的肩膀上了，囚犯也看起來像要站著睡著了。我想離開這裡，想在附近再找個成年人陪我，因為在我看來，他們算不上成年人，也不是孩子，我不知道怎麼界定他們。

警察突然從昏昏欲睡的狀態中驚醒，對著囚犯耳語一番。我聽不見他們說了什麼。他們肯定是在說我，因為那個囚犯用眼角餘光朝我這邊瞥了瞥，這是典型的囚犯式的眼神。「不可能！」他輕聲喊道：「誰會這麼幹啊！這座位都是訂好的。」

警察試圖讓他冷靜下來，說這個包廂基本上都是空的，現在這種特殊情況，他們坐到其他的空位上沒什麼問題。可是那個囚犯壓根聽不進去。他發怒道：「你得守規矩！要是連我們都不遵守規定了，誰還會遵守？」一邊說還邊憤憤不平地頓足。我留意到他的腳被帶顆球的大鐵鍊拴著，就像書本裡描寫的那種被捆綁的犯人。

我覺得我必須得離開這裡。這個地方不適合我待。

「我們就在不是自己的座位上坐一下，沒人會注意到的！」警察氣呼呼地回了他一句，並向我拋來一個討好的眼神，是那種泯滅天良的獄卒會有的眼神。他一邊假笑一邊問我：「你不會告發我們的，對吧，親愛的？」

我一個字都說不出來，只能點點頭。但為了這句「親愛的」，我記住他了。

然後他們坐到了我的左右兩邊。

整整一個包廂，他們就非得坐在我的左右兩邊。他們的手被手銬扣著，偏偏就擱在我的腿上。這也太可怕了吧。他們說什麼話都像是在恐嚇我，卻又完全無視我的存在。有那麼幾分鐘，他們不發一言。我的目光時不時向下掃兩眼，每看一次都覺得難以置信：兩隻手臂在我的雙膝上隨著火車的節奏一搖一晃，一隻手纖細又多毛，另一隻則強壯又粗糙。法律之手和罪犯之手，法律之手看上去明顯短小瘦弱多了。

我不知道自己在怕些什麼。法律之手就在我身邊，差不多就搭在我身上，儘管如此，我還是覺得像掉進了一個神祕的陷阱：這兩個人有些見不得人的事，要拉我下水。

然而坐我兩邊的這兩人倒輕鬆了。警察把頭靠在椅背上，哼著歌，唱到高音時就用空出來的手擺弄他的鬍子。囚犯則凝視著窗外飛逝的風景——耶路撒冷被岩石所覆蓋的山地——深深地歎了口氣。

「要是有人讓你心生疑慮，讓你覺得可疑時，靜觀其變。千萬別說太多，也別亂動。就讓他自說自話。不動聲色地在一旁埋伏，等著他暴露出自己的目的。」爸爸總是這麼教我，他在這個專業領域是我的導師。我深吸一口氣：在實踐中檢驗自己的大好時機來了。我要無視他們。我得表現得一如往常，直到他們犯下第一個錯誤。

左看看，右看看，他們還那麼坐著。這一切看起來就像是個天大的錯誤，我就是不明白是哪裡不對勁。

我告訴自己必須為拜訪撒母耳伯父做準備了。因為一年前見面時，他跟我談了兩個小時，我可不想再聽一次。整整兩個小時，我看著他肥厚的嘴唇在他那撇小鬍子下對著我一張一合，看看著嘴唇都飄到小鬍子上面去了。我確信我伯父寫的所有文章和研究報告都是針對我的，或者是針對我這類孩子的。在這間小小的屋子裡，他成年累月地坐著寫些反對我的東西。說不定他那裡還有我一張放大了的肖像，上面寫著「教育部通緝」。這下我落到他手上了，像他那種人可不會放過這大好的機會。在那裡我被掐住脖子，快要窒息，無數對肥厚的嘴唇快速地一張一合，從嘴裡跳出來一個又一個伯父，將那間屋子漸漸塞滿。書本雜誌在我周圍飄舞紛飛，以我名字的節奏窸窣作響。在那裡只怕不消一刻，我就要中他說教的毒。

我已經無法分辨他說出的話了。他好像是在控訴我追隨了腓尼基人的巴力神和阿斯塔蒂神的先知，要不就是參與了十七世紀赫梅利尼茨基一世的大屠殺。所有的歷史都站在他那一邊，我已經準備好要為這一切懺悔了。

而到這時，滿眼都是伯父的大鬍鬚的兩個鐘頭過去後，我終於想起臨行前加比給我的忠告：「哭。」出發前夜她悄悄對我說：「要是實在忍受不了，你就又哭又鬧，到時看看會怎樣。」

左看看，右看看。沒事。警察和囚犯安安靜靜地坐著。兩人各自面向一方。也許這種狀態真沒什麼特別的。也許我不過是因為一個人旅行有點過度緊張了。又或者他們也曾經學過如何控制緊張情緒。

撒母耳伯父，我提醒自己，可別忘了上一次見他時是什麼情形。要我把自己弄哭從來就不是什麼難事，況且在咆哮的伯父面前，我一定悲慘極了。隨便想想那些曾發生在我身上的事，我聽說的事，或是我苦求而不得的東西，就能輕而易舉地哭得傷心欲絕。

我開始啜泣，起初只是輕輕嗚咽。同時，為了讓自己更悲傷一些，我開始回憶爸爸說過的話，比如，他已經不知道該拿我這樣的孩子怎麼辦了，每次我看著像要長大懂事的時候，可能一下子又倒退回去了。總之，像他那樣的男人怎麼會有我這樣的孩子？我明白他是對的，然而他難道不知道我有多想變好嗎？想到這裡我真的哭了起來，因為我做什麼事都是一團糟，不是我所希望的樣子，就連此刻我的悲傷也來得跟我想要的不一樣，悲傷剛要出來就撞上這樣的場景：伯父瘦小的雙腳穿著他常穿的那雙涼鞋，還套著厚厚的灰色襪子。即使是在夏天，他脖子上也繫著領帶。他那條聚酯纖維褲子已磨得破舊不堪，一代又一代的學生在其膝下受教。這是多麼悲哀，又是多麼可笑。

就這樣我在那裡又哭又笑，嗚咽啜泣，亦真亦幻，這是一次詭異的體驗，夾雜著一種獨特的歡愉，就像背著牙醫吃了整塊巧克力。我的哭泣中摻雜著懊悔、自憐，以及對面前這個男人排山倒海般的感激之情，他是如此赤手空拳地在為我邪惡的靈魂而戰鬥。

撒母耳伯父停止說話，驚愕地看了我一眼，他的臉色變得柔和且光亮。透過屋子裡昏暗的光線，我看到他的鬍子邊上掠過一絲滿意和讚歎的笑容。「好吧，好吧。」他抿著嘴，猶豫了一下，用手輕拍我的腦袋。「我可沒想到我的話對你影響這麼大……我說的……純粹是肺腑之言……『耶啪』！」他突然發了個怪聲，我以為那是超群的教育家在戰勝了黑暗惡勢力後發出的勝利呼號。他搓著手走出了房間，都沒再多看我一眼。我聽到他在外面用同樣的怪聲又叫了一聲：「葉琶女士！」那是為他打掃做飯的幫傭，他讓她來安慰我一下。

可是我的眼淚已經在上一次的「史勒哈夫化」裡用過了，這次我要怎麼辦？加比昨晚沒有跟我說悄悄話，告訴我當我獨自一人面對伯父時有什麼祕方可以救我。

而她正獨自面對著我的爸爸。她是真的要離開我們了。

剎那間我感到實在不能再這樣坐在這一胖一瘦、兩個沉默不語的人之間了，我站起身，或者說我企圖站起身。他們嚇了一跳，抬起被手銬連著的雙臂好讓我過去。他們站在我對面，沒多久就開始有節奏地搖晃起來，一前一後，低垂著眼簾，活像兩隻昏昏欲睡的小雛鳥，而我，帶著怒氣脫口而出：「要不咱們換個座位吧，你們好坐在一起？」

我的聲音聽上去憤怒而尖銳，然而他們卻向我投來燦爛的微笑，並開始圍著我打轉，想要將我包圍起來，又不讓手銬撞到我。我們就像跳舞一樣，手臂搖上搖下，直到他們好不容易找到並排坐下來的適當方式。我坐到他們對面的位置。

「別再看了！」警察朝囚犯吼道，並用手指示意。

「我的老天，我可沒看你！」囚犯手摸胸口發起誓來。

「剛才就看見你眼睛直勾勾地盯著我！」警察怒斥道。

「我用我女兒的性命發誓，我沒盯著你！你剛才看到我盯著他了嗎？」

這個問題是問我的。怎麼突然問起我來了？我跟他們有什麼關係？現在警察也偏過頭來，等著我回答，咬著嘴唇很認真地等我回答。他們的一舉一動都太過分了，真煩人，但又以一種奇特的方式吸引著我。我想要逃離這裡，卻又動彈不得。

「我……好像是看到你剛才瞧了他幾眼……」我喃喃說道。

警察豎起勝利的手指。「啊哈！你再瞧一眼，我就要你好看！」

再次恢復了平靜。囚犯凝視著窗外。我們在橡樹林中穿行。一群羊在灌木叢邊吃草，有隻母羊一躍而起，對著一棵樹大口吞嚥。警察將視線轉向另一邊，望著車門處。我不敢東張西望，就連閉上眼睛都不太敢。我只想消失。

「就現在！這會兒你又在看我！」警察咆哮著從座位上跳了起來，但由於他們還被手銬連著，他又被拽回了座位上。「你就是在看我！」

「我以我女兒的性命發誓，我沒有看你！」囚犯喊道。他也從座位上跳起來，並生氣地搖搖手，但又被手銬給拽回到座位上。

警察大聲喝道：「現在你就在盯著我看！還直盯著我的眼睛看！夠了！目光向下！」

然而這一次，囚犯卻沒有放棄。他將自己的大腦袋湊近警察。這算怎麼回事？他們之間發生了什麼事？彷彿進行著一場詭異的盯人比賽：他們目不轉睛地盯著對方，又試圖將目光移開。囚犯向警察越靠越近，警察越是想要躲避他的目光，囚犯越是死盯著他不放。他現在明顯占上風！

「哎，我說……放我走吧……」囚犯突然小聲嘟囔道。

「閉嘴！」警察厲聲訓斥他。「閉嘴！看著窗外！不准看我！老實地看著窗外！」

「放我走吧……」囚犯換了種巴結的語氣再次低聲懇求道：「我是無辜的……你知道我當時別無選擇……」

「你去跟法官說！」警察咬牙切齒地吼了他一句。

「你行行好。我家裡還有個小女兒……」

「我也有個女兒呢！看著窗外！」

然而囚犯還是狠盯著警察不放，彷彿在逼迫他慢慢地轉過臉來面對自己。這是一幅非常有壓迫性的畫面，讓人感到毛骨悚然。警察在極力抗拒。我看到他掙扎著把臉從囚犯那裡偏移，他的肩膀緊縮起來，想要避開囚犯的目光。但那目光實在太過強烈、堅定、充滿力量。囚犯的目光射進了警察的腦袋，他漸漸投降了。警察深深地歎了口氣，肩膀也舒展開來。他斜眼瞅了幾下囚犯，像個孩子般竊笑了兩、三聲，直到囚犯的眼神變得呆滯無神。

囚犯以一種極其溫柔的聲音低語：「阿維克多，你這一天過得夠糟的。為了追捕我，你跑了那麼多路，又朝我開槍，又向我大喊大叫的，一直都那麼遵守紀律……」

警察微微張開嘴，翻了個白眼。

「有時當個執法人員挺難的，總是肩負那麼重的責任，一刻也無法休息。」囚犯向他低聲耳語。

我感覺到就連我都張大嘴了。這些話跟我爸爸說過的一模一樣！

他曾經在晚上下班回到家，疲憊不堪地倒在沙發上時，說過完全一樣的話。也許是對我說的，也可能是自言自語。抱怨著困難，抱怨著責任，感歎一刻也無法休息。每當這種時候，我總是想，要是有媽媽在就好了，可以揉揉他痠痛的肩膀。可是我們家沒有媽媽，只有加比，她可不敢那麼幹。

警察打起了瞌睡，囚犯小心翼翼地伸手去摸他的腰帶，抽出一大串鑰匙，估計有十把。他揀出一把插進手銬的鎖眼，打開了手銬。他的手解放了，在空中歡快地前後左右舞動起來。手腕上有一個深深的紅印。

「為了這一刻，被銬也值了。」他對我說。

接著，他把自己的條紋囚衣和囚帽都扯了下來，扔到我旁邊的座位下面。我安靜地坐著。顯然他打算逃跑了，我無疑將要目擊一名囚犯逃亡，我，偏偏是我，所有的經驗和訓練，所有爸爸的話都沒用了，我連一根手指都動彈不了。

「你能幫我拿一下嗎？」他和顏悅色地對我說，並將一把黑色手槍放到我手上，那是他剛從警察腰上的槍套裡取出來的。

我立馬認了出來：這是一把「溫布利」公務佩槍。爸爸之前工作時也用過一把類似的，那把槍被我拿過上千次，我甚至在警察局射擊場用它打過空包彈。但我從來沒遇到過這樣的狀況，手裡握著槍面對著一名真正的罪犯。我應該怎麼辦？殺了他？我的手指觸到了扳機，顫顫發抖。我怎能開槍打他？而他會對我做什麼？在那個瞬間，我暗自祈禱撒母耳伯父那張圓臉已經出現在我面前。我恨不得馬上跑過去，投入他的懷抱，用我的畢生來實現教育的奇蹟。

「十分感謝。」囚犯說著從我手上拿回了手槍，並將它別在自己褲腰上。接下來，他就像為一個睡著的嬰孩脫衣服一樣，溫柔地打開警察的紐扣，將襯衫從他身上脫下來。而那位警察，阿維克多，穿著內衣還在呼呼大睡，就連做夢都沒夢到醒來。就算怎麼搖他，晃他，把他從一邊挪到另一邊——他都在睡覺！我被他氣得火冒三丈。聯想到我的父親，他在二十年的公務生涯中可是連一次都沒遲到過，即使發高燒也會衝向每個最危險的現場。而這裡，這個人……真丟人。

囚犯迅速地把條紋衫套在警察身上，那頂囚帽也扣到他腦袋上。接著他解開了自己腳上的鎖鍊和鐵球，把它們拴到了警察的腳踝上。他費勁地將自己寬大的身體硬塞進警察制服裡，戴上警官的帽子，靠近窗戶。

「優秀的警探會像個罪犯一樣思考。」我對此也深諳於心。同樣，我完全明白接下來會發生什麼，他會打開窗戶，從飛馳的列車上跳出去，跳向自由。「快做點什麼！」我對自己說。我命令自己：「跳起來！」

但是我沒有。

囚犯久久凝視著窗外呼嘯而過的群山，深深地吸了一口自由的空氣，輕歎了一聲，再度坐回熟睡的警察身邊。那個瞌睡蟲的手腕上還晃晃悠悠地懸著那副手銬。囚犯沮喪地把手又伸回已經打開的手銬裡，輕輕一扣鎖上了自己的手腕。這兩個人又彼此相連了。

「起來！你剛睡著了！」囚犯突然粗暴地大叫，並用肩膀推了一下警察。

警察驚醒，困惑地環視四周。

他問道：「怎麼了？我做什麼了？我什麼也沒幹啊！」

「你睡著了！」前囚犯斥責道，頂著警帽的面孔偏過去，對著警察的臉。

「我沒睡覺……」警察嘟囔著，不說話了，他的手微微摸了摸手銬。然後，沿著腿腳一路摸到了那個鐵球鎖鍊。他的手指頭在鍊條上悲哀地遊走，直到觸碰到那顆碩大的鐵球，才大吃一驚，停了下來。他沉默了。他的眉頭緊鎖，像是極力地回想什麼事情。不一會兒他就放棄了，像個麻袋一樣鬆散無力地癱坐在那裡。又過了好一會兒，前警察向坐在他身邊、穿著制服的這個人投去示弱的目光。

「放我走吧……」他低聲說。

「閉嘴！」囚犯大吼。

前警察懇求道：「我是無辜的，你知道我從來沒有……」

「你去跟法官說。」囚犯漫不經心地回答。

「法官？」警察安靜了。他蜷成一團坐下來，小鬍子耷拉著。在我看來這個人似乎更適合當囚犯。這是此時此刻我能夠想到的最有深度的想法了。

「你行行好吧……」他又開始了，一臉苦笑。「我家裡還有個小女兒……」

「是喔，我也有小女兒！」前囚犯打斷他，瞄了一眼他的手錶。「起來！立正！動作快點！」

「去哪裡？」警察問道，面色發白。

「去法院！前進！」囚犯命令他。

「這麼快？」警察小聲說，拖著腳步開始前進。強壯的囚犯推著他朝包廂外面的方向走，並關上了背後的包廂門。就這樣。結束了。我還是無法動彈。有一瞬間我又看到了那個前囚犯的臉，映在包廂門的玻璃上，一張微笑著的大臉，倒還挺友好的。他在看我，還把食指壓在嘴唇上，請我保守剛才在這裡看到的祕密。前一秒他還在那裡，下一秒就消失了。

這真是個難熬的時刻。即使到現在，快三十年過去了，我還記得那個場景。我一點兒都不好過，我覺得有必要分散一下我的沉重負荷，告訴你們從下一章開始我打算在故事裡加進一點新的東西：給每一章都取個簡短的名字，用來提示章節裡的故事內容。

或者取個暱稱。

我多希望列車能停下來，調轉車頭開回家，回到爸爸和加比身邊。特別是回到爸爸身邊，因為如何對付罪犯是他的領域，顯然我還無法應付這種情況。抱歉我讓他失望了。

然而我發現有個白色的信封躺在我對面的座位上，那個前囚犯坐過的位置。剛才明明沒有這個信封，囚犯和警察進包廂之前也沒見到過。最詭異的是：上面有一個熟悉的筆跡，寫著我名字的大寫字母。

第三章　大象亦有柔情

「親愛的成年禮男孩，願上帝延長你的壽命，縮短你的鼻子。你爸爸和我為你準備了一個小驚喜，希望你沒被嚇著。就算你受到一些小小的驚嚇，想必也會很快就原諒我們的——你卑微的奴僕。」

我該做什麼？驚聲尖叫？打開火車的車窗朝著窗外風景大喊「我是傻瓜」？還是向聯合國處理世界兒童問題的什麼組織求助，向他們投訴我的爸爸和加比如此傷害我？

加比接著寫道：「但是，在你像往常一樣向聯合國的某個組織投訴我們之前，請你別著急：首先，聯合國的員工對於破解你的象形文字筆跡已經很不耐煩了；其次，按照慣例，宣判前得給被告人一個機會申辯幾句。」

這些詞語在我眼前躍動。我無法再讀下去了。爸爸和加比到底是怎麼做到的？他們什麼時候想出來這一招的？又是什麼時候策劃的？還有，他們從哪裡找來那一對警察與囚犯？會不會是……？那麼顯然……我可真夠蠢的……我整個人向後一靠，閉上雙眼：那兩個人很可能只是演員……我要是現在跑到別的車廂裡找找……不過他們也可能已經換裝了，我也許就沒法在旅客中認出他們了……

這封信我沒辦法再讀下去，只能注視著窗外風景。幾乎可以肯定，整件事一定是加比的主意。我感到有一點內疚，她為我精心準備了這麼多事，我卻絲毫不感興奮，只是呆呆地坐在那裡，還有點無精打采的，我都不知道為什麼會這樣。

或許是因為她的驚喜實在太過刺激和誇張了，甚至沒給我的心靈留下一點興奮的餘地。我先想到要是她有自己的孩子……接著強迫自己打住，這種事想都不該想。不過這個加比啊，她有時真的很愛嚇人，要嘛危言聳聽，叫人丈二金剛摸不著頭腦，要嘛就大聲說些不該說的話威脅別人，這種時候她特別有快感。當然，爸爸曾經告誡過她，隨時隨地保持這種特立獨行的性格是很累人的，她立刻回嘴說是他自己太過低調，幾乎完全被埋沒了。

加比伶牙俐齒，最好別頂撞她。然而我爸爸的嘴也不笨：每次遇到這樣的爭吵，他只要精選出一條尖銳的句子，這句話就足以成為一把插入她身體的尖刀。從她的臉上就能看出來，她喘著粗氣，揮舞著手掌搧風，接不上氣又說不出話。之後，過了多少年，那句話還能死灰復燃，讓她再次痛苦不堪。無論爸爸如何道歉，向她保證那只是逞一時之怒的無心之言，她都無法從這種屈辱中抽離出來。上次他們吵架的時候，爸爸想說她感覺遲鈍，用「你的皮也跟大象的一樣厚」來比喻，就因為這個「也」字，暗示了她身上還帶有大象的其他特徵，令她深受屈辱，立刻站起來離開了我們家。

類似這樣的事情不出幾個月就發生一次。加比會跑出去，然後失蹤。上班時，她會用過分客氣的語氣和爸爸說話，親切得就像一把冰冷的叉子。她會跟進他的指示，為他打報告，但沒有絲毫笑容，也不帶任何親密態度。她會背著我爸爸每天打兩次電話給我，我們交談時一如往常，還會共謀著如何巧妙地制服爸爸。過了一個星期，爸爸就會潰敗了。一開始他會抱怨已經吃膩了警察局的食堂，接著說他自己熨燙的襯衫看上去真不體面，再來就是家裡一團亂，跟午夜時分的拘留室沒兩樣。我知道他就是想找人吵架，所以一直強忍著不吭聲。我沒跟他說加比不是我們的傭人，她會打掃家裡完全是出於她的一片好心，當然也因為她對粉塵過敏。我非常清楚爸爸是想念加比了，不單單想念她的廚藝或是她熨燙的衣服，而且想念她本人。因為他已經習慣了有加比在家裡，習慣了她沒完沒了的嘮叨，習慣了她的大驚小怪，還有她那些令他忍俊不禁的笑話。

我知道，他之所以離不開加比，還因為有她在的時候，他與我相處起來更容易些。

為什麼會這樣？為什麼我倆之間需要有加比的存在才能彼此親近？我不知道如何解釋。但我們父子倆都明白，加比最好跟我們在一起，因為她能把我們倆，我和爸爸，變得像是一家人。

於是接下來的幾天裡，我們過得悶悶不樂。爸爸總在找藉口跟她說一些跟工作無關的私事，而她卻狠下心來，說她等著從他嘴裡聽到更明確的話，她長著那樣厚的皮，可聽不懂他那些輕微的暗示。爸爸便會懇求她回來，並且保證以後好好待她。此時加比會告訴爸爸，他的請求已經紀錄在冊，他將在三十天內收到她的最後決定。爸爸會雙手抱頭，大呼：「三十天！你瘋了嗎！」他想要加比現在就與他重歸於好，立刻！馬上！但是加比翻了翻白眼，用超市入口的擴音喇叭裡常能聽到的聲音告訴他：在他們達成協議之前，她必須向他出具一份「新建關係條件列表」，簡稱「新關係表」，說罷便高昂著頭走出辦公室。

接著她會馬上打電話給我，悄悄宣告那個老牢騷鬼再次無條件投降了，今晚咱們一起去館子吃頓大餐。

每到這種停戰的傍晚，爸爸便顯得略微開心。幾杯啤酒下肚，他的眼睛閃閃發光，開始講那些我們聽過很多次的老故事。他是如何抓住那個日本珠寶商，發現他的珠寶和商人身分都是偽造的；他是怎麼跟一隻既帶有比利時皇家血統又帶著一身跳蚤的巨型母拳師狗在狗窩裡藏了整整三天，就為了誘捕幾個專程從國外來偷這隻狗的職業盜狗賊。有時爸爸會停下來，略帶疑惑地問我們這些故事他是否講過了，我們會將頭搖得跟波浪鼓似地連聲說，沒有沒有，怎麼可能，你快接著講。此時我注視著爸爸，腦海中不禁浮出這樣的想法：他也曾經那麼年輕，曾經歷各種瘋狂的冒險，然而，因為他生命中發生的某一件事，一切便戛然而止。

我坐在火車上，想著得花好幾個星期才足夠我消化這裡發生的一切：那個警察和那個囚犯走過來，舉起被手銬連著的手越過我，要我作證囚犯是不是盯著警察看了，囚犯把手槍放到我手上，我的手指在扳機上顫抖，我還那麼確定他就要從窗戶逃跑了。

總之，我就像剛看完電影出來的兩個孩子，不停地提醒對方還記得這個嗎，還記得那個嗎。但是與兩個電影發燒友不同的是，我一點兒也不快樂。我越是回想起剛才發生的事情，就越是怒火中燒。我真想不通，爸爸和加比那樣的人怎麼會交往這麼久。要是加比有她自己親生的孩子，要是她是個真正的母親，她絕不會對她的孩子做出這樣的事情。她能事先想到孩子遭遇這種驚嚇將會是什麼感受。

我還感到很屈辱。並不是因為她成功地策劃了這一切，而是另一種屈辱。因為我突然明白自己還是個孩子，大人們完全可以編排這樣的事情把我弄得一頭霧水。

爸爸毫無疑問也參與其中。加比導演了整齣戲，寫了劇本，但絕對是爸爸負責安排的。首先，她得說服他，說這件事辦起來很簡單。一旦他有所遲疑，她就會跟他說沒想到這麼簡單的行動也能把他那樣的人給唬住。我能確定她會用「行動」這個字眼來激勵他。爸爸開始猶豫不定，我知道他一定會猶豫。還是我更加了解他，不管怎麼說，我是他的親生兒子。他會想：向一個孩子呈現如此複雜的一齣戲會不會有點誇張了。說不定我壓根無法理解其中的幽默。加比就會笑他是個老古板，要是有諾諾四分之一的幽默感就好了。她還會裝作自說自話的樣子，稱爸爸在成為墨守成規的執法人員之前，也曾經是個聲名赫赫的狂野少年，否則他講給她聽的那些故事難不成都是道聽塗說的？這麼一來，爸爸就全無招架之力，不得不顯示出他英勇幽默、想像力豐富的一面，最起碼像他在青春時代一樣，曾帶著他的番茄盆栽走遍了耶路撒冷的大街小巷。就這樣，他們倆相互攀比勇氣和創造力，全然忘記了我——這個成年禮男主角的感受。

我依然能聞到包廂裡有一股警察和囚犯留下的汗酸味。真該問問他們是如何籌劃這場表演的。也不知道他們記那大段臺詞時會不會很費勁。他們從哪裡弄來的服裝呢？還有那鐵球和鎖鍊？準備這樣一齣戲得花多少錢啊？而且還是只為我一人演出的戲。還有，他們的火車票當然也得花錢。說不定爸爸和加比為了不出什麼紕漏，之前就把整個包廂座位的票都給買了……這個行動可真夠麻煩的。

我的怒氣漸漸平息下來。無論如何，他們還是出於善意。他們只是想逗我開心。花費了這麼大的力氣，他們也真是挖空心思了。如此想來還是挺有意思的。我坐在那裡喃喃自語，直到我感覺平靜了，又重新拿起加比的那封信，正要讀就發現筆跡變了：

「像往常一樣，這主意都是加布瑞拉女士出的。」爸爸碩大而潦草的黑色筆跡映入眼簾。

「當初她成功地說服了我，說你會非常喜歡這段演出，可是作為咱們的女主角，連她自己都有點吃不消了。或許這齣戲太過駭人，會把你嚇壞了？我可早就提醒過她的。你都能猜到我是怎麼告訴她的……」

爸爸像我這個年齡的時候，已經差不多獨立，接管了祖父的祖傳餅乾舖，而人生可不是保險公司。

「沒錯！」加比又小又圓的字體歡快地跳出來。「就因為你的父親是一名以色列警察局的工作人員，連四分之一間祖傳餅乾舖都沒法留給你，只能給你留下一屁股債……（在紙上這塊地方有三滴不知道是什麼的液體，加比畫了個圓圈並在邊上標注：鱷魚及其祕書的眼淚。）無論如何，他有義務使你變得更堅強。恰逢你的成年禮來臨，他要幫你準備好迎接人生中的奮鬥、挑戰和危機。首先，寶貝兒子，現在是時候告訴你了，你今天並非如同預期的，是去見你敬愛的伯父撒母耳．史勒哈夫博士。我先暫時寫到這裡，留點空隙讓你獨自傷心一下。」

窗外，有個白髮蒼蒼的農夫，臉龐被陽光灼得通紅，正趕著驢車穿過一片田野，突然從火車窗口傳來一個孩子大聲的歡呼，把他的驢車驚得顛簸了一下。

「真抱歉，我親愛的倒楣孩子，我們對你太殘忍了，讓你誤以為我們是要把你送到海法，你那個傑出的教育家伯父的魔爪裡。我們用這個辦法，僅僅是為了降低你的防備，給你個驚喜，哎呀，我們使用了最卑劣的手段，為此誠懇地請求你原諒。」

之前發生的那一幕瞬間浮現在我眼前：虎背熊腰的爸爸站在那裡，把手指關節扳得喀喀作響。而加比則像個芭蕾舞演員一樣向我優美地鞠躬行禮，眉眼帶著笑。前一小時內發生的巨大變故已經把我徹底搞暈了：因為海法之行加上那個殘忍的惡作劇帶來的消沉沮喪從我的體內噴湧而出。另一方面，我小小的靈魂又充滿了激動與希冀的洪流，我感覺自己就像數學習題裡那個有名的池塘，一邊進水一邊排水。

爸爸僵直黝黑的筆跡又被加比飽滿圓潤的字體入侵。

「諾諾，十三歲是個特別的年紀。到了這個年紀你要學會為你的言行承擔責任。我在你這個年齡的時候，由於猶太民族遭受的災難，不得不……」

一條歪歪扭扭的長線條劃過頁面，顯然是有一隻神祕的胖手敏捷地把信紙從筆下抽走，並開始侵蝕他的回憶：「你爸爸忘記了這不是在出勤之前給警員們做每日訓導。有時我真懷疑他跟他那個撒母耳哥哥是不是真有多大區別……」

「從十三歲開始，你就不再是個孩子了。」爸爸的黑色水筆又出來宣告。「儘管我相當確信你一定會適應這年齡將發生的變化，但遺憾的是……」

往下是三行留白。我能想像得出在我家廚房裡發生了怎樣的爭吵。她說了什麼，而他又說了什麼，她是如何氣急跳腳，他是如何堅持要抓住每個機會來教育我，最後他們之中的強者獲勝了，一如往常。

「現在好了，我已經說服你爸去弄杯咖啡喝，我可以不受干擾繼續寫信了。」加比寫道，突然間她的筆跡變得飛快而激動：

「我的諾諾，你那囉唆的老爹這回又說對了：十三歲不是隨隨便便一個年齡而已。到了這個年齡，一個男孩要開始成為一個大人了。真希望你變成大人後還能像孩童時期這麼可愛。」

我猜她會像往常一樣在甜言蜜語後面寫上「加比敬上」或者「順頌燕安」之類的吉祥話。而這次卻沒有。

「除了週末的慶祝儀式和爸爸答應送你的相機之外，我們想在你的成年禮到來之際為你準備一些特別的東西。這些東西不能用金錢來衡量，但是能讓你永遠記得當你還是個孩子的時候，我們仨——爸爸，你和我——曾經在一起的時光。」

當我讀到「我們仨」這幾個字時，我又記起來她是如何威脅我的：她寫上「我們仨」就好像我們是真實存在的，並在生活中固定下來了，就好像爸爸也算是我們仨的一份子？要不就是「我們仨」這個詞帶著離別和結束的意味？我又把這句讀了一遍。每個詞在我看來都像是帶著宿命。我很難決定。一方面，她以這樣的事實鼓勵我：他們能夠成功地一起籌備一件事了。他們合作得如此成功，並且是如此複雜的一個行動，這說明他們甚至不再需要有我，就能一起成功完成事情。這很好，棒極了。但從另一方面看，寫在「我們仨」之前的那些話卻透露出一種讓我心驚的凶兆：有些事情能讓你永遠記得我們曾經在一起。什麼叫「曾經」？我們現在難道已經不在一起了嗎？

「我們曾有過這個想法。好吧，其實就是我有過這麼個粗淺的小點子，你爸爸像他平常那樣，把這個點子變成了一個龐大而複雜的行動，現在他正試圖從我這裡把信搶走……」

字跡又變了。拉扯戰役總算結束了，信紙的邊緣留下了一塊大大的咖啡漬。

「正義得勝！」爸爸以他那巨大而醜陋的字跡宣示。「廢話少說！在這段旅程中一切皆有可能發生！也許你壓根到不了海法！也許你將經歷一段你做夢都沒想到的毛骨悚然的冒險！」

爸爸為了讓我更喜歡他，模仿加比的語氣，這還是挺感人的。他有點像一隻被馴化的熊，努力想要跳圓圈舞。儘管他倒是從來沒被我的笑話逗樂過，現在我得寬宏大量報以微笑。他接著寫道：「說不定你會遇到新朋友，或是舊敵人！說不定你會遇到我們！注意了，馬上要開始了！」

「但是，首先，何不抓抓耳後！」加比偷偷塞進了一行小字。

加比真乖，加比真好……我用手指裝作遠距離抓了抓她耳後的鬈髮，她喵嗚一聲，兩隻腿在空中打個圈，吐了吐舌頭，緊接著翻過身來一口氣寫下：

「接下來，只要你願意，你可以自己去發掘我們為你準備的冒險奇遇。萬一你不願意，也可以老實坐在座位上，一直坐到海法，百無聊賴地度過四個小時，然後從海法立即搭乘返程火車回耶路撒冷。那樣，你就永遠不知道你錯過了什麼。

「但是如果你是個英勇的熱血少年，站起來，有著一顆獅子心的諾諾！勇往直前和命運邂逅吧！」

加比寫信的風格就跟她說話時一模一樣。有時候我覺得全世界只有我和爸爸懂她。

「如果你決定去追尋我們為你悉心鋪就的冒險之路——此刻請移步至你所在包廂的左邊第三個包廂，（是你背靠窗戶時的左邊，哥倫布！咱們可別誤打誤撞地到達了印度！）你將面臨什麼？只有上帝知道（而他通常會保持沉默）。在那裡你會遇到一個人在等著你。只為你等候，特意為你！我們不會提示你他是男是女，是老是少，也不會告訴你他長什麼樣。包廂裡的三號座位是空的，等著你的小屁屁好好地坐在那裡。然後將你的目光轉向乘客們的臉龐，審視他們。當你選定了人群中誰是你的奇遇同伴，就過去跟他對暗號，他一定已經認出了你，正等著從你嘴裡聽到暗號呢。」

「什麼暗號？」我脫口而出。

加比斥責：「噓！隔牆有耳！哦不……這句不是暗號。暗號是一個問句，一個簡單的問題。找個人問他『我是誰？』。就這麼簡單。」

我是誰？我喃喃自語了兩遍。真是小菜一碟。

上帝啊，我又顫抖了：這兩人到底策劃了什麼呀！還是完全背著我進行的！

「如果你選對了人，他會說出你的真名。只有那樣他才有權做你的嚮導，指引你走向接下來的旅程。首先，他會盡可能地用他出其不意的方式給你帶來歡欣和愉悅，當你從與他相伴的經歷中回歸時，他就會將你送到另一個角色的手上，前往我們這個小遊戲中的下一站。在那裡又有另一個人在等著你，他會想盡辦法讓你高興，讓你快樂得耳朵都翹起來。他的任務完成後，又會把你送到遊戲的下一站，依次推進——直到你見到真正的驚喜！」

我放下那封信，深深地吸了口氣。這裡發生的一切是那麼迅雷不及掩耳，直到此刻我才反應過來他們安排的行動規模竟是如此龐大。誰知道他們花費了多少個日夜來籌劃，又有多少人參與其中。很有可能每個人都寫了一齣特別的短劇，呈現在我面前，只為我一人……哈！我的呼吸急促起來。我試圖接著往下讀，卻實在讀不下去。我已經糊塗了。我知道是她出的主意，爸爸就像平時策劃工作一樣策劃了整個行動：檢查所有的可能性，盡量模擬所有環節，所有的複雜情況，確保行動中的每個步驟萬無一失。他們為了我費了這麼大的勁，我為此感到驕傲，還有一絲的驚喜，因為我一向以為他們需要有我在身邊才能相互交流，沒了我，他們壓根不知道如何共處，只有我在才能保證他們不會沒完沒了地吵架，沒想到現在，他們合力完成這麼大的計畫。

加比寫道：「獅心諾諾，諾諾，我的小諾諾，要是你擁有一雙慧眼，就像世界上最好的警探一樣，你一定會找到每一個正在等著你的人，你將體驗到一場最刺激的冒險旅程，其他任何一個十三歲的少年都從未體驗過。當你走下火車結束旅行時，你將會成為一個符合你年紀的小夥子，一個堅韌英勇的少年，成功通過了一道關乎勇氣和智慧的艱難考驗，總而言之……」

到這裡爸爸從她手上搶走了信紙，並用他那碩大醜陋的字體揮筆寫道：「……總而言之：你會變得像我一樣！」

「重要的是，你要變得像你自己！」加比寫上結尾，在旁邊畫了一個飛吻，還畫了爸爸又寬又大的臉，和她自己的圓圓臉，加上一對帶著光環的兔子耳朵。

我留在座位上又待了一下，一直在想爸爸和加比如何能在一瞬間就把這趟詭異的列車變化成奇幻遊樂場。就在這一刻，有些人坐在那裡，或老或少，或男或女，在火車的每一節車廂裡，等待著我按順序來到他們的面前，按照爸爸和加比安排的順序。他們在等著我，只等著我，臉上帶著神祕莫測的表情。而坐他們身旁的人卻對此全然不知，也不會去猜測，不會去想像他們到底為了誰登上這列火車，旁人完全不知道這整段旅程都是為了一個孩子。要是我沒有來到他們面前，要是我沒有向他們提出我那個簡單的問題——因為說到底我算不上是個勇敢昂揚的少年——那麼所有這些人便這麼徒勞無功地坐著，一直到海法。

第四章　我在單片眼鏡中初登場

我走出了自己的包廂。左邊是戴手錶的一邊（爸爸教的），也是心臟的位置（加比教的），於是我轉向左邊。為了不讓人們注意到我，我走得很緩慢，不想奔跑。窗外是飛馳而過的山景，頭角崢嶸的岩石幾乎擦過火車，路一轉彎，我看見火車的最後一節、列車長坐的守車就在後方，然而當列車轉過那條弧線軌道，它就消失了。在那些日子裡，從耶路撒冷到海法的軌道上行駛著有包廂座位的列車。每節車廂有四個包廂，由窄窄的走廊相連。那走廊狹小至極，若是有人站在那裡看窗外的風景，就能把走道完全擋住。而我，瘦瘦小小的，能毫不費勁地繞過站在那裡的人。他用眼角餘光瞥了我一眼，帶著些許失望，似乎因為我的攪和，害得他失去原有的擋路作用。

在車廂的盡頭，車門跟我作對。鐵製的車門又重又笨，我怎麼都打不開，不得不手腳並用地奮力推它。好不容易擠出一道小縫鑽了過去，卻發現自己來到兩節車廂之間的過道。突然間我被巨大的噪音震翻了——雷鳴般的巨響混雜著火車行駛的隆隆聲，剎車的刺耳嘎吱聲，以及與鐵軌刮擦出的尖響。而我腳下是兩塊蓋了鐵皮的相連黑色鐵板，兩塊板子交互震盪，就像兩個扶著對方肩膀的角鬥士。我可不敢踩在上面，於是兩眼一閉，雙腳跳了過去，差點就摔倒了。因為它們故意要把我拋出去，而變得圓滑扭曲，也可能是我弄錯了，說不定根本就不允許列車乘客在旅途當中穿梭於車廂之間。於是，我換著腳跳來跳去，避免在同一塊鐵板上停留太長時間。誰能想到離乘客們談笑風生的車廂一步之遙的地方是如此艱險？風從四面八方呼嘯而來，甚至腳底。透過縫隙，我看見大地在飛馳。車輪拚命地發出隆隆聲，夾雜著鋼鐵摩擦的嘶鳴。要是有一步不小心，我就會掉下去，我就完蛋了。

此刻我已經無法思考。噪音一直讓我不知所措。這種從四面八方傳來的巨大噪音，幾乎要讓我發瘋了。眼下我可沒有保護罩能將我與世隔絕，我就要被吸進噪音的漩渦裡，被撕得四分五裂，甚至連我自己也聽不到自己的呼喊。

讓我過去，我命令那扇重重的鐵門。該死的，讓我過去！我對它拳打腳踢，還用頭抵著它。曾經有段時間，我能用頭抵著鐵門，卻一點兒都不會疼，學校裡還有人為此給我取過外號。如今在火車上正好派上用場。費爾伯格火山（我這樣出力的時候同學就叫我這個）終於把鐵門擠開了一些，現在就是有條縫也夠我鑽過去了。我的身軀是如此單薄，正如我單薄的叫聲。我成功地鑽了進去，穿過鐵門，並從背後關上了它。漩渦拜拜，謝天謝地。

我站著深深地吸了口氣。火車的轟鳴聲又響了起來，似乎平靜了一些。這列火車又回復到「駛於群山和岩石之間」的狀態，只不過此刻我對它已經有了別樣的看法。

現在……

我是誰？

我開始輕聲自語，練習著臺詞。

我是誰？我是誰？誰？

第一個包廂。我看都沒看一眼走了過去。第二個包廂，還是沒看一眼。第三個包廂，我停了下來，在它門前駐足。

似乎從這裡開始我有點小麻煩了。

就算我進了包廂，就算正如加比所說的，三號座位是空的，就算我成功地在包廂乘客當中找出等我的那個人，我怎能鼓起勇氣突然問他：我是誰？

其他的乘客會怎麼想？我甚至能想像出眾人盯著我的目光。

這是典型加比出的主意，我自言自語。爸爸才不會讓我這樣為難。他知道這種狀況有多窘。

我是誰。

說真的，現在是時候向讀者介紹一下我自己了。

當這個故事發生的時候，確切地說，是二十七年之前，我還差幾天就要滿十三歲。我總覺得自己是個普通的小孩，儘管有人不這麼認為，那麼就讓我只陳述一些沒有爭議的事實：

姓名：諾諾·費爾伯格。

出生地：耶路撒冷。

家庭狀況：單親。（好吧，這是當然的。）還有：一個爸爸和一個加比。

最好的朋友：米加·杜布維斯基。

特徵：右肩上有一道深深的疤痕。頸脖上用項鍊掛著一顆手槍子彈。

其他特點：我的興趣。

我的興趣就是當警察。十三歲的時候，我已經能背出耶路撒冷南部地區所有警官的編號。我認識他們使用的所有武器裝備和交通工具。我在家裡收藏了近五年以來發布的所有通緝令。我還有另一項收藏，說不定是全以色列最齊全的，那就是尋找失蹤人口的尋人啟事。除此之外，我還能悄無聲息地弄到加比打字的所有極機密文件：包括好幾份著名兇殺案的驗屍報告，案發現場的素描，還有法醫鑒定的影印資料。我有兩次跟警署總長本人說話，一次是在警局總部的樓梯上，還有一次是在一個高級警官的婚禮上。他在婚禮上當著所有人的面說我是轄區的吉祥物。

我是誰？我是誰？

要是我問錯了人，如何立刻找下一個人再問一次？而且還是在同一個包廂裡？

必須冷靜下來，好好思考。

首先——我用爸爸說話的語氣對自己說——需要研究對手的所有可能性。精選線索。他是這麼教導我的：知識就是力量，這句話他對我說過無數次。「知識就是力量！」爸爸邊說邊用拳頭捶著另一隻手的掌心。我永遠搞不明白到底哪一樣更重要，是知識還是力量？

我是誰？

已經到了第三個包廂了。這火車開得也太快了。

第一次，我用閃電般的速度穿過這節包廂。我當時特別慌張，根本不敢往裡看。第二次，我顫顫巍巍地馬上走回來，穿過包廂，並強迫自己一定要仔細看看。一眼掃去，裡面坐著五個人。五個人，中間的一個座位是空的，上面放著一條紅色的絲帶，寫著「預留」。

哈！

我再次走回來，這是第三次。這一次我放慢了腳步，觀察到那裡有三個男人和兩個女人。有一個男人戴著眼鏡，正在讀報。兩個女人都很瘦，其中一個上了點年紀，頭髮束成一個圓髻，另一個則紮著馬尾辮。很難找出一點蛛絲馬跡啊。我又面對著他們走了一遍。其中一個女人，年紀大的那個，用她的手肘碰了碰坐在旁邊的人，並用眼神示意我的存在。她的眼神中帶著一種不友好，讓我聯想起自己的奶奶琪特卡，不過我已經小有收穫了：我注意到包廂裡的一名男子，戴著黑色的高帽子。這看起來挺奇怪的，他看上去像是來自外國的外交官，要不就是個劊子手。我的腦中泛起一片黑暗恐怖的疑慮：去海法的列車上怎麼會有一個劊子手？

我停了下來，原地轉身，又走回去，這回沒有停住。我需要有個做掩飾用的假身分，在他們這個包廂外面來來回回地奔走，總得有個說法。因為偵查成功的祕訣就在於——拜某人賜教——對你自己的掩飾身分深信不疑。比方說，你要是化裝成一個街頭乞丐，就得發自內心地成為一個乞丐，你要憎惡那些不肯施捨給你半個子的吝嗇鬼，也要祝福那些慷慨的好心人。要是你扮成一個女人，你就盡量做足全副扮相，包括你的步態，你的舉止，你在櫥窗前流連忘返或是不屑一顧的模樣。要是有一丁點兒畫蛇添足的舉動，你追蹤的人就會察覺你是在做戲。爸爸瞇起眼睛，眉心擠出一道深深的皺紋，作勢警告：「諾諾，你給我聽好了。要是劇場的演員演砸了，頂多被報紙寫幾句不中聽的評論。但是，如果一個偵查員的偽裝暴露了，他的腦袋可是會挨子彈的！」爸爸下意識地摸了摸他的肩膀，而我也摸了摸脖子上掛的子彈。我們四目相對。他從來沒告訴過我到底是哪個罪犯打傷他，我也從來不曾問起過。有些事我們從來不聊。那些都是男人的祕密。

我又轉了回來，這大概是第五次了，對著他們的包廂。我的眉頭緊鎖，兩手環抱胸前。哼，我煩著呢！哼，我沉浸在思索當中！好吧，我就是個年輕的科學家，如假包換，還馬上就要發明出某種鐘擺儀器。

如今，儘管我已經有了一個絕佳的掩飾身分，包廂裡的五個人都身子前傾，想要好好看看我。他們的注意力被吸引過度了，我反而沒法從那個戴著劊子手帽子的嫌疑人那裡獲得更多的線索。對了，我記得他還佩戴著一個紅色的蝴蝶領結。我停了下來。也許我該換一個假身分？在他們看來，我這樣的青年科學家是不是有點太稚氣了？或者他們會不會質疑那個鐘擺儀器已經有人發明過了？

時間緊迫，沒多久就要抵達海法了！我當即改換了一個假身分，原地轉身返回，心裡咒罵了一句加比，再一次走回包廂。這一回我是個年輕演員，即將飾演一名飽受折磨的乒乓球運動員。然而，這回所有乘客的臉都轉而朝向窗子，包括那個劊子手，還竊竊私語起來。或許他們是在大聲說話，甚至扯開嗓門嚷嚷，反正隔著玻璃我什麼都聽不見。

大事不妙。我還得在他們面前來來回回走多少次？他們都快要上來抓住我暴打一頓，再把我拖進包廂了吧？我屏息靜氣，立在門邊。他們五個人都用詫異的眼神盯著我。我鼓足勇氣走了進去，跌跌撞撞地幾乎絆倒在他們身上，還把我看得到的每隻腳都踩了一遍。好不容易摸索到了那個用紅絲帶標著「預留」的空座位上，一屁股坐了下來時，我的耳朵紅得發燙。

五雙責備的眼睛盯著我看。他們並沒有想到這個重要的座位是留給一個孩子的。

五雙責備的眼睛？

可是，他們其中的一個不是應該等著我過來嗎？

他們看上去全都異常嚴肅。

許久，我甚至不敢抬頭看他們任何人一眼。

過了一會兒工夫，我小心翼翼地偷瞄了一下。

裝作漫不經心地……眼光四處遊移……

她看看山，又看看岩石……

馬尾辮……禿頭……戴眼鏡的……高帽子……

我是誰？……我是誰？……

火車還在搖搖擺擺地行駛，如同我顫顫發抖的身體。我可從來沒有問過一個陌生人：我是誰？我是誰？……我是誰？……我誰啊？

說不定那個戴著高帽子的人是名來自瑞典的外交官，正坐著火車在我們的國家觀光？

或者是一個去奔喪的廚子？我迅速地打量了他一番：高個子，外表嚴肅，雙唇削薄緊閉。他像那種會因為你問了些無禮的問題而賞你一巴掌的人。

可是等一下！

坐他旁邊的那個人……一個矮小圓胖的男人，臉盤圓潤，滿面紅光，長著寬闊的鼻翼，鼻孔張大，嘴唇肥厚。他看上去像是麵包師傅，不然就是為氣球充氣的人。他凝視著窗外，口中自言自語。說不定他正在背臺詞，等我問他問題！

也可能是那個穿著牛仔褲的姑娘。我在腦海中把她的樣貌又想過一遍：左邊膝蓋有一塊藍色的補丁，綠色的T恤。棕色頭髮，紮著短馬尾。揹一個卡其色的小背包。沒有任何明顯特徵。五官也很平凡。描述結束。

難不成是那個上年紀的女人？就是看起來有點像琪特卡奶奶的那個。琪特卡是爸爸的母親，很不幸，她也是我奶奶。這個說來話長。可是像這樣的老婦人難道也會參與這個遊戲？

說不定這就是我爸爸的潛在動機：這四個小時的時間足夠抵得上一整個月的說教和訓練……這是速成式的實踐課程……我必須用上所有的專業策略才能通過……作為我成年禮的禮物，這個主意簡直太妙了。而另一方面，我有些許的沮喪，其實送我瑞士手錶當禮物就再好不過了。

一張臉，又一張臉。表情，笑容，鼻子，嘴。爸爸曾經說過，每張面孔都是一本書，你得知道如何去解讀。一個真正的行家，只透過一個人的面孔，就能看出關於他的幾乎所有事情。光看看他臉上的皺紋就知道了。在我十歲生日的時候，他做了一套人像拼圖送給我，就跟他辦公室裡的那套一模一樣。他自己親手在各個玻璃片上畫出人臉的五官、鼻子、臉頰、鬍鬚、眉毛、耳朵，還有眼睛。爸爸畫了人臉上的所有東西，交給我，說：「看吧，這是世界上最有趣的書。」

時間一點點流逝，列車正加速向海法行進，而我還是不能確定誰是我要找的人。我越來越懷疑是那個高帽子。他正襟危坐，眼睛被濃密的眉毛遮住，悶悶不樂地癟著嘴。我幾乎可以肯定他就是我要找的人，可是在所有人裡面偏偏他讓我最為懼怕。也許這種懼怕正是爸爸和加比希望我去克服的？我向他投去可憐兮兮的眼神，希望他能幫助我。哪怕他露出一絲的微笑，也足以鼓勵我開始問話。但他連臉都沒抬——就像我努力要逗樂爸爸時的那副樣子。

我失敗了。我沒有勇氣。為什麼沒人來幫幫我？

他們只是一直盯著我看，投來不加掩飾的目光。我看上去是什麼模樣？一個瘦瘦小小的黃毛小子，頭髮剪得短短的（警察局裡的剃頭匠就只會理這種髮型），有一雙藍色的大眼睛，兩眼間距略寬，會給想要同時注視雙目的人帶來些困擾。是的，這就是我。不留心的話會被當成個乖寶寶。加比曾經感歎過：「不知道的還以為你就是天使的翻版照片！可是在你的內心潛伏著七宗罪！」翻版照片裡可看不出我脖子上的脈搏每分每秒跳得如此劇烈，甚至令血管都隱隱作痛，也看不出我的面頰總是紅得發燙，我的手指總是在顫抖，我的眼睛總是警惕地東張西望，四處打探：誰想聽我說說我是怎麼差點就赤手空拳地逮住一個小偷的？就差一點。有人想買二手的指南針嗎？或者狗鍊？誰想聽我講個笑話？

「這孩子長了一對精靈般的耳朵。」加比還會這麼說，然後好奇地摸摸它們。「看，尖尖的，就像野貓一樣。你到底是個孩子還是小動物？啊？」

我是誰？我是誰？……

我做不到。從這些人當中找一個出來問他我是誰，這我做不到。似乎有一塊隱形的玻璃橫在我們中間。我試圖對他們小聲嘟囔出一句「我是誰」上百次，可是話到嘴邊又嚥了回去。爸爸會怎麼看待我的行為？他一定會輕蔑地哼哼鼻子，因為我又一次讓他失望了。他為我準備了這麼大的一個驚喜，我卻沒法樂在其中。

在我搞清楚自己到底想要什麼之前，「費爾伯格火山」已經為我做出了選擇。它把我像熔岩一樣噴了出去，湧到了走廊裡。

現在怎麼辦？再走回去是肯定不行了。難道要放棄整個冒險之旅？

膽小鬼，膽小鬼。諾諾真是膽小如鼠。

我走出包廂，站在離包廂較遠的一面窗戶旁邊。我真恨我自己。我知道，爸爸和加比安排在包廂裡的那個神祕人一定會向他們報告我的表現，說我是如何讓自己丟臉，也讓爸爸丟臉了。

我是誰?!

誰能想像在一列行駛的火車中會響起這樣的回聲。

然而現在，我壯起了膽子，勇氣突然從我的內心噴薄而出，我可不能錯過這次契機。我不停地在心裡默念著，我是誰，我是誰，小心翼翼地向後轉，打算走回第三個包廂。真擔心一旦自己停止默念，那股勇氣就消失了。我挪著小碎步，心裡想，我就兩眼一閉走進包廂，看都別看，隨便問一個人，又不會怎麼樣。就這樣，我念念叨叨地走回包廂，我是誰，一步一挪，彷彿手裡端著一盞眼看就要熄滅的油燈。我是誰，我忽然意識到每當我問自己這個問題時，胸口都會發出一陣深深的悶痛，彷彿有人在裡面叩擊，試圖吸引我的注意力。我越是多問自己幾遍我是誰，內心就感到更苦澀一些。

說來奇怪，這個再簡單不過的問題，我從來沒問過自己。我當然知道我是誰，每個人都知道，我是諾諾，警局的吉祥物。我有一個爸爸和一個加比，我的朋友是米加，我的願望是長大之後和爸爸一起工作。然而，不知為何，在這一刻，我覺得或許對於「我是誰」這個問題還有各種答案，或許一切並非如此一成不變。我的內心一瞬間沉澱了下來，似乎變得沉重而緩慢，什麼冒險也突然無關緊要了。一切都黯淡無光。我這是怎麼了？我是誰……

就在這一刻，我透過包廂的玻璃門看到有人在用異樣的眼光似看非看地打量著我。我停了下來，或者說是他的目光使我不得不駐足停留。我懂了，我就知道是我的臉讓他想到了一個人，因為此刻他正凝神望著我，還自顧自地微笑著，是那種沉浸在思索或回憶中的人常露出的恍惚微笑。我面對他站了一陣子，紋風不動。我有一種感覺，他用一種無言的方式在找我。他想讓我就站在這裡發現他正看著我，那樣他就能集中注意力去回憶他的事情。

他的眼神剎那間變得銳利起來，目光衝破了眼前的迷霧，穿透了火車車窗上那模糊的映像，現在直勾勾地看著我，眼神中帶著好奇與關愛。他的長腿蹺在膝蓋上，開始輕輕地搖晃起來。他伸出兩隻細長的手指，在西裝口袋裡尋摸著什麼東西。一片小小的圓玻璃片，用一根精巧的金鍊子拴在口袋邊。他把那片圓玻璃舉到眼前，嵌在眉骨和頰骨中間。我頭一次見到這個在電影裡才出現的東西：單片眼鏡。只有一片玻璃鏡片的眼鏡。就像英國紳士們戴的那種吧，我猜。

有人用單片眼鏡來打量我！我開心極了，抬起頭，立馬開始思索一些有深度的問題，這樣我的形象才配得上他那副鏡片。畢竟一個以色列小孩可不是每天都能在單片眼鏡裡露臉的。

在他打量我的同時，我也不會疏忽了我的專業職責：他是個老人，我猜年紀約七十歲上下，膚色曬得很深，像是古銅色。他長著一張英俊迷人的臉，是那種有異國風情的面孔。他的雙眼碧藍清澈，帶著笑意，就像在一張陽剛十足的臉上長著嬰兒般純真的眼睛。幾縷日光灼出的皺紋從眼角散開，兩道與眾不同的濃眉拱立在眼睛之上。他的鼻梁挺立在兩眼之間，這鼻子長得高聳挺拔，有種帝王之氣，就像石頭刻出來的。讓人一見到他這鼻子，就禁不住想要彎腰行禮。他的滿頭銀髮，光滑整潔，卷曲著輕垂在耳後，使他看起來彷彿一位卓越的老畫家。

他獨自一人坐在包廂裡。顯然是一個人，他與車裡的其他乘客都格格不入。他身著一套精緻的白色西裝，佩戴一條顏色像熱帶小鳥的羽毛般五彩斑斕的領帶。這還不算什麼，他的翻領上插著一朵鮮紅的玫瑰，胸前的口袋裡放著摺疊得整整齊齊的手帕。至今我都還記得這所有的細節。那個年代，在以色列很少有人這麼打扮。誰買得起西裝？就算有一套西裝，也絕不會穿著它坐火車去海法這種全是勞工的城市。

然而，我馬上又有另一種感覺，這套西裝是屬於他的。他並不是演員，單單為了參加我的遊戲而穿一天戲服。這西裝就是他自己的，是他親手摘下的玫瑰花，插在西裝的翻領上。這一切放在他身上都是如此舒適自然。我甚至能感覺到，那套衣服也很樂意被他穿在身上。

我還記得一件事：有那麼一瞬間，他讓我聯想起爸爸。不是說他們的外表相像，他們完全不像。是內涵，我也不知道他怎麼會讓我無端聯想起爸爸來。也許是因為他在包廂裡形單影隻的樣子。總之無論如何，他就是與眾不同。

我必須承認那個時候我的父親，按加比的話說，總是有那麼一點汗津津的，邋遢得惹人厭煩。而眼前這個人則看上去相當瀟灑有活力，他應該是那種懂得享受生活的人，熱愛玩樂，並且時間充裕，對周圍的一切事物充滿好奇。但是，能感覺到他與他周遭的人事物又被一道無形的細線分隔開來。或許這就是真正的貴族氣質，他身上絕對散發出一種貴族的氣質。我內心的這種感覺愈發強烈，不假思索地打開了他的包廂門。我不是在遵循爸爸和加比信中的指示，也不是在玩他們給我安排的遊戲，我可管不了那麼多，晚一點再繼續跟進那個遊戲也不遲。我徑直走到他面前，用清晰而洪亮的聲音問他：我是誰？

那個男人臉上綻放出一副誇大的笑容，換了另一條腿蹺起來，久久地注視著我。包廂的空氣中彌漫著一股鬍後水的清香，他鬆開臉上掛著的單片眼鏡，鏡片滑落到他的手掌上，又收回西裝口袋裡。這一切簡直太不可思議了，就像在電影裡一樣。他還是沒有回答我的問題。有一種愉悅的感覺在我全身上下散布開來。那是飽含著期許的愉悅感，又帶著一絲緊張，就像謎底揭曉前一刻的那種感覺。那個人似乎也很享受這緊張的一刻。我真心希望他會知道答案，他就是我想要的遊戲搭檔。

「你是阿姆農·費爾伯格。」他說，並報以微笑。他的聲調出乎意料的高昂，帶著羅馬尼亞移民的口音：「但是在家裡，你的父親，都叫你諾諾。」

第五章　等等，他是好人還是壞人？

我沒有說話，向他伸出手。我們握了握手。他說：「抱歉，我忘了說，我的名字叫菲力克斯！」我當時在想，要是我能長出一雙這樣的手該多好啊，修長有型又強壯有力。我的心靈突然像煮沸的牛奶一樣沸騰起來。我也不知道我是怎麼了，也許因為他的外表形太好看了。我再一次向他伸出手，他也再一次按了按我的手，或許他也明白我還得再多觸摸他一次，那樣我的手指才能印下他的手形，以後才能長出那樣的手。不僅僅是手指，還包括他那修長強健的手臂，他的整個外形都會傳送到我這裡，根植在我體內。等我長大了，體內的這部分便會復甦重生，連同他那雄獅一樣的頭型，他那皇家氣派的鼻子，他那碧藍的雙眼和眼角的魚尾紋，還有他的貴族氣質……他的全部。

要不是我太過害羞了，我還會向他展示我能瞬間鑽進行李架，頭朝下倒掛在上面；或是在行駛的列車當中倒立。但是現在，我用盡了全力，剛剛保持住一個雙腳直立，彬彬有禮的形象。

「請坐吧，費爾伯格先生。」他輕聲細氣地說，似乎能感受到我內心的波濤洶湧，想要幫我安撫情緒。我坐了下來，希望他會跟我多交談，那樣我就能立即讓他知道我是多麼有教養。

他從西裝口袋裡拿出一張黑白照片看了看，接著又看了看我，微笑道：「跟照片上的一模一

「還更好看些。」

他將照片遞給我。這照片我從來沒見過，是在我從學校回家的路上拍的，穿著一件臃腫的灰色大衣。顯然是爸爸趁我不注意的時候從車裡偷拍的。

「用長鏡頭拍的，對嗎？」我對菲力克斯說：「這是我爸爸給你的吧，好讓你能認出我來。」我顯出對此了如指掌的模樣。

一汪碧藍色的微笑從他眼角那富有男人味的三道魚尾紋中綻放出來，我快要在他的笑容中迷醉了。他就像個電影明星。我也報以微笑，並飛快地用手指輕觸了一下自己的眼角，可惜什麼皺紋也弄不出來。還得浪費多少年的光陰，我才能擁有三道像這樣從眼角直到鬢角，筆直而深刻的魚尾紋。這皺紋長在他臉上就像是天生如此。他還在仔細看我的照片。我突然閃過一個念頭，說不定此時此刻火車上還有其他人的口袋裡也收藏著我的照片，為了認出我來！爸爸多認真啊，把每一個細節都照顧到了！

我彎腰去看照片，同時也是為了更進一步聞一聞菲力克斯身上的鬍後水香味。我最好的朋友米加·杜布維斯基也在這張照片上。他正咧著嘴，走在我背後兩步遠的地方。

「這位是你朋友？」菲力克斯親切地說，但是不知為何，我覺得他似乎對米加頗為不滿，語調中透露出輕微的厭惡。說真的，米加在這張照片裡看起來是有些蠢，步伐笨重，目光呆滯。

我迅速澄清道：「也算不上朋友吧，我們就是在一起玩。他其實是我的小跟班。」在學校裡，我們管他叫「小六」。加比偶爾也會嘲弄他幾句。不過，他是個好同伴，我是說，好跟班。

「跟我說說他吧，怎麼樣？」菲力克斯問道，把雙臂交叉在胸前，似乎有大把的時間聽我講米加的事。我說沒什麼可講的。米加就是個普通的孩子，真的沒什麼可說的。他這麼些年一直黏著我，老覺得自己是我的好朋友。「其實我跟他玩在一起不過是出於同情。」我吃吃一笑，加了一句。就算米加的確是個不錯的同伴，我們也沒必要浪費那麼多時間來討論他吧。

菲力克斯納悶地說：「那麼，誰才是你最好的朋友呢？據我所知，就是米加！」

這下我有麻煩了。可能是爸爸給了他關於我的各種情報，就因為我猜想他不太喜歡米加，況且米加也配不上讓他這樣高貴的人來關心，於是我如此急於貶低米加，儘管他其實還是個挺不錯的人。

「米加是……呃……」我真的完全不想討論他。他到底有什麼可為外人道的呢，不過就是一個隨處可見的路人。「米加實際上是我的保鏢。」我緩緩解釋道，一瞬間，在毫無意識的情況下，我聽見腦門中央「嗡」地響了起來，彷彿有個引擎在加溫準備開動。「但是其實……」我故作認真地說，同時支著耳朵聽聽我那如簧巧舌打算如何接著往下編：「我最好的朋友是哈因·斯多伯爾，他才是我真正的朋友。他是個很特別的孩子，一個天才。他是我的多年好友，我們在一起可幹了不少好事！」

此時米加正從照片裡盯著我。溫順的米加，笨重的米加。他的嘴咧得大大的。每當我開始說這種話，當我雙眼中間開始發熱，米加就變得神情恍惚。他就像在做夢一樣地聽著我胡說八道，而且從來不在其他孩子面前揭穿我，一次都沒有過。有時候他的順從都快把我逼瘋了，弄得我好像可以任意妄為似的。我甚至可以扯些關於他的謊話，他明明知道那都是胡說八道，卻還是那麼認真地聽著——咧著嘴，吐著舌頭，就跟一隻發呆的懶狗一樣。

現在這位英俊瀟灑的先生也在聽我說著，但是沒露出一點傻樣子。他輕輕地點著頭，略有所思，我能感覺到他的目光直穿入我的內心。他好像什麼都知道，關於我，關於米加，也知道我現在有點不老實。

可是我閉不上嘴。雙眼中間那種嗡嗡的感覺真好，就像是有人用羽毛在搔我的額頭，刺激我大腦中的創意中心：「真可惜你沒見過這位哈因．斯多伯爾！這孩子真棒！他能把整部《聖經》背出來！還會彈鋼琴！他曾經環遊世界，連日本都去過！他都已經跳讀兩個年級了！」我說的大部分都是實話，我很想讓菲力克斯知道我還是有一些朋友算是「天之驕子」，並非個個都像米加那樣一無是處。只不過哈因．斯多伯爾談不上是我的朋友。在「馬烏特耐爾的母牛事件」發生之後，我們向學校教務處和哈因的媽媽簽了保證書，承諾在畢業之前我們絕不交談。

我感到有些悶悶不樂。為什麼我與這個男人剛認識，就對他撒謊呢？他看上去是那麼無辜，文質彬彬，滿面笑容，就像個大娃娃。真糟糕，我有種感覺，自己在原地踏步，我一定錯過了什麼，不僅僅是那個遊戲。因為等一下我們就要到達海法了。我已經向這個神祕的菲力克斯問過問題了，接下來該幹什麼？難道我得重頭來過，按照遊戲規則，直到我再次找到他？這麼做有什麼意義呀，我可不幹。但無論如何，爸爸和加比大費周章來策劃，又有那麼多人在等著我，他們都準備好了要扮演他們的角色……

幸好這個名叫菲力克斯的人不認為我必須嚴格遵守這個遊戲的所有規則。他輕輕一笑，似乎是在嘲笑其他人，而我也學著他笑了笑，雖然弄不清楚為什麼要笑。我不過是想嘗試一下他那種笑法，用我自己的嘴唇來模仿一下他的笑容。然後，他從褲子口袋裡掏出了一條細細的鍊子，我極力忍著沒伸出手去摸那條鍊子：這次是一條銀鍊，另一頭拴著一塊圓形的白色懷錶。我這輩子只見過一次有人用鍊子把懷錶拴在口袋裡，還是在《紅花俠》那部電影裡面。菲力克斯的懷錶上刻著大大的四方型數字，圓圓的錶盤還鑲有一道細細的金邊。要是我有這麼一塊懷錶，肯定把它擱在保險箱裡，每天拿出來端詳一次，還得是在夜裡我獨自一人的時候。這樣的鐘錶真不該放在口袋裡。這個菲力克斯顯然是對所有人毫無戒心。他難道沒聽說過有扒手嗎？還有強盜？要是他願意的話，我可以好好教教他。

他閉上眼睛，努著嘴沉思著。終於，他帶著濃重的羅馬尼亞口音說：「可以這麼說，你比我想的要早一些來到我這裡，但是也可以說是再等一下，你的時刻就要來到了。」

不論是他說的希伯來語，還是他想表達的意思，我連一個字都沒聽懂。

「現在是三點十分，小費爾伯格先生，咱們需要在三點三十三分準時到達咱們的汽車上。就是這樣。」

我問他是什麼汽車。

「我說的是汽車嗎？」他舉起雙手，好像投降一樣。「抱歉！菲力克斯真是上年紀了！把祕密都大聲說出來了！小費爾伯格先生，請你趕快忘記你聽到的話，耐心地等待驚喜吧。驚喜固然重要，然而等待驚喜的過程更加珍貴，對吧？」

那個時候，只要有人跟我說「祕密」這個詞，我的右腳就開始抖動，只要我一聽到「驚喜」這個詞，左腳就開始劇烈抽搐。菲力克斯絕對想不到他在一句話裡同時使用這兩個詞，會給我帶來什麼後果。

「費爾伯格先生，你為什麼蹦蹦跳跳的？」他問道，同時彎腰去把一個棕色的皮製旅行袋從座椅下拉出來。

我沒有向他解釋我抖個不停的原因。

「我的旅行袋是真皮的，羅馬尼亞製造！」他寵愛地拍了拍那個旅行袋。每次他一開口，我就會被他的聲音嚇一跳：聽上去有些蒼老，音調略高，有些刺耳，與他高貴穩重的形象完全不匹配。「我這輩子不管去哪裡都只帶這一個旅行袋，」他一邊說，一邊小心翼翼地扣上袋子的皮帶，然後輕聲笑了笑。「我這輩子唯一的朋友就是他了。」

他說話的時候，我在試圖猜測爸爸是怎麼認識他的，又怎麼會從未向我提起過他。說不定他是什麼特別行動小組裡的，要嘛就是在國外工作的傳奇特工——帶著假身分在世界各地出沒，與國際刑警和美國中情局打交道。這種人有時返鄉度假，又會在警局總部的走道上一晃而過，留下一串神祕的足跡。警局裡的人都在竊竊私語：有個「叔叔」來過了。「叔叔」就是神祕特工的代號。所有的祕書都會找藉口溜出去偷瞄他一眼。有一回一個「叔叔」路過我爸爸的辦公室，甚至連爸爸都緊張兮兮的。他用眼神示意我看那個特工，說：「記住你見過他！」又立即嚴厲地補上一句：「快忘記你見過他！」因為擔心有人會把我綁架了，從我嘴裡榨出什麼警局的機密來。可是偏偏這個我唯一見過的「叔叔」，樣子實在普通。他穿著平常的衣服，個子矮小，禿頭，有一雙白淨的手。

然而這個菲力克斯，我判斷不出來他到底是什麼人。他是誰？他前一刻看起來天真得像個嬰孩，後一秒又會突然朝火車走廊外東張西望，神態上根本就是個「叔叔」。一個可怕的念頭突然跳了出來，說不定他曾經是個壞人，後來又轉到了我們這一邊，好人這一邊。怎麼不可能？爸爸也在黑白兩道都有過專業的線民。有時我們過個馬路，跟他打招呼的人都千奇百怪。

菲力克斯說：「來吧，費爾伯格先生，我們該走了。」

「你為什麼老是叫我費爾伯格先生？」我問他。我覺得這個稱呼既搞笑又煩人。

「那我應該怎麼稱呼您？」

「諾諾。」

「諾諾？」他試著默念了一遍我的名字。「嗯，嗯，我不能叫你諾諾……咱們還算不上是朋友，對嗎？」

「為什麼不算？」好吧，我這麼問太愚蠢了。我們真的算不上是朋友，只不過我一廂情願地認定我們已經是了。這樣就不必再浪費時間寒暄。但他明明就是那種讓人一眼就產生信任感的人。

「但是，大家都叫我諾諾。」

「那麼我更得叫你費爾伯格先生了，因為我從來都不隨波逐流。是吧？」他對著車窗玻璃中自己的映像調整領帶。

他對著窗影中的我說：「也許，之後我們會成為更好的朋友，到時候我就會叫你別的，比如說，阿姆農。不過最多這樣，否則太過親密了可不好。每個人必須要保持他的界線，你懂嗎？現在你就是費爾伯格先生，之後再說，好嗎？」

費爾伯格先生。行吧。無論叫什麼，只要是從他嘴裡叫出來的，都好聽。曾經有個老師在課堂上也這麼稱呼我，但聽上去就像她拿著一把鉗子把我的名字夾出來。她和菲力克斯比簡直差太遠了。

關於那個老師的回憶把我的任性激發出來：

「那憑什麼我就得叫你菲力克斯？你姓什麼？」

他轉過來，給了我一個讚許的微笑。「先暫停，等我們出了這裡再說。」

「出了哪裡？」

「出了這裡，這列火車，這列火車的火車頭。」

「我們怎麼可能走出這列火車的火車頭？」

「我們走不出火車頭，除非我們走進去，對嗎？」

有一種冰冷雪白的東西在我的心口盤旋，時而靠近，時而遠離。我還來不及搞清楚這到底是什麼東西。是一種表示提醒的徵兆，還是警告？一陣疼痛的痙攣之後，我什麼都不記得了。

第六章　有個東西抓著我

我們從包廂出來，朝著火車頭的方向走去。菲力克斯快步走在我前面，很警覺，像隻貓。我愈發覺得他就是個「叔叔」。他隨時用眼角餘光環視四周，就像個重要人物的貼身保鏢。顯然這個重要人物就是我。跟在他背後這樣走著還挺有趣的，我擺出一副茫然的表情，暗自希望此刻有個冷血殺手出現，要來襲擊我，菲力克斯一拳過去將他打倒在地。而我依舊冷靜地走過歡呼的人群，小聲地對我的隨從們耳語：「這種刺客真差勁。」

然而，想要靠近我的並非刺客，而是那個戴著黑色高帽子的男人。當我們經過三號包廂時，我看見他站了起來，張著嘴喊不出聲，高舉起手彷彿是要叫住我。一瞬間我全明白了：他在那裡耐心地等著我，以為我消失了，以為我不敢參與這個遊戲了，而我突然又出現在他面前，只不過出乎他意料之外的是，我沒有走向他問那句「我是誰？」，而是甩開他自己玩了！

菲力克斯也看到他了。一道如鞭笞般銳利的目光，已經足以制止黑色高帽男。菲力克斯抓著我的手，用力把我拽過三號包廂的門。他的動作猛烈，表情嚴肅又堅決，以至於我一時間認為爸爸和加比並不是為我準備了一個驚喜遊戲這麼簡單，而是一件更為重要和深刻的事情，一件幾乎是關乎生死的事情。

但是我根本沒有時間來想這些，甚至不能停下來一秒鐘，仔細考量一下究竟發生了什麼。一切都來得迅雷不及掩耳。我被推過了車廂走道，與那個戴著黑色高帽的男人失之交臂。我不明白為什麼我得躲著他，為什麼菲力克斯不能停下來片刻，向他簡單解釋一下，說費爾伯格先生決定跳過遊戲裡的一個環節。這有什麼關係！費爾伯格先生有這個自由！

我回頭一看，簡直不敢相信自己的眼睛：菲力克斯站在那裡，頂住三號包廂的門，手裡拿著一根銀鍊子。不可能有錯，就是那條拴懷錶的銀鍊。他用力把它從口袋裡掙斷，纏繞在包廂外面的門把上，連懷錶都還掛在上面！他雙手敏捷地轉動，動作飛快。我陰險地想到，他要是個扒手，一定很出色。說不定他曾經是個厲害的扒手。我剛才還想著要提醒他注意防盜！我站在那裡，滿臉驚奇地看著他：他對於被他關在包廂裡的那些人毫不留情。他的雙手用銀鍊奮力纏緊門把，雙唇緊閉，彷彿有一輪殘暴的陰影環繞在他的四周。掠奪者的殘暴。

就連我，也被圈在了這輪陰影當中。那條線蔓延開來，包圍著我的雙唇，細小而蒼白，就像一道傷疤。我也像一個老手一樣，眉頭緊鎖。甚至連我的雙手也在空中舞動，與他的動作一唱一和。我能感受到此刻他十指的感覺，那種刺痛，那種緊張，因為我曾經觸碰過他的十指……

三號包廂裡的人們就像被施咒一般，呆若木雞。他們百思不得其解地盯著他，無法相信自己的眼睛，也動彈不得。戴著高帽子的那個人還站著，雙腿彎曲，似乎搞不清楚是應該起身還是坐下，他的手懸在空中，大口圓張，震驚無語。另外那個肥胖禿頂的男人，呆呆地看著菲力克斯，臉上掛著難以置信的傻笑。在他們背後，那個貌似琪特卡奶奶的女人靜望著這邊，吃驚地抿緊嘴唇，真是像極了琪特卡，稍微有所不同的是，這個女人一句話都說不出來。

我也不發一言。這是我這輩子見過最神奇的景象：一個可說是個老人的成年人，一個文雅高貴的人，他正在做的事情，換成是我做的，肯定會被學校開除！

不過，也許正是這一點讓我如此興奮著迷：有人與我這般相似，卻是個大人。

菲力克斯沒有多浪費一秒在包廂裡的那些人身上。他已在門把上纏繞完錶鍊，試了試那扇門已經無法打開，便抓著我的手臂，把我接著往前推，推向火車頭的方向。與此同時，他向我露出一個轉瞬即逝的微笑，就像一道藍色的閃電。「全弄好了，咱們得走了！」他說。

我嘟囔道：「可是……他們在裡面……真的不能……」

「待會再說，待會再說！真對不起，最後會給你個解釋的！哈得！」

「那塊懷錶怎麼辦？」我呻吟著。好歹讓我把懷錶給摘下來吧。

「錶不要緊！要緊的是時間！別浪費時間！哈得！」

「什麼是『哈得』啊？」我一邊跑一邊喊。

菲力克斯吃驚地停了下來，問：「小費爾伯格先生竟然不知道什麼是『哈得』？」

我與他面對面站著，兩人都喘著粗氣。列車過彎道時搖搖晃晃。我倒是想起有本童話書叫《海蒂》，哈得？海蒂？不過我很明智地選擇了保持沉默。

「『哈得』就像『呼啪』！」菲力克斯大笑，又拽著我的手狂奔，「就像『加油』！就像『快跑』！就像趕馬車的叫聲！」

「啊！」我終於無師自通了，「就是『得駕』！」

我們奔跑著穿過一節又一節的車廂，窗外在我們兩側飛馳的風景，似乎要跨過電線杆與我們賽跑。先是一排綠油油的桉樹林，接著是一大片向日葵，一堆堆的土丘。而前方，是一段段的走廊，一節節的車廂和一扇扇的車門。有時會遇上一些乘客瞥上一眼，抬起手驚得張口結舌。也許他們也是爸爸和加比安排來見我的人，只是我沒法停下腳步。菲力克斯用力拉著我跑，我自己也不想停下來。突然間我們已經到了最後一段走廊，狹窄的過道盡頭是一扇沉重的大門，上面寫著：嚴禁入內。菲力克斯就像是完全看不懂希伯來語一樣，猛地拉動門把，那扇重重的門隨之一轉，我們來到了火車頭內部。

那裡面的噪音比車廂裡更加大。一個彪形大漢穿著骯髒的背心站在那裡，背對著我們，倚在一個鋼板箱上。

我們闖進來時，他頭也不回地大聲咆哮：「引擎又減速了！今天都減兩次了！」菲力克斯關上背後的門，並插上門閂。熱浪撲面而來，我馬上開始大汗淋漓。還有噪音，我之前已經告訴過你們噪音會讓我抓狂。

菲力克斯朝我眨眨眼，點了一下那名司機的肩膀。

那個人笨重地轉過身來，一臉驚訝。

他顯然以為是另一個人叫他，要嘛是他的助手，要嘛就是與他共事的工程師什麼的。他立刻問我們是誰，怎麼敢進入火車頭。他要大聲喊著才能蓋過噪音，而菲力克斯對他輕輕一笑，這一回他露出的是那種溫柔的笑容，足以融化一個人的心。他湊近司機，貼著他的耳朵喊道：他非常抱歉，他知道這很不應該，但是沒辦法，這個叫艾利澤的小孩懇求能看一眼火車頭是什麼樣子，就看一眼，這是他人生中的第一次也可能是最後一次了。

是的，他的原話就是這麼說的。他還輕輕地撥了撥我腦袋上的頭髮，我看見他對著火車頭司機使了一個意味深長的眼神，又點了點頭指向我。

一開始我沒弄明白他在說什麼。聽上去他在對那個司機撒謊。這謊話真是信口開河，就好像我是患上什麼絕症的孩子，正帶著對這個世界未竟的心願做一場告別旅行。

我對自己說：不可能，一定是火車頭的噪音太大，我把他對司機說的話給聽錯了。我嘲笑起自己的愚蠢來，又有點驚恐。一個優雅的紳士怎麼會說出這樣笨拙的謊話？因為據我所知，我健康得跟惡魔似的，就是對青草有些微的過敏。但是，當我看到火車頭司機向我投來憐憫心疼的眼神，我開始想自己是不是沒有聽錯。菲力克斯真有可能用他那種誠懇溫和的語氣說出了那些可怕的話。

而我，已經不是我自己了。我貼在牆邊，火車頭巨大的引擎咆哮著，從我的腳跟直衝腦袋。熱浪已經將我的智慧融化得所剩無幾。我從來沒想過爸爸會允許菲力克斯對我做出這樣的事情。我是那麼全心全意地信任他，也沒有叫他閉嘴。我沒有跟司機說他是騙人的。我睜大雙眼凝視著菲力克斯，懷疑自己是不是在做夢。

他怎麼能不假思索地編出這堆謊話？扯謊的時候臉不紅心不跳？

我得花上好幾年的時間才能學會控制自己的臉部表情，別人總是能在第一時間發現我是在說謊。除了米加，只有他不知為何對我的謊話特別著迷。

但這個菲力克斯是個大人啊！他還撒謊！還是這種彌天大謊，大得讓火車司機都啞口無言！就算是出於迷信忌諱，這個謊話無論如何都不該說！

我站在那裡，不發一語。

但我還是那麼崇拜他。

我違背我的意願，一邊厭惡他的厚顏無恥，一邊崇拜著他。

現實就是如此苦澀。

他的所作所為令我氣憤。是的，但同時又令我佩服得五體投地。在他面前，我就像被徹底瓦解了，被融化了，我所受過的教育，我所學到的一切，在我鼻子前搖動著告誡我「不行！不准！」的食指，還有爸爸生氣時眉頭之間那道加深的皺紋，那道像不變的驚嘆號一般赫然聳立在我頭頂的黑色豎立皺紋，統統消失殆盡。最後一刻，我感到有一個微弱的呼喊聲幾欲脫口而出：「不！這不對！這樣不行！」然而就在同一瞬間，又有一聲歡愉的呼聲隨著發動機的轟鳴，火車頭的震盪，一齊刺穿我的五臟六腑，彷彿剎那間將我捲入另一個世界。在那個世界裡，這種事情無可厚非，做任何事都能得到允許，沒有板著臉的老師，沒有瞪著眼的爸爸，也不用費盡工夫記住什麼事能做什麼事不能做。

總之就是，什麼事都無需費勁。你話音剛落，事情就辦成了。

就像上帝說要有光，於是便有了光。

是的，我就是崇拜他可以輕而易舉地把包廂裡的人反鎖在裡邊，為此浪費掉一塊昂貴的懷錶，他膽敢闖進一個寫了「嚴禁入內」警示語的地方，還對火車司機撒這種謊，這種不該說的謊。

似乎沒有什麼是他不能做的。

這世界對他而言不過是一場遊戲。

這遊戲中沒有規則，只有他能制定規則。

但其實我對他的能耐還只是一知半解。

他對自己的謊言深信不疑，只有這樣才能讓別人也相信你，就像偵探帶著作掩飾的假身分工作。每當我看著他，彷彿能感受到他雙眼之間的那個發熱點在嗡嗡升溫。這是我有生以來第一次感覺到別人身上的搔癢。菲力克斯已經完全沉浸在他的謊言中，向我投來無比憐愛的目光，看得我這個出了名的健康，就是有點過敏的淘氣鬼，在那一刻突然虛弱起來。菲力克斯那慈祥的眼神彷彿為我披上了一條淺灰色的披巾，把我從內到外籠罩在病痛和孱弱當中，我恨不得被湮沒其中。

那種全新的情緒在我心中油然而生，腦子裡一陣輕飄飄，愉悅感幾乎讓我暈過去。我多想告訴你們其實我掙扎了好久，以顯示自己的性格還是很堅韌的。但實際上我絲毫沒有抵抗，也顯示不出來半點堅韌。才那麼一會兒，菲力克斯就把我變成了他的同夥。他甚至不需要事先跟我打好招呼，似乎早就知道我是個什麼人，只消輕輕撣去些許塵土，就能揭開一個真實的諾諾——那個愛說大話的小孩。我是誰？

我倚靠在牆邊，菲力克斯兩眼直盯著我，那個司機也是。我感到臉部一陣痛苦地扭曲，我彷彿被自己吸乾，縮成一團。生命，我寶貴的生命已離我遠去，油盡燈枯。我覺得好冷。火車頭裡灼熱難當，但我卻開始全身發抖。這種顫抖既像源於菲力克斯編造出的疾病，又因我悲從中來，難以自抑。一種暗無天日的哀愁向我襲來，那是真切的駭人哀愁，為我的命運擔憂，為那吞噬著我身軀的可怕疾病擔憂，也為我短暫的生命舞臺上即將落下的黑色天鵝絨帷幕而痛惜。我的右手突然戰慄起來，劇烈地顫動，就像一隻病中垂死的小獸。這無疑是我患病的症狀之一。我並非刻意為之，那隻手自發地跳動起來，誰能想到我會有一隻如此具有表演天賦的手！真可惜加比不在我身邊，看不到這些，只是當時我已經想不起加比來了，我在這裡提到她一句，不過是為了遮蓋我敘述這段故事時的尷尬。那個時刻我可是毫不知羞，相反的，我為自己的精湛演出感到無比驕傲。看到我裝作嘴角扭曲像是垂死掙扎的樣子，菲力克斯驚喜地睜大了雙眼。他的滿意讓我頗為自豪，就像是出師的徒弟。他終於對我這個徒弟的手藝表示滿意了。這樣的表演也算得上是門手藝，對吧？作家不是也會虛構故事嗎？虛構的故事難道不算謊話？我站在轟隆隆的火車頭裡，渾身血脈賁張。我拋給火車司機一個柔和且虛弱的眼神，一個乞求的眼神：「司機先生，我知道你們有規定，就算被拒絕我也會原諒你的。」我的眼神彷彿在說：「規矩是規矩，哪怕你不能稍微破例一次，讓我這種情況的孩子高興一下，我也能理解你，我的朋友。說真的，比起那些規矩來說，一個孩子經受的痛苦又算得了什麼。正是有了那些規矩，地球才會轉動，太陽才會東升，這列火車才會準點發出。像我一樣處於死亡邊緣的孩子還有很多，可是在這節火車頭，這唯一的、特殊的火車頭裡，只有我一個。」

「太感謝您了，先生。」我乾枯的嘴唇喃喃低語，馬上要昏倒在地，司機趕緊上前扶住我，拉過來一張板凳讓我坐著。這正好說明謊言是站不住腳的……

我成功了。火車司機相信我了。我歡欣鼓舞：他信了！他信我了！多少次了，就連我說真話的時候，都沒人相信！

喲呼！哈得！

司機用一塊熏黑的藍色抹布擦了擦他的臉和光頭，斜靠在他那固定在地板上的座椅旁邊，不解地搖著頭，卻不敢看我一眼。他直瞅著菲力克斯，全然不知此時他的命運已被改寫。他開始用低沉粗啞的聲音講解引擎是如何工作的，它的功率是1650馬力，他說完一噘嘴，又用眼角餘光掃了掃我這邊。他是個魁梧大漢，毛髮濃密卷曲，長滿後背和手臂，甚至連耳朵邊上都長了。他雖然不擅言詞，但還是看在我的情況下盡力地講解，甚至還把他的座位讓給我，小心翼翼地俯在我身上，指給我看每一個把手、按鍵和指針，偶爾膽怯地看看門口，生怕哪個列車員進來發現火車頭裡面有陌生人。

菲力克斯還會問他一些問題，比如哪裡是火車的制動器，如何加速，如何拉響汽笛。而那個火車司機對菲力克斯表現出來的興趣感到高興，似乎有點受寵若驚，他越講越多，越講越多，全然忘記了之前的擔憂。他給我們展示了能讓整趟列車停下的總制動閥，還有一個小一點的閥門能讓火車頭停止運行。他還讓我拉動了汽笛拉繩，悲壯的汽笛聲在我們頭頂鳴響，彷彿火車在為離別而哀號。但我，卻為另一件事情神傷。因為我想到班上沒人會相信我在一列行駛的火車中拉響了汽笛，沒辦法，為了讓他們都相信這個故事，只能放棄拉汽笛的情節了。

接著，司機向我們演示了如何將火車提速到每小時一百二十公里，菲力克斯也回憶起他小時候在羅馬尼亞，特別愛躺在一處懸崖邊上，火車時常從他身下飛馳而過，他得屏住呼吸抵抗冒上來的蒸汽。火車司機又追憶起他還在俄羅斯時開的那種老式的火車頭，可不像現在這種新玩意兒，那種有著十二缸柴油引擎的火車頭，還是俄羅斯的「摩托將軍」生產的。當時他還只是個燒鍋爐的，有一次行駛到一半，他發現當時的駕駛員喝醉了，於是他隻身一人拯救了整趟列車，呼！

菲力克斯看著他的眼神充滿了關切，因此那司機也變得喋喋不休起來，告訴我們關於這節火車頭的各種奇事。光重量就有一百噸，其他所有的車廂算上乘客又有一百噸，這可是個相當沉重的責任，他說，並給我們看他隨時收藏在工作服口袋裡的那封熏黑起皺的推薦信……總之，我已經開始擔心旅途就快結束了，我快要趕不上加比和爸爸給我準備的冒險遊戲了。

然而就在這時。

「那麼，司機先生，你覺得……」菲力克斯對他露出了迷人的微笑，「讓這個孩子開一會兒火車怎麼樣？」

第七章 試駕火車，真難停下來！

不，我心想，他不過是說說而已。我又露出了那種要笑不笑的神情，要是萬一，我是說萬一中的萬一，那個司機真的答應了，我就不得不去駕駛火車頭了。菲力克斯將他的問題重複一遍。地板在我的腳下咆哮起來。火車頭正義無反顧地向前狂奔。我的腦子裡隨著行駛的節奏浮現出一些零零散散的思緒：火車頭後面還連接著那麼多節車廂，車廂裡還有那麼多人。那些人都是無辜的。菲力克斯或許還不知道我會開得有多不熟練。不行，絕不能讓一個孩子來駕駛火車……我緩緩癱坐在板凳邊緣，此刻，我徹底變成了那個病懨懨的艾利澤。

「想都別想！」司機也震驚了，頭搖得跟波浪鼓似的。「先生，你沒事吧？你瘋了嗎？你還是個成年人嗎？我會被開除的！」

我朝他露出一個虛弱的微笑以示鼓勵。菲力克斯也在對他微笑。誰要是看到了菲力克斯的這種笑容，就算一時間根本高興不起來也會禁不住地面露喜色。那個司機正是如此，他本來已經很苦惱了，然而菲力克斯對他露出微笑——那微笑從嘴角綻放開來，慢慢地綻開到眉眼，開到眼角那三道深刻筆直的魚尾紋。菲力克斯就像一位從銀幕上走下來造訪凡間的電影明星，他的笑容越來越明亮，越來越燦爛，好似旭日東升照耀萬物，一草一木莫不浸潤其中，不知不覺地，司機也慢慢揚起了嘴角。

幸好那司機全身上下不只長了這麼一張懦弱沒用的嘴。他憤怒地將目光從菲力克斯那雙光芒四射的藍眼睛上移開，咆哮道：「恕我無禮，先生！到此為止啊！現在馬上帶著這個孩子離開，要不然的話……」但是菲力克斯也毫不示弱。他用手示意司機靠上前來，司機卻偏偏後退了一步，似乎在抗拒某種不道德的要求，然而菲力克斯又招了招手，也不算是招手，他僅僅是動了動他的手指，他那修長的，如象牙般雕琢有型的手指。司機兩眼出神地盯著那根召喚他的手指，漸漸靠過去，兩顆腦袋一下子便靠在一起，一個是菲力克斯雄獅般滿頭銀白的鬈髮，另一個是司機光滑的禿頂，腦袋下還連著他壯如公牛的脖頸，穿著骯髒不堪的背心。

他們在竊竊私語。司機不停地搖頭拒絕，我看到他手臂上的肌肉都鼓了起來。菲力克斯輕輕地拍著司機反抗的肱二頭肌，以一種幾乎不易察覺的溫柔手法安撫著它們，勸它們偃旗息鼓。此刻，司機那公牛般的腦袋不再搖晃了。他在認真聽著。肩膀也放鬆了。於是，我知道這件事就這麼說定了。菲力克斯對著司機那毛茸茸的大耳朵又耳語了幾句，猜都猜得到他那些話，一定是軟綿綿，像抹了蜜一樣，流淌進司機那聽慣了刺耳剎車噪音的耳朵裡。

司機慢慢地轉過他的大腦袋，朝我這邊看了一眼。他只用左眼瞥了一瞥，那隻小眼睛裡布滿了紅血絲，疲憊不堪，彷彿已經向某種神祕勢力投降，交出自己任其擺布。

在那節飛馳的火車頭裡，我第一次感受到菲力克斯的這種力量。這種神祕的黑暗的力量。一股磁力從他的體內升起。在接下來的日子裡，我又有幾次機會目睹了這種奇觀。後來的幾年當中，當我越來越深入地調查他，聽到了很多類似的故事，每個講述者都會說菲力克斯「壓倒」其他人——因為實在找不出別的詞語來形容——隨心所欲地使喚他人。

神奇的地方在於他通常不倚仗武力，而且恰恰相反。他彷彿能在自己與他人之間挖出一口深坑，用善良、微笑、親和與慈愛鋪墊在坑底，身在坑底的人們會以為自己置身童話故事中。然後，菲力克斯便會輕手輕腳地合上深坑的開口，繼續上路，當那些人在黑暗的坑底甦醒時，深坑已忽然間變成了騙子的行李箱。

那我呢？我怎麼了？為什麼我還要繼續相信他的故事？我做了什麼？又感覺到了什麼？我彷彿已經分成兩半：一半的我拚命對著司機的耳朵大喊，要澄清那些菲力克斯告訴他的謊言；但不得不承認，另一半的我，儘管有一百個不情願，已經被菲力克斯完全俘虜了，臣服於他蔚藍雙眼中泛起的光芒，也臣服於他的大膽和癲狂。還有一半的我（好吧，我被分成了三份）在想著：諾諾，你可真是愚蠢。班上還有哪個孩子曾經開過火車？世界上還有哪個孩子能得到這樣的機會！要是爸爸知道你放棄了他為你精心準備的這份禮物，他會怎麼看待你?!

司機嘟嘟囔囔著，費勁地直起身來。「好吧。但是只准開一下子，半分鐘，多一點都不行，這真是絕不允許的……」

他笨拙地站了起來，倚在左邊的牆上。他的大腦袋不住地搖動著，以示反對，以示抗拒，然而他的雙手卻已經垂在身體兩側，眼神中也蒙上了一層迷霧：「就一下子，這樣是不行的……」他顛三倒四地喃喃自語，頭用力地抬起來又垂下去，反覆好幾次，似乎要把這件事從記憶中刪除殆淨。

菲力克斯開心地對我微微一笑。「請吧，艾利澤，請你來駕駛火車。」

我坐在司機的旋轉椅上，右手抓住油門手柄，左手搭在緊急剎車的把手上，就像司機一貫的姿勢。我隱約感覺到那個司機傾身向我，扶著我的雙手握緊剎車把手，不過我不太需要他幫忙。我很清楚自己已經不知不覺地掌握了他的動作，就好像從一開始就知道菲力克斯會讓我來開火車。我稍稍加了點速度，火車回應了一聲轟鳴。這速度似乎太快了，至少對於一個新手而言。我拉下火車的剎車把手，好讓油門稍微鬆口氣。我還是挺會駕駛的嘛。這點跟我爸爸很像。他鑽進任何一種車輛裡都有本事立刻駕馭它。只不過，據我所知，他還沒試過開火車。

其實當時我沒有想到我爸。要是想到了他，說不定我就會意識到有些事情實在太過詭異了。當時我一直心心念念的，是如何向班上的同學們講述我的經歷，顯然得略過這一段，不然他們是不會相信我的。不過至少我可以把拉響火車汽笛的事保留住，因為現在看來這並不算什麼難事。

我記得左手邊有一扇不大的窗戶，只有這扇窗玻璃被擦拭得一塵不染，透過它我看見鐵軌飛速地向我奔來，又在我身下被吞沒。司機將整個身體壓在我的背上，好像已經魂飛魄散。唯有手還握著我雙手，沒有鬆開剎車把手。彷彿他的全部生命力都集中在這個最後的、最致命的地方。與之相反的，菲力克斯倒是張揚得很。他的兩隻眼睛像兩枚藍寶石一樣閃閃發亮。能送給我這樣一份不可思議的大禮，他感到很欣慰。我們在沿海平原上行駛，成片的香蕉園在我們身邊飛馳而過，肥沃紅潤的土地，柏樹林，田野，和溝渠滿布的沙灘……我注意到在我們的右邊是一條公路，我記得，當時有一輛紅色的轎車緩緩地跟在我們後方。

就在這一瞬間，我的內心完全爆裂開來，體內有一股洪波奔湧而入。火車頭的巨大動力，它的咆哮，它的壯觀，它的飛速運行正顫動著我的雙手，這顫動上行至手臂，侵襲胸脯，這股力量是如此強大，我的軀體已無法承受。我開始用盡力氣尖叫，一個上百噸的火車頭就在我的手上，像是有一面巨鼓在我胸膛裡敲響——我的心臟得有多大啊！接著，我又拉了拉油門手柄，指針開始移動，哈得！上百噸的火車頭，上百噸的車廂，更不用說那些可憐的無辜乘客，他們對此一無所知！只要我願意，我完全可以拉著這火車頭一起穿越軌道，衝下鐵路，馳騁在田野上，沒人能阻止得了我，我這輛車可是高達1650馬力！而我，不久之前不過是列車上的一名普通乘客，連成年禮都還沒辦，突然之間就從芸芸眾生中脫穎而出，被人選出來駕馭他們，引領他們，而且我似乎表現得還不賴。爸爸會以我為榮，是我，我在駕駛著這列火車，毫無恐懼，不畏艱險。我就是無所不能，百無禁忌，無法無天……

菲力克斯和那個司機使盡了全力才把我從駕駛臺上拉開。究竟發生了什麼事，我記得不太確切了，只知道我費盡力氣與他們抗爭，非要繼續駕駛。當時的我就像一隻野獸，比他們加起來都要兇猛，因為我直接從1650馬力的火車頭裡汲取了力量。

當然，他們還是制服了我。他們需要合力才能將我架走。我感受到菲力克斯的手臂緊箍著我，箍得我好疼。按他這個歲數來講，他真是相當強壯了。他把我扔回板凳上，他們站在我兩邊，氣喘吁吁。豆大的汗珠從火車司機的額頭上滴下來，淌到他的臉頰上，脖子上。他滿臉嫌惡地盯著我，就像發現了什麼恐怖噁心的東西。「馬上出去！」他說，寬厚的胸脯一起一伏。「我請你們趕緊離開這裡。」他又重複了一遍，聲音已撕裂成尖叫。

「好，好，當然。」菲力克斯心不在焉地應諾著。他看了一眼駕駛臺上的時鐘，嘴裡喃喃地計算著什麼：「時間剛剛好。非常感謝您所做的一切，司機先生。如果我們造成了什麼損失，十分抱歉。」

「幸好沒出什麼事。」司機哭喪著臉，喘著粗氣，他雙手抱頭，萬分震驚。「怎麼會這樣……我幹了些什麼啊……夠了……你們趕緊走吧，夠了。」

「只是還有一個小問題……」菲力克斯說。我已經開始熟悉他這種安靜的，像貓咪一般的語氣，我能感覺到在他彬彬有禮的話語之下掩藏著不安分。火車司機的臉剎那間脹得通紅。「因為我們兩個人需要在到達特拉維夫之前下火車。」菲力克斯滿懷歉意地解釋到。他從上衣口袋裡抽出手帕，輕柔地在前額上抿了抿，拂去剛才與我較勁時沁出的汗珠。空氣中彌漫著一股淡淡的香水芬芳。

「還有半個小時我們就要到站了。你們老老實實地待在你們的包廂裡！」司機狂吼道，他握在剎車把手的手指都氣得發白。

菲力克斯頗有耐心地糾正他。「不好意思，先生，或許你沒聽懂，我的希伯來語說得不太好：我們必須在到達特拉維夫之前下火車。就在那片樹林的前面。大概還有三公里。」

我透過灰濛濛的窗戶向外瞅了一眼。火車正在一片平原上穿行，兩旁是金黃色的田野。朦朧前方有一片深色地帶，看著像是樹林。我又瞄了一眼火車駕駛臺上的巨大時鐘，它顯示著三點三十二分。

菲力克斯友善地說：「現在只剩下兩公里了，司機先生，您得開始減速了。」

司機猛地回過頭來。他本來就是個大塊頭，生起氣來似乎脹得更大了。「要是你們再不馬上從這裡消失……」他一字一句地說著，脖子上的青筋鼓起來，像一條條的肌肉。

「還有一公里半了。」菲力克斯平靜地說道，望了一眼窗外。「看吧，我們的轎車已經在那裡等著我們了，請您停車吧，拜託了。」

司機立刻望向窗外，驚奇地睜大了眼睛。一輛黑色的加長轎車停在鐵軌旁，車門全都噴成了黃色。我也吃了一驚，菲力克斯之前說過三點三十三分會有什麼車子等著我們，但是誰會想到他指的是這種情況，而且還在半路上……

司機和我就像兩個機器娃娃一樣，緩緩地轉向菲力克斯，看著他。接著，只見他一把抓過我的手。這不可能，我心想，一定是場糟糕的噩夢而已。司機倒是比我早一些反應過來這事有多糟糕，但並非是在做夢。他重重地歎了口氣，伸向剎車手柄開始讓火車減速。

他顯然是用上了緊急剎車，因為我的整個靈魂都出竅了，飛到前方，火車頭裡充斥著一股燒焦的味道。風聲尖嘯，火星四濺。剎車發出刺耳的聲響，火車突然向前傾，嘎吱一聲，然後一切都靜止了。火車靜靜地佇立著。筋疲力盡。只有引擎還在嘶嘶作響。

整整一分鐘，誰也沒有動彈一下。

多麼駭人的寂靜。

就連我們背後的車廂裡也聽不到任何聲響。人們想必是震驚得一句話都說不出來。過了一會兒，遠遠地傳來一個小孩的哭聲。我瞥了一眼，發現火車正停在一片剛收割完的田地中間。我還記得那裡有一排灰色的蜂窩。

「走，我們動作得快一點了。」菲力克斯充滿歉意地說，把我從板凳上拉起來，帶向車門的方向。

我的雙腿抖個不停。他得支撐著我，而他的另一隻手，還握著手槍的那隻，推開了車門。我舉步維艱，好不容易走下那些金屬臺階。我的雙腿一次又一次地發軟打彎，就好像膝蓋讓人暫時抽走了一樣。

「再見了，司機先生，非常感謝您的協助。」菲力克斯向那個六神無主的傢伙微微一笑。司機這時已經癱在了駕駛臺上，兩道汗流傾瀉下來，順著腋窩淌到背心上。「也很抱歉我們稍微打擾您了。」他把手伸向司機旁邊的牆上掛著的一部無線電設備，像蛇發出攻擊一樣以迅雷不及掩耳之勢，將它從牆上撥了下來，並拉斷了黑色的通話線。

他親切地對我說：「快，費爾伯格先生，我們的車在等著了。」

第八章　玩具商店的惡作劇

那部漆黑的車子，有著萊姆色的車門，它那麼大，是我有生以來見過的最大的車子。它聽話地停在馬路邊的田地中間，就像一隻蜷伏著耐心等待主人的大狗。那個時候在以色列沒幾輛像這樣的車子，甚至連一輛都沒有。它是嶄新的，熠熠生輝，出眾奪目。我覺得它一定是一輛勞斯萊斯，但是，它其實比勞斯萊斯還要好。

「上車吧，我已經為費爾伯格先生打開車門了！」他跑到我前面，步伐輕盈，為我打開了一扇通往輝煌世界的車門。

我滑進車子裡，感覺像漂浮在又軟又彈的天鵝絨豪華座椅上。爸爸和我曾經擁有一輛老爺車，我們一起幫它修修補補。那是一部一九四〇年代的Humber Pullman汽車，就像伊麗莎白女王乘坐的那輛，還有蒙哥馬利將軍穿越沙漠時駕駛的那輛。我們管它叫「珍珠」。爸爸發現它廢棄在垃圾場，花了好幾年的時間用耐心和忠心慢慢地將它拼湊一新，我年紀夠大之後也參與修車工作。直到最後，我們不得不將它送人。真是個傷心的故事。然而，跟菲力克斯的這輛車一比，我們的「珍珠」看起來就像垃圾一樣——就連我自己看上去都嫌它黯淡無光。

全是因為眼前這部車帶來的那份震撼，那份激動。

加比過去總是說，按照「國際淘氣鬼標準」，滿分十分我能得九分。一旦在老師辦公室裡提到我的名字，有一打的老師會直起他們的後蹄，前掌在半空中揮舞，鼻子裡發出輕蔑和憤怒的喘息。好吧，那就是我。但是此刻，有菲力克斯，有火車，有那些被關在包廂裡的人們，有那個火車司機，發生在我身上的不僅僅是淘氣孩子的惡作劇，而是屬於成人世界的東西，手槍，真正的犯罪，真實的電影場景，而我不過是恍惚地飄浮在這場風暴中的一個泡泡。

隨著車輪的一陣吱呀聲和車身搖晃，菲力克斯發動汽車。一團塵土在我們周圍升騰起來，我們閃耀著黑亮的光芒從中奔馳而出。

那輛車子的內部也是光彩華麗，有著紅色天鵝絨的內飾和紅木裝飾的儀錶盤。前後座之間由一道玻璃屏隔開，後車窗還蓋著一幅細薄的真絲窗簾。我從沒有坐過這樣的汽車，從來沒有像這樣掌控過一趟列車，從來沒有在一天之內經歷過這麼多的「從來沒有」。

「黑色按鈕。」菲力克斯說，並指了指。

我按了下去。一個小置物間的門旋轉著打開，裡面亮著燈。置物間裡放著碟子，上面擺著三明治，幾片切好的番茄和幾片西瓜。還有我不認識的水果切片。如今想起來，我覺得那是新鮮的鳳梨，只不過那個年月，鳳梨只生長在書本裡和罐頭裡。我小心地拿起碟子，它的邊緣有一道細細的金絲鑲邊，就像鑲在菲力克斯懷錶上的那道金邊。我這輩子頭一回摸到金子，用手指在上面摩挲著。

「我想你可能會餓。為你準備了三明治、起司，這是你喜歡的，對吧？」我點頭表示同意。這種劫持火車與起司之間的強烈反差簡直快要了我的命。

「你要帶我去海法嗎？」我問道。

菲力克斯大笑了起來。「哈哈，你這麼沒有耐心！我們為你準備的節目可比那刺激多了！」

「你跟我爸爸是一夥的？」

「啊，對！我們是一夥的。每個人分工，各幹各的。」

我們一言不發地開車走了一段路程。我不明白他到底是什麼意思？我有成百上千的疑問，不知道從何問起，一切都來得如此突然，不可思議：劫持火車，而且還是持槍威脅！我爸爸怎麼可能為我策劃這種完全違法的事情？好，我們假設爸爸被加比最初的簡單構想所激勵（非常不合理，但我們先假設如此），接著他開始拓展這個構想，為我安排一部動作片的場景，可是加比怎麼不在中途阻止他？「一場毛骨悚然的冒險之旅」，爸爸在信裡是這麼寫的，但是會「毛骨悚然」到這種程度嗎？這可不對，我想，對於我這個年紀的孩子來說太過危險了。

我傾聽了一會，此時甚至聽不到爸爸說他在我這個年紀的時候，差不多已經開始經營他父親留下的餅乾舖。或許菲力克斯也感覺到他已經離題了。一陣驚懼的寒意襲來，凝結我的身體、我的臉部肌肉。因為，說不定一切都不對。說不定我在犯一個天大的錯誤，但這到底是什麼錯誤？

「要是你擔心的話，我可以現在就把你送回家。」菲力克斯說。

「你要送我回耶路撒冷？」

「一小時之內就到。這是一輛布加迪汽車，現今以色列境內速度最快的車。」

「那麼遊戲就結束了嗎？」

「不過，如果你願意，我也可以今天傍晚再送你回去。或者，乾脆明天晚上，如果你願意的話。你來決定，我聽候差遣。長官！」他對我敬了個禮，並眨了眨眼。

「這是我爸爸說的嗎？」

「費爾伯格先生，你馬上要辦成年禮了。成年禮就意味著你長大成人！」

可我還算不上是個大人，我心裡犯嘀咕。沒錯，我曾偷偷地用吸進肺裡的方式抽過幾根香菸。我甚至還親過班上的三個女生，不過是跟人打賭。之後薩曼達．康特爾還向她的八婆閨蜜告發，說我是那種玩弄感情的花花公子。但是，當我在這部汽車裡，坐在菲力克斯背後，位於將一整列滿載了震驚與憤慨乘客的火車甩在背後的農地上，我知道自己不過是個到本週六才滿十三歲的孩子，這樣的冒險對我而言有點超乎想像了。

火車上最後幾分鐘的場景一直在我腦子裡閃現：火車司機看到菲力克斯手中的槍時的表情，他的眼睛驚恐地凸出，都快從眼眶裡掉出來了，還有菲力克斯飛快地扯斷通話設備，好讓司機無法求救。然後，當我們跳下火車頭，我看到讓我無法理解的一幕：菲力克斯從西裝口袋裡掏出一個小小的東西，硬幣那麼大，投向空中，就在火車頭旁邊。我沒看清他到底扔了什麼，只見日光中一道金色的弧線劃過，聽到一個清脆的聲響，就像是硬幣落地一樣。

我們默默無語地開著車。汽車的輪子在公路上掀起一片塵土，但是車內還是清爽舒適。我們開到了一條狹窄的小道上。車子占據了整條路寬。我們經過了一個村莊，可能是基布茲[1]，我沒留意。我是刻意在違背爸爸之前對我的訓練。我不讀路牌，不記下路標；不查看車的里程表，記住我們走了多遠的距離；也不將那些向南或向北的道路名稱的第一個字母去拼成什麼詞記在腦子裡。我在生爸爸的氣，氣他和他那些玩過頭的想法。我要和他唱反調，既然他已經背叛我了。一路上我都在生悶氣，成年禮的驚喜應該是讓一個孩子高興的，而不是這麼嚇人的。

「你想回家了，對吧？」

「不！」

我嘛起嘴吼道，菲力克斯瞥了我一眼，開始減慢車速，直到車子幾乎不動了。他靜靜地望著前方的道路。

好吧，我告訴自己：現在你得堅強一點了。剛才差點就屈服了，但你得努力變得再強硬一些。沒錯，你是剛經歷了一次艱難的體驗，而且你都有點被嚇傻了，但從另一方面想想，你也沒出什麼事。你坐上了世界上最好的汽車，還用帶著金邊的盤子吃鳳梨和起司。要是你夠勇敢的話，你還能跟這個自稱是菲力克斯的人一起體驗任何孩子都從未有過的經歷。這些可都不是想像出來的經歷，不是那些你自編自創的故事。得了，別再發牢騷了。坐直了，面帶微笑，別再硬撐了。從現在開始你就是獅心諾諾，正如加比在信裡寫的那樣。

我喜歡像這樣為自己打氣。我這時會特別用一種渾厚有力的聲音，對自己喊口號，像一位將軍在戰場上發號施令。有時候這樣還挺管用的。

真的。

我伸了伸腿。這部汽車裡有足夠的空間伸展腿腳。那個三明治被我狼吞虎嚥地吃掉了，而傳說中的鳳梨我可是細嚼慢嚥地吃，讓它的味道在我的每一吋舌尖融化。我端正肩膀，坐直身體，

1 基布茲（kibburtz）：創立於一九一〇年，在以色列境內特有的集體農莊，居民財產共享，共同分擔工作。

還輕輕地對自己吹了聲口哨，好確定自己已經放鬆下來了。有一件事我確信無疑：吃完這片鳳梨，我將脫胎換骨。

菲力克斯安靜地開著車，時不時從後視鏡若有所思地看我一眼。似乎是在自問，爸爸是不是誤導了他，或許我並沒有那麼成熟和勇敢，還應付不來他為我準備的一切。下一次菲力克斯再這麼看我，我就回應他一個堅定的目光。直視他。爸爸曾經教過我：堅定的目光宣示著自信。就好像鼓起了肌肉一樣。這一招對於我這樣瘦小的孩子來說特別重要。我發現就連菲力克斯都吃這一套。他朝我投來一個微笑。我也報以微笑。他按了一個鍵，我頭頂的汽車天窗緩緩打開，露出一片藍天。又一次從來沒有過的體驗。

外面的空氣溫暖宜人。我沒有徵求他的同意，打開了車載收音機。電臺正在播放美國音樂，我感覺自己也變得有美國味了，擺出一副美國人的模樣。菲力克斯看了仰頭大笑。能把他給逗樂，我終於覺得自己成熟了。

「我們家曾經有過一輛Humber Pullman。」我對菲力克斯說。

「啊哈！是嗎！很棒的汽車！六汽缸引擎，對嗎？」

「是的。像這輛車一樣，是黑色的。」

「Humber Pullman永遠是黑色的！而且只有黑色的！」

除了包著車輪的擋泥板上有一道白色條紋。因為這車款是二戰期間在英國生產的，當時實施燈火管制，夜間街道一片漆黑，需要在汽車上作特別的標示，好讓行人能在黑夜中辨認出來。

「爸爸在垃圾廢棄場發現的。那時我還沒出生。」

「那輛Humble是怎麼來到垃圾場的？」

「爸爸認為它之前應該屬於英國託管地的某個軍官。或許車主喝醉酒，撞了車。」

「是的，先生！有這種可能！英國人最愛喝酒了！」

「我和爸爸每週二都一起打理它。」我撒謊了。因為我們只養護過它一次，是許久以前的事了。

「這很重要！像這種車隨時都需要好好養護！你們也常常駕車出去嗎？」

「是的……不過只在院子裡開，開到護欄邊，再折返。爸爸不敢把它開到大街上。」

爸爸是挺擔心的。我們只開著它到大門口。我們曾經一起打理過它，但一切都是過去式了。

「它就像是我們的掌上明珠。」

它的確像一顆珍珠。爸爸就是這麼叫它的。「來吧，諾諾，咱們來擦亮那顆珍珠。」然後我們帶著水桶和抹布走出去，還有特製的肥皂和嬰兒用的洗髮精，去擦亮那顆珍珠。整整兩個鐘頭，我們就這麼幹活，幾乎不發一言，除非是跟這輛車有關的事。我們發動車子，聆聽著引擎如樂音般的轟鳴。爸爸懂得如何奏響它，如何叫它心悅臣服地慢慢駛上三公里，直到大門邊。然後再折返，就好像在絲絨輪胎上滑行一樣。有時我們也會掏些積蓄出來，把傳奇的古董車專家從納哈里亞請來，校正一下它的剎車或避震器什麼的。

一想起它來我就心疼，我們曾經對它投入了那麼多。有一回我們甚至開車到提比利亞找汽車收藏家買沙漠旅行的專用輪胎。然而這一切都結束了。直到今天，我仍然對它心懷愧疚。當我們不得不把它送走的時候，我覺得爸爸一下子老了十歲。

「可是你們為什麼不開著你們的車到外邊去？到大馬路上？」菲力克斯突然問了一句。

「爸爸說像這樣的車……不適合在耶路撒冷坑坑巴巴的路上開。在我們的院子裡，它比較安全，會被保護得好些。」

「啊哈！Humber車都能開到沙漠裡去！在耶路撒冷反倒危險了？」菲力克斯嘲諷道。

「我想是吧。」

有時候我也覺得這挺怪異的。我們的Humber連大門都沒有出過，就好像被圈禁在後院裡一樣。當我們把它賠給鄰居的時候，鄰居一點都不擔心如何駕駛它，但他也不懂得如何善待它。他頭一次開那部車出城，就控制不住它，還翻車了。他告訴鄰居們是它一到了開闊的大路上就開始撒野，像野獸一樣，無論他怎麼踩剎車，它都一路往前衝。這車一定是被詛咒了，他逢人便這麼說。爸爸聽說後，苦笑了一下，彷彿早就心知肚明。就連回想一下這件事我的心都會痛。馬烏特耐爾把「珍珠」賣給了二手車車商，從那以後，我們再也沒有聽過關於它的消息，也再也沒有提起過它。就這樣了。它已經死了。

「這輛車是『布加迪』。」菲力克斯又開口。「你從來沒有聽說過『布加迪』，對吧？」

我承認我沒聽說過。

「全世界只有六部像這樣的車，由一個叫埃托雷．布加迪的天才雕塑家打造出來的！每一部都是特別設計，獨一無二！」他說道，

我屏息打量了一下這輛我有幸乘坐的大師傑作。

「並且，只有布加迪先生本人才能決定這六部車可以賣給誰。他決定：只有國王才配得上布

加迪！第一部布加迪賣給了羅馬尼亞國王卡羅爾，我曾經見過他開著他那部私家車！」

「那麼這一部呢？是哪個國王的？」

「這一部？屬於國王費爾伯格二世。菲力克斯特意為了您把這部車運來以色列。花了一個月的時間用輪船航運到以色列，真是漫長的旅途啊！」

「為了我？」我驚得魂都沒了。「你是說你為我運來了一部車？而且還是這樣的車？」

「好吧，好吧，實在抱歉，不算是送你的禮物，只有今天能用。為了讓咱們的旅程變得獨特美好而已。」

「你是說你就為了這一天運來一部車？為了我？」

「啊，是這樣的，小事一樁。有個在義大利的傢伙，還有他的老搭檔、另一個在法國的老紳士，他們欠了菲力克斯一份人情。他們快有十年沒聽到菲力克斯的消息，以為他已經死了。突然來了個電話。叮零零！快快快！把所有老朋友都發動起來，跑這，跑那，欠了人情總是要還的！就這樣，一輛布加迪來到了以色列，待一週，之後又會回到博物館，一切神不知鬼不覺。早安！多謝！週末愉快！」

我的嘴唇變得乾澀。說不定在第一次駕駛布加迪之前也得念個什麼祈禱詞。真可惜沒有任何同學能看到我現在的樣子。其實最可惜的是，我沒有一個全天候跟拍的攝影師。因為我知道，就算他們相信我自己開過火車，拉響了汽笛，還停下了一趟正在行駛的列車。可是，就連米加也不會相信有人特意為我用輪船運來一輛國王的汽車！還帶天窗！他們不相信又怎麼樣，我忽然很惱怒地想到。憑什麼我要一直取悅他們？一個國王需要取悅別人嗎？

「那個火車司機，他都嚇呆了……」我笑了起來，笑聲有些許誇張不自然。因為我一旦回憶起發生在火車頭裡的一切，就會對自己產生一種陌生的感覺，並且又再度體會到一陣恐懼感襲來。

菲力克斯聳了聳肩膀，說：「那不過是一把玩具手槍而已。」

一瞬間我如釋重負。「只是玩具？」

他聳了聳肩膀，從口袋裡掏出那把手槍，遞給我。這把手槍很小巧，但拿在手中夠沉的，就像真槍一樣。槍柄用珍珠母作了裝飾。我曾經在一個被警方扣押槍支的展覽上見過一把像這樣的真槍。爸爸長時間駐足在側，對它審視、打量、摩挲一番，並透過瞄準器觀看，而當我問他怎麼了，他立即把它放回原處，並怒氣衝衝地說：「就是把女人的手槍。」只不過，我沒把這些事告訴菲力克斯。

我的心情頓時變得輕鬆愉悅。我抓過那把玩具手槍，撫弄起來。這可是一天之內落到我手裡的第二把手槍了，之前那一把是屬於那個假扮的警察的。我的生活可真是太單調無趣了。

我們依舊在僻靜小路上行駛著。我直起身子，把頭伸出天窗。我朝著一輛迎面駛來的拖拉機揮手，那個司機也向我揮手示意，同時以一種豔羨的目光盯著我們這輛龐大的黑色轎車。真可惜我沒有戴一頂牛仔帽，那樣畫面就更完美了。我講給菲力克斯聽，他把頭向後伸，仰天大笑。再一次，有這麼一個瞬間，在我看來，他格外兇悍，就像一頭豹子。雖然上了點年紀，嘴角兩邊的皮膚已略微鬆弛下垂，但雙目依然炯炯有神，透著凶光，我開始下意識地模仿起他不斷變換的表情，他那微笑，他那掩藏在蔚藍雙眸之下的凶光……我似乎已經跟你們提過我有一種可笑的習慣，當我與別人交談時，會試圖藉由模仿對方的表情，透過人臉拼圖去感受他們的內心。時至今日，我還是很難確定，這種習慣究竟表明我有戲劇天賦還是性格多變，但無論如何，菲力克斯顯然注意到了這些。他可以一眼就把我看穿，不消片刻便對我的性格了如指掌。對此，我偏偏覺得無所謂。我看到他笑了笑，似乎很享受我模仿他。因為他也有點愛演戲，比如說他在火車司機面前就演了一齣，而我彷彿與他心有靈犀，默契無間，在火車頭裡面的我們是一對多麼專業的組合啊！我怎麼能在毫無預先準備的情況下，分毫不差地知道他希望我做些什麼呢？我的手怎麼還會不自覺地顫抖，對吧？

菲力克斯踩住油門，布加迪飛馳起來。他對我使了個心照不宣的眼神，我們同時感覺到了，從現在起，我們建立起了一種特殊的友情，是兩個演員之間，兩個天不怕地不怕的冒險家之間的友情。他從我手裡取過那把玩具手槍，朝著汽車天窗上方的藍天，大叫一聲「哈得！」，扣動了扳機。

槍聲的巨響彷彿擊中了我，並在我的四面八方迴蕩。一瞬間，我彷彿置身於痛苦與冰冷之中。一縷青煙從槍口飄出。我蜷縮回汽車後座。隨著一聲尖嘯，我所有的氣息被嚇得出竅，所有對於冒險的興奮，對於新鮮友情的喜悅，也都跑了。

「你剛剛說……是玩具……」我用幾乎聽不見的聲音說。

菲力克斯用單手駕駛，嗅了嗅槍托，用他那嬰兒般蔚藍的眼睛看了我一眼，又聳了聳肩膀，微笑道：「你覺得呢，小費爾伯格先生？難不成是玩具商店的人耍了我？」

第九章　我們逍遙法外

手槍的硝煙在我的頭頂升騰，穿過布加迪的天窗，直衝天際。我聞到了它的味道，焦灼而濃烈。

「要不然咱們還是回家吧，回耶路撒冷去。」我小聲說著。

我看到菲力克斯眼中閃過一絲失望。他說：「抱歉，請原諒我把你嚇著了。我不過是想逗你開心而已。」他皺起三角形的眉峰，滿是不解地說：「或許是我年紀太大了，已經不知道怎麼逗孩子們發笑了，是不是？」

我沉默了。我們真是一對好搭檔：一個不知道怎麼逗孩子發笑的大人，一個不知道怎麼逗大人發笑的孩子。

我有點生氣地問他是否有孩子。

他再次猶豫起來，似乎是在衡量應該給我一個什麼樣的答案。就好像這世界上根本沒有東西叫做「事實」或「真相」，每一個問題都有幾種可能的答案，並且需要事先斟酌哪一個答案適合當下的情境與提問者。

好吧，他這下決定了。他臉上露出了熟悉的笑容，說：「只有一個女兒，不過她已經長大了，都能當你媽了。」

純粹出於禮貌，我閉嘴了。這世界上任何人都不可能當我媽——或許，除了加比之外。

「但是，我女兒小的時候，我對她的了解也不多。」菲力克斯說：「她的整個童年時期，我都錯過了。因為那時我總在出差、工作之類的。非常可惜，是吧？我錯過了很多啊，對吧？」

我真不想回答他。說句實話，在我看來，他一點也不適合撫養孩子。他看起來像是那種知道如何對孩子好的人，跟他們玩上一、兩個小時會很開心。我很肯定。比如說，他知道怎麼玩手影戲，還會變三、四個簡單的小魔術，或者講故事給小孩子聽，讓他們聽得十分入迷，豎起耳朵。但是，撫養孩子，照顧他們，教育他們，在孩子生病時為他們操心，在孩子難過時安慰他們，就好像加比對我那樣——他做不到。

「怎麼了……你為什麼這樣看著我？」菲力克斯疑惑地問，強擠出一絲假笑。對他的目光，我沒有絲毫回應，好讓他看出來我正在氣頭上。

「我就是挺喜歡小孩子的……」他帶著歉意喃喃說道。「人們總是說，菲力克斯真會帶孩子啊！所有的小孩都喜歡菲力克斯……」

對，跟我想的完全一樣。

我殘酷地沉默著。

（因為我覺得，如果一個人如此驕傲地說自己「喜歡小孩」——還真有不少大人會這麼說——其實他內心深處認為孩子們實際上都是同一類生物，有著一樣的臉孔，一樣的性格。也就是說，那些「喜歡小孩」的人偏偏是很輕視孩子的人。我可是從來沒聽過有人宣稱「我喜歡大人」，對吧？但是，「喜愛孩子」的傢伙到處都是。在他們眼裡，所有的孩子都又可愛又柔嫩，整天只顧著玩那些歡快的遊戲，手舞足蹈地跑進跑出。那些長大成年的蠢貨們說：「哦，童年時代是多麼幸福啊！」然後讓你特別想把他們那四方形的腦袋給削平了，並且說：「對啊，那些笨蛋是多麼幸福啊！」孩子們，當心那些「喜歡小孩」的傢伙！）

「怎麼了？」菲力克斯在我前面嘟囔著。「你怎麼不說話，費爾伯格先生？」

我知道我的眼神和沉默讓他心煩意亂，還有點打擊了他的自信心。我有種感覺，他能完全讀出我的心事。好吧，我是這麼想的：菲力克斯先生，我覺得，如果我已經快速地以專業眼光成功抓到了你的性格特點，那麼你應該是個自戀的人，懂得放縱自己，並且很享受把自己當成一個永遠長不大的孩子。這就是你！

這樣果然有效。或許有些殘忍，但跟他放的那一槍比起來，算是扯平了。我必須坦白，他只會把自己當成一個永遠長不大的孩子之類的話並不是我發明的。是加比有一回這麼說一個嬌氣的女人，勞拉·琪佩羅拉，她最愛的女演員，而這些話烙印在我的腦子裡。我驚奇地發現這些話是如此適用於菲力克斯。此刻，他的眼神閃爍不安，兩頰泛起緋紅。他用兩隻手抓住方向盤，目光投向窗外，一言不發。

車內的沉默持續了好幾秒鐘。過了一會兒，菲力克斯又看向我，而他的眼神已經完全不同了。再沒有那種犀利的光芒。我知道，我們之間發生變化了，就像剛進行了一場小型的對戰，不知出於什麼原因，我獲勝了。

菲力克斯平靜地說道：「你真是個聰明的孩子，費爾伯格先生。但是現在，咱們來看看你是否也有一顆勇敢的心，能夠繼續我們這趟旅程。」

他的希伯來語說得非常滑稽，就像是學了一堆華麗詞藻的新移民。黑色轎車如同漂流般安靜、緩慢地行駛著。此刻，我得拿定主意，要是我一說「夠了」，車就會停下來。一切都將停止。一瞬間，一場怪誕的，美妙的，駭人的，混亂的夢境到此為止。夢才剛剛開始，整個夢境就是一道謎題，並且無法知曉這場夢會通向何方。我閉上雙眼，努力地集中精神，好拿個主意。然而我的腦子裡閃現出太多的念頭，只有在內心深處我能感受到一股莫名的恐懼，冰冷而沉重。這恐懼來自於我與菲力克斯在一起時發生的一切，或許不應該過分地試圖去理解這裡到底發生了什麼事，因為謎底搞不好比謎題本身更驚人。

「那我們就繼續吧。」我脫口而出。

「好極了。」他在駕駛座上坐直了身子。我能看出來他鬆了一口氣，但是還不止於此：他很高興我願意繼續跟他在一起；雖然我已經識破了他，還是願意繼續跟他一起旅行。我也在他身邊坐直身子，直直地盯著他的臉看。我對自己還挺驕傲的，儘管我沒完全明白我到底做了什麼事，讓我和他之間起了這種變化。

「但是首先，咱們得換成金龜車，對吧？」他說。

這話鋒轉得真是突兀。我們還開著車呢。我什麼都沒問。我真的忍住不說，等著看看究竟會出什麼事。我們把那輛龐大的汽車停放在一個柑橘園旁邊，下了車。我完全不知道自己身處何地，他要將我帶向何方。菲力克斯從後車廂裡拿出了一個棕色的皮箱。關上車門，開始行走。我跟在他背後，走進柑橘園裡。我仍然在強迫自己別問要走去哪裡。我已經開始明白，對菲力克斯而言，沒有任何事情是可預期的，情況，計畫，未來……隨時都會變換。

我們穿過樹林，來到一處果園中。走啊走，我們穿過了泥濘的灌溉溝渠，有些紅色的破布條綁在樹幹四周，隨處可見。我向後望去，已經看不見布加迪，也看不到大馬路了。我們被樹木和死寂包圍著，只有他和我。

然後，在兩排樹叢之間，我見到了一隻巨大的青蛙：一輛綠色的福斯汽車。是輛金龜車，不過看起來跟青蛙一樣。我什麼話也沒說。每一次我都因他們為我準備的計畫規模之大而震驚，有個小小的念頭也一直出現在我的腦海中：他們為什麼不送我更簡單的禮物呢？送個普通的足球有什麼不好的？我越來越感覺到自己彷彿是漂浮在溪流上的一片葉子，跟隨著菲力克斯的軌跡移動。他步伐快速，但並不慌亂。橫衝直撞可不符合他的穩重。他的行動有著一種特殊的節奏，這節奏自然也傳染給了我。他為自己打開車門，也為我開了門。他坐進車子裡，我也坐了進去。他發動了汽車。我清了清喉嚨。我們都沉默著。我很喜歡這種男人之間的沉默。車子先在溝渠間顛顛簸簸，才終於找到了泥土路。我們行駛在路上。

他向我解釋：「對我來說，最要緊的是，我們以一輛黑色布加迪開始我們的旅程。像這樣的汽車能帶來些特別的風格，對吧？」

他說「風格」這個詞的時候就像一個在品嘗甜點的人。我在想，此刻那輛豪華轎車的命運會變成怎樣？就為了半個小時的行程，他將那部車從國外運來。他把它拋在腦後，正如同他丟棄那塊帶銀鍊子的昂貴懷錶一樣，甚至都不費心鎖一下。他顯然是世界上最有錢的人。

「但是，從另一方面來說，黑色太顯眼了，還有黃色的車門也是。再過一會兒，警察就要追上我們了。為此我給咱們準備了這輛金龜車。在以色列有很多這種車，沒人會特別注意到它。我們甚至可以路過警察局，想想看，警察向咱們抬抬帽子說早安、多謝、週末愉快。」

我仍然嚴肅地保持著我專業化的沉默。過了一會兒，我開始領悟過來他說的關於警察的話，漸漸的，我從一頭霧水當中，產生一個有趣的想法：

「什麼，難道我們是在逃避誰？」

「在躲警察。咱們在火車裡幹的事情，他們當然不樂意。」菲力克斯說著，又聳了聳肩，嘖了三下，就好像目睹警察行為不端似的。「有時候，他們總有些不同的意見。」他發出一聲輕笑，說：「我可不是在說你爸爸。噢！當然不是。不，不，不，但是在這方面，你爸爸的的確確是個冠軍，其他人只是警察。你聽我說，但你爸爸是全以色列最好的警探！」

這一刻，發生了兩件事情：

第一，我幼小的心靈裡迸發出愉悅的火花，因為除了我之外，還有另一個人也這麼看待我的父親。

其次，那一瞬間，我明白了爸爸的計畫的真正用意。

或者說，我幾乎敢於理解他的用意了。

「我們，我們倆，也就是說你和我……」我說話開始吞吞吐吐，因為我有些害怕聽到他的回答。「我們現在是在……逃……逃避法律？」

「啊！這麼說好聽多了！」菲力克斯笑了。「是的，是的，逃避法律。」他又自言自語地重複了那幾個字。

「那……告訴我，明天我們也要……逃避法律嗎？」

「前天也要……不，說反了！是後天也要。一直到什麼時候，由你來決定。你說什麼，我就為你做什麼。今天你就像阿拉丁，我就是阿拉丁的燈神，長官！」

他敬了個禮。

就在這時，潛藏在我內心的馬戲團馴獸師揚起了他的長鞭，我的雙耳之中響起一道清脆的鞭策聲。樂隊演奏起歡快的進行曲，三十二名雜技演員，三個吞火人，兩個魔術師，一個耍飛刀的，小丑，猴子，獅子，大象，還有五頭孟加拉虎，同一時刻衝到了我的舞臺上，聚光燈傾注，他們開始圍著舞臺繞圈圈，停不下來……是的，就是這種時刻，如此難得的機會，整個馬戲團都與一個孩子一同私奔，醉醺醺的主持人帶著狂喜，大聲地在我紅潤的雙耳中宣布：先生們，女士們，親愛的觀眾們，都來聽我說！

我沉坐在座椅靠背上，閉上雙眼。這時，有道聲音努力地想讓我內心的這場鬧劇平息，它用安靜而冰冷的聲音一直試圖向我耳語，提醒我，說我完全錯了，而且壓根不明白我周圍究竟發生了什麼事。但是現在，我已經不想再聽它說話了，讓它離我遠點，別再搞砸任何事了。菲力克斯不緊不慢地開著車，用他滑稽的音調自哼自唱著，還用舌頭彈著節奏，就好像他自己組了樂團。我打開窗戶，清風拂到臉上，我的精神為之一振。我坐正身子，好了，我挺好的。一切都會步上正軌。之前幾個小時我一片茫然，還怨恨著爸爸和加比，最後，我總算弄清楚整個計畫了，它的中心思想，它的方案，它的大膽創意：原來這就是爸爸要送給我的成年禮禮物！菲力克斯就是他精心挑選來完成這項使命的人！我再一次驚歎這項巧思，也佩服爸爸的勇氣。因為，從爸爸的外表看來，無論如何也猜不到他其實是什麼樣的人，只要他想，他會非常有才華。好吧，他的本事可不是浮於表面的，眾所皆知，加比曾經評價他的專業性已經深入骨髓。但是，就連我都沒想到他竟然如此的大膽出色。我真的非常好奇，想聽聽看他提出這個主意時加比是怎麼說的。

有了這麼棒的主意，我看她還敢不敢離開爸爸。

我對菲力克斯也刮目相看了：如果我爸爸要依靠他來完成如此偉大的任務，那麼他必須真的是個特別的人物。此時，這個人物戴上了一副造型簡潔的黑色太陽眼鏡，先前在火車上戴著單片眼鏡的高貴姿態已了無痕跡。他充滿自信地開著車，鏡片之後的眼睛幾乎是閉上的，但是我知道，任何一個小細節都逃不過他的眼睛。他越來越讓我想起爸爸。他們兩人是如此的不同，又是如此的相似。我吞了一口唾沫，極力控制自己從現在起別再多話，但怎麼都控制不了我微微顫抖的手指。

要是這樣下去，事情變得太危險、或是過度違法了，該怎麼辦？

要是我讓爸爸和菲力克斯都失望了，該怎麼辦？

要是警察抓住我們的話，該怎麼辦？

那個計畫的宏大與荒謬漸漸地在我眼前顯露出來：我的爸爸冒了多大的風險啊！讓我進行這樣的犯罪行為，例如我在火車上的所作所為。要是警方抓住我，並且發現究竟出了什麼事，爸爸就得從警察局裡滾蛋了，而他那個缺德的副手，艾汀蓋爾，就會取代他。要是當不成警探，離開警局，爸爸的人生還有什麼滋味？我在心中暗暗發誓：「我一定要守口如瓶，就算他們在審訊室裡對我百般折磨，我也絕不會把他供出來！」

不，我不能這麼想，也不敢這麼想。我深吸一口氣，做好準備要問一連串具體的問題，好讓整個情況更明朗一些：

「那……那麼……我……我……我們……？」

我結巴了，又結巴了。我坐著不動，羞赧了好一會兒。菲力克斯淡淡地笑了一下。

喂，趕快！快說！快說啊！

「那我……我們要……一起……做……做……做啥？」

一個支離破碎的聲音，盤旋在車內。那顯然是我的聲音。

「噢，費爾伯格先生，」菲力克斯揮了揮手，「我們會做一些你從來沒做過的事！」

「要是……要是他們抓住我們了……怎麼辦？」

「他們不會抓住我們的。」

是現在不會，還是永遠都不會？「告訴我，嗯，菲力克斯……他們……就是說警察，我們的警察局……他們從來沒有抓住過你嗎？」

他依然自哼自唱著，貌似沒聽到我的話。過了好一會兒，他才把臉轉向我，說：「只有一次。就那麼一次。他們再也抓不著了。」

他自己笑了笑，說：「那是第一次也是最後一次了。」然而只有他的嘴唇是笑著的。我曾見過的，他嘴角那道殘酷的細紋再次浮現了。

「你跟我爸爸，你們認識多少年了？」

「啊哈！估計有十年了，可能還不止！」

我猶豫了片刻，掂量著下一個問題如何開口，免得傷害了他。

「是……工作中認識的？」

這下他笑得眼角皺紋都綻開了。「工作中認識的。你說得很對。」他踩油門加速，專心駕駛。他吹著口哨，旋律我不太熟悉，聽著像是歡快調子，他時不時開心地自言自語：「工作認識的！」還給這句話配上「嘣嘣嘣」的伴奏。我留心到他幾乎總是在吹口哨，要嘛就哼著曲子。空氣中一直彌漫著哼哼唧唧的聲響。我想，也許童年時代像我同樣類型的大人，成年後就會出現這種現象。

儘管我對他還是充滿了各種疑惑與不解，但這並不妨礙我欣賞他的手。他的雙手修長，冷靜，富有陽剛之氣。只有那枚戒指讓我感到心煩。他的左手手指上戴著一枚碩大的金戒指，顯示出一種我未曾估量的驕傲自大。鑲在上面的石頭是黑色的，略微閃著光，閃耀得就像手槍的槍柄，黑得就像監獄圍牆底下挖出的隧道，又黑又亮，猶如陰暗的祕密，忽隱忽現。

於是，我只盯著他的右手看。這隻手給足了我勇氣，讓我喜歡他，願意留在他身旁。這隻右手是正確的手，它能保護我的安全，它提醒我，爸爸在遠方守護著我，是他精心挑選的菲力克斯來完成這項特殊的使命。而這個菲力克斯，只看一眼他的右手就知道他是傳奇特工「叔叔」中的一員，不知懼怕為何物。要嘛他就是個有著善良心腸的犯罪分子。

「我爸爸是個冠軍，對吧？」

「一流的警探。第一名！」他說。

真可惜爸爸沒在旁邊聽著。最近這段時間，就連他也開始覺得自己一文不值。他跟警察局裡所有的人都處不來。沒一個探員願意和他一起工作。兩週之前，還有人在報紙上寫文章，說他最近幾年經手的重要偵查案件全都失敗了。文章說，他對犯罪分子的憎恨導致他在處理複雜案件時表現得像一頭闖進瓷器店裡的大象。我真希望菲力克斯沒看過這份報紙。

「不過，最近爸爸有點小麻煩。」我謹慎地試探道。

菲力克斯不屑地說：「報紙上印的全是胡說八道！他們不懂，你爸爸可不僅僅是個警探而已。刑偵已經滲入他的血液當中！他才不像其他那些警察，不過是腦袋上戴著警帽的小職員而已。但對你爸爸而言，刑偵是一門藝術！他在刑偵界就像……就像車壇中的布加迪！」為了表示強調，他邊說話邊舉起一根手指，就是戴著戒指的那隻，我甚至都不覺得它有那麼煩人了。

我尷尬地說：「但是有一份報紙，寫他一碰上匪徒就像發瘋了一樣，因此把調查工作都毀了。」

「啊，他們才是瘋了呢！」菲力克斯氣急敗壞地說。「我也讀到了那些蠢話！他們是怎麼想的，當警匪追逐是小孩子扮家家酒嗎？」

「他已經很久沒有升職了。」我吐露了心聲。在外人面前說這些是不太合適。我們警察局的人一般不會在外面自揭短處，但是我對爸爸遭受的不公待遇頗感憤恨，並且知道菲力克斯是站在我們這邊的盟友。

「蠢豬！」菲力克斯拍了一下方向盤，怒道：「他們都害怕你爸爸，他太了不起了！」他憤憤不平地嘟囔著，嘴都快噘到鼻子上了。

我極力地想要記下他說的這些話，明天好告訴爸爸。只可惜加比不在這裡。最近，她對爸爸的刑偵工作表現出奇地不滿，我都不明白他怎麼聽得進去她那些冷嘲熱諷，而且還不出言反駁。比如說，加比覺得爸爸應該趕緊從警局退休，再找別的事做。她就是這麼跟他說的，簡單直接，不留情面。

爸爸張大了嘴，問道：「別的工作？你在說我？」

當時我們仨站在廚房裡，正準備晚餐。我整個人僵在煎鍋旁邊。爸爸就快要在通心粉鍋子上面膨脹起來了。加比在等著他爆發，但眼看著似乎沒這跡象，於是她鼓起了勇氣，說：「你得徹底離開這個行業。夠了！」一片寂靜。爸爸沉默了！加比繼續用顫抖的手切著蔬菜，說：「你已經把將近二十年的人生貢獻給這個工作了，還有一些更重要的東西也貢獻給了它。是時候做點別的事情了，更正常一點的工作。有規律的工作時間，不需要舞刀弄槍的，不用冒著生命危險。」說到這裡，她驚慌地向後望了一眼。爸爸還是沒有說話。她深吸一口氣，連珠炮似地說：「我建議你不如辭職，領一筆遣散費，我也跟你一起辭職，咱們把錢湊起來，開一家餐館。怎麼樣？」

這真是一個驚人的新鮮主意。從刑偵轉到烹飪？爸爸就像一隻在英國挖地道結果從一家法國廚房裡鑽了出來的青蛙一樣，開始呱呱大叫：「餐館？你說開餐館?!」

「對啊，對啊！開餐館！私房菜！我來燒菜，你來管……」

「要不我再穿件粉色小圍裙幫你一起燒菜？是不是？或許在你看來，我已經老得當不了警探了？是不是？你說！」

我看出來大事不妙了。我快速搜索可以轉移的話題，卻沒找到。他們大吵了一架。加比走了。每次短暫的離去，都拉近了最後的別離。我不能再這樣如此不安地生活下去。

「你曾經是個好警探。」加比用一種沉靜的聲音說著，猶如宣布噩耗。「曾經，你是最棒的。所有人都知道。但是，因為當時發生的事情，因為那整件事，你完全失去了分寸。你現在對待刑偵工作，是當成自己與整個罪惡世界的私人鬥爭。這樣你根本沒辦法專業地工作！」

廚房裡一片寂靜！世界上沒有任何人跟爸爸說了這種話之後，還能活著走出去。

而他沉默了！他對著她沉默了！

「你過分狂熱地要報復他們，即使是每一個小小的犯罪分子，甚至不惜揭開自己所有的偽裝！」沉默。爸爸重新攪拌起通心粉，動作遲緩。加比激動到不行，一直不肯放過一顆可憐的番茄，不停地把它切了又切。她感覺到爸爸這一次有所改變，很認真地在傾聽她的話。這時候我必須得插嘴說點什麼，讓她安靜。她哪裡懂什麼叫刑偵。她哪裡懂什麼是警探與惡勢力間無止境的鬥爭，她哪裡懂我們這個黑暗無情的世界。

不過，一段記憶閃過我的腦海。就在不久之前，爸爸和我埋伏著等待偷車賊。當時爸爸的表現，就跟加比此刻說的一模一樣。他毀了我們的埋伏。幸好當時我也在場。

我安靜了，專心用鍋子炒蛋。我感覺一種全新的狀況要產生了。

爸爸靜靜地說：「報紙寫我做事像一頭在瓷器店裡橫衝直撞的大象，這真氣人。換成你，你作何感想？要是別人說你是……啊，啊……」

加比以高尚的情操無視爸爸蹩腳的嘲諷。她說：「他們那樣寫你的確太過惡毒了。不過也有那麼幾點是正確的，如果你想讓自己的生活有所改觀，就必須聽聽他們的意見！」她終於放過了那顆番茄，回過神驚訝地看了一眼鉆板上那一團紅彤彤的漿糊，轉而蹂躪一根黃瓜。

「你盲目地憤恨每一個微不足道的違法者，甚至沒有耐心去有效布局！你開展調查時一點節奏感都沒有！連一些簡單的戰略你都不能一口氣堅持下去！」她將黃瓜大切了三塊，配合她話裡的三個感嘆號。

我們仨背靠背站著。只有我透過眼角餘光偷瞄了一下。

「這個該死的家裡肯定連一滴碘酒都沒有！」她突然尖叫起來，扔了手上的菜刀，跑到洗手間裡，試圖止住手指上湧出的鮮血。爸爸一動不動。他的背脊猶如一堵銅牆鐵壁。我不知道是應該追在加比後面，還是留在爸爸身邊安慰他。當下我應該對誰效忠？他沒有看到我看見的場景：加比是故意切到手指的。她愁眉苦臉地，帶著對自己的憎恨，切向了她的手指。

「她說得對。」爸爸突然用低沉的聲音說道：「所有人都這麼跟我說，而我不聽他們的。她會這麼說我，是因為這傷了她的心。她是真的關心我。她說的對。」

「不對。」我帶著恐懼，咧著嘴反對。她說得有道理嗎？爸爸是以色列最好的警探。他必須堅守他的崗位，直到我能加入他的行列，我們會成為一個優秀的組合。

「諾諾，在這裡等著。」爸爸說。他的聲音很溫柔，我幾乎聽不出來是他的聲音。「我去幫她包紮手指。」

真可惜加比不在這裡，不在汽車裡聽聽菲力克斯說的。

「或許他不僅僅是全國最好的。」菲力克斯接著說，並點了幾下頭，以加強語氣。「或許不只是在以色列！」

我深深地呼吸，吸收著他的話語。我們開著車，依然保持著男人的沉默，只有菲力克斯還在自哼自唱。一種平和降臨到我身上，如夢似幻的平和。我彷彿在傾聽一個描述我生平逸事的故事。故事裡有一個孩子，他的爸爸是警局裡最偉大的警探，為他兒子的成年禮安排了一段冒險之旅，這段旅程通向人生的另一面，通向罪惡與黑暗。這是一份紀念他兒子長大成人的特別禮物，好讓他認知：完整的人生，如同硬幣，都有兩個面。或許也是為了讓他認識到，他的父親也有另一面：自由，奔放，快樂。

或者說，至少，他曾經也有過。

當他還年輕的時候。在他和佐哈拉結婚之前，在他到警局工作之前。我就知道。加比告訴過我，或者說暗示過，時不時有人眨著眼對我說，我爸爸過去可是個出名的混球，他當時有兩個好朋友，三人一夥，人稱「三個火槍手」。他們一起在軍隊服役，又一起在耶路撒冷開搬家公司。爸爸甚至從來沒跟我講過這些，就好像即便是回憶一下過去的歡樂時光都會褻瀆他對佐哈拉的哀思。但我一直收集著加比給我的這些隻字片語，在心中拼湊成形：他們是三個快活的小阿飛，有著古道熱腸，在整個耶路撒冷赫赫有名，尤其是科比．費爾伯格，永遠戴著他的牛仔帽，有著駿馬般響亮的笑聲，天不怕地不怕。比方說，他可以背上馱著冰箱跳華爾滋，或者膽敢從動物園裡偷一頭斑馬出來騎上大街。下班後，三個火槍手會沖個涼，用髮油把頭髮抹得油亮，闖進高檔街區的私人舞會，攔住最美的姑娘狂舞，朝她吹口哨直到她快暈過去。他們當中的一人會與她共舞，另外兩個則守衛著，確保舞會裡沒有任何人敢來打斷他們。然後，他們突然就消失了，去下一個舞會……那時，他還是個單身漢，有大批的女孩傾慕著他，他與她們隨便玩玩，讓她們如癡如狂，卻從未真心愛過她們其中的任何一個。他總是說，能捕獲他的女人還沒出生呢，要是有哪個女孩想這麼做，就得真的向他開一槍，要嘛拿漁網來撈他，拿獵叉來抓他。言畢，他迸發出駿馬般男人味十足的笑聲。是的，這就是我爸爸曾經的樣子，彷彿已過了一百萬年。他曾經駕著一輛帶邊車的摩托車飛馳在耶路撒冷的大街上，邊車被他裝滿泥土，種了一株番茄。它越長越大，枝繁葉茂，而爸爸會一邊開車一邊順手摘一顆新鮮的番茄放進嘴裡啃。人們叫他「番茄牛仔」。要是有警察因他不當駕駛要給他開罰單，爸爸就會馬上摘個新鮮通紅的番茄賄賂他。所有人都大笑感歎，能拿他怎麼辦？牛仔就是牛仔，永遠都不會變……

他到哪裡去了？以前那個小夥子到哪裡去了？為什麼我從來不認識他？為什麼我不曾在爸爸的眼中看過那小夥子慧黠的眼神？那個偷汽車只是為了給它們組裝上方形木頭輪子的淘氣鬼上哪裡去了？哀傷為何不期而至，在他的雙目之間釘上了散不去的愁容？

菲力克斯邊開著車邊哼著歌，而我，只盼望自己咬緊牙根，不要失去勇氣。我下意識地摸了摸我的護身符，那顆動手術從他身體裡取出來的子彈。一個匪徒向他開槍，而爸爸持續和他一對一槍戰，直到撂倒了他。我就連洗澡的時候都不把它摘下來。這是從他的身體中取出來的，將伴隨著我直到我死的那一天。我們在一起，我想，我和爸爸一起在這裡。我現在所做的一切——都是和他一起做的。就算我真的犯了法——他的精神與我同在，存在脖子上掛的子彈當中。他的所有精神，也包括他逝去的快樂與頑皮，都與我同在，緊挨著我的心臟。

這是一個意味深長，彌足珍貴的時刻。因為我並不是常常感覺到與爸爸那麼親近，也不是總有這種「我倆如此相似」的感覺。我們不像雙胞胎那樣，也許甚至不像兩個無須言語就能共同行動的工作搭檔。有時候，我心中會掠過一絲這樣的恐慌：我長大了會變得不再像他。然而在那一刻，在那輛飛奔的汽車當中，我感覺到自己長大了。我和他一起成長，或許是第一次，能夠了解他的靈魂深處。因為只有這個時候，他才完全將自己展露在我面前，給我一個完整的他，慷慨大方，毫無懼怕，這才是他送給我成年儀式的一份大禮。

一輛警察巡邏車響著警笛在馬路上向我們迎面駛來。嘿嘿嘿，我在心中竊笑，就像個老慣犯似的。或許巡邏車上的警員們還在搜尋劫持火車的人，開著黑色布加迪汽車的人！我審視了一下自己：居然幾乎一點都不害怕。這輛巡邏車能拿我怎麼樣？正好相反，巴不得他們追在我們後面，那樣我們可以瘋狂飆車把他們甩開。我們當然可以做到，無法無天，無所畏懼。跟菲力克斯在一起，一切都會沒問題的。他在這方面有的是經驗，有著鋼鐵般堅韌的意志。跟他在一起，有誰能傷害得了我？和他一起，世界上任何人都不能抓住我。他的魔力，他那蔚藍色的眼神保護著我。只需要一到兩天，不用更久，從此之後，我將忘記一切，回歸正途。我會變成一個乖巧的好孩子，不說謊，不淘氣，不撒野。只是偶爾在夜裡的某一個瞬間，我會掉落到夢幻階梯的最底層，獨自一人，回憶這一、兩天的遭遇，它們的確真實發生過，卻猶如身臨夢境：劫持火車，黑色布加迪，上百輛小警車響著警笛飛快地追在我後面，而我甩掉了他們。因為我敏捷靈巧，出其不意，像蟲子一樣嗡嗡飛舞，叮完就跑，輕鬆逃脫。犯罪高手，諾諾．費爾伯格，即將成為世界上最好的警探！

我的心跳得厲害。我用力抱膝，蜷曲成一個防禦的姿勢。一瞬間我感到很茫然，又恐懼。因為，我究竟是誰？

第十章　這一章我不打算加標題，尤其是不幽默的標題

我告訴菲力克斯，加比總是和我們在一起，也就是說，從我能記住事情開始，她就來跟爸爸和我一起生活。那是在我的媽媽佐哈拉去世之後，當時我還非常年幼。可能也就只有一歲吧。我停頓了一下，因為通常一說到這裡，人們就開始問各種愚蠢的問題：她是怎麼死的？我是否還記得她？但是菲力克斯卻一言不發。

我有一點吃驚。他怎麼會毫無興趣呢？他難道不關心這個沒媽的孩子嗎？我可說是半個孤兒。但我決心不讓他看出來我的驚訝，因為正如我之前說過的，通常情況恰恰相反，人們總是用一些我不想回答的問題來煩我，所以現在我也假設是同樣狀況好了。

我繼續告訴他加比的事。她和爸爸一起工作了很多年，曾經當過他的祕書，當時爸爸還是詐欺調查科的副科長。後來爸爸調到重案組擔任高級調查員，她也一起調職。後來爸爸轉做警探，仍然是她當祕書。爸爸到哪個單位，她都跟著去。

加比曾說：「我就像是雷聲。前提是，咱們斗膽把你爸爸假想成閃電。」

「她的確有點像炸雷。」我對菲力克斯解釋：「她非常胖，說話聲音也很大。但說實在的，我真不知道要是沒有她，我們怎麼撐得過來。（稍微停頓一下）特別是在我媽媽去世以後。」

沉默。好吧。他有權保持沉默。儘管在我看來，如果一個孩子說了「我媽媽去世以後」，多少會變得有些特別。或許對菲力克斯而言並非如此。他將那輛綠色的金龜車開到一條狹窄的道路上，帶著我們向大海和夕陽駛去。車開得很慢，彷彿這世界上沒有任何一個警察在搜尋我們。

「她總是在嘗試新的減肥療法。因為她發誓要跟自己奮戰到底，直到有一天她的身材能適應人類的居住環境。但是她太喜歡吃東西了，成堆地啃巧克力，而且我和爸爸做大餐的時候，她就非要參加。」我向菲力克斯透露實情。

她好吃，又為此痛恨自己。但是每當爸爸開始用橄欖油熱鍋，往裡面撒上切碎的洋蔥和蘑菇，攪拌起一鍋的通心粉時，她壓根控制不住自己。有時候，我懷疑爸爸是故意這麼殘忍地對她：用食物誘惑她，讓她變得更胖，那樣他就更有理由不娶她了。

「偏偏佐哈拉又長得非常美。有一次我看到了她的照片。」我沒來由地說了一句。

菲力克斯一言不發，駕車沿著海岸行駛。

「他們的合照，爸爸只保留了那一張照片。她死之後，她的其他所有物品爸爸都不想留在家裡。」我強調「死」字，因為也許之前菲力克斯沒有聽到。然而就連這次，他還是沒有回應。他弓身坐在駕駛盤前，垮著一張焦躁的長臉。

隨他去吧。沒人逼你去談論一個死去的女人，就算她是跟你說話的人的媽媽。況且就連這個跟你說話的人自己也不太想談她。他幾乎不認識她，她死的時候他才一歲，從那以後在家裡也很少提起她。她死了就是死了。

「那麼加比呢？」菲力克斯突然問道。

「加比也不怎麼說起她。」但是有的時候，說話說到一半，她會自己突然停下來，一陣短暫的安靜，就好像有什麼人正無聲地穿過我們的房間。但這種感覺不能說破。過後加比總是說：「我們剛講到哪裡了？」我知道爸爸不准她在家裡提起佐哈拉，因為每次我鼓足勇氣問起相關的事，加比就會說：「所有跟佐哈拉有關的事情——請你去問你的爸爸。」接著閉緊雙唇。雖然我感覺她就快忍不住爆料了。

菲力克斯說：「你沒聽懂。我是問加比為什麼來跟你們一起生活？」

「啊，這個啊。」

沒關係，我想，要是他這個人完全不敬畏逝者，只是想聊聊加比，那我們只聊加比好了。反正關於佐哈拉我也沒太多可聊的。我對她一無所知。對我而言，她是一個陌生的女人，碰巧生下了我，而加比卻為我付出更多。

「爸爸和佐哈拉結婚的時候，他向警局請了假，想要嘗試一種不同的生活方式，但是當她過世之後，他決定回警局工作。偏巧那個時候，加比想要離開警察局。祕書的工作她已經做煩了。她有無數的才華，做什麼都能成功。」

「比如說什麼？」

「比如說？比如說當個歌手或者舞蹈家！她還是個策劃高手，節慶時警局的兒童表演都是她安排的。她為警局晚會寫過滑稽短劇，玩填字遊戲是一絕。還是個電影發燒友，每週我們都至少去看一部電影。她還會模仿名人，還有什麼來著？……她很有幽默感，總能保持好心情。她幾乎是個完美的人。」

菲力克斯笑了笑。

「你很愛加比，對嗎？」

「她能得滿分。」我回應道。要是在這方面我能說服爸爸就好了，但是他……也許是出於外貌的原因，也許是因為佐哈拉……

「問題是你的父親大人覺得她不夠漂亮。」菲力克斯說。我沉思了一會，想起加比總是這麼說：「為什麼爸媽給了我一張大餅臉，而我明明想成為蛇蠍美人！」我暗自感到慶幸，加比從來不肯屈服於她平庸的長相，否則她可能變成一個無聊的女人，一點也不有趣。而恰恰相反，她犀利聰敏，對生活充滿熱情。我忽然開始懷疑，加比之所以是現在這個加比，不是因為什麼遺傳基因，也不是得益於她的教育背景，而是因為她的靈魂選擇了與她的外表進行抗爭，因此，她一直試圖表現得如此聰穎，如此與眾不同。這下子我明白了，她這一輩子抗爭得是多麼辛苦，沒有人能幫她，也沒有人能讓她依賴。

「她為什麼要離開警局的工作？」菲力克斯輕聲問道。

「因為她煩透了成天打那些關於屍體啊、殺人犯啊、組織犯罪之類的報告。」

加比會這麼問我：「你知道我最討厭什麼嗎？每天早上都看到你爸爸那張喪氣臉。」（我沒跟菲力克斯提起這點。）她從來沒自爸爸那裡聽過一句表揚的話，而她只要有一天沒來上班，爸爸就會大發雷霆。

加比每次對我講完這些事，就會歎一口氣說：「我真是個傻瓜，我還以為他是用這種笨拙的方式在表達他有多需要我。」

（「有一次她差點就離開他了。」我接著說：「但她最後還是決定再多留一段時間。」）

「因為他看起來是那麼難過，那麼沮喪。」加比回憶道：「那時候我沒法離開他，但是也沒辦法跟他在一起。」這個話題我們已經討論過無數次了，要嘛是看完電影到咖啡館邊喝熱巧克力邊說，要嘛就在廚房裡，只有我們兩人獨處的時候說。「他眼底的黑眼圈越來越深了，你能想像嗎？他還是帶著他那愚蠢的驕傲，不肯跟任何人敞開心扉，訴說他的痛苦。」說到這裡，她的臉向我湊近，瞇起眼睛，冷冷地低聲說：「他的悲傷從心底湧出來，還要殃及身邊的每一個人！你知道吧，他就是個人間悲劇的化身。」

「哦，有一天她看到爸爸打算在辦公桌上給我換尿布。」我告訴菲力克斯，心裡暗自發笑，我能想像爸爸會幹這種事。

「我看到他手忙腳亂地找你的奶嘴——其實卡在他的手槍皮套裡了……」每每說到這裡，加比的眼睛就會變得迷濛，聲音有些低沉沙啞。「當我看到你爸爸手足無措，陣腳大亂的樣子，就跟他面前哇哇大哭的嬰兒一個模樣。我知道我是愛上他了。這麼多年我一直在他身邊工作，完全沒有意識到自己愛著他，就算面對他那張哭喪的臉，我也會不自覺地報以微笑。」

然後在她的傷感中，我們雙雙陷入沉默。我很愛聽她講這些事。

「或許是我看了太多講鰥夫娶了他孩子的家庭教師的電影。」她嘟囔著。

「她不准我叫她媽媽。」我告訴菲力克斯。這時我們把那輛綠色金龜車停在海灘邊，踩在炙熱的沙子上。我剛下車還沒看到大海，一聞到海的氣息，我已經開始喋喋不休了。大海總是對我有著神奇的效力。

「她解釋，她不是我的媽媽，她只是加比，是我和我爸爸的朋友。我小時候搞不清這有什麼區別。」

因為加比所有時間都和我在一起。只有到了夜裡，她會回到她的小公寓睡覺。有時候，當爸爸在外執行任務，我會和她一起睡。所有我這個年紀的孩子喜歡過的書，都是她讀給我聽的。是她為我挑選保姆，選擇幼兒園，開家長會。是她在我生病時帶我去診所，我每次注射疫苗她都陪在我身邊。（因為爸爸那個大男人，第一次見到我被扎針時就暈倒了。）在她還保留著的、一本特別的幼兒手冊上，記錄我從一歲開始學過的所有東西，所有說過的童言童語。也是她，常常勸說爸爸該提高我的職等了，雖然他覺得我還沒有資格。多虧了她，我在爸爸那裡已經升到了二級警官。除此之外，她……

大概每個月一次，我的導師馬可思太太，會把我趕出學校，說：「這一次是永久開除！」是加比飛奔到學校為我求情。就像一套固定的儀式，加比會懇求她再給我一次機會，然後把一隻手放在我的肩膀上，厲聲質問學校怎麼能放棄一個像我這麼棒的孩子。馬可思太太就會帶著一絲假笑回答停課一週，小懲大戒，完全適用於像我這樣的孩子，像我這樣的一池渾水，像我這樣的一團廢物。跟現今不同，那個時候的老師總是挖空心思地想著怎麼侮辱學生。說到底，也許應該接受這樣的現實：我需要另一種體制，才能更好地適應我的缺點。你們可以肯定的是，加比絕不會默默地放過這件事。她在導師的面前脹得鼓鼓的，像極了要保護自己幼崽的眼鏡蛇。「你們眼裡的缺點，我偏偏看著是優點！比比皆是，例如，他有藝術細胞！對！或許並不是每個人都完全適合學校這個方形的條條框框！有的孩子是圓形的，夫人，有的是八邊形的，還有的孩子說不定是三角形的，為什麼不行？而有的是……」加比降低了聲量，一隻手高舉在空中，就像著名女演員勞拉・琪佩羅拉在話劇《玩偶之家》裡那樣，用冰冷的聲音低語道：「鋸齒形的孩子！」

我的心，正如別人說的一樣，全向著她。

我早期的記憶都與加比有關（有個午後，我們一起坐在陽臺，她用青椒盛著奶油起司餵給我吃，當時有個戴著太陽眼鏡的男人路過，他看了我們許久，還抬起帽子向我們致意），在我嬰兒時期的所有印象中都出現了加比。我會向她訴說祕密，而她是世界上唯一一個曾經看過我哭的人。

我不說話了，捧起沙粒在我的手指間流過。我們坐在一把紅色的遮陽傘底下，沙灘上幾乎只有我們倆。一座小沙丘上站著一隻黑狗，狂吠著，估計是遠遠地嗅到了我的氣息。海面蔚藍而平靜。我極力忍住衝動，沒有跳下去潛入其中。加比總說我其實是一條魚，誤打誤撞才上了岸。說真的，當我在海裡，身處浪花之間，我會立刻平靜下來，閉上眼睛，在心裡說出一些我在陸地上不敢說的話。我把自己最寶貴的那些話悄悄地說給大海聽，所有我在陸地上從來不敢提起的問題，所有我在陸地上從來不曾記起的祕密，我會在海浪中大聲喊出來，然後立刻徹底地忘記它們。儘管我知道它們會在海浪裡泛出無止境的漣漪，並留存其中，就像放在一支巨大瓶子當中的一封信。

在那個海灘上，我特別想和菲力克斯聊聊加比。不光是為了引起他注意，為了說一句「我媽媽死了」，也是想和他多聊聊加比。因為之前當我說起加比是如何愛上我爸爸的，我突然感到一種全新的哀傷。

我還是不明白為什麼菲力克斯如此沉默。他看起來並不覺得我說的話很無聊——完全不像——但也不想與我深聊。他以一種特殊的方式傾聽著。從來沒有一個大人像這樣傾聽我說話。甚至連加比都沒有過。我開始覺得我之前誤解他了，我以為他沒興趣聽我談論佐哈拉。其實他只是想讓我說出任何我想說的話，而不予打擾。

也許是由於他的傾聽，我突然開始領悟到一些我從來沒有真正思考過的東西。比如說，佐哈拉是一個真實存在過的人，而不是一個什麼無聲無息的某某某，連名字都很多年未被提起過。世上曾經有過這樣一個女人，有血有肉，有靈魂，也有屬於她自己的童年回憶。她有聲音，有思想，她來這世上走過一遭。她的嘴巴曾經笑過，她哭泣時也會落下眼淚。她曾經存在過。

她還曾經是我爸爸的妻子。是啊，突然間我前所未有地明白了一件事：爸爸愛過她。也許她是他此生唯一的摯愛，也許他真的無法再去愛任何別的女人。

真奇怪，我之前從未如此明白過。或許是因為我一直只能從加比嘴裡聽到他們的愛情故事，而在她那些故事裡，總是以她自己為中心。她是多麼愛爸爸，對他是多麼失望，還有她多期望他能停止哀悼，回歸生活，或者說，回到她身邊。然而，只有在海灘上的那個時刻，我意識到，那個哀痛萬分的人是爸爸，直到今天他都是那麼的孤獨。他還在追悼佐哈拉。這些不僅僅是加比常常說起的那些故事，那些話她說了上千遍，連她自己都忘記了話語本身有多痛心。此時有一個疑問開始敲打我的內心：他為何未曾提起過她，哪怕是對我說？我已經夠成熟了，到了成年禮就是成熟的年紀了。

為什麼我連一次也沒有問過他？也許我應該問問的，他可能會告訴我。是的，或許對我，他會說的。或許他是在等我問起。當我們一起打理「珍珠」的時候，我完全可以提起，可以先說些傻話來開場。我們擦車時，我可以蹲在輪胎旁邊，在因應倫敦燈火管制期形成的白色條紋邊，問他一些事情。比方說，他和媽媽是在哪裡認識的，他們在一起時都做些什麼；還有，她是怎麼死的。如果他不情願回答，他就會裝出一副沒聽見的樣子。我為什麼不問呢？都已經沉默了十三年了，哪裡還問得出來。也許，現在開始問這些，為時已晚。

「我對她一無所知。」我小聲地說，帶點錯愕。菲力克斯朝我靠近了一點，卻沒有說話，生怕打擾了我。

「沒人告訴過我關於媽媽的事。」

說完，我感到嗓子一陣發緊，就好像有人用鉗子扼住了我的喉嚨，連眼睛也異常疼痛。或許，如果我把腦袋浸到蔚藍的海水當中，我就能平靜下來。我從來沒試過在陸地上說這些話。

關於到底要不要將媽媽的事告訴我，加比和爸爸曾經大吵一架。那時我大概四、五歲的樣子，當時在另一個房間。爸爸生氣地說，有些孩子就算有媽媽也很悲慘，我得適應，然後加比說這種事情恐怕永遠都習慣不了。他又說，對我而言，成長中沒有媽媽是很自然的事情，我幾乎一生下來就沒了媽媽，一旦我開始對她念念不忘，我就會變得自憐自艾。自憐自艾的人總是讓爸爸無法忍受。他也有很多戰友在戰爭中犧牲了，可是他極力地不去追思他們。因為這就是生活，沒有什麼是加了保險的。並不是每個人都能堅持到最後，有一些在中途便倒下了，而那些能繼續上路的，必須頭也不回地走下去。

他當時不知道我聽到他說這些話。從那時起，我對他言聽計從，從來沒讓他失望過。我幾乎不去想媽媽。如果她偷偷潛入了我的腦海，我會用盡全力緊閉雙眼，輕輕地，但是堅決地把她趕走。我用一種特別的聲音，一種我在自己的頭腦中和牙齒縫裡製造出來的嗡嗡聲，扼殺任何關於她的想法。我對此已駕輕就熟，只有當我到了大海裡──就像我之前說的──在海浪之間，有時我能感覺到她，感覺到有什麼東西在我四周環抱著我。可是我轉瞬便忘記了，上岸用力擦乾身子，徹底忘卻。但是，現在我第一次想到：要是他還愛著她呢？說不定有時候他自己也會回過頭看。

「我知道她去世的時候挺年輕的，才二十六歲。」

二十六歲，恰好是我的兩倍，我心中一驚。不過是十三歲又一個十三歲。她並不比今天的我年長多少。

我用力把膝蓋蜷縮向肚皮，咬起腮幫子，把手指甲掐進手掌心裡。我像這樣待了幾秒鐘，直到覺得鎮定一點了。我一個字也沒說，甚至連額頭冒出的汗珠也沒擦去。我的後背和肩膀僵硬得像塊木板。我感覺此刻只要我開口說出她的名字，我的脖子就會突然折斷。菲力克斯望著海面上太陽下沉的地方。沙丘上那隻黑狗還在不停地朝我狂吠，牠的腦袋挺直，尾巴豎起。我用一根手指挖著沙子，摸索哪裡是最早被潮水浸濕的地方。微風拂過，一朵海百合的白色花瓣飄散開來。

「我要是……」我剛開口，話又噎在了嘴裡。其實我想說，我要是早點認識她就好了。

一時間，這變成了我人生中最重要也是最緊急的事情。其他所有的事都變得無足輕重。我實在不明白這麼久以來我為什麼從來不問，也不關心，就跟活在夢裡一樣。我也想不通為什麼偏偏這個時候我會問他，菲力克斯，這個我幾乎不認識的人。

「那麼，我們說到哪裡了？」我不自然地問了一句，我說不下去了。

他在我身旁沉默著，很有壓迫感。我不需要看著他也能感受到他的無言變得愈發沉重，沉重得過了頭。他的呼吸聲傳入我的耳朵，急促而吃力。突然間我想到，是不是出了什麼事，我得當心？我轉向他，發現他的臉上有一小塊肌肉在劇烈地顫抖。

我的五臟六腑忽然間變得蒼白空虛。

我有氣無力地問他：「怎麼了？難道你認識她？」

第十一章　以法之名：快停下！

我們離開沙灘後沒多久，來到了一條鄉間小路上。又一輛警車迎面駛過，閃著紅燈響著警笛，氣勢洶洶。坐在車裡的警察看都沒看我們一眼，因為他們搜索的是一輛黑色黃門的布加迪汽車，不是綠色的金龜車。他們要找王子，而不是青蛙。等警車離開視線範圍了，菲力克斯伸手去抓他的皮箱，邊開車邊在裡面翻找著。他摸出一副鏡片厚重的眼鏡，還有些東西。我一時間沒認出是什麼，灰不溜秋的一團毛，軟趴趴的很噁心，還以為那是什麼活的動物，或曾經活過的動物。

他對我說：「閉上您的眼睛片刻，費爾伯格先生。現在我們要化裝過普珥節[2]了，因為我看出來咱們的警察已經有點煩了。」

我閉上眼睛，大概保持了五分鐘。金龜車在街道上忽左忽右地扭來扭去，我估計他雙手脫離了方向盤。

「好了，可以睜開了。」

我張開眼睛。身旁坐著一位戴著眼鏡的駝背老爺爺。他尖尖的下巴快要戳到胸口，而他的下嘴唇像是閉不嚴，一直朝右側抽筋。菲力克斯那一頭銀白的鬈髮變成了一叢稀疏的灰色亂髮，還戴著厚重的眼鏡。佩著胸花的西裝也換成了破舊的夾克衫。他還新長出了邋遢的小鬍子，笑容也變得有氣無力的。他鬆垮的下顎耷拉著，好像牙都掉光了似的。

「在你座位底下有你的行頭。」菲力克斯說。就連他的聲音都變得更加尖厲了。

我差點像個笨蛋一樣問：「你是菲力克斯？」

他整個形象都變了。他變得氣喘吁吁，似乎連鼻子都換過了，比原來的更長、更紅。基本上完全認不出來他是那個像黑豹一樣露著凶光的菲力克斯。我彎下腰，從我的座位底下取出一個大紙袋。我向裡頭瞥了一眼，看見裡面有短裙、襯衫和一雙女孩的涼鞋，還有一副黑色的假髮，梳成長長的髮辮。

「我死也不穿這個！」

菲力克斯沒說話，聳了聳肩。我厭惡地摸了一下那副假髮。誰知道這些頭髮之前是屬於什麼人的。說不定就是從哪個死了的女孩頭上剪下來的。怎麼會有人把這種東西戴在頭上？

又有一輛警車響著警笛呼嘯而過。

「煩啊，真煩啊，咱們的警察……」菲力克斯念叨著。「他們完全沒有頭緒。要不我們告訴他們火車上究竟發生了什麼？」他憋著笑。

我還在為菲力克斯剛才在沙灘上對我說的話而煩心。他說：「我和你媽媽很熟。認識你爸爸之前，我就認識她了！」你媽媽和你爸爸。他把這兩個詞結合在同一句話裡，突然之間，我也曾

2 普珥節：傳統猶太節日，有化裝狂歡的風俗。

是父母雙全的，他們曾是一對夫婦。

他說：「你媽媽是個非常強悍的女人，也非常美麗。她身上有那種非常美麗的人具有的力量。」我感覺他說這話的時候十分用心地字斟句酌，而並不一定是在誇讚她。他的聲音中帶著一種過度的謹慎。我沒敢問原因。「非常強悍也非常美麗。」什麼叫「強悍」？體格？還是精神？而且還「非常美麗」，這麼說，加比連半點機會都沒有了。「她身上有那種非常美麗的人具有的力量。」這話什麼意思？是說她很強硬還是什麼？像爸爸一樣強硬？她喜歡獨立，總是我行我素？我沒有問下去，菲力克斯也不發一言。家裡只有一張有她的照片，的確是個大美人：她坐著，爸爸在她背後凝神望前。照片中她的臉龐充滿了活力，她烏黑的長髮飄散在面前，似乎拍照時一陣輕風吹過。而她的雙眸間距略寬，像孩子的眼睛般散發光芒，深邃而閃耀。

因為她這對奇異的眼眸，我曾經想過：也許這根本不是照片，而是一幅畫。有人把照片的下半部剪掉了，似乎是想掩藏佐哈拉坐著的椅子。為什麼？她坐在什麼上面？為什麼所有的事都成謎？有時候，當我在爸爸的抽屜翻東西，會找到這張剪過的照片，被反著放在那裡。永遠反著放。是畫還是照片？因為那雙眼睛看上去像是畫家刻意誇大的畫法。但是畫面的其他部分又栩栩如生。是照片？又是誰剪了它？為什麼要剪？還有非常美麗的人具有什麼力量？我沒有問。我坐在車裡，菲力克斯的旁邊，什麼也沒說。我的命運，許許多多問題的答案，都掌握在他的口中，我不敢發問。我的爸爸也在照片上，在她後面，雙手環繞著她，不是看著攝影師，而是注視著她的嘴。他臉上流露出一絲遲疑的笑容，似乎是在下意識地模仿她肆無忌憚的歡笑。他也想要學習怎麼變得像她一樣活潑快樂，這需要她的幫助……太陽西沉，消失不見了。菲力克斯沉默著。我也沒有說話。要是我再多問幾個問題，我就能知道所有的事了。但是，我突然沒有力氣一下子去了解所有事情。

「如果你想聽，我可以告訴你。」菲力克斯平靜地開口。

「以後再說吧。」我立刻回應道，並站了起來。「還有，你再解釋一下『她太強硬了』是什麼意思，不過以後再說。」

「可我沒說她強硬……」

「無所謂啦，就再聊聊你剛才說的那些事情。但咱們以後再說。」

菲力克斯依舊坐在沙灘上仰視著我，說：「好吧，我也覺得還是晚點再講這個故事比較好。要不吃完午飯再說？」

「是啊，我都餓了。我們走吧。」我說。因為這麼站著我已經快受不了了，腳後跟熱得發燙。

「由你來決定什麼時候聽這個故事。」菲力克斯說，近距離注視著我。「畢竟這是你的故事。」

「就是說嘛。以後你再告訴我所有的故事。」

「還有他們的宮殿啦，那些馬匹啦，統統以後再說。」

哦，不是吧。

「馬？」

「沒錯！還有一座像宮殿一樣的城堡。在高高的山頂，遺世獨立。離邊境不遠。是你爸爸為了她修建的。」

「宮殿？真的嗎？」我盤起腿在他對面坐下。

「不是像羅馬尼亞國王或者拿破崙建的那種皇宮。但是對於他們來說，那就是一座宮殿。」

我覺得我無法忍受以後才知道。現在他開始告訴我他們在一起時的情況，她還活著的時候爸爸是什麼樣的人，我漸漸明白我不只不認識自己的媽媽，就連對爸爸我都知之甚少。

我這一輩子到底都在幹嘛啊。真是個蹩腳的偵探。日復一日，年復一年，我什麼都沒思考過，這麼些重要的問題我從來沒詢問過。那麼多個午後，我就躺在床上，盯著天花板發呆，什麼事都沒做。爸爸究竟為她修建了什麼？為什麼要建在高山頂上，還靠近邊境？還有，他們的馬匹又是怎麼回事？

「好吧，這個故事很特別。」菲力克斯說，一邊說一邊從口袋裡掏出一個精緻的皮製錢袋，開始往裡面裝沙子。「你爸爸把佐哈拉帶到一座遠方的高山上，在約旦邊境附近。周圍只有山巒，風，野獸和狼群。在那裡，他為他們建造了一個住處。她就像個皇后，而他就是國王。沒有人會去那裡，因為大家都害怕，而你爸爸在那裡保護著她……」

他的表情幾乎變得溫柔了，我蜷起身子，仔細傾聽。

「他們在那裡養了馬，養了母山羊用來取奶，還有綿羊用來剪羊毛。」他說著，把裝滿沙子的錢袋放回上衣口袋。我什麼都沒問，也不清楚他的用意。我當時實在沒有力氣去接受所有他說的話，與所有他做的事。「他們在那裡不想用電器、電話之類的，那裡就是他們的伊甸園。」

不，不，我用力搖頭，把這些趕出我的腦袋，這個故事，這些累人的驚喜，我不要，當下不想要。想到他們曾經是那個樣子，爸爸當初是那個樣子，太恐怖了。還沒到那樣想他們的時候，我需要時間適應。天啊，給我些時間吧。我理解東西本來就慢，眼下面對太多的戲劇化轉變與對父母的思念……

「當她騎到馬背上，你媽媽，她快要飛起來……」

她不是坐在椅子上，笨蛋諾諾，照片裡的是一匹馬。爸爸把照片裡的馬剪掉了。他剪掉了一切，馬，高山，他們曾經的生活，還有佐哈拉。

關於他們的種種畫面像一陣暴風席捲而來。他們的伊甸園。為什麼他一次也沒向我提起過？為什麼他從來沒帶我去過那裡？

「他們為什麼去那麼遠的地方？」

菲力克斯伸手用指尖在我的額頭中央點了點，就在那個已經發熱達到沸點的地方，一道閃電在我的腦中炸開，我大聲問道：

「他們在躲什麼人嗎？」

「難不成你此時此刻想聽完整個故事？」

他迅速用舌頭潤了潤嘴唇，眼睛直勾勾地看著我。他很想說出來。他迫不及待要告訴我。這太詭異了。為什麼他那麼急切地要告訴我？我們今天才見面，幾乎素昧平生。他想從我這裡得到什麼？

「不！以後再告訴我。」我迅速地回應他，堅決而果斷。我起身，站在他身前。

他一時間傻了，如夢初醒，說：「以後是什麼時候？或許以後再也沒有時間了。」

「不要在這裡，之後再說。」走吧，動一動，我不想坐在原地了。「好了，咱們走吧。」

他又仰望了我一會兒，歎了口氣，向我伸出手。我把他拉了起來。

我們拍掉身上的沙子，擦去腳印，以防有人跟蹤我們。各自出於不同的專業需要，我們都練習過如何毀掉蹤跡。他時不時地向我投來驚奇的目光。我沒辦法向他解釋我都經歷著些什麼情感波動。他還是晚一點再告訴我吧。我用兩隻腳，還有一根樹枝，一同擦去地上的痕跡，為了不留下任何印記。過會兒我再繼續聽他講故事。沒必要太著急。還有的是時間。我需要適應……

我們慢慢地走著。沙丘上的黑狗開始跟著我們跑，保持幾步的距離。牠一直對我狂吠。但是菲力克斯說我沒必要擔心這隻對他狂吠的狗，狗見了他總是要叫。我也懶得跟他爭辯，告訴他經常有狗莫名其妙地攻擊我，毫無緣由，就好像我身上有什麼東西，我的氣味，會讓牠們突然發狗瘋。但是，偏偏因為這隻狗，我對菲力克斯又產生了好感。我覺得我們會漸漸相互適應的，不需要總是一下子就把所有的謎底都揭開，關鍵是知道我們有共同的祕密。

我們在潔白的沙灘上蜿蜒蛇行，我有一種感覺，就像是她也和我們走在一起。有一次我甚至向後張望，想看看她的腳印會不會留在我和菲力克斯的足跡中間。我覺得他明白我在看什麼，因為他微笑著，摟摟我的肩膀。就這樣，我們一直走到金龜車那裡，一路嘻嘻笑笑，就像兩個醉漢。

非常強悍也非常美麗，還很強硬。

強硬？就像專業人士那樣強硬？等等，說不定她和爸爸一起工作？或許她也是一名警探？我的警探媽媽？會不會是因為她，爸爸才如此嫉惡如仇？我怎麼從來沒想過這些呢。

我的身子蜷縮得越來越緊。此刻真不應該想這些，冒險之旅剛進行到一半。晚一點還會有時間的，要嘛今天晚上，要嘛明天。

他為她建了一座宮殿。屬於他和她的地方。在高山頂上，國境旁邊。那裡有羊群和馬匹。沒有電器，沒有電話。也許他只想與她在那裡單獨相處。純淨無比。就像亞當和夏娃在伊甸園裡一樣。他甚至願意徹底離開警界。

一輛警車響著尖銳的警笛呼嘯而過，我被嚇了一跳。

菲力克斯提醒我：「費爾伯格先生，這是咱們最後一次機會了。」

我想到，如果他們現在抓住我了，我就再也聽不到關於她，關於他們的故事了。

我從袋子裡扯出那些衣服。紅裙子，綠襯衫，色彩鮮豔，有點太招搖了。我怎麼能穿女孩的衣服呢？我都要羞死了。我都要吐了。我寧可再劫持一次火車也不願穿女孩的裙子。這不是有沒有勇氣的事，而是……什麼來著？那叫什麼來著？

在車子行進中，我挪到了後座好換衣服。有那麼一下鏡子上出現了我的臉。我看上去就像是要吞下一粒特別苦的藥丸。我爸爸也曾不得不喬裝成女人。當時他在追蹤一個騙子，那人為了竊取財富，對十個不同的女人承諾要娶她們。爸爸，儘管有著十足的職業操守，在看到自己穿上連身裙的樣子後還是被噁心到了。於是，最後他說服了加比去當誘餌，她也只好接受了。之後，照加比的說法，她獲得了人生中的三次求婚：第一次，最後一次，也是唯一的一次。我脫下了褲子，穿上那條短裙。理所當然的，我把它給穿反了。前後反了。我哪知道怎麼穿？我把它轉了過來。好在是裙子，不需要把它全脫下來重穿。我換上了那雙纖細的涼鞋，還纏繞著繫帶。好了，我喬裝完畢。又怎麼樣?這是為了我們的工作。要是我能以這身喬裝混淆視聽,是不是說明我比爸爸還要專業?還是說明我沒他那麼有男子氣概?因為我總是覺得要當一名專業警探就得有男子氣概,可是這會兒我已經徹底迷惘了。

我一直努力不去想之前究竟是哪個女孩穿過這身衣服。尺寸倒正好適合我的身形。只是看起來很過時,不像我班上的女同學們穿的那樣。我想要問菲力克斯他是從哪裡找來這些衣服的。但是我沒有問。我為什麼不問呢?為什麼我不要求他解釋一下,像他這樣的老人從哪裡找來小女孩的衣服?他對衣服的主人怎麼樣了?我靜默不語,與盤旋在腦海中的罪惡想法纏鬥著。若非知道爸爸十分信得過菲力克斯,我就會有些擔憂了,倒不至於害怕,就是會更警惕一點。透過這身衣服我感到一絲涼意。它還散發出一股特殊的氣味。一股在陰涼,避光,密封的地方才有的味道。或許這套衣服疊放在衣櫥裡已經有很長一段時間了。

我把那頂古怪的假髮戴到頭上。它的內裡如果不是皮製的,就是橡膠的。這感覺就像是把一顆籃球套在頭上。我的頭皮開始發癢。我敢說這頂假髮裡滿是螞蟻,現在全都爬到了我的頭上。那塊橡膠皮抓著我的頭髮,一根一根地往外拔。我開始擔心要是這麼下去,我以後出門就只能戴假髮了。那條髮辮,在脖子後邊搔得我好癢。我把它從領子裡拉了出來,可是只要我一轉頭,它又跑回領子裡去了。我再一次把它扯出來,一會兒它又鑽回去。這個時候我一直在想,要是米加看到我現在的樣子,他會說什麼?

「嗨,諾諾,你長了條辮子!」

我又爬回了前座。菲力克斯打量著我,說:「這樣好極了!如果我們想要成功,就必須走到最後！改變規則！要大膽！要有勇氣！這才是勇敢的真諦！」他微微皺起嘴唇，又裝回一張嘴向右歪的老頭子的臉，用他新的聲音咕噥著：「現在諾亞爺爺和小塔米一起去野餐嘍。好棒啊。」塔米？

我坐著不說話。那頂假髮太折磨人了。我頭上出了很多汗。要是在以前，我早就抓狂了。可是我看到自己從裙子底下伸出來的雙腳是那麼光潔纖細，就連穿在涼鞋裡的腳丫子看起來也不同了，就像一雙小女孩的腳。

要是我有一個妹妹，她應該就像我現在的樣子。

要是我生下來是個女孩，看上去就是這樣。

我會做些女孩的動作，長大了像媽媽一樣，而不像爸爸。

這些想法讓我心煩意亂。

再過五天，我就要變成一個男人了，可是現在我居然打扮成小女孩。我可以被擺弄成這樣，這簡直是對我的侮辱。我班上有個叫薩姆森·尤札里的男孩都已經開始刮鬍子了，而我，卻綁著辮子坐在這裡。

然而，如果我生下來是個女孩，也許就長成這樣。

像這樣的女孩，過於稜角分明了一些，但還是個女孩。

我會有完全不同的人生。

我始終感到很恐慌，如果一個男孩子能毫無破綻地假扮一次女孩，說不定那個女孩身上的某些東西就會一直跟著他，永遠待在他身上。

菲力克斯又向我投來另一種目光，一時間他彷彿忘記了自己還握著方向盤。這眼神跟他第一次從火車包廂的窗戶裡看到我的時候一模一樣：回憶起某個人並且沉浸在思念當中的眼神。

我是誰？我思索著。我困惑了，對自己感到陌生。我到底是誰？

腦後的髮辮，像草一樣乾枯，在背上一彈一跳，從後面蹭著我。感覺像是一直有個人在我背後戳我，叫我回頭看他。衣服在我身旁飄起來，觸碰到我的身體，又隨著輕風飄開。這會兒我才知道，穿短裙的時候，下面也會進風的。

這時——

一輛巨大的黑色摩托車突然出現在菲力克斯的車窗旁，一個戴著頭盔的警察騎在車上，向他招手，示意他靠邊停車。

「完蛋了。」我小聲地說，懊惱我們就這樣被逮住了。這場奇異的冒險幾乎還沒開始就要結束了。

「你就試著去享受吧。」菲力克斯用他平常的聲音對我說，此刻那個警察邁著西部牛仔般惹人注目的步伐朝我們走過來。

第十二章　我揭露了他的身分：金麥穗和紫圍巾

「請出示駕照。」

等警察走近了，我發現他是個年輕人，又高又瘦。他的鼻子——就像他整個身體一樣——也是又長又窄。兩邊臉頰長滿了青春痘。他看上去一點也不嚴肅，身上套著鬆鬆垮垮的制服，警銜的一角都磨破了。我想起了早上碰到的那一對假警察和假囚犯，彷彿已經過了一百萬年。有一瞬間，我多期望左邊的這位警察也是爸爸和加比為我準備的演出角色之一，遺憾的是，他太像真的了。

菲力克斯拿出了駕照，交給警察。他認真地看了起來。

「這是我的孫女塔米。我們去海邊野餐。警察先生，我應該沒違反交通規則吧，啊？」菲力克斯用他老態龍鍾的嗓音說道．

警察掃了他一眼，然後露出微笑：「老先生，您開得沒問題。只是您這部車子恐怕撐不了多少年了。」說著，輕拍了一下金龜車的車門。

「這車我都開了十五年啦。」菲力克斯咯咯地笑起來，笑得太激動，以至於嘴角都溢出了口水唾沫，沾到他灰色的小鬍子上。看著有點噁心，不過驚人的逼真。

警察摘下了他的頭盔。他的前額也長滿了青春痘，頭髮亂七八糟。「你在這附近見過一輛黑色的豪華轎車嗎？」他問道。

我的心跳彷彿停了一下。

「黑色轎車？」諾亞爺爺沒聽清楚他的問題，把手放到耳朵後面，想好好聽清楚。

「一輛很大的黑色車子！像在美國那種！」警察朝著他的耳朵喊道。

「你看到一輛這樣的車子嗎，小塔米？」

我身體的某個地方，也許手肘或者腳踝，有個地方想說「沒有」，卻慌不擇路，找不到出口。我搖了搖頭。那條辮子打了我的脖子兩下。

「像是新款的雪佛蘭，要嘛就是雲雀牌的。在以色列沒有那種車，裡面坐著一個男人和一個小男孩。」

「啊！」爺爺總算明白了。「車是他們的嗎？」

「不是，估計是偷的。這個故事很詭異：車子停在一片果園旁邊，從昨天下午開始就在那裡，很多人都看見了。今天有個男人和一個小孩從行駛到半路的火車上下來，並把車開走了。」

「行駛到半路？怎麼可能？」菲力克斯很是驚訝，雙眼在厚厚的鏡片後面睜得又大又圓。

「還不太清楚。那個人似乎是用手槍威脅司機停下火車。那孩子也跟他一起下了車。火車司機到現在還感到困惑，我們從他那裡也無法問清楚究竟發生了什麼狀況。估計是綁架案。他劫持了那個孩子，用他做人質威脅司機停下火車，但詳情我們還不清楚。」

儘管非常害怕，我還是強忍著沒有笑出聲來：綁架案，拜託！

「那他們現在在哪裡？」菲力克斯問，還幫那個警察撣了撣他衣袖上的灰塵。

「天知道。」警察抱怨道。我注意到他習慣用一隻手遮在眼睛上方，像是在擋太陽光，而實際上是為了掩飾他額頭上的青春痘。「我們還在火車裡發現了一些可疑人物。混在乘客當中。」他說著，鼻子輕蔑地哼了哼。「一幫大人穿著戲服！你想想看！就在去海法的列車上！」

「戲服？」老爺爺大吃一驚，咯咯笑著，「你是說，普珥節的戲服？」

「普珥節是在夏天啊。」警察咧嘴一笑，靠在車窗上，這樣我們就只能看到他眉毛以下的部分。他真是想盡了辦法，一舉一動都要遮住他那些青春痘，真是詭計多端。「在那裡我們發現了兩個小丑，一個演雜技的，還有一個魔術師。」

這就對了，我心想，魔術師就是那個戴著黑色高帽子的人，我叫他劊子手的那個。

「還有一個吞火人，一個玩扔球雜耍的女子，一個柔道演員，整個馬戲團都來了……」他又開始咯咯笑，似乎為自己說出來的這些蠢話感到難為情。

一時間我真後悔自己錯過了這麼多驚喜，跳過他們，直接來到遊戲的最後一站，到了菲力克斯這裡。不過想想，也沒覺得多重要。小丑和吞火人，去馬戲團就能看到，但是菲力克斯，只有一個。

爸爸和加比是如何策劃這一切的？他們跟吞火人啊、柔道演員之類的人碰面的時候，我在哪裡呢？他們的生活中還有什麼事情是我不知道的？

「我們正在全力調查這個案件。」警察用一種神神祕祕的語氣說。我知道他這樣故弄玄虛，多半是由於菲力克斯向他投去崇拜、求助的眼神。警察壓低了聲音，悄悄地說：「我個人覺得，這一定是個圈套。聽著，那個馬戲團的作用在於分散乘客的注意力，那傢伙才好去威脅火車司機……我用鼻子都聞得出……」說著，他用手指點了點他長滿痤瘡的鼻子，「聞得出這事一定有蹊蹺。我的鼻子一向很靈，從來沒出錯過！」

「這個國家是怎麼了啊！」菲力克斯無奈地攤開雙手，他的嘴唇在牙齦上來回摩蹭，好像牙齒都掉光了一樣。其實那個警察完全可以看到他有牙齒，但卻沒看出來。「咱們的國家怎麼了！我來告訴您，警察先生。以前可不是這樣的！過去像我這種普通人，離開家時完全可以敞開大門，什麼事都沒有！沒人會進去偷東西！而現在呢？現在呢?!」他痛心疾首，說話聲都啞了。片刻間連我都忘記了菲力克斯可不是什麼「普通人」，反而恰恰屬於那類讓「普通人」再也不敢安心出家門的人。

「這小女孩，您孫女，今天不上學嗎？」警察問道，並把駕照還給菲力克斯。「學校今天沒課嗎？」

「現在是八月，放暑假了！」老頭嗔怪他。「有人非得聽爺爺講無聊的故事嘍，對吧，小塔米？」

我無所謂地笑了笑，用手指玩弄起我的小辮子。我終於開始享受這一切了。

爺爺笑著對警察說：「她太害羞了！你應該瞧瞧她的成績單，全是優等！真是個好孩子！」

「我老婆也懷孕了。」那警察突然來了一句，臉頰上泛起兩道紅暈。「再過兩個月，我們的第一個孩子就要出生了。」

他沒必要把這事講給我們聽。菲力克斯沒有問，是他自告奮勇地說出來的。就像是從他體內噴湧而出的什麼東西，他自己作為禮物奉送到菲力克斯手上。我已經意識到，菲力克斯就是這樣：人們總是一見到他就全心全意地信任他。他的眼神，他的笑容，讓人想把寶貴的東西，對他們而言最重要的東西，無償地交託給他。就像這個警察脫口而出關於他妻子待產的事情，就像我告訴他佐哈拉的事，還有那個火車司機，儘管他極力掙扎，最終還是同意讓我駕駛火車。我實在不明白，因為——這話我要怎麼說才不冒犯他——其實菲力克斯算是個騙子，對吧？難道爸爸錯了？難道壓根就不能從一個人的面部表情看出他的性格？可是，為什麼一個人天生一副值得信賴的面孔，卻偏偏選擇當個騙子呢？

那又該怎麼解釋我的情況？心中懷著七宗罪，卻有張天使的臉孔。

菲力克斯的臉頰愉悅得像要融化了：「哦，警察先生，一旦有了第一個孩子，您的生活將大大不同了！」他的臉上浮現出了懷念的微笑。

警察也笑了。「是啊，我所有生了孩子的朋友都這麼說。」

「跟你談談我的經驗吧，年輕人。」菲力克斯接著說，臉上泛著幸福的紅光。「你的孩子降生的那一刻，你會馬上變成另一種全新的人。突然間這裡就不同了！這裡！」他用顫抖的手拍打著自己瘦弱的胸口，馬上開始一陣咳嗽。

警察輕輕地為他拍背，一直在害羞地微笑，思索著菲力克斯所說的話。直到這時我才發現他長著一雙迷人的眼睛，大大的杏眼，睫毛又長又密。他站著，倚靠在菲力克斯的車窗邊，你能感覺到他很享受這種親切感，他似乎相信這位睿智的長者能將他的人生經驗潛移默化地傳授給他。

這種時刻無法用時鐘計算時間，只能用你的心跳。就連我，此刻雖然身處在包圍著他們的溫暖圓圈之外，也恨不得鑽進圈圈裡去。我完全忘記菲力克斯不過是在演戲。他親口說過他女兒小的時候如何被他忽視，他是多麼懊悔。我全忘記了，也不想記起來。

警察盡情品味了這一刻，然後歎了口氣，意味深長地看了我一眼，用命令似的口吻說：「跟爺爺好好玩吧！」

「這週六是我的成年禮。」我尖聲尖氣地說。

我沒必要講這個，又沒人問起來。可我還是說了，脫口而出，還用的是「紮辮子的塔米」該有的聲音。警察向我投來微笑，拍了拍菲力克斯的肩膀，又掃了一眼他的駕照，好記住他的名字。「一路順風，格里克先生！」說完，他揮揮手，騎上他的摩托車，開走了。

格里克先生？

這是那個警察叫出來的名字。

他是在菲力克斯的駕照上看到這個名字的。

格里克，菲力克斯．格里克。

「成年禮快樂啊。」塔米的爺爺對我笑著，發動了金龜車。

我的老天爺啊，我心想：和我一起上路的是菲力克斯．格里克本人！

金麥穗大盜。

「我都不知道你這麼有才。」菲力克斯說。

「什麼有才？」

「表演才能。你家裡難道有人當過演員？」

「應該沒有吧。」我說，避開與他的眼神交流，否則他就會看出來我有多激動。菲力克斯．格里克曾是幾年前全以色列最臭名昭彰的罪犯。他家財萬貫，揮霍無度；曾搶劫全世界各地的銀行，挑釁政府，使警察蒙羞。他還擁有一艘私人遊艇，和上千名情婦。

他最後是被我爸爸逮捕。

「說謊的才能也挺厲害，剛才很冷靜嘛。小夥子，有前途！你常常撒謊嗎？」

「有時候吧，不太常。」

比方說現在，格里克先生。

「好吧，不過他真像是求著我們對他撒謊似的。你怎麼了？被自己的膽量嚇壞了？」菲力克斯說。

「你為什麼這麼問？」

「你看起來臉色都發白了。你想要我停車嗎？覺得不舒服？想不想吐？」

「不，我好得很……開吧，接著開車……」

每次他行動完畢，都會留下一枚精緻的純金打造麥穗。全世界的警方都能憑著金麥穗辨認出他來，但是他一次又一次以身犯險，所到之處都留下他的標記。順道一提，加比最大的夢想就是擁有菲力克斯．格里克的金麥穗，還有她仰慕的那位女演員勞拉．琪佩羅拉的紫色圍巾。加比是這麼說的：「要是有了這兩樣東西，我就會閉上眼睛許下個大大的願望，到時咱們看看世上還會不會有奇蹟。」

「我們要開去哪裡啊？」我終於從興奮到噎住的喉嚨裡擠出了一個問題。

「去吃飯。咱們去全國最好的餐廳。餐飲界的布加迪！今天是屬於你的一天！」

我沒有把頭轉向他。爸爸從來沒提過一個字是關於菲力克斯．格里克的，很正常。而加比（同樣也很正常）則三不五時跟我說他的故事。實際上說了不少，關於他的驚人之舉，他傳說中的財富，還有他遍布世界的情人。人們曾說，想猜中菲力克斯．格里克的行蹤，得同時動用兩個腦子。全世界的警察局都在追蹤他的下落，一大堆警探不幹別的，只調查他的案件，可他總是能從他們設下的陷阱中逃脫得無影無蹤，只有爸爸，把手重重地按在了他身上。對了，「工作中認識的」，我想到這裡，差點笑岔了氣，原來是這樣在工作中認識的！

我全力伸展雙腿，還是沒有看他一眼，生怕他從我的神情識破一切。我深深地呼吸了一口新鮮空氣。現在看來，爸爸的計畫變得更好、更瘋狂了：我幾乎要落淚了，二十年後，他與菲力克斯聯手行動，就為了讓我在成年禮上開心一下，這真是太感人了。我完全能想像當時的情景，爸爸去找他，他們碰面交談，兩個男人都如此強勢如此特別。菲力克斯對爸爸說：「我們不計前嫌，費爾伯格先生。過去我們大鬥了一場，你贏了。你才是真正的行家。你抓住了我，因此你可以稱得上是全以色列最好的警探——說不定不只在以色列。我們都知道高處不勝寒的滋味，所以你來找我再正常不過了。我很榮幸你會來請我幫忙，讓你兒子見識一下罪惡的世界。找不到比我更好的導師了，長官！」

我的爸爸，永遠愁眉苦臉的爸爸，緊緊地握住了他的手，臉脹得通紅。

這實在太令人感動了，我差點要跳起來，給菲力克斯一個擁抱。

「至少他給咱們留下了一份不錯的禮物。」菲力克斯突然淘氣地說了一句。

「誰？」

「那個年輕警察。」

他舉起手，在他的手腕上，襯衫的金線旁邊，戴著那個警察的大手銬。馬芬牌手銬，上個逾越節每個警員都領到了一支。

「怎麼會……？你怎麼辦到的……」

「誰知道呢，我忽然看到這東西在我眼前晃，就拿了過來。我的手指可比我的腦子反應快。」

我不出聲了。我不知道該說什麼，也不知道此刻我究竟是什麼感覺。一方面，這真真切切是偷盜；另一方面，菲力克斯盯著我，看出來我是怎麼想他的。他的表情看起來有點心虛。

「真糊塗。」他終於開口了。「你是對的……我真的不應該拿……這樣不好。那警察還算是挺好的一個小夥子。」

「那你為什麼拿？」

菲力克斯遲疑了，腦袋縮在肩膀中間，這一刻，他看起來真的有老態。那撇糟糕的小鬍子突然間看起來就像是他自己的。

「也許……說了你別笑我啊，我覺得我有點想要向你炫耀……」

「炫耀？炫耀什麼？」

「嗯，不知道，或許炫耀一下我能偷到一個警察的手銬……就在他盤查我的時候下手……這樣不是挺搞笑的嗎？之後我們，你和我，可以把這件事拿來當笑話……」

他偷手錶的事讓我很不高興。就這麼一樁小小的順手牽羊，損毀了他與爸爸之間的高尚協定。我再一次感覺到一股寒意不停地在內心翻滾，提醒我，我看錯了，關於菲力克斯我還有很多完全不了解的地方。然而，當我看到他羞愧的面容，他自言自語的嘴唇，心中又對他充滿了憐憫。他只是想要逗我開心，我心想，他要是會點別的，比方說，跳舞什麼的，他也會跳上一段逗我開心。要是他會唱歌，他也會為我唱一曲。可是他只會騙人，會偷竊，會開槍。所以之前他開了一槍，現在又向我展現扒手伎倆。

「要不咱們把手錶還給他？」我提議。

「要不，等我們丟下這部車的時候，把錶留在車裡。」

「為什麼要丟下這部車？」

「咱們必須一直換車，換服裝，換身分。否則警察很快就會抓到菲力克斯，遊戲就玩完了！但是你不用擔心，菲力克斯還是一如往常。」他說著，苦笑了一聲。「我這一輩子都這樣，百變人生。」

「等等，」我稍微起了些疑心。「這車是偷來的？」

菲力克斯聳聳肩，說：「小費爾伯格先生，整個遊戲都是偷來的。從頭到尾沒有一樣東西是合法的，問題是：你還想玩嗎？」

我想到了爸爸，想到他與菲力克斯二十年後的會面，他把我託付給菲力克斯，緊緊地握住他的手。我想到了佐哈拉，菲力克斯還打算繼續將她的故事說給我聽。我坐正身子，說：「當然繼續玩。」

第十三章　感情是否可以觸摸？

之後我們靜靜地開著車，似乎兩人都在為同一個原因難過，卻無法言說。似乎我們在什麼事情上落敗了。偷手錶的是菲力克斯，為什麼我也感到痛苦？也許因為我看到了他是如何撒謊的，他的謊話信手拈來，我知道他也能像這樣哄騙我；也許是他畏縮的表情，他像個做壞事被抓住的淘氣孩童一樣——一個滿面皺紋的老人臉上浮現出孩子的羞赧。就在剛才，一段不開心的回憶湧上我的心頭，是關於哈因．斯多伯爾的。我曾經極力取悅他，想吸引他的注意，也因此導致了「馬烏特耐爾母牛事件」的發生。也許我比菲力克斯好不到哪裡去，誰又知道我會有什麼下場？

我閉上眼睛，假裝在睡覺。我殘忍地重溫了一遍與哈因之間的種種，好刺痛自己，好折磨自己。我回想哈因是如何來到我們的社區的，還有他激動時，瞳孔裡總是閃著亮光。在他來之前，我只有米加一個朋友。我一直很清楚，米加算不上真正的朋友，只是還沒有別人能取代他的位置。他從來不與我爭辯，幾乎不怎麼說話。他聽我講話時，臉上總是一副暗沉的呆相。有時我認為他聽我說話，不是出於友誼，或許恰恰相反，他很樂於看到我吹牛吹大了，不能自圓其說。

而當哈因到來之後，一切都改變了。我的生活完全不同了。他在學期中加入我們班。在他要來之前的一個禮拜，大家就開始議論這個特別的孩子。他爸爸在大學裡是著名的學者，而哈因是個天才，也是位鋼琴家。

普珥節過後沒多久，算術課上到一半的時候，校長來敲門，把哈因帶進來。我們上上下下地打量他，認為他看起來很普通，就是頭特別大，和天才這個稱號很搭。他的額頭很高，曬得有點黑。一頭烏黑濃密的頭髮，往腦後梳，這倒是不常見。老師安排他坐到麥克．卡爾尼旁邊，告訴我們要善待新來的同學。

當時我還加入一個小團體，跟其他孩子在一起幹些壞事。我們有暗號，有巢穴，有行動任務，還有一間樹屋。當時我們有一個假想敵，成天沒完沒了地糾纏他——其實他不過就是個叫克萊門爾曼的傢伙。總而言之，我們是真正的小團體。也許我該強調一下，早些年小孩和小孩是真的混在一塊玩，而不是透過網絡。

下課時，我對我那幫夥伴們說，把那個新來的孩子拉進來，否則他太孤單了。

哈因正好也很樂意，加入了我們，跟我們一起踢足球。我們讓他當門將。他不是一個好門將：他太弱了，笨手笨腳，抓不住球。但是，他特別有拚搏的精神，這點我很欣賞。記得我曾經對米加說，你看到他那種自殺式的跳躍了嗎？米加用他愚鈍的聲音回答：每個球都進了，那種跳法有什麼用。

放學後，我，米加，還有哈因．斯多伯爾一起回家。他們走路，而我，像往常一樣，穿溜冰鞋。那個時候，我生活在溜冰鞋上。出了家門就離不開我那雙碩大笨拙的溜冰鞋。我們放學回家時，米加走路，我就踩著溜冰鞋圍著他轉圈，從各個方向跟他說話，看到他總是在四面八方尋找已經溜走的我，讓我頗為享受。哈因加入我們的那一天，我溜著更大的圓圈繞著他們，順便讓他們看看一個專業的溜冰運動員能做什麼動作。幾個原地旋轉，從人行道上縱身躍下，在混亂的車流中單腳滑行，作沉思狀——我的例行動作。哈因．斯多伯爾目不轉睛地看著我。那是我第一次看到他眼神發光，彷彿有人在他眼中劃亮了一把火柴。他的眼窩裡真的燃起了一團小火焰。我立刻看出來他巴望著我轉個圈，我已經開始合計著每轉一個圈我能賺他多少錢。他看起來像是有錢人家的小孩。我們陪他走回家。他住在我們街區旁邊的一棟別墅裡。當我們站在大門外聊天時，他媽媽小跑步出來，遠遠地叫道：「哈因！小乖乖，第一天上學怎麼樣啊？」哈因飛快地對我們輕聲說了句：「別說我踢足球了。」然後站在那裡，任她又摟又抱，像個小嬰兒一樣。

「這些是你的新朋友嗎？」他媽媽鬆開他，端詳我們。我有種感覺，她恨不得要鑽進我的身體裡一探究竟，好知道我是否夠格當她兒子的朋友。我立即換了一副天使臉孔，溫聲細語地說：「斯多伯爾夫人，您好。」並與她握手。

她露出驚喜的微笑，握了握我的手。她那隻手，她那隻手喔，又溫暖，又柔軟，像絲綢一般，十指纖長，指甲修剪精緻，而我……一瞬間我極捨不得鬆開，但轉念馬上抽回了我那隻骯髒的手，那隻被各種偷竊行為、揮拳鬥毆和滿地亂爬玷污了的手。幸好我有先見之明，把左手藏在背後。我左手的小指指甲留得特別長，已經是全班最長的了，或許全校也找不出更長的。

這是我與她的第一次見面。我為她的美麗與溫柔所傾倒，連張嘴都不敢，生怕不小心把哈因踢球的事說溜嘴，儘管我也不明白這有什麼可隱瞞的。

「因為要彈鋼琴。」第二天哈因解釋道。我搞不懂這有什麼關係，他說因為要彈鋼琴，絕不允許弄傷手，他媽媽非常擔心他的十根手指，總是呵護有加。米加笨拙地大笑起來，而我，不知是怎麼了，想都沒想就說他媽媽是對的，或許他真的不應該踢球。哈因．斯多伯爾說，要是他媽媽可以的話，恨不得把他的手指一直保護在自己的手掌當中，只有當他練習彈琴和去音樂會上演奏時才把它們放出來。他突然爆發出一聲狂叫，跳到半空中，用力地拍了拍手。我第一時間掃了一眼他的手指，確定它們沒事，他媽媽可是想把它們保護在自己的手掌當中，溫暖它們。

我想都沒想，再次不容分說地告訴他，他媽媽百分之百是對的。現在，我搞清楚整件事，我也準備好好監督他，因為無論如何彈鋼琴關係著他的未來，說不定甚至關係著祖國的未來，好的足球運動員到處都是，而鋼琴家可是萬裡挑一的。

米加驚訝地看著我，我也被自己說的話嚇了一跳。他要保護手指關我什麼事，我何必管他的手指呢。可是那一刻，當我說出口，我知道我的話是正確的，甚至是高尚的。這是我這輩子為數不多的幾次忽然間變得有原則了。我是隨時準備著好與原則抗爭的，儘管這種抗爭沒為我帶來一點好處。為了體現我的嚴肅態度，我立刻脫下了溜冰鞋，拿在手上，走到哈因旁邊，像個保鏢一樣。哈因對我表現出的保護欲感到很驚訝，遲疑了一會兒，問我是不是也彈什麼樂器。我大笑著回答他，我彈哪門子的樂器。米加說，他彈棉花還差不多。我必須說明，自從哈因．斯多伯爾加入了我們，不管米加說什麼做什麼，都顯得又醜又笨，粗俗不堪。我真希望哈因不要因為他的緣故而嫌棄我。

第二天在學校，哈因還是堅持要和我們一起踢球。我友善地走過去，把他叫到一邊，告訴他這太危險了，但他卻說不關我的事。我極力地說服他，甚至試圖收買他，但他就是不聽。其他孩子叫嚷著說暫停時間到了，我只得放棄，讓他加入。那天我還放棄了踢中鋒的位置，專心致志地保衛起球門，基本上沒出過禁區，拚命阻止對方的破門企圖。我防守得相當棒，哈因·斯多伯爾空著手站在那裡啥也不用幹，完好無損。印象中沒有哪場球踢得這麼累的。

接下來的幾天都是這樣。他還是要求參賽，非要當門將，我還是像保護珍貴的枸櫞一樣保護著他。哪個球員膽敢靠近那些寶貝手指的區域，我就飛起一腳踢斷他的腿。我已經不再像個足球運動員，行事倒更像個職業保鏢。每次當我成功阻斷了一名攻門的球員，就會轉向他，對他微笑，渾身上下感到一股信念的暖流湧過。有時候，儘管我積極防守，還是有人射門，我只能揪著一顆心，看哈因冒著前途盡毀的風險，直直地向射手的腳邊躍身而起。我閉上雙眼，渾身顫抖，感受他媽媽那雙溫暖而纖細的手，輕輕地包裹住我的心臟。

除了足球比賽這種驚心動魄的時刻，我們也共度過不少美好時光。這個哈因，我不知道他搬到我們街區之前都跟什麼人做朋友，他從來沒談起過。但是，跟我們在一起，他才真正地開始過得快活起來。我們街區旁邊的山谷裡有一條「英雄路」。我們每個月都必須去穿越一次，以宣示我們友情堅固。那條路其實是一條狹窄的下水道，已經廢棄了。我們要在裡面爬行幾十公尺，到達水管深處的洞口，在地底下圍著它轉一圈，再折返爬回來。黑暗中在那裡面爬行還挺恐怖的。過了這麼多年，沒人能保證，下水道裡會不會突然間又開始湧出污水，淹沒那個洞穴。西蒙·馬格利斯曾經發誓有一條黑蛇從他身邊躥過。（而我，過了一週之後，理所當然地目睹了一條一公尺長的毒蛇。）最終，當你穿過管道，到達那個巨大的洞口時，你能聽到深深的地底有水流聲，黑暗，腐臭。不過，哈因在裡面獨自爬行的那漫長的幾分鐘才是最恐怖的，我從來沒有如此神經緊張過。

他堅持進洞爬行，我試著跟他講講道理，他還對我大吼大叫。其他孩子已經注意到我對他特別關照，譏笑我像個老奶奶一樣護著他，甚至連米加也暗自取笑。

我能怎麼辦？只得站在一邊，心中祈禱著，乞求上帝能對那條下水道網開一面。其實主要還是祈禱哈因．斯多伯爾的媽媽，能與我一同手把手地握住哈因的十指，溫暖它們。誰叫哈因忽然間決定要當個粗魯的鑽井工人呢。

他鑽出來的時候，蹭了一臉的泥土，雙手全是擦痕，但你一眼就能看出他有多快樂。西蒙．馬格利斯問他在裡邊覺得怎麼樣，他說有一丁點害怕，特別是在洞口上面，但還是很好玩。他沒有吹牛，也沒說他的心都嚇得掉到了內褲裡，也沒說見到一個白色的幽靈在他身邊飄──有一回我就說我見到了；他只說了一句很好玩，下星期他還要再進去一次。

這個哈因讓我抓狂。每件我不准他做的事，他都要馬上嘗試，似乎就是為了讓我擔心生氣。有時候我覺得自己就像在看護一個不懂事的小孩。我曾坐在教室裡，望著他的後背，為最近剛發生的擔憂歎一口氣。你們想想我做到了什麼地步，就連哈因．斯多伯爾提出給我錢，讓他玩溜冰鞋轉圈，我都拒絕了。連米加那個呆頭鵝都坦率地提醒我，別太過分了，不過我總覺得他那麼說多少是出於嫉妒。

米加有理由嫉妒。這個哈因．斯多伯爾，除去他讓我抓狂的那部分，總的來說是一個特別聰明，特別有趣的孩子。他有一個百科全書似的腦子。我們可以坐成一圈，聽他講幾個鐘頭，講澳洲原住民孩子的生活，講愛斯基摩人，講印第安人。他還曾經跟著父母去日本旅行。說那裡的人都用木頭蓋房子，還會養袖珍型的盆栽樹木。他總是輕聲細語，態度謙和，隨隨便便就能說出一些極為驚人的事情，毫不賣弄。他壓根沒打算在我面前炫耀，只不過是陳述事實，但是他知道的事情比我所有的想像都要神奇。晚上，躺在床上時，我會盡量去模仿他那種實事求是的說話方式，比如說：「在日本，我們去了一個用巧克力煮螞蟻吃的地方。我沒吃到，因為媽媽不准我吃。」

這是我最崇拜他的一點：他有勇氣說他媽媽不允許他做什麼事。因為如果我有這麼一個在日本用巧克力煮螞蟻的故事，我一定將它說得天花亂墜。我會說我吞了一公斤這種東西，螞蟻沒死，還在肚子裡搔得我全身發癢，煮螞蟻的廚師發誓說他從來沒遇到過像我這麼強悍的小孩。

還有他的媽媽，我已經形容過她的手了，但她整個人在我看來都是那麼美好。她個子很高，比哈因的爸爸還高，皮膚雪白如瓷，一頭蜜糖色澤的波浪鬈髮垂在肩膀上。她蔚藍的雙眸一閃一閃的，就像個洋娃娃，讓你感覺她隨時可能會眼睛一張一合，叫你一聲「媽媽」，雖然實際上她只會呼喚兒子哈因。像這樣：哈——因。語氣特別溫柔。她用一種抑揚頓挫的聲音呼喚這個短促的名字，似乎每次都要重新檢查一遍他是否真的活著，是否還健在，是否還是她的兒子。我在哈因家的時候，他媽媽會一次又一次地進房間來，每回都有不同的藉口。要嘛就關上窗戶免得進風，要嘛就打開燈免得他看書傷眼，要嘛就叫他服用什麼強健骨骼的維他命。她在家的時候，我幾乎不怎麼說話，每次我感覺到兩眼之間又在嗡嗡作響的時候，就謙遜有禮地低下頭，咬自己的雙頰內側咬到出血。在那裡，我一直努力說一些特別文雅的語言，壓根不會提及我在警務和犯罪方面的豐富經驗，因為我認為說那些會嚇著她。

要是可以的話，我能在他家待一整天，待到夜裡。但哈因總是想和我出去玩。他說在家裡他快要窒息了，他媽媽快把他逼瘋了。我不明白她怎麼逼瘋他了。她不過是關心他，恰如其分地照顧他。我完全不介意她每隔一會兒就進房間來，帶著一張娃娃的面孔，閃著蔚藍的眼睛，溫柔地喊「哈——因？」，有時候是「小哈因？」。我甚至挺期待她進來，用她綿軟低沉的聲音問我們都還好吧，渴了沒，要不要喝一杯鮮榨果汁，或者吃點餅乾。我深深地感受到她對哈因無微不至的關懷，到後來甚至能分秒不差地預料到她什麼時候會再進來。

最美好的時光就是在哈因生病的時候。我可以到他家，看他躺在床上，他的頭，黑黑的頭髮，高高的額頭，枕在一個大枕頭上。他的臉色蒼白，幾乎沒有血色。他看上去既英俊又孱弱，但也不被外面的任何危險所侵擾。那些日子，我上學時精神特別集中，會把老師說的每個字都記下來，把黑板上留的作業都抄下來，放學以後好轉達給哈因，尤其趁她媽媽與我們一同在房間裡的時候。每隔一段時間，她就會進來，幫他整整床單，要不就幫他拍鬆枕頭。他太虛弱了，所以根本無法反抗。給他蓋被子時，她有一套特別的手法，就像是在包裹一個小嬰兒，包到他的下巴。有時她會來測量他的體溫，不是用溫度計，而是用嘴唇貼在他的額頭上，閉著雙眼，哈因也閉上眼睛，他們保持這樣的姿勢好一會兒，直到她終於緩緩睜開眼，說：「還是有點發熱啊，我建議你現在睡覺吧，諾諾明天還會過來的。」

她無時無刻不在考驗我。哈因說過她總是這樣嚴苛地對待他的朋友。要是誰讓她看不順眼，就永無翻身之地了。無論在以色列還是在國外，凡是他們家住過的地方，她都這樣。不過換句話說，如果他媽媽認可了他的某個朋友，就會邀請他到家裡共進安息日晚餐，這顯然是很了不得的事情。

我第一次聽到這個儀式就對它充滿嚮往。哈因說到時他們會用從瑞士帶回來的特製瓷器用餐。晚宴上總是會出現一些有意思的客人，基本上都是爸爸邀請的。每個家庭成員要摘選一段有意義的文章在大家面前朗誦。之後，哈因還會親自為客人們演奏鋼琴。

「有意義的文章」，這句話讓我發笑，但一到週日（週六哈因被禁止外出玩耍，因為那天是他們神聖的家庭日），我就急不可耐地向他打聽週五晚宴如何，都邀請了些什麼人，他們聊些什麼，每個人都讀了什麼「有意義的文章」。有時候到了週五晚上，我會離開家——反正加比和爸爸忙著處理那些二個星期還沒忙完的工作——踩著溜冰鞋經過哈因家，繞著他家房子兜幾個大圈，或者爬到我的樹屋上面，想辦法透過他家厚重的窗簾偷看一眼，聽一聽是哪段「有意義的文章」。

剩下的日子，每天四點到五點半之間，我會聽哈因練琴。有意思的是，沒人逼著他非練不可，他純粹是出於自願。他說，要是他不彈琴，人生就空虛了。我不明白，一個知道這麼多東西，周遊過世界的孩子，竟會說出這種話，要是不能每天敲上一個半小時的琴鍵，他的人生就空虛了。我要他解釋彈鋼琴如何充實他的人生。他要是說了，我要是聽明白了，說不定我也能用鋼琴充實一下我的人生？

但是，他無法解釋。他說這種東西不能用言語形容。我很惱火，要求他無論如何試一下，他不是挺能說善道的嗎？用簡潔的話語解釋一下，音律怎麼能充實人生？它們是水泥做的嗎？還是石灰？水？

哈因思索著點點頭，他高聳的額頭微微皺起。過了一會兒，他說他實在沒法解釋，這是一種萌發自內心深處的東西，對外人不可言說。這麼一來，我便不再追問了。因為如果我是個「外人」，就完全沒興趣知道了。實際上，爸爸教導過我對待這類東西要多用心。他曾經說過：「我只相信看得見摸得著的東西！你曾經看見過『愛情』嗎？你曾經看見過『感覺』嗎？你親手抓到過『理想』嗎？你沒見過，也沒摸過，就不要相信！我生於一個普通的小商販家庭，只知道一件事：貨物必須摸得著！」

儘管如此，我內心深處仍然覺得哈因沒有騙我，他甚至不想費力來說服我。我被他的這一點吸引，但這也是讓我感到沮喪的地方。因為我總是極力想說服孩子們相信我。就連撒謊的時候（尤其是撒謊的時候）也一樣。而哈因，則恰恰相反。他自己相信自己就夠了，不需要其他人跟他想得一樣，或者說，其他的外人。

我當時有一個習慣，每天下午四點到五點半，我會爬上我的樹屋，躺在那裡，聽哈因彈鋼琴。或者想事情，或者打瞌睡，要嘛乾脆思考一下到底什麼是空虛的人生。是不是像一個空蕩蕩的大廳，你在裡面從一面牆走到另一面牆，沒一處落腳的地方。還是像一間巨大的房間，空無一物，在裡面你說的每一個字都能聽到回音。我也會想，我太走運了，我的人生是如此充實，沒有一刻感到無聊的。我總能找到事做。我有嗜好：警察、偵探、運動等等。總體來說，我沒有浪費時間在一些多餘的想法上。就算時不時會有幾天無聊的日子，比方說現在，幸好有哈因和我們那個小團體，大致上還是很充實。

偶爾我會問自己，一個天才兒童怎麼會老黏著我？我是說，對比一下我們的靈魂（文藝腔地說），我很清楚我們有著天壤之別，我還有很多的地方要向他學習。此時我無比痛心地意識到，或許我永遠也沒法成為哈因那樣的藝術家，我最多只能在踢足球時、爬電線杆時，或是吹牛時，玩出一些花樣。

米加曾經爬上我的樹屋，問我最近怎麼了，為什麼我銷聲匿跡了。我示意他閉嘴，指了指哈因．斯多伯爾琴聲傳來的方向。米加搖了搖他笨重的腦袋，說音樂聲讓他昏昏欲睡。有一、兩次我對他大為光火，他怎麼能對這麼有意義的東西毫無敬意，但到後來我已經放棄他了，只是對他深表同情。

哈因．斯多伯爾一彈完鋼琴就飛奔出來，和我一起玩耍。把什麼教養，什麼穩重舉止，都拋在腦後了。他媽媽從來不過問他出門幹什麼。這要得益於我這張臉，以及我在他家時的小心謹慎。她確定我像哈因一樣，是一個文靜、懂事的孩子。按照哈因以往的經歷，我知道過不了多久，他媽媽就會跟社區裡的人打成一片，開始打聽我的事情，等她弄清楚我究竟是個什麼樣的人後，就會發現我一直在欺騙她。在她家裡，我裝出一副彬彬有禮、乖巧懂事的樣子，但其實恰恰相反。

然而，我認為並不是完全相反的。我的心裡甚至強烈反對她對我做出的判決，只可惜不知道如何向她解釋。因為事實可正可反，我可以是這樣，也可以是那樣。我從來不知道自己下一秒會變成什麼樣子。偏偏就在他們家裡，我真是個好孩子，幾乎純潔無瑕。她不知道，為了她，我把小指指甲都給剪了，就在期末考試的前一週。每當她進到哈因的房間，用她溫柔的嗓音問我們要不要喝一杯鮮榨果汁，或者吃幾塊奶油餅乾，我的心裡就掀起一股奉獻感與責任感。

我知道她遲早會看穿我的。到現在為止還沒有已經是個奇蹟了。

不過哈因．斯多伯爾已經看穿了。

不，不是因為我性子太野了，有時還不光是性子野。而他還就是喜歡這一點。這或許正是問題所在：他只喜歡我的野。等我江郎才盡，給他秀完所有我會的事情，帶他走完所有我知道的祕境，教會他如何在下水道洞穴裡爬行，如何從人行道上縱身跳躍嚇唬開車的司機，如何從小店裡偷蛋糕，如何用強力膠把貓和狗黏在一起，如何從猶太會堂的募捐箱裡掏出錢，如何讓大黃蠍子自殺，以及其他一百零一種我會的特殊技能——他就會對我感到有點膩了。

我得把一件真實發生過的事情寫出來，直到現在它還是令我痛心。

他真的厭煩我了。他很快就摸透了我的底細。

我在他厭煩我之前意識到了這一點。我一直保持著敏銳的觀察力，隨時做好他要離開我的準備。當我看到我跟他說話時他的眼神開始放空，我覺得很可怕，很空虛，覺得自己對哈因而言很多餘。

我的大腦開始加速運作。我提議，比方說，大學的加拿大樓外面有個池塘，裡面養了食蚊魚，咱們去抓吧。哈因．斯多伯爾問那裡允許這麼做嗎，我說不允許。他有點失望地說，只是不允許而已啊。我立馬回答他，何止啊，簡直是犯法，是從科學研究機構偷竊。他說，好呀，咱們去吧！

然後，我們就拿尼龍袋去抓食蚊魚，再把牠們投放到大學的大噴水池裡，就是遊客們扔硬幣許願的地方。我們這麼做了五、六回，不到一個月池子裡就裝滿了食蚊魚，不得不重新換水。

好吧，這招玩完了。之後我得再創造新的挑戰，來點燃他的目光。因為這就是他要的，和我一起幹點壞事，要越來越過分。一切都變得益發複雜，因為我想要的只是和他在一起，聽他講講美國的南北戰爭，講講印第安人的生活，講講印加文明和莫札特，還有吉卜賽人。聽他用平靜溫和的聲音講所有他知道的事情，不帶一絲炫耀。我想看著他烏黑濃密的頭髮，向腦後梳著露出粗厚的髮根，緊抓在他高聳英俊的額頭上。這才是我想要的，別無所求。我認識的孩子中，我想他是唯一能讓我撐上一小時都不想賣點什麼或者租點什麼東西給他的人。他要是看上我的什麼東西了，我會立刻送給他當禮物。對我而言，他的友情就是一份禮物。

我都不好意思講述那些我為了留住他而使的小花招。要是爸爸知道我做了些什麼事，他一定會把我扭送到少年法庭。有一天晚上，我和哈因偷溜出去，往艾維愛茲爾・卡爾米校長的汽車油箱裡倒了白糖。車子的引擎永久報廢了。後來那輛汽車一直靜靜地停在他家旁邊，成為永久的恥辱。

如果資深教育家艾維愛茲爾・卡爾米先生碰巧讀到這個故事，現在我請求他的原諒，當然我也願意賠償他的損失。

不過，您要理解，校長先生，我是出於無奈的。哈因・斯多伯爾要離開我的這種恐懼感讓我實在無法承受。因為，他的友情把我從某種東西中拯救出來，我無法具體形容是什麼東西，或許是避免我成為米加・杜布維斯基那樣平凡無奇的孩子。當我跟哈因在一起時，我覺得自己不同了，還有機會學到別的東西。而當哈因開始厭膩我了，我就會跌落，回到米加咧著的大嘴裡。

然而，我無法阻止這件事。哈因找到了新的朋友，他們顯然更加有趣。或許他們懂得談論莫札特和印加文明，或許他們不需要用語言就能理解什麼是「充實的人生」。

而我，只剩下米加。我嘲諷他，折磨他。他根本不明白發生了什麼事，或許也明白。他也許很享受我對他的折磨，因為這樣我的醜惡就更加暴露無遺。

有一天在課堂上，哈因．斯多伯爾講了些關於鬥牛的事情，好像是說，在西班牙，每場鬥牛比賽會殺死六頭公牛。我回到家，做了一項每一位良好市民接觸到這種事情後都會做出的舉動——立刻打電話給警局。

我央求加比停下手頭的所有工作，告訴我所有她知道的關於鬥牛的事情。

加比搭計程車去公共圖書館，從百科全書上摘抄了一頁紙的筆記帶回家。我們趕緊奔去廚房，她念給我聽，沒有問我任何問題。她光瞄我一眼，就能在我臉上看穿一切。她念叨著：「知識就是力量，對吧？」又讀了一遍筆記。我閉著眼睛坐在那裡，她說的每字每句都印在我的腦海裡，直擊那個迸發出嫉妒的區域。

第二天早上，我找到機會對哈因說，西班牙人在鬥牛開始時刺入公牛的那種短刀叫做「班德瑞拉」，設計成蜜蜂螫刺的形狀，因此很容易插進牛的身體，卻很難拔出來。哈因全神貫注地聽我說，並表示他還真不知道這個典故，又問我知不知道matador和torero這兩種鬥牛士有什麼區別。

加比在那天下午費了好大工夫去解決這個難題。她先打電話找幾個朋友，之後還聯繫了一位她讀大學時教過她的教授。最後得出的結論是，每個「torero」都能參與鬥牛比賽，但只有「matador」才能殺死公牛。

第二天課間，我不假思索地告訴了哈因，還提了一下，在葡萄牙不會殺死鬥牛，而在西班牙傑出的鬥牛士會獲得一枚牛耳作為獎勵，有時是兩枚牛耳。要是他像帕科．卡米諾，我加了句「著名的帕科．卡米諾」，那樣出色，還能獲得牛尾。哈因的眼睛一閃一閃的，說他爸爸答應幫他找一張真正鬥牛比賽的彩色明信片，到時拿給我看。我好意提醒他，最好是拍到了「班德瑞拉」的明信片，因為「班德瑞拉」刺鉤上掛著的彩色紙條實在是「絢爛奪目」（我發誓我用了這個詞）。

然後我走開了。

而哈因跟在我後面。

就這樣，他小心翼翼地，婉轉迂迴地，慢慢回歸到我的身邊。

一天又一天，我們交換著關於鬥牛的知識，服裝，各種刀具。五點半鐘，他一彈完鋼琴就飛快地跑到我的樹屋。我們在那裡只能待上寥寥幾分鐘，探討一個主題。但這才是正確的做法。我們重新建立起的友誼還太脆弱，承受不起過重的負擔。哈因也許感覺到我傷得很深。

當時我們之間有一條不成文的仁慈約定，我們都小心地迴避談論一些他懂得很多而我毫不知曉的東西。他真是個特別好的孩子。

我們會聊一些著名的鬥牛士，都是我從加比弄的資料上看來的，要嘛就聊聊公牛撞死了鬥牛士的悲劇事故，再或者說說短刀的不同風格。我們會興奮地品味一些鬥牛士的大名，比如拉斐爾．迪．寶拉，理查多．多瑞斯，還有路易斯．馬查尼提，相互考考對方他們的著名戰役，在哪裡獲得了牛耳或牛尾，在哪裡犧牲了他們光輝的生命……只是簡單的幾句話，輕巧得猶如蛛網，卻在陽光中閃著七彩光芒。沒多久，哈因會客氣地辭別，我就在樹屋躺上一個鐘頭，充滿幸福，甚至不介意米加從樹枝當中笨拙地伸出他的大臉。

「諾諾，你還好吧？」

一週，兩週，這是一根極其纖細的線，它一旦斷了，我就會驟然跌落到世界的邊緣。我已經無法再次承受這樣的打擊了。加比工作得著了魔，她每天都要打電話給西班牙使館的文化專員，從他那裡榨取更多的資料。她回父母家探親，帶回一本加西亞．洛爾迦的詩集，是描寫鬥牛比賽的。與此同時，我開始窺探潘西婭——我們隔壁鄰居馬烏特耐爾離開基布茲農莊時帶回來的那頭牛。牠從小沒被削過牛角，於是現在長著一對華麗的大角，而且從來派不上用場。牠的個性安靜溫和，喜歡站在馬烏特耐爾的小屋一旁的小草原邊界，用牠的肥嘴嚼青草，烏溜溜的眼珠子像人類的眼睛一樣閃著光亮。有一天，我跑到牠面前，揮舞著一塊我從晾衣繩上扯下來的紅毛巾。牠站在那裡，充滿疑惑地看著我，尾巴卻像時鐘的指針一樣擺動起來，我猜說不定牠祖上有著西班牙的血統。當天晚上，加比聲情並茂地給我朗誦了詩人洛爾迦為紀念戰死的鬥牛士而寫下的詩歌〈摔與死〉，出自詩集《獻給伊格納喬．桑切斯．梅希亞斯的哀歌》。裡面有這樣的句子：「低音弦響起，在下午五點鐘。傷口像太陽燃燒，在下午五點鐘。噢，致命的下午五點鐘！」

加比讀完這首詩，表情深沉肅穆。她的手在半空中顫抖，頭向後仰著，像是被一把劍抵住了。我蓋著毯子，仍瑟瑟發抖。洛爾迦的詩句像一壺烈酒，灌透了我的全身。我把毯子拉上來蓋過頭，感覺就連我的床都要迸發出火花了。後來，那整件事告一段落之後，加比說要是早知道這首詩對我產生了這麼大的影響，她就應該只讀到那首〈當我們還少年〉就打住。然而那天晚上，她讓那首詩歌的一字一句整晚迴蕩在我的房間裡，在我的睡夢中還閃爍著血紅的光輝……第二天，在噴水池旁邊，我對哈因和米加說，我決定了，我確定了自己的人生目標：

我要做以色列第一個鬥牛士。

一片寂靜。西班牙的天空在我頭頂變得緋紅。

哈因怯生生地小聲問道：「馬烏特耐爾？你要闖進馬烏特耐爾的院子？」

「對！當然，還能怎麼樣。我要與那頭公牛戰鬥，一決生死。」

估計是一死，我心想。因為馬烏特耐爾是個很難相處的人。

「母牛，潘西婭是母的。」米加插嘴道。

一陣恐懼，對我自己的恐懼，席捲全身。我腦袋裡那個小引擎像大黃蜂一樣不停嗡鳴。

「可是牠還是長了角啊。」哈因慢吞吞地回應他。因為他已經開始領會到我的這個提議是最瘋狂最要命的冒險，也是我們友情的終極證明。

「你們也來嗎？我還需要兩個佩劍的助手。」我問。

一時間大家安靜了。我的腦海中浮現出血淋淋的場面，伴著撕心裂肺的呼喊和哀求。但是過了一會兒，哈因的眼睛像兩把火炬一樣燃燒起來。我們開始竊笑。米加站在一旁，不屑一顧地看著我，或許也很欣喜，因為他已經知道會發生什麼事了。我都懶得看他，再也不想看到他那張平凡無趣的臉。他哪懂什麼叫勇敢，什麼叫狂野，什麼叫友誼，什麼叫團結，什麼叫人生充實有意義。我和哈因握起手，開始跳上跳下，一邊尖叫，不過是小小聲的，免得他媽媽突然出現，識破我是犯下七宗罪的人。

第十四章　通緝：達西妮亞

「啊，這餐飯真不錯！」菲力克斯說，放下叉子，露出滿足的笑容。

餐館裡瀰漫著微紅的朦朧光線，每張桌子上都點著粉色的蠟燭。我的肚子吃得圓鼓鼓的，盤子裡還殘留著食物，這是我有生以來吃過的最豐盛的一餐。菲力克斯點了鵝肝當前菜，然後是奶油蘆筍湯，主菜是香橙燴鴨。侍者端著鮮嫩多汁的牛排從我身邊經過，我差點沒流口水，強忍著吞了幾口米飯和炸薯條，就連米飯和炸薯條都這麼好吃！又叫他們加了兩份。然後，我點了鮮蘑菇湯，杏仁松籽釀青椒，還有三份巧克力慕斯。當菲力克斯問我覺得味道如何，我相當誠懇地回答他，比警局員工餐廳的廚師做的好多了。

「這家是最棒的，重要的是今明兩天咱們要做很多最棒的事！」菲力克斯猛地用諾亞爺爺的聲音吼了一句。

「要做什麼事？」我關心道，並且立即切換為塔米的聲音，免得讓周圍的人起疑心。

「或許會把我們的世界變得更加美好。」他大聲說著。「我們這麼做，當人們聽說了我們做的事，會說：『哇賽！太妙了！這兩個人膽子真大！真有本事！』」

「那，我們到底要做什麼？」我又小小聲地問了一遍。

「我不知道。一切都由你來決定，什麼事都行。無拘無束！只要有勇氣！有膽量！只要你敢做！」

哈，只要我敢，說得真容易。我想做什麼呢？偷溜進電影院？夜裡潛入學校老師的辦公室？從自然課教室裡把那副人體骨骼偷出來？我很快發覺這些事情在他那樣的人看來都是小菜一碟，我必須更大膽一些，更放縱一些，才值得讓他真正去冒險，去瘋狂，去犯罪。只要你敢……

不然爬到大使館的屋頂上把他們的旗子給換了？爸爸在當警察之前，曾經做過這種事嗎？或者從動物園偷一隻什麼動物出來騎？

我想做一件全新的事情，屬於我的事情。

整晚為我們服務的那個體格魁梧的服務生又回來了，他謙卑地彎下腰，從冰桶裡拿出香檳，往菲力克斯的高腳杯裡倒了些玫瑰色的香檳。我的第一杯還沒喝完。透明的氣泡在杯中舞蹈。飯前的那一幕令我永生難忘，服務生當著我們的面彈開酒瓶塞，砰的一聲，香檳泡沫噴薄而出……

那一刻我想到，這與我在家裡的生活截然不同。如果我是在家裡，這個時間，加比已經走了，爸爸和我各自待在自己的房間裡，氣氛一片寧靜祥和。我自己玩桌上足球，要不就翻翻警察裝備與槍械的目錄，或者做點健身練習，要不然乾脆躺在床上，含著糖果，什麼都不想。閉著雙眼，手指在牆壁的裂縫上游走——現在我的指尖幾乎都能感覺到那條裂縫——那條閃電形狀的裂紋是我弄出來的，每當我很想哭又不能哭的時候就會把它挖得更深。爸爸在他的房間，看看報紙（最近他看東西得戴上老花眼鏡，可他堅決不讓別人看到他戴眼鏡的樣子），要嘛就處理他的案件資料，或者每隔五分鐘就打電話問是不是所有的巡警和伏兵都出勤了。之後，我們父子倆其中一個——通常是我，因為我總是肚子餓——開始做晚飯。要是只有父子倆在家，我們都懶得做菜。弄個罐頭蘑菇湯，現成的玉米和鷹嘴豆泥，或者給爸爸熱一個肉丸子。我們會一起做，有各自固定的分工，甚至不需要說話。收音機裡播放著我們都喜愛的希伯來語歌曲。有時候我會跟他聊聊學校裡的事情，但他並沒有真的在聽。我可能會講一些壓根沒發生過的事，編出一些孩子的名字，撒個謊，他注視著我，彷彿隔著很遠的距離看我一樣，歎一口氣。誰知道下回這個時間我在家裡會是什麼感覺，如今我已經知道了生活在別處的感覺，比如在這個餐館。

「我看你很難下決定啊，小塔米？」

我如夢初醒般對他笑笑，說：「是啊，有好多好多事情……」

「沒關係，你慢慢想，不用著急。」

我又犯迷糊了，慢悠悠地撫摸我的辮子。有什麼想做的事？我的膽子有多大？神仙爺爺菲力克斯現身，可以實現我的三個願望，我卻還沒準備好。每當我扯到辮子的尾端，那頂假髮就會向上撐開一點，就在前額的正中央，還挺舒服的，中間有點癢。我到底能讓他幹什麼呢？我現在最想做的事是什麼?!

停留在這個夢境裡。深陷其中，猶如陷入一床羽絨被裡。有點想家了。

因為如果這天加比能與我們在一起，她不用上電影課，不用學初級法語，也不用聽什麼「如何邊吃邊減肥」的講座……總之，如果今天是週日或者週三，我們都會在廚房裡，一起做飯，吃大餐，聊天，為每一句話爭論不休。有時候我不說話，就讓他們吵去。他們就像一對真正的夫妻，他幾乎每句話都要以「你看，啊，加比」作為開頭，就好像他很難記住她的名字，又像是她其實名叫「啊加比」。而她會叫他「親愛的」、「我的至愛」、「我的青春之花」，以此來報復他。在極少數的情況下，爸爸會告訴我們在工作上遇到的煩心事。有一天晚上，加比幫助爸爸解決了納塔尼亞一個鑽石加工工作室屢遭盜竊的案件。（原來那個工作室的老闆利用了我爸爸，把鑽石藏在他的大衣口袋裡。當爸爸每天對所有工人做例行詢查時，工作室老闆便輕而易舉地從爸爸的大衣口袋裡把鑽石掏出來，轉手賣掉，再騙取保險金。）吃完晚飯，我們會回到客廳，看看報紙，爸爸蹺起二郎腿抽根菸，加比只准許他每天抽一支。加比會去煮她的獨家貝都因咖啡，要不多不少沸騰七次，一邊從廚房大聲地跟我們聊全世界最近發生了哪些新聞，然後把我叫到一邊，問我班上有什麼新鮮事，誰跟誰成為一對了，我們在舞會上已經開始跳那種新式的舞蹈了嗎（我哪知道）。所有這些事情都讓她興奮不已，她在學生時代只關心這些事。然後，到了晚上十點左右，我跟爸爸都已經筋疲力盡了，她突然想起來把我們的衣櫃翻個底朝天，把冬裝或者夏裝都找出來，堆在一起，又熨又疊，縫縫補補。整間屋子裡全是一件件的衣服，飛過來，揮過去。而加比，把褲腿挽到膝蓋上，滿面紅光，哼著披頭四的歌，要嘛開洗衣機洗衣服，要嘛在客廳裡熨燙衣服，要嘛就去客廳擦地，時不時還跑去廚房為我們做點美味的即溶巧克力布丁，只有她才能做得又香又滑，不起一絲一毫的噁心塊渣。與此同時，她會命令爸爸去洗碗，晾衣服，把家裡堆積成山的舊報紙扔出去。而我，最終得回去收拾我那亂七八糟的房間。我和爸爸就像兩個被懲罰的奴隸，對她滿肚子牢騷。我們在浴室外的走廊碰到了，趁她沒看見，都會在她背後做鬼臉。可是我們別無選擇，生來就要被她奴役，賣身給她的即溶巧克力布丁，只有她才做得出不結塊的布丁。折騰到大半夜，我們仨都累趴了，房子又恢復到適合人類居住的狀態，靜得只聽得到三把茶匙刮盤子底部最後一口布丁的聲音。我的眼睛都睜不開了，爸爸完全忘了自己是誰，摟過她的肩膀，親了一下她的額頭，就好像我不存在一樣。不過，我有什麼好介意的，他親她，這是再好不過的事。就這樣，一天結束了。我蜷臥在椅子裡，那樣他就會用他強壯有力，對我而言也溫柔無比的胳膊，把我抱上床。我睡著了，是誰輕輕地親了我一下？難道這個吻代表著兩個專業人士之間的友情嗎？

彷彿從遠處傳來了菲力克斯的輕喚：「但是現在，你要勇敢些！你要有大膽的想法，小塔米！你的想法要繽紛多彩，就像在電影院裡！就像在劇場裡！」

當他說「劇場」的時候，我感覺到腦袋裡擦出一道火花：我怎麼笨得像驢一樣！好吧，當下還是隻母驢。但是我還不敢貿然提出我的想法。他會認為這是個愚蠢的主意，會覺得我是個蠢蛋，口口聲聲說要冒險，其實不過是想送禮物給某個女孩。

「是不是，送給女孩子的？」菲力克斯笑著問道，再次讓我緊張起來，生怕他能從我臉上看出我的心事，我的臉皮太薄了。可是他怎麼還沒看出來我已經知道他的身分了。

「是了……」菲力克斯微笑著，向後靠，愉快地看著我。「都寫在你臉上呢，給一個女孩的東西。很好啊！就像那個誰，堂吉訶德，為他心目中的愛人達西妮亞而戰！」

我從小不怎麼愛看書，但也聽說過這個住在托巴索鎮上的女人，長得不怎麼樣，卻激發了堂吉訶德為她踏上征程。

「所以，塔米，」菲力克斯向我拋來一個狡黠的眼神。「你決定好了要為誰付出我們的勇氣？你的這位女神是誰？菲力克斯一定保守祕密！」

「是加比。」我脫口而出。

「加比？」菲力克斯大笑起來，樂不可支。「我還以為你會說出班上一個美女的名字，沒想到是你的繼母！」

「加比不是我的繼母。她就是加比。」

「好吧，好吧。對不起！完全沒問題。就加比，很好。你很擁護她啊，不錯。」

我辯白道：「不，一開始我想的是佐哈拉。」我扯了個謊。「但她已經去世了。而加比，從來沒有一個人願意當她的騎士，所以……」

「我完全理解！」菲力克斯伸出一根手指。「你說給加比，就給加比！」我覺得自己真蠢、真幼稚。我應該告訴他班上女同學的名字，比如說瑟曼達．堪特爾，或者巴特謝娃．魯賓，女生中的女王。不過她們之中的任何一個我都不喜歡，也不想奉她們的名義做什麼事。

但是，佐哈拉，我為什麼沒有最先想到她呢？

菲力克斯說：「你實在出乎我的意料。你真是個乖孩子，對待加比很有紳士風度。你是個真正的騎士。女孩們會很愛你的，這可是菲力克斯說的……」然後，他又加了一句：「你讓我感覺很新奇，我像是變成煥然一新的人了。」

我？讓他？

「那麼咱們就集合咱們的勇氣和膽量，獻給加比小姐。」他隔著桌子與我握了握手。「你有什麼特別驚喜想送給加比？鑽石，還是咱們安排一艘小遊艇，帶她出海到塞浦勒斯？」

「不行……她就連在沙灘上……都會暈船……」我喃喃地說。而且我覺得鑽石對她來說有點太過華麗了。我盯著桌子，聳了聳肩，意思是其實我也搞不清楚加比想要什麼。可我又不知如何說出口，怎麼說都好像個大白癡。

「但是總有一樣東西是她最想要的……」菲力克斯提示我，此刻我領悟到他那番話的用意：「大膽做夢，別為此害羞。去爭取一切，爭取所有的可能與所有的不可能。你要敢想敢做。」

我笑了起來，說：「這挺傻的，但是她……算了，當我沒說。」

菲力克斯靠向我，兩眼放光。「我最喜歡幹傻事了。我是全世界一流的幹傻事專家！」他溫柔而狡黠地說。

我終於鬆口了。「好吧，實際上加比很喜歡一個女演員，特別崇拜她。」

「女演員？」

「是的……在劇場裡。勞拉．琪佩羅拉。」

靈光一現？閃電劃過？要如何形容他眼中轉瞬即逝的那道光芒？還有，他真的稍稍向後豎起了耳朵嗎？像豹子一樣。

「勞拉．琪佩羅拉！啊，是了。我聽過這個名字，還見過她一次。」他的眼睛瞇成兩道蔚藍色的縫，我知道現在他已潛入自己的內心，在裡面進行一場別開生面的對談，一場激烈的內心辯論。但是沒多久，他又回過神來了：

「是的，勞拉……在我那個年代她就已經出名了！我還年輕的時候，她儼然已經是特拉維夫的女王了……」他兩條胳膊在桌面上舞動著，低聲唱了起來：「你眼睛閃亮，像鑽石光芒，揮一揮絲巾，離別去遠方……對啊，勞拉不但演戲，還能唱會跳，是全能藝人！」他又壓低了聲音，陷入沉思。「我只是沒想到勞拉還會受到像加比小姐這樣的年輕人歡迎……」現在我抓到了一個大好的機會。我伸了伸腿，告訴他加比是如何模仿勞拉．琪佩羅拉的。她表演勞拉．琪佩羅拉的演出片段，看得我一會兒哭一會兒笑。多虧加比，我能完整背出勞拉主演的各齣戲劇的臺詞。

「加比小姐很崇拜她嗎？」

「我覺得是吧……她唱那首〈你眼睛閃亮〉唱得特別像勞拉，舉手投足，完全沒有區別。加比還說，要是她能擁有……嗯，那條圍巾……算了，當我沒說。」我說什麼蠢話呢。

「別，別算了啊！」菲力克斯提高了嗓門，綻放出微笑。「說都說了，把話講完吧！圍巾怎麼了？勞拉的圍巾？」

說吧，我還能怎麼樣。

「好吧，有時候加比會說——當然只是開玩笑啊——要是她擁有了勞拉．琪佩羅拉的那條圍巾，她就能當演員或者歌星了，她想幹嘛都行。就這樣。」

「哪條圍巾？」

我又解釋道：「這個女演員，勞拉．琪佩羅拉，總是戴著一條圍巾，紫色的。每次上報紙都戴著，走到哪裡戴到哪裡，家裡，劇場，大街上……那是她的標誌。」

「對啊，我知道。什麼時候都戴著。勞拉的圍巾……你見過她嗎？」

「何止見過，見了十一次！」

「啊！怎麼見的？」

「基本上都是在劇院。加比帶我看了三次《羅密歐與朱麗葉》，兩次《罪與罰》，一次《血色婚禮》，還有四次《馬克白》。外加有一次我在特拉維夫的大街上撞見了她本人。」

「就這樣？你們是碰巧遇上的？」

我猶豫了。不管怎麼說，這是我與加比之間的祕密，就連爸爸都不知道。

「是碰巧。我們在她家旁邊等了一下子，她正好出來。」

「你們碰巧在她家旁邊等著？」

「對啊，正好在那裡。」

我們之前等了她差不多有五十次，但她就出現過那麼一回。

「你有跟她交談嗎？」

「我們都有。加比問她幾點了，但她沒聽見。她在趕時間。」

當勞拉．琪佩羅拉與我們擦身而過時，加比的手在我的肩膀上顫抖個不停。那一次我們等了她一個半小時，就在她特拉維夫的住所外面的灌木叢旁邊。我們都凍僵了，那天可真冷，烏雲壓頂，突然間她出現了，整個世界都變得金光燦爛：她坐在計程車上，頭上戴著一頂黑色的寬邊帽。她坐著不動，等著司機下來為她打開車門。她伸出修長的腿，司機伸手想要扶她下車，被她謝絕了。她用威嚴而沙啞的聲音對司機說「劇院會付你車資」後，昂首闊步地走了，如女王一般。那條紫色的圍巾在她背後飄揚。有差不多整整一分鐘的時間，我們與她近在咫尺。就因為這一次邂逅，後來我們又去等了她很多回。我們翹首期盼了不知多少個鐘頭，不管嚴寒，酷暑，風雨無阻。我們走在漫漫長路上談論著她，雨傘被吹得翻了面，心還怦怦直跳。儘管屢屢失望，卻從來沒放棄過嘗試，每次又會和加比一起赴特拉維夫圓夢。

「那她，勞拉，跟你說什麼話了嗎？」

「沒有，她當時很趕時間。」加比把我推過去，推到她眼皮底下。但是像勞拉·琪佩羅拉那樣的女人才沒空留意腳邊出了什麼事呢。她連看都沒看我一眼，徑直走掉了。我們原諒了她，也很理解，畢竟我們是無名小卒，而她可是勞拉·琪佩羅拉啊。

菲力克斯思索了片刻，用他有型的手掌掩著嘴。如今他已洞悉一切，我也無法再有所保留了。「加比說，勞拉·琪佩羅拉的那條圍巾裡藏著她魅力的祕密。不過，她顯然是說笑而已。」光是說說她的名字，勞拉·琪佩羅拉，都讓我心生愉悅，就像吃到了瑞士產的白巧克力。

「可是勞拉究竟有什麼魅力？」菲力克斯問道，沉思著。他居然敢直呼她的大名，這讓我吃了一驚。

「她的魅力就在於她是一個……」我在回想加比的原話，「……天才演員。」

那個身材健碩，長著張圓臉的服務生過來送咖啡。他一刻不停地討好菲力克斯，顯然看出了他的貴氣和慷慨，感覺他會多打賞一些小費。我已經按照菜單上的價格算好了，這頓飯菲力克斯得掏多少錢。算下來差不多要花掉爸爸半個月的工資。或許當個餐廳服務生也不算太壞？或許加比提議開個餐館是對的？我慢悠悠地喝著那杯黑咖啡。味道又苦又澀，可我臉上的表情還得繃著，免得讓菲力克斯覺察這是我第一次喝黑咖啡。

菲力克斯陷入了沉思，而我開始想，勞拉·琪佩羅拉有那麼多的情人，有那麼多崇拜她的藝術家和詩人，怎麼會在接受《晚報》採訪時明確表示她永遠不會結婚？因為婚姻就是牢籠，她不會讓任何一個男人控制她的靈魂和身體。世界上沒有一個男人值得她這麼做。在另一篇《女報》

的專訪中，她說，沒有任何一個男人愛女人時，會像女人愛男人一樣。這些話她說起來面不改色。

「我恨不得親吻她說的每一個字。」加比舔了舔嘴唇。「要是我有她四分之一的勇氣，該有多幸福啊。」

服務生們為坐在遠處角落裡的一個漂亮女孩端上點著蠟燭的蛋糕，餐廳裡所有人開始唱起「祝你生日快樂」。我感覺很美好，很溫暖。燭光映在高腳玻璃杯上，熠熠生輝。我的雙頰發熱。現在我已經把自己的想法向菲力克斯和盤托出，感到無比的輕鬆和暢快。我現在已經實現了在塔米和諾諾之間的輕鬆轉換，只要順著馬尾辮拉一拉，就像拉響敲鐘繩，或者拉起打水的井繩一樣，就能把塔米從裡面召喚出來。我幾乎不需要改變任何表情或動作，只要稍稍轉換一下情緒，就像從心房的一間換到另一間，不費吹灰之力，卡嗒一下，來回變換，一會兒是諾諾，一會兒是塔米。

菲力克斯忽然從口袋裡拿出了他的單片眼鏡，好奇地盯著我，不住點頭，他的表情又變得溫柔喜悅了。我一點也不介意他洞察到我在來回變換角色。真高興又一次在他的單片眼鏡裡看到了自己的倒影，因為當我映現在他的鏡片上時，我覺得自己無所不能，就像被泡進了魔力藥水當中，可以成為任何我想變成的人或者東西，甚至變成個女孩，那又怎麼樣，我可是專業人士，是大師，是百變神童。再練習個一兩天的，我就能真正做得像菲力克斯一樣，甚至青出於藍，成為他的傳人。

菲力克斯把單片眼鏡放回了口袋，舉起他的香檳杯，像是為我的專業致敬，一飲而盡。「很棒的餐館。」他說著，舔了舔嘴唇。「曾經，很多年前，當菲力克斯還是菲力克斯的時候，我每週至少來這裡消遣一次。晚上把整個餐館都包下來，只招待自己和我的朋友。不過，當時我還有錢付飯錢。」他笑逐顏開，而我卻沒怎麼認真聽。我應該好好聽著，可是我有點興奮過頭了。他用手帕抹了抹嘴，問：「咱們的加比小姐也想當天才演員嗎？」

「她曾經想過。現在她只想擁有勞拉．琪佩羅拉的勇氣就夠了。因為她也想做自己感興趣的事情，不用顧忌別人的看法。」加比想變得像勞拉一樣獨立，一樣堅強，知道如何讓男人瘋狂，而不為他們神傷。她想說服爸爸認真對待她，改變現狀，想要他單膝下跪，求她嫁給他。這才是加比真正想要的，當然我沒有說出來。

「那你父親大人是怎麼說的？」菲力克斯問。他讀我的心事就像讀一本翻開的書一樣簡單。

「他最好永遠別知道，這是我和加比之間的祕密。」

「加比崇拜勞拉的事？」菲力克斯詢問。

「嗯，還有我們在特拉維夫碰到她的事，以及我們去看她的演出。」她要我發誓在爸爸面前一個字也不能說。在家裡絕口不提勞拉．琪佩羅拉的名字，連暗示一下都不行。或許我也不應該告訴菲力克斯。

「你不會跟他說的，對吧？」

菲力克斯把手放在心口，閉上眼睛，說：「我保證。」

「不，你發誓。」

搖曳的燭光在他的玻璃杯上輕舞。他說：「你要知道，當菲力克斯發誓的時候，他是在欺騙你；但是一旦他向你保證，就絕不會食言。真的。那麼，現在我以一個罪犯的人格向你保證。」

我遲疑了一下，還是接受了。

或許因為他提起欺騙的事，提醒了我。我問：「你剛才說什麼來著？」

「什麼？我說了好多呢。」

「你沒錢付飯錢？」

「啊！她真是個好女孩！」菲力克斯高興地歡呼起來，「能得滿分的女孩！」

「誰？勞拉．琪佩羅拉？」

「不，咱們的加比小姐，咱們的達西妮亞。我開始喜歡她了。」聽到他這麼說我真開心，都忘了我想問什麼了。他自顧自地念叨著一些什麼，然後問我：「她想要勞拉的圍巾，是嗎？」

「是的。」

還有你的金麥穗。但是我不敢說出聲。

「加比小姐還想要什麼？不用害羞，大膽說出來！」他的語氣依舊輕鬆愉快，然而我注意到他的手指開始焦慮地相互拍動著。

「你怎麼知道她還想要別的東西？」

「我在等你開口，費爾伯格先生。」

這下我明白了，他已經完全知曉。我低頭盯著桌面，是死是活就在此一瞬間。

「一枚金麥穗。你的。」

「我就知道你會說這個。」菲力克斯收起了笑容。

我的心臟劇烈地跳動著，想著這下全完了，和他一起的整場美夢破碎了。

他用手指把弄著火柴棍，漫不經心地問：「你從頭到尾都知道我是誰？」

我坦白道：「今天下午才知道的。當那個警察念你駕照上的名字時。」

「我以為你沒注意到。」菲力克斯喃喃地說，他的肩膀稍稍滑下去一些。「我覺得他，那個警察，太年輕了，應該記不得我的名字，所以也以為你不會留心……」他折彎那根火柴棍，直到聽到卡嚓一聲，我開始發抖。「這麼長時間你都保持沉默，一直藏在心裡。你知道我就是那個著名的菲力克斯．格里克，卻沒有說出來。我相信你真的會成為世界上最好的警探。」

然而，他的聲音中突然帶著一種尖銳的語氣，我感覺到他對我說這話的時候帶著敵意，似乎兩人在戰場上對峙。我再次感覺到他有一股危險的氣息，正在向我奔湧而來。

「你還知道我什麼？加比小姐還跟你說過我的什麼事？」

「啊，差不多就是咱們吃飯時你自己說的那些。你過去很富有，揮霍一空，曾經就像是特拉維夫之王，你周遊過全世界……還有，到銀行幹過一些事，搶劫，戲弄全世界的警察。」為了不過多地傷害他，我沒有提到爸爸和他初次交手的事。

「我猜這些事她也從來沒在你爸爸面前提過吧？」

「從來沒有，這是我和她之間的祕密。」

「她真是個相當特別的女子。」菲力克斯說著，若有所思，手指慢悠悠地在他那枚黑色戒指上繞著圓圈。「我覺得，她甚至比我聰明，也比你父親大人聰明。真是個厲害的小辣椒！」

「是吧？你也覺得她很特別？」大概因為我跟她一起生活，眼看著爸爸如何對待她，有時候連我都忘了她是多麼聰明和特別。

菲力克斯斟酌了一會兒如何遣詞用句，說：「我認為如果我真的領會她的想法和計畫，我會向她脫帽致敬。告訴她：『加比小姐，您太棒了！您真是冰雪聰明！』」

我感覺自己得救了。這整個旅途都得救了。我和菲力克斯能繼續走下去了，真不敢相信。

「這麼說你同意我的想法了？……給她弄那條圍巾？」

「當然，還有金麥穗。」

謝天謝地！多謝各路神仙保佑！

「加比小姐向你提起過她為什麼想要我的金麥穗嗎？」

「不知道，我不記得了。」

我撒謊了，不想讓他難堪。

因為加比曾經開玩笑說，要是她有一點罪犯的精神，爸爸就會立刻愛上他，只有罪惡世界才能吸引他，讓他瘋狂地著迷。或許我應該把這個講給菲力克斯聽。或許他會認為這是對他的一種肯定。加比曾這麼說：「菲力克斯．格里克和勞拉．琪佩羅拉！是必勝的組合！為我帶來紫圍巾和金麥穗吧，諾諾，我要許下美好的願望，戰勝我的大餅臉噩運，贏得王子倔強的心！你能為我找到它們嗎，我的騎士？」

加比說完，對我眨眨眼睛。

菲力克斯說：「說不定勞拉會要求我們為她做些什麼事，才肯把這麼重要的東西給我們。」

「隨她要求！那就是我們的任務！」

「可是她如果要求的事很難呢？」

「你要敢於去完成！」我提醒他，我幾乎喜出望外了。菲力克斯捋了捋他黏上去的假鬍子。「那如果我也要求你用什麼東西來交換金麥穗呢？這樣的東西可不是輕易得來的。」

我心裡的小警鐘敲了起來：「你……你到底要什麼？」

我說話的聲音過於尖厲了，好像不認識他一樣。

「別害怕，費爾伯格先生！你還不信任菲力克斯嗎？」他回答說。我感覺他有一點受傷。

「我只是問……」

「別！現在別說話，也別撒謊！」他忽然間對我吼起來。「菲力克斯從來沒有騙過你！而你卻總是在考驗我！這樣很不好，真遺憾。」

他安靜了下來。他的嘴唇氣得發白，眉心緊皺，嘴角兩邊不停顫抖。他年紀不小了，可是受了這樣的羞辱突然又變得像個小孩子。

我羞愧極了，低聲喪氣地說：「我只是問問，你想讓我為你做什麼？」

「再說吧。我必須知道你真的準備好了。」他雙手交叉在胸前，盯著我說。

「我準備好了，行了吧，我已經準備好了！」

他搖了搖頭，說：「還沒有。你還是在懷疑我。一直都在試探！」他已經把自己的高貴優雅完全拋在腦後，那個諾亞爺爺也不復存在。他用慣常的聲音說：「你還不明白，菲力克斯是在給你提供一個特別的機會！讓你有一天能像菲力克斯一樣思考，像菲力克斯一樣特立獨行，成為傳奇人物！可是只有當你完全信任我，就連我說的謊話你都堅信不疑，你才算準備好了！」

我還能說什麼呢，我是多麼地想讓他滿意，卻一直心有畏懼。或許我還沒有完全信任他。或許我成不了一個不折不扣的罪犯，哪怕只是在一場遊戲當中。因為一直以來，我幾乎都懼怕著自己。

「現在，趕緊喝完你的咖啡，咱們要走了。不用非得喝到見底，咱們還有很多事要做。」他說。

我放下杯子，兩人面面相覷。我看出來他開始冷靜下來了。說不定他會願意原諒我的冒犯。

「你知道我們要去哪裡嗎？」他問。

「去拿勞拉．琪佩羅拉的圍巾？」我猶豫地回答道，心懷希冀。我簡直不敢相信有一天這樣的句子會從我的嘴裡說出來。我想讓他對我刮目相看。

他有氣無力地說：「好極了，你學得挺快的。」

「走吧。」我興奮地站了起來，想用我的活潑和快樂去感染他，好讓他忘了剛才發生的事。

「咱們走吧！」

「等一下！」他還沒有站起身，他的嘴角還是痛苦地耷拉著，但是他的雙眼已經開始煥發出一種全新的神采，既狡黠又虔誠，還帶著一絲責備。「你該怎麼做，塔米．費爾伯格先生？這裡是一家餐館！首先得學會的就是吃霸王餐！」

第十五章　鬥牛

「可是如果她不在家怎麼辦？」開車出發之後，我問道。

「會的，她會在家的。」菲力克斯咕噥著，又開始哼哼唧唧，隨著音節奏彈舌頭，一邊拍打著方向盤。「她現在可能還在劇院演出，不過晚一點她就會直接回家了。」

「要是她突然決定去別的地方呢？」

「不會的，她必須直接回家。」

他突然對勞拉・琪佩羅拉了如指掌，讓我很不服氣。我在勞拉身上花費的精力可比他多得多。

「為什麼她必須直接回家？」

「因為這是法律規定的。勞拉・琪佩羅拉必須馬上回家，將她的圍巾送給你，就是這樣！」

「誰規定的？」

「我們的……冒險規定的。這是一條特殊法律！你以後漸漸就會明白了。」

我還是一點都不明白。坐在這輛老式金龜車裡我覺得舒服極了。我向後靠，舒適地蜷伏著，按加比的話說，就跟地毯裡的蟲子一樣。如今我實在沒力氣去擔心了。被我們拋在停車場裡的那個魁梧的服務生，揮舞著雙臂大喊大叫。還有那兩道我們輕而易舉闖過的警方路障，沒有引起一絲懷疑。我有預感，今天是我的幸運日。

但，我是誰？

一個冒牌貨，一個江湖騙子；一個裝扮成女孩的男孩，沒付帳就走出了餐館。其實就相當於盜竊。可是無論如何，那種微妙的喜悅，灼熱到發疼，從我雙眼之間的那個點往裡鑽，一種深深的陶醉感在整個頭顱裡蔓延，並且下沉到脊椎……那種喜悅是為我們走出餐館時，菲力克斯成功施展的那個小伎倆而激動。他讓那個服務生去幫我們推車，然後把他拋在車後，只留給他一個鼓鼓囊囊的錢包，雖然鼓鼓囊囊的，裡面卻空空如也，沒有一分錢，裝的全是沙子……我還省略掉了一些細節，不過那都不重要。或許是我恥於講述我做了些什麼，我在這場殘忍的小鬧劇裡扮演了什麼角色。

我突然意識到，爸爸明天應該會去付帳，感覺鬆了一口氣。心中一塊巨石落了地，壓根不願去想這件事。我把那頂假髮扯了下來，用十根手指一齊抓著頭皮。真是受夠了，我就是我，諾諾，再也不想假扮什麼塔米了。爸爸明天一早就會出現在餐館，哭喪著臉，錢包空空如也——反正我也沒見過他什麼時候錢包鼓過——別人對他笑一笑，拍拍他的肩膀，他就會老實道歉，解釋清楚，然後把賬給付了，還給人留一大筆小費。哈，突然間所有事都圓滿解決了！等他走的時候，整個餐館又會恢復一片喜氣洋洋，就連那個被我們耍了的胖子服務生都會開心起來。所有人都說，真是一場精采的鬧劇，他可真是個行家，這麼精采的演出有誰會計較呢？然後，爸爸會急急忙忙地趕往菲力克斯的下一齣惡作劇，再一次幫他善後。

笨蛋，諾諾你這個傻瓜。

「不過你還是欠我一樣東西，費爾伯格先生。你答應過要告訴我你為什麼不吃肉只吃蔬菜？」菲力克斯說。

「你真的想聽嗎？」我問。因為跟他的胡作非為比起來，這根本不算什麼。

「我真的想聽嗎？」他大笑起來。「我想聽所有關於你的故事！我想知道你生活中發生的所有事情！」

我還是沒把他的話當回事。我估計他這麼說，是為了討好我，讓我打開心扉。後來我才意識到他說的每字每句都發自肺腑。他的確想知道我的所有事情，我無聊的人生當中所有的枝微末節。只是我太笨了，不肯相信他，也不知道他到底是什麼意思。

我們在沿海公路上顛簸。空氣悶熱，夏意盎然。汽車在我們身旁颼颼地駛過，直奔特拉維夫。此刻的耶路撒冷已經進入夢鄉，而在這裡，夜生活才剛剛開始。菲力克斯不再哼著小曲，想認真傾聽我說話，可是我卻一言不發。他打開收音機，輕柔溫婉的爵士曲傾注車內，是加比最愛的音樂。我閉上眼睛，開始想家，想她和爸爸，還想到一整天都沒打電話給他們，告訴他們我怎麼樣了，感謝他們想出了這麼瘋狂的點子，感謝爸爸做出了如此偉大的犧牲。我很懷疑，爸爸與罪惡世界交戰正酣，他怎麼會同意給我這樣的經歷……

過了一會兒，我甚至沒留意是過了多久，彷彿如夢初醒一般，我開口講述我的故事。

我沒有從頭開始講。我的舌頭已經變得很沉重，頭腦也怠惰了。我也不想把關於哈因・斯多伯爾的整個故事都告訴他，便從起意鬥牛那部分開始講起。我講了我和哈因，還有其他的小夥伴是如何準備的。我們用報廢的耙子拼湊成「班德瑞拉」短刀，裝飾上住棚節時留下的彩帶。然後又把破掃帚柄當成馬騎，還加上塞滿破布的舊軍用短襪當馬頭。我們掃蕩了社區的所有街道，把晾衣繩上掛著的紅襯衫，紅裙子，紅毛巾全都拽了下來——要不怎麼激怒鬥牛？

以下是參與此項工作的以色列少年名單：

短刀手：西蒙．馬格利斯和阿維．卡貝薩

騎馬助手：哈因．斯多伯爾和米加．杜布維斯基

鬥牛士：我，諾諾。

「你當過鬥牛士，非常好。」菲力克斯說。

「為什麼？」

「我很欣賞你擔任過領頭的差事，欣賞你有像我的地方。」

過了一會兒，恰好是在詩人洛爾迦說的「下午五點鐘」，我們所有人從馬烏特耐爾家院子柵欄的缺口處溜了進去。潘西婭，他的那頭牛，站在那裡，吃著草料，烏黑的眼睛盯著我們，肥肥的嘴唇向兩邊蠕動著，沒有絲毫戒心。牠真是一頭大肥牛，身上覆蓋著黑白條紋。馬烏特耐爾很愛護牠，每年都帶牠去配一次種，並且毫不憐惜地把牠生下的那些可愛小牛崽給賣掉。他沒有老婆孩子，看起來，潘西婭就是跟他最親近的生物了。我敢說牠就是他的靈魂伴侶，要是我相信牠也有靈魂的話。

馬烏特耐爾先生是個高大魁梧的男人，薑紅色的頭髮理得跟軍人髮型一樣短。他的臉色總是通紅，就像隨時都會暴怒一樣。他留著一點小鬍子，說話的語氣急促。每週四，一到四點半，他

就會鑽進他那輛福特科迪納汽車，穿著淺卡其色的短袖上衣和卡其色短褲，胸口別著軍隊的徽章，開車去參加防衛隊的例行週會。每個星期二到我和爸爸擦拭「珍珠」那天，他會經過我們的院子，踏著正步，用掌心拍打著大腿外側，然後停下來，問爸爸為什麼不敢把珍珠開到馬路上去，就像所有汽車一樣。這是他與爸爸之間的固定儀式。爸爸也不站起身，只是說一句：「她可不像其他的汽車，馬烏特耐爾先生，要是把她帶出去放個假，她就會發狂的。這樣的車得到曠野裡開，不像咱們這種馬路！」馬烏特耐爾就會不屑地歪著臉，說要是爸爸把「珍珠」賣給他，他早就馴服它了，開起來準像個乖孩子一樣。然後，爸爸總是以同樣的動作，讓他看看自己滿是機油的骯髒手掌，說：「等到我這裡長出毛了，你才能開它！」

後來還真長出來了。

下午五點鐘，我站在馬烏特耐爾家的那頭牛面前。我身穿毛巾做的紅色斗篷，斗篷邊角飄揚著四條長長的紅色襪子，就像紅太陽的光芒。這就是我要在那頭牛面前揮舞的「鬥牛紅布」。西蒙·馬格利斯和阿維·卡貝薩為了這件大事特意穿上了他們唯一像樣的行頭。阿維已經過了成年禮，於是他在那身行頭上還加了一個黑領結。

哈因·斯多伯爾打扮得最為隆重，他穿一身西裝過來。他是我見過的頭一個有西裝穿的孩子。漆黑光亮的長褲，雪白的襯衫，還套了一件黑色外套，下襬剪裁成兩片三角形。

哈因解釋：「這是參加音樂會的時候穿的。是我爸在國外買的，可千萬不能弄髒了。」

我們表情嚴肅地搖手表示會注意。接著，我們緊握著木頭馬，虎視眈眈地以緩慢的步伐在潘西婭身邊踏步。

「人群中響起一陣騷動。」我宣布。接著大喊：「是的，女士們，先生們，牛眼中露出一道凶光，牠快要上場了！」潘西婭．馬烏特耐爾，一副溫謙恭順的樣子，一邊嚼著草料一邊點了點頭。

「短刀手！」我大喊著，搖動著手臂，邁著重重的步伐向後倒退。

西蒙．馬格利斯和阿維．卡貝薩騎著他們的木馬快步進入鬥牛場。根據鬥牛規則，他們應該徒步上場，可是這兩個傢伙覺得那樣有失體面，威脅我們制定一套提高短刀手地位的上場方式，否則就要放棄這場戰鬥。我不得不妥協了。

他們兩個大叫著，相互鼓勵，興奮地揮舞著短刀。阿維是兩人中膽子較大的一個，他一路狂奔，幾乎要碰到潘西婭了，然後，他用鋼鐵般的意志，成功地拴住了牠的鼻子。他那高貴的戰馬跳躍起來嘶叫著，阿維拿著他那把用鋤頭柄做的短刀輕輕地打了一下潘西婭的背脊。

一聲緊張的咳嗽響起，哈因站在我身邊，兩腿夾緊。

米加用低沉緩慢的聲音說：「你碰到牠了，馬烏特耐爾先生會宰了我們的。」

可是阿維．卡貝薩已經被驕傲沖昏了頭腦，繞著整個場子歡呼，大聲地唱著耶路撒冷足球隊的隊歌，並且又去拍打潘西婭一次，這回是從後面打的。

那頭大牛向後邁了一步。抬起頭，用疑惑的眼神望著我們。此刻太陽的光線從牛角邊緣折射出來，突然間，我預感到牠快要怒氣衝天了。

然而牠的怒氣其實並沒有被喚醒，還在打著盹，還好好地包裹在牠的牛角裡。

既然這樣，我的騎馬助手，米加和哈因該出場了。他們騎著快馬，手持以黃色螺絲起子做的

「長槍」，在那頭牛周圍跳著蜜蜂舞。米加不是個成功的騎馬鬥牛士——咱們私下裡說，他缺乏敏捷的身手。我指派他擔當這個職位，只不過是出於朋友的義氣。與他相反，哈因．斯多伯爾，簡直出色極了。他騎著一匹名叫「死士」的純種馬，在那頭牛的身旁神出鬼沒，出其不意地伏擊牠，對牠的耳朵大吼，西裝的衣角在他身後飄揚。有一次他甚至用螺絲起子劃過了牛背。

潘西婭發動了，後腿用力向後踢了一下。

戰鬥的士氣土崩瓦解。騎馬助手和短槍手們縮成一團，臉色發白，全無鬥志。

「才踢了一腳就把你們嚇成這樣？」我質問道，並向前邁了一步，揮開我大紅斗篷——一條不知道是誰的浴巾，我們從太巴列的旅館偷來的。

哈因．斯多伯爾站了出來，身手敏捷。他用好奇又期待的眼神看了我一眼。哈因長著一雙與眾不同的眼睛，彷彿會呼吸，一到激動的時刻就熠熠生輝。

「你膽子夠大嗎？」他的眼神呼吸著。

「我還有退縮的餘地嗎？」我用眼神回答他。

我屈膝跪地，祈求上帝的指引。因為我是史上第一個猶太人鬥牛士，我在空中畫了一個大衛之星的手勢，代替基督教鬥牛士們畫的十字。我停留在這個姿勢一段時間，就像帕科．卡米諾，拉斐爾．高梅茲，胡里安．伯爾蒙特一樣。或許我已經感覺到即將要發生的事情了，想要拯救這最後的時刻。然後，我緩慢地、莊嚴地站起身來，走向我的坐騎。

我開始慢慢地圍著那頭牛繞圈子。牠已經有些不安，緊緊跟隨著我的橢圓腦袋。從近處看牠真的挺嚇人的。身形特別龐大，比我高出一個頭，有一面四門衣櫃那麼寬。之後，我疾馳到牠面前，正對著牠的黑鼻子，看到牠濕乎乎的黑鼻孔一張一合，就在我要閃過牠的那一個瞬間，我揚起五指，徒手打了一把牠尾巴邊上的部位。

那一記拍打聽上去像是一聲鞭響。我整隻手都痛了，潘西婭仰起頭，發出一聲深沉而痛苦的號叫。

我被牠的號叫鎮住了。這一聲太真實了。每年當馬烏特耐爾把潘西婭的小牛崽取走時，牠也是這麼叫的。牠會哭泣哀悼上好幾天，現在，她也這樣對我號叫。我突然間失去了知覺。我轉過身，潘西婭也轉過來，帶著令人驚訝的優雅，站在那裡，眼睛盯著我。牠的乳房沉重地低垂著，脹滿了牛奶。我用腳跺著地面，潘西婭也這麼做了。我彎下腦袋，牠也這樣。我等著牠號叫。我很想再聽一次那種真實、恐怖的聲音。而牠靜默著，不肯讓我再聽一次！然後，我大叫一聲，徑直衝向牠，以迅雷不及掩耳之勢再一次徒手拍了牠一下。牠也又一次踢向我並且號叫了一聲，不過我閃躲開了。

這下要來真的了。我的夥伴們一個摟著一個，躲在籬笆的破洞後面，準備逃跑。我看不到他們的臉，只是時不時能捕捉到哈因明亮的眼神，我知道這下他永遠都會屬於我了。這場戰鬥就是我們的友誼盟約。因為他還能再提出什麼比這個更高的要求？我還能再付出什麼？除了為他幹這種瘋狂的事情我還能做什麼？

血流急衝進我的大腦，接著，我兩眼中間的那個點又開始火熱地嗡嗡作響，它代表著所有我說過的大話，撒過的謊，以及希望被人發現我有多特別的那種渴望……接下來我不斷襲擊那頭牛，一個不小心摔在牠的腳下，幸而奇蹟般及時滾到了一邊。牠向前一個大跨步，腳踩在我的馬匹上，就像掐斷一根火柴棍般猛地踩折了它的脊柱。

沒了坐騎，我感覺更渺小，更弱勢了。我在牠前面奔跑，像螺旋槳般快速揮舞著雙臂，用盡力氣大喊大叫。我想，為生死存亡而戰的時刻很快就要到了。

牠也感覺到了。牠站著，後蹄跺著地，尾巴豎起來，還放了一個夾雜著尿液的響屁。牠散發出一股惡臭，混合著尿味、汗味和恐懼的氣味。牠的蹄子焦躁地踐踏著剛翻過的泥土。我像一顆射出的子彈一樣衝向牠，看到牠低下腦袋，豎起了黑黑的牛角，動作靈活得讓人大吃一驚。牠擊敗了我。

我從來沒有如此潰敗過。潘西婭巨大的腦袋，堅硬得如岩石一般，重擊我的肩膀和手臂，把我撞得靈魂出竅。我飛了出去，落在馬烏特耐爾先生的葡萄架上。我的夥伴們趕緊跑過來。我幾乎什麼都看不見了，左眼睜不開，充滿了血，右肩膀上血如泉湧，那個地方落下了一道陪伴我終生的傷疤。但我還是站了起來，踉踉蹌蹌，但依然站著。

現在我們的戰鬥進入如火如荼的階段。我緩緩地抽出了爸爸的螺絲起子。我沒辦法說話，腮幫子像灌了鉛一樣重，於是我示意米加把他的坐騎借給我，開始圍著那頭牛步履蹣跚地踱步。

太陽快要下山了。潘西婭轉過來，整個身子對著我。牠跟隨著我的每一個動作，時不時地想要衝過來再撞我一次。牠的雙眼通紅，滿是怒氣，嘴唇冒著白沫。我在牠鼻子前面揮動了三次紅斗篷，心想這個長著角的大腦袋會不會從另一邊過來襲擊我。

我的傷口在流血，肩膀疼痛難忍，但我依然在戰鬥。超越疼痛，超越恐懼，超越一切。

我的斗篷在風中飄揚，落日的餘暉照著我，彷彿是成百上千副望遠鏡的鏡片反光聚焦在我身上。還不止這樣，我雙眼中間的那個嗡嗚聲像一把大鑽子深深地鑽進了我的額頭，伴隨著一種感覺，我現在做的事情，從來沒有任何一個孩子做到過，我根本不應該做，我是世界上最強大，也是最卑鄙的孩子。

當太陽散發出它的最後一道光芒時，我發起了最後一次進攻。

我全速狂奔，眼球由於瘋魔和恐懼翻成了白眼，遠遠地朝潘西婭揮舞著長長的螺絲起子。牠低垂牠巨大的牛角。我飛向牠，跳得前所未有的高，徑直躍上牠的肩膀，把螺絲起子插進牠的肋腹，然後滾到了泥巴裡面。

「用螺絲起子？真的，就這樣？」菲力克斯問，彷彿突然踩了剎車，讓我從座位上跳起來。

就是這樣。牠的右邊肋腹，一路往下。

鮮血從牠體內噴薄而出，紅得發黑，熱得發燙。

潘西婭忽然愣住了，接下來，牠慢慢地把頭轉向我，迷惑不解，甚至帶著哀傷。我們站在一起，難以置信地凝視著對方。

過了一會兒，響起一聲號叫。

牠的眼睛充滿了狂暴，比平時更加黑亮。牠又叫了一聲，豎起了牠的尾巴，開始繞著圈奔跑。

這是一個可怕的信號，牠發瘋了。牠衝向馬烏特耐爾的屋子，撞倒了大門。牠用自己龐大笨重的身軀砸碎磚牆，破牆而入。我站在那裡嚇得半死。我已經看不見牠了，現在只能看到門廊和馬烏特耐爾客廳的一側，那頭發瘋的母牛在裡面橫衝直撞。我能聽到家具倒塌，玻璃碎了一地，還有炸雷般的巨響。或許牠是在尋找出路，或許牠完全沒打算搞破壞，可是轉眼間牠就把馬烏特耐爾的房子拆得支離破碎，家具也踩垮了，冰箱也撞凹了……

然後，噪音停下來了。我左看看右看看。我的朋友們都不見了。我站在馬烏特耐爾的院子中央。房子裡忽然響起了一聲號叫，潘西婭踩在一片廢墟上，用牠的腿和牛角撞擊著那些桌椅。不知道的還以為牠是在重新歸整那些家具。過了一會兒，牠出現在門廊上。碩大的腦袋，巨型的肩胛。牠邁著笨重的腳步走回院子裡。目光空洞地看著我，彷彿我已經不存在了一樣，又開始吃草。我刺傷牠的地方，現在凝結了血跡。

牠站在那裡，一心一意地咀嚼著草料，似乎是在提醒我，也提醒牠自己，一頭母牛應該是什麼樣子和應該做什麼事。

車裡是一片沉重的寂靜。菲力克斯用一種嶄新的眼光從側面看著我。

我安靜了。真不應該講出來。

「然後呢？」他說，把兩隻手放在方向盤上。

這場鬥牛賽導致我與哈因．斯多伯爾的友誼終結了。我們的小團體也永久解散。爸爸被迫把珍珠賠償給馬烏特耐爾。珍珠從此不在了。更糟糕的是，再也沒有週二傍晚的儀式，我們父子倆之間的男子漢交談了。另外，就是那時他們第一次把我送去海法，聆聽伯父的訓誡。

還不止於此。有一天，馬烏特耐爾開了一輛卡車回家，把潘西婭拉上去，送回了基布茲。他跟鄰居們說，自從牠被捅傷以後，就再也不讓他近身了。馬烏特耐爾對牠很失望，再也不想要牠了。學校裡的孩子們開始躲著我，就算沒有什麼正經事，也悄無聲息地將我排斥在外。他們似乎都非常害怕我，或者說厭惡。他們小心翼翼地避免碰觸到我的身體，就好像我身上沾著什麼邪惡的東西一樣。只有米加還是忠心耿耿。好吧，確切地說不是忠誠。或許是為了獲得某種詭異的快感，他總是跟我在一起，在我眼前閒晃，似乎帶著譏諷地讓我重溫著那個可怕的時刻。

我的內心深處有了新變化。首先，我成了一個嚴格的素食主義者。我算過了，如果堅持十年不吃牛排和香腸，我就能省下一頭牛，用來償還我欠潘西婭的，補償我對牠的傷害，導致牠發瘋，因此被逐出家門。我開始對自己有所畏懼。因為我知道發生的這些事完全不受我的控制。我就像著了魔，身體裡蹦出了另一個人，不是我，而是另一種奇怪的生物，連我也不明白它為何偏偏選中我的靈魂入侵。

那天晚上，跟菲力克斯．格里克一起行駛在沿海公路的途中，我說了一些從來沒有告訴別人的事。我之所以告訴他，是為了讓他知道我將自己完全交託到他手上了。我的全部，好的，壞的。或許我還為了告訴他：好好照顧我。因為是你讓我和你一起狂野，一起置身法外。我已經有點糊塗了，搞不清楚究竟發生了什麼事、你到底是誰。我如今完全在你手上，可是想想潘西婭，想想我幹過些什麼事，以及手腳有多快。所以，求求你，看好我，別讓我處於不好的境地，既然你已經看出了我是個什麼人。

菲力克斯一言不發。我知道他已經聽到了我無聲的請求，因為他傾聽了我的話，還從來沒有一個成年人這樣聽我說話過。

汽車沿著岸邊公路安靜地漫遊。街燈閃爍著橘紅色的光芒，我講這個故事的時候，彷彿所有的車輛都超過了我們。輕柔的爵士樂從電臺裡蔓延出來，令人心緒寧靜。燈光照在我們周圍，投下金黃的光暈。我對菲力克斯說，即使出了那樣的事，加比還是忠誠地留在我身邊。她是第二個到達犯罪現場的大人，在哈因的媽媽之後。在那裡我滿身都是血和泥，嚇得動彈不得，加比還是抱著我，說：「別擔心，我會在你爸爸面前保護你的。」

最後馬烏特耐爾被安撫好了，可是爸爸差點殺了我。當時，他一時氣憤，第一次也是唯一的一次，說出什麼關於佐哈拉的事，一個什麼詛咒，似乎也轉移到我的身上。

第十六章　黑暗與黑暗之間的一線光明

空氣中彌漫著一絲輕微的香水味，中式的燈罩當中升起一團亮光，宛如迷霧，籠罩著整個房間。我深陷在沙發椅中，手緊緊地抓著椅把。

菲力克斯稍微平靜一些了。然而菲力克斯在危險的狀態下總是異常平靜。他坐在我對面的沙發椅上，蹺著二郎腿，手裡拿著一杯紅酒。他晚上已經喝了一瓶香檳和三杯威士忌了，現在又開始喝紅酒。

我小小的靈魂在顫抖，無聲地吶喊著：快離開！

我雙腳高抬，生怕弄髒了那幅巨大的地毯，眼珠子也老實本分地不敢亂動，免得我赤裸裸的張望褻瀆了這間聖潔的屋子。

快離開。快點離開這個地方。這已經超出了界線。

有一整面牆掛滿鑲了鏡框的美照，一幅接著一幅，就像在照相館裡一樣。只不過在這裡，照片裡出現的都是同一人——勞拉．琪佩羅拉。一會兒與著名演員合影，一會兒又是政府部長。要不就是她的個人照，手裡拿著一大束鮮花。還有在人聲鼎沸的派對當中拍的，在舞臺上拍的，雙手比劃著戲劇化的動作。又是一張單人照，在一個空蕩蕩的房間裡，她的臉向著光，做望眼欲穿狀；要不就手掌托著雙頰，大概是在追憶某段早已逝去的愛戀，為那個唯一的幸運兒，或許她曾願意披上嫁衣，因為他從未試圖控制她的身體和靈魂。

幾乎每張照片下面都有幾筆手寫的塗鴉。我看到了電影演員伊麗莎白·泰勒的英文親筆簽名，以色列第一任總理本·古里安為她寫下的祝語，還有演員丹尼·凱，甚至還有國防部長摩西·戴揚。這麼多重要人物齊聚一堂，讓我感到毛骨悚然。要是加比和我一起在這裡的話該有多高興。畢竟我們曾在這間屋子外面等過好幾個鐘頭，極力想像裡面會是個什麼樣子，而現在，我就在這裡了，她卻不在身邊。我知道我必須把屋裡的每件家具，每幅照片，每株植物都記下來，以後好有得聊，可是我卻不敢。就好像如果我把任何東西印在了腦海裡，就會侵犯了她的隱私。我會侵害到她。

「今晚這位女士遲到了。」菲力克斯察覺到了，瞥了一眼牆上掛著的大鐘。

「她總是能獲得很多掌聲。演出結束後，還會有大批仰慕者蜂擁而至，索要簽名……」我小聲地解釋。

「你也要過嗎？」

「沒有，我太害羞了。現在咱們走吧。」

「為什麼？不拿圍巾了？」

我嚇壞了，胃裡翻江倒海，差點兒就要吐在那一大幅精美的地毯上了。

「咱們走吧，像這樣進入別人家裡太不好了。」

「像什麼樣？」

「這樣，就像你……」我苦苦找尋一個不折辱他的字眼，「你進來……沒用……嗯，撬鎖破門。」

「純粹是因為咱們尊敬的女士鎖了門又不留下鑰匙。」

「那就是為了不讓陌生人隨便進來啊！」

「我們是陌生人？」他的眉毛高高聳起，形成尖銳的弓形。「她都不認識我們，怎麼知道我們是陌生人？」

我把這句話翻來覆去想了好幾遍，直到最後也不明白他究竟想說什麼。

「咱們跟她認識一下。」菲力克斯接著透露他冷血無情的計畫。「然後問問她是否想讓我們待在她家裡。要是她不想的話，咱們站起來就走，多謝！早安！週末愉快！」他發出一陣自豪的笑聲：「菲力克斯從來不會勉強別人接受他！」

「要是她報警怎麼辦？」

「這就說明她真的不想讓咱們待在這裡。」菲力克斯不情願地承認。「可是你為什麼要替她決定她想要什麼，不想要什麼呢？我可聽說她是一個很獨立的女人，不想讓任何人為她做決定。」

他站起來，從角落圓桌上的一個瓶子裡為自己倒了一些喝的。圓形時鐘滴答滴答。菲力克斯站在窗前。時間一分一秒地過去。每次我聽到街邊傳來腳步聲，人就僵硬得像石頭一樣。菲力克斯深深地歎了口氣。

「菲力克斯也曾經住在像這樣的漂亮房子裡。」

他似乎在與窗中的倒影說話。

「咱們出去吧。到外面再跟我講故事。」我又試了一次。

「為什麼到外面?外面有危險!這裡挺好的。這是間好房子，只可惜那時菲力克斯不懂得給自己蓋一所像這樣的家，一個溫暖的家，等菲力克斯老了之後還能住的家，而不是一所只為了辦派對的房子，成天賓客滿堂。」他說著，揮手指了指充滿溫馨燈光的房間，暖和的沙發，繡花桌布，還有鬱鬱蔥蔥的植物。「你看，所有這些菲力克斯都失去了。他原本應該有一所這樣的房子，可是他失去了。當初他為什麼那麼渴望環遊世界!跑來跑去!賺大錢!唉!」

他雙手倚在窗臺上，彎著腰，垂頭喪氣。

「La dracu!」他突然間爆出了一句，我甚至沒聽明白他說的是什麼，感覺他在用我不懂的語言罵粗話。他罵粗話可不好，我感到一陣緊張。

「但這就是菲力克斯!」他搖了搖身子，向窗中的倒影舉起杯，擠出一個微笑，「有時落，有時起!今天只能用裝滿沙子的錢包唬弄胖子服務生，明天菲力克斯就能擁有廣闊世界!人人都愛菲力克斯!人人都與菲力克斯共舞……」

他突然呻吟了一聲，癱倒在椅子上。我趕緊跳了起來。他示意我別靠近，別碰他。我感到他身邊畫了一個無形的圓圈，就像爸爸生病的時候一樣，收縮成一團。他獨自對抗疼痛，忍受著一切。不讓任何人看見，也不讓任何人幫忙。

菲力克斯顫抖著伸手摸口袋，掏出了一個圓圓的小盒子。他先吞下一片藥片，然後又吞了一片，閉上了眼睛。大滴大滴的汗珠從他的額頭冒出來，臉色變得焦黃，他一遍又一遍地喃喃重複著：「老了……又有病……菲力克斯完蛋的時候都沒人來哭喪。」

我稍微靠近了一點，又挪開來。我實在不敢。他看上去是那麼的無助和孤獨，自己蜷縮成一團。一時間他的表情一點也不專業了，看得出他特別害怕獨自一人圈禁在他周圍畫著的那道無形的圓圈當中。我驅使自己越過那道圓圈，越過他的界線，看看會發生什麼。我跪在他的椅子旁邊，小心翼翼地碰了碰他的手。菲力克斯吃了一驚，睜開雙眼，勉強地對我笑了笑，沒有抽回他的手，反而用另一隻手握住了我的手掌。我看得出來他呼吸很吃力，想要說些什麼，卻無能為力。我與他一同喘息，提示他如何順暢呼吸。他一直試圖撫平自己弄皺的襯衫。或許他很羞於讓我看到他不修邊幅的樣子，非常不像菲力克斯。我能做的只是不安地坐在他身邊，搖頭示意他做錯了。儘管我認識他的時間還很短，實際上才不到一天，可我永遠也不會忘記他了。因為我從來沒經歷過像這樣的一天，我們之間已經有了某種特殊的連結。

我們像這樣一起坐了片刻，直到他又恢復了正常呼吸。他在沙發椅上坐正，鬆了鬆領帶，看了一眼我，艱難地露出微笑。

「真抱歉……八成是肚子有點兒小疼……現在完全好了！一切正常，長官！」他努力說得聲如洪鐘。

我去廚房為他拿了杯水。像勞拉．琪佩羅拉這樣出名的女人怎麼能生活得如此簡樸？她的廚房狹小而陳舊，冰箱比我的個子還矮。桌子上放著半塊黑麵包。勞拉．琪佩羅拉走的時候忘了關燈。要是被我爸知道了，一定會記她一個大過。我用玻璃杯倒了一杯水，拿給菲力克斯。他稍微恢復了一些，要嘛就是假裝恢復了一些。

我開口。「好吧，現在告訴我吧。跟我聊聊以前發生的事情。」

為了讓他忘記他的虛弱。也為了讓我忘記我的恐懼。

「你坐在這裡，別走。」菲力克斯抓著我的手，凝視著我的眼睛。「你是個好孩子，費爾伯格先生。我能感覺出來你是個有心的孩子。就像菲力克斯過去那樣。只不過菲力克斯學會了戰勝他的心。你要當心，你這麼好心，將來要過苦日子的。你要當心別人，人是很壞的。人就像狼一樣。」

「告訴我吧。」我又要求了一次。

但他還是沒法說話。他試了一次，兩次，打住了。他抿了一口杯裡的水，他的假鬍子已經有一邊掉下來了，但他沒注意。又是一陣沉默。他用手一下又一下地按壓著我的手。我突然想到，要是菲力克斯死了，就再也沒有人告訴我爸爸和佐哈拉的故事了。

他虛弱地提高了嗓音。「我日子過得好的時候，我想要什麼東西都能得到。賓士？沒問題！遊艇？小意思！世界上最漂亮的女人——她也是我的！我的客廳裡聚集著特拉維夫各界名流，演員、歌星、選美皇后，還有記者，富翁，政要……所有人都知道，菲力克斯．格里克家裡有最棒的舞會！」

他的臉上漸漸恢復了一點血色。就讓他這麼說下去吧。就讓他沉浸在快樂的回憶當中，忘記剛才發生的事情吧。他抿了一口杯中的水，又向我拋來一個蔚藍色的眼神，似乎是為了向我展示他還是能努力地把眼角瞇出三道皺紋，我也對他笑了笑，因為他已經無法對我下咒語將我迷住。他的嘴唇在顫抖……

「對了，週五晚上我會設宴款待賓客，那是如何豪華的宴席啊！」菲力克斯啞著嗓子吹噓開了。「非常高雅，到處擺滿鮮花，點著蠟燭。不開電燈，絕不！只點上紅色的蠟燭，要的就是這個格調！還有雪白的桌布。桌子正中放上一公尺長的安息日麵包，是雅法舊城區裡的阿卜杜拉特意為我烘焙的。餐具都鑲著金邊，嵌上我名字縮寫字母的圖案，也是金的。」

我的臉頰已經笑得發疼了，可是我擔心要是有哪一分鐘我停止了微笑，他就會整個崩潰，號啕大哭。我不知道，就是有這樣的感覺，他極度需要我給他安慰，當然也是為了安慰我自己。好吧，或許他是有一點古怪，可我自己不也是個怪小孩嗎？難道我的生活不古怪嗎？要是我有個爺爺，很有可能會像菲力克斯一樣，我們也會像這樣坐著，我趴在他的腿旁，聽他聊過去的光輝歲月，獨立日戰爭什麼的，有那麼一點點誇大其詞，有那麼一點點添油加醋……

「與客人們坐著的一牆之隔的地方擺設特別的餐會，也就是今天人們常說的『自助餐』，供應最漂亮的水果和最美味的香腸——當然不可能是猶太潔食——還有鮮蝦，特別細小那種，都是清晨從希臘空運過來的。要知道那可是在戰後經濟緊縮的年代，一片蕭條，就算有人有錢去飯館吃飯，最多也就能吃到一小塊乾巴巴的雞肉，但在我家，噢！」

「等等，」我打斷了他，「大家都知道你是……嗯……」

「罪犯？」菲力克斯笑了。「說出來吧，這個詞又不會咬你。他們當然知道。說不定正因為如此他們才會來。因為知識分子和有錢人喜歡接近罪惡和危險，但不會過分接近。就這樣，這種危險在家會，遵循歐洲禮儀，還懂得親吻女士的手背，這種危險就像菲力克斯……好吧，他們並非對我的一切了如指掌，也沒必要什麼都講給別人聽。這很不禮貌。你想想看，人家正喝著馬賽魚湯，喝到一半，突然間我講起曾經如何搶劫了巴塞隆納的銀行，還不得已向阻攔我的警員開了槍。這樣不好吧？實在敗壞胃口。」

「你真的向警察開槍了？」我那個把菲力克斯當成爺爺來接納的新計畫突然來了個急轉彎。為什麼他就不能只是個招人喜歡的老頭呢？

「不然能怎麼辦？」菲力克斯聳了聳肩。「他們的工作是抓住我，我的工作是逃脫。要是沒有菲力克斯，他們也沒事幹了。不是嗎？」

「他們死了嗎？」

「誰？」

「那些警員！」我強忍著沒有大喊出來。

「死？天啊，絕不可能。菲力克斯當時槍法極準，蒼蠅手指上夾著香菸我都能射中。菲力克斯從來不殺人，絕對不會！只是拿錢，留下我的金麥穗，然後，咻！就消失了！」

我吞了一口唾沫。現在是時候向他提出來了。

「能……能讓我……看一下嗎？」

「麥穗？」他意味深長地看了我一眼，伸手進他的衣領，拉出來一條精緻的鍊子，上面有一個心型的小匣子，裡面放照片的那種。然而讓我感興趣的只是掛在鍊子上的兩枚金麥穗。它們纖薄小巧，在柔和的燈光映照下熠熠生輝。我用指尖輕輕地摸了一下它們，不敢更用力。全世界成百上千的警察都曾嚮往這一刻：抓到菲力克斯，以及他的金麥穗。

「曾經，五十年前，當我開始做這一行時，我去巴黎的一個金匠那裡，訂做了整整一百枚金麥穗。是的！還沒有成為著名的菲力克斯之前，我已經想好了人生要走什麼樣的風格！」他把金麥穗拿在手掌上拋了拋，又向它們哈了幾口氣，用袖子把它們擦亮。

「一開始是一百枚。之後我又加訂了一百枚。後來又訂了一次……一共是三百枚麥穗……現在所有菲力克斯的金麥穗已散播在世界各地，銀行，保險庫，宮殿，客輪，還有錢袋裡……在每一個我工作過的地方，每一個我幹過一票的地方，驚天膽略也好，偉大愛情也罷，總之我做過事的地方都留下了一枚麥穗。菲力克斯的紀念品。」

此刻我醒悟過來。「還有今天，對嗎？當我們跳下火車的時候！」閃過我眼前的那一道金光。那一聲像硬幣落地的脆響……我目睹了他的行動！

「今天也是，當然。截停一整列火車，這件事幹得漂亮，是一種風格。我還從來沒幹過這種事！所以我留了一枚麥穗。就像畢卡索在畫的底部留下他的簽名，對吧？你瞧瞧，現在還剩多少？就只有兩枚了。孩子，你好好看看它們：這對菲力克斯來說是一個最強烈的信號，他的職業生涯走到盡頭了。」

我想再摸一摸它們，可是不敢。現在我開始像他一樣審視著它們：猶如他的時間沙漏當中最後的兩顆沙粒。

「唉。」菲力克斯呻吟了一聲。「完了，老了，你完了。」

「那你的朋友們呢？那些來參加你的派對的……」我試圖再給他打打氣。

「菲力克斯沒有朋友！」他把鍊子又塞回了衣領裡，向我伸出一根手指搖了搖。「只有一些人喜歡在菲力克斯那裡尋開心，在他的派對上跳跳舞。這樣好極了！我的確也會送他們一些禮物，每個人生日都送漂亮禮物！但是說到朋友？或許全世界只有一個女人是我朋友，這樣也很好，任何人都不知道。」

「你跟她結婚了嗎？」

「怎麼可能結婚！對我不好，對她也不好。不過曾經有個女人真正愛過菲力克斯，或許她認為菲力克斯就像個騎士，就像羅賓漢，劫富濟貧。她就愛這樣的我，浪漫，迷人，勇敢……還有，我一點都不像她那些知識分子朋友。因為我不會光是對她說些漂亮話，念幾句莎士比亞的詩歌什麼的，我還會真的揮拳，會打人，會拔槍。我還能保守祕密。她知道，我的那位女士，她知道總有些人像蒼蠅一樣圍在她身邊，但只有菲力克斯，是她永遠永遠可以依賴的……」

我聆聽著。加比從來沒有告訴過我她還有過一個真正的愛人。

「其他所有在菲力克斯身邊的人，都不過是為了找點樂子，跟他笑一笑，跳跳舞。這樣挺好的。你聽我說，聽我這個已經看遍世事，洞悉事理的老傢伙說：你不需要刻意去了解別人。是的，要是你太過深入到人們的內心，就再也無法與他們一起感受單純的快樂。再也不能盡情地歡笑，舞蹈，忘記煩惱。因為在人們的靈魂深處，總是傷痕累累，黑暗重重，這值得嗎？」

他將杯中的酒一飲而盡，還灑了幾滴在褲子上。

「不過你要知道，菲力克斯也不需要朋友。菲力克斯是一個特立獨行的人。最喜歡自己一個人。」他用高昂的嗓音說：「這樣，菲力克斯才不會失望。最後當警察抓住他，送去審判，上了報紙，所有人都說菲力克斯．格里克是個江湖騙子，國際大盜，各種好名稱……」菲力克斯努力擠出一個笑容，就好像他剛剛講述的是一段令人愉快的軼聞，可是他的嘴角卻在顫抖。「你會發現些有趣的事，所有那些來參加我的派對的人，在我這裡吃阿卜杜拉烤的安息日麵包的人，生日收到漂亮禮物的人，所有這些人突然間就忘記了菲力克斯是誰。很好，是吧？他們還在報紙上寫他們從來不認識菲力克斯！不過是碰巧出現在他的派對上！還寫到他們從內心深處嘲笑這個菲力克斯，他是多麼愚蠢，總想引人注意，而實際上沒什麼內涵，不過想用錢收買些朋友……可是這一切都沒關係！」他的笑臉拉扯開來，就像一副馬上要哭出來的面具。

「那個女人呢？你說是你真正的朋友那個？」我問道。

「她……」他深深地吸了吸氣，又歎了一口氣。「只有她還留下來做我朋友……但是這些事情我太難說出口了，就算已經過去了這麼多年……而且她，我的那位女士，與我在一起也很痛苦……她不願再見我……她說，太多痛楚了，傷痕累累……」他抿住嘴唇，把冰涼的杯子抵在額頭上。

「現在菲力克斯為此付出了巨大的代價。他老了，還是孤身一人。有時候他會想，也許那些一輩子過著一成不變的生活的人才是最強大的！他們有忍耐的能力，可以五十年如一日天天做著同樣的工作，跟一個女人結婚，與她過上五十年。也許這才是人類最偉大的能力？誰知道呢？或許菲力克斯才是最懦弱的人，他過於驕縱了。非得要求所有事情都只能合他的意。旅行，冒險，金錢，傳奇……你覺得呢，孩子？」

我不知道該說什麼，不過碰巧腦子裡閃過了一個絕佳的答案：「不然為何故事裡總是寫那些傳奇人物的歷險記呢？」

菲力克斯對我笑笑以示感謝。「是啊……你真好……」他自言自語著。他那頂代表諾亞爺爺的假髮有些滑落了，露出了他的一綹真髮。那撇小鬍子幾乎全都掉了下來，掛在他嘴邊搖搖欲墜。他看上去既可憐又滑稽，但令人動容。

「瞧，你也一樣，你去鬥牛也是因為你想做這樣的事，就像一個夢想，對嗎？為了這個夢想你才去做的！我知道！我也這樣為自己創造出一個世界！好讓人們都記得曾經有一個人叫菲力克斯……為了讓菲力克斯到過的地方，還留下一線光明，而人們還在半夢半醒當中……幻想著我們這個世界會變得好一點……」

我看了看鐘。快到半夜了。我覺得是時候把他弄走了，趁著他還在自我沉醉。我溫和地說：「現在咱們該走了。好了，她不會過來了。」

他心煩意亂，完全沒聽到我的話。「你有沒有觀察過早上起來坐公車去上班的人？你仔細看看他們的臉孔！哭喪著，拉長臉，毫無喜悅，毫無希望。就像行屍走肉！但是菲力克斯會說：我們只有一次人生！只有六、七十年可以活的！我們必須快樂！理應快樂！」他的聲調抬高，發出尖厲的吼叫。他似乎是在捍衛自己的整個人生，一時間我感覺到自己彷彿在見證一場詭異的審判，是的，菲力克斯為他自己舉行的審判，裁決他的一生所為，他的人品，他的罪惡。我不明白的是，他為什麼要在我面前這樣做，一個他幾乎不認識的孩子。他把臉湊近我，從心底發出吶喊：「因為在我們出生之前，我們在黑暗中躺了上百萬年，我們死後也是一樣！到處都是黑暗！我們的生命只是一段小插曲——在前一段黑暗與後一段黑暗之間！」他抓著我的肩膀，搖晃著我。「正因如此，菲力克斯說：如果我們真的只是舞臺上匆匆而過的演員，那麼菲力克斯要呈現一場最漂亮的演出！演出裡的每個角色都由他來寫就！演出裡要用上最多的燈光，色彩，樂隊，得到最多的掌聲。一場宏大的演出，像個馬戲團！舞臺中間只有一個大明星，那就是我。這樣不對嗎？不好嗎？」

一陣寂靜。他鬆開我的肩膀，急促地喘著氣，努力平靜下來。他的眼睛盯著我的嘴唇，似乎在焦急地等待著我要說的話。此時另一個可怕的念頭浮現在我腦中，菲力克斯選擇了我作為他這場審判的裁判員。

我已經無法集中注意力去聽他講了些什麼。我怎麼突然間成了他的審判官，我究竟是誰，我真想結束這一切趕緊回家，可是又想留下來，再多聽他說說，從來沒有人這樣跟我說過話，從來沒有人允許我如此靠近成年人生活中的恐懼和黑暗，跟菲力克斯飽受折磨的人生境遇比起來，就連加比說的那些關於她自己的故事突然間都變得單純多了……他一邊說著，我一邊努力地集中精神，去記住今天發生的所有事情，他說過的所有話，展示的所有東西……是的，就像一輛慢慢停下的旋轉木馬，種種模糊不清的畫面逐漸展開，變得清晰分明。我明白了，從一開始我們相遇，菲力克斯就在不遺餘力地向我示好，讓我喜歡他，了解他。原諒他。

可是為什麼是我？為什麼他偏偏選擇我來做他的審判官？

我感到一陣涼意從腳趾直衝腦門。我究竟要原諒他什麼？他到底做過些什麼？也許他做了些與我有關、但我還不知情的事？

他從我的臉上看出了一切。在他面前我什麼都掩藏不住。我在恐懼，我在懇求他別再這樣神祕莫測的，快讓我發瘋了。他變換得像電流一樣神速，真希望他能停下來片刻，告訴我真相究竟如何。

「現在你聽好了。」他說，沒有看著我。「這是件正經事。剛才，我發作……我肚子疼的時候，你沒有逃走。」

「逃去哪裡？」

「不知道。我覺得，或許，一個孩子看到老人家這樣，可能會嚇壞了。可能會覺得很噁心。可能會逃跑。都有可能啊！我這麼說吧：費爾伯格先生決定從現在開始十年內都不吃肉，是為了償還至少一頭母牛，來補償鬥牛比賽裡那頭牛。到這裡為止都說對了吧？」

我說對。只是不明白他究竟想說什麼。

「費爾伯格先生偏偏是很愛吃肉的，我在餐館看到你盯著那些牛排，卻必須強忍著，還有大概八年，是吧？」

「八年半。」

「那麼現在我跟費爾伯格先生做個小交易吧：菲力克斯自己承擔五年的。你意下如何？咱們做筆生意？怎麼樣？」他伸出手來跟我握手。

「我不明白。」我喃喃地說，而我其實已經明白了。

「你聽好了：五年——要是菲力克斯還能再活五年的話——菲力克斯不再吃肉，不再碰肉！嗯，這樣我就幫你一起完成剩下的八年半。」

「這……這個主意不錯……但是，不……不行。」我無力了。因為他再一次用幾句話就把我完全改變了，讓我迷惑不解，為懷疑過他感到羞愧不已，然後，儘管並不情願——我感覺到我的心充滿對他的傾慕，膨脹起來。

「為什麼不行？」菲力克斯叫了出來。「有什麼不好的？菲力克斯五年內能省下不止一頭牛！他能省下一整群牛！」

我不知道該說什麼。我蜷縮成一團坐著，心想從來沒有人向我提出過如此慷慨的建議。

「你想想，我不過是報答你的好意。菲力克斯不喜歡欠別人的。」他說。

可是我們都知道事情不止於此。

就在這時，我聽到樓梯上傳來腳步聲。有人爬上來，正靠近這裡。菲力克斯在椅子上坐正身子，梳理了一下他的頭髮，還試著抹平他皺巴巴的衣服。「她回來了。」他沙啞地小聲說道。

鑰匙轉動，遲疑了一下，然後停住了。或許門外的人已經意識到有人用螺絲起子動過了門鎖。房門被推開了。門廊中站著一個人，高大苗條，是勞拉。門廳的燈光從她背後投射出她長長的剪影。一條紫色的圍巾垂在她的肩上。當她進來時，菲力克斯緩緩起身，彷彿有了生命的氣息。

第十七章　她與他的身體之間無限的距離

「誰在那裡？」她用一種響亮、低沉的，男人一般的嗓音問道。

「啊，我的朋友。」菲力克斯坐在沙發椅裡說。他背對著她，都不肯轉過來一下。

她沒有動。猶豫著該進來還是逃跑。可是連我都知道像她那樣的女人在面對危險的時候是無法跑掉的。

「我不記得今晚邀請了什麼人過來。」她用不安的聲音說了一句。戴著手套的手還放在門把上。

「屋裡只有一個老頭和一個孩子。」菲力克斯的聲音從他的酒杯裡傳了出來。

「孩子？」

我怯懦地點了點頭。

「我不認識什麼孩子。我這裡不想要孩子。把他送走。」

我跳了起來，是得趕緊走才對。

「這可不是隨隨便便什麼孩子。」菲力克斯說，揮手示意我坐下。「這個孩子是你會想要的。」

太詭異了，他們之間彷彿在進行著什麼遊戲還是比賽。他們說話時好像兩個演員，勞拉·琪佩羅拉從頭到尾都沒有移動，而菲力克斯則一直背對著她坐著。

「為什麼這孩子穿得像個小女孩一樣？」勞拉·琪佩羅拉問。我的老天。我完全忘記了自己還穿著裙子！

「因為他也算是在扮演著一個角色。」菲力克斯說。她當下有些遲疑。我覺得她是在小心選擇自己的用詞。

「他知道……我是說，這個孩子，他知道自己扮演的是什麼角色嗎？」

一片安靜。

「每個演員都只知道自己扮演的是什麼角色。」菲力克斯想了一會兒說：「但是他不知道其他人是如何看待他的。」我實在猜不透，他們話裡有話，遍布疑雲。

「那條裙子……」勞拉·琪佩羅拉突然哽咽住了，走近我身邊。我看到她的眼中露出一種驚奇的眼神。真不明白我穿這條裙子有什麼驚人的。我試圖把裙子往下拉，好擋住我皮包骨似的細腿。勞拉·琪佩羅拉一個轉身對著菲力克斯：「你……你……你什麼事都幹得出來，是吧？無法無天了！」

「就是無法無天。」菲力克斯鎮定地回應她。「這個孩子，碰巧，也是你的忠實粉絲……」菲力克斯說著站了起來，站在勞拉·琪佩羅拉面前。他們站得非常近，盯著對方的眼睛。我看出來她的頭微微向後斜了一點，似乎對他屈服了，但是很快又端正了，眼神鋒利地盯著他，她開始說些什麼，而菲力克斯抓著她的手，毫不畏懼地抓著她，把她拉到沙發椅上。「請你坐下來！」

他用命令式的口吻說，勞拉．琪佩羅拉順從了他的意思，就像失去知覺一般地坐了下來。

「給我倒點喝的。」她虛弱地說，盤起腿，脫下了她的鞋子。菲力克斯起身走向角落的圓桌，翻了一下瓶子上的標籤，為她倒了一杯濃濃紫紅色的酒。勞拉．琪佩羅拉朝他點了點頭以示同意。

「夜深了，一老一小跑來我家……」她自言自語呢喃著。她手指顫抖著在她的小口袋裡摸索，掏出了香菸盒。菲力克斯抽出金色的打火機。一簇小小的火焰在他們之間燃起。勞拉．琪佩羅拉吐出一口長長的煙霧，眼睛還是盯著菲力克斯。他已經把她迷倒了，我心想。就像他對那個火車司機，對那個警察那樣。還有對我也是。她如此輕易地就屈服於他了，這讓我很失望。

「為她表演一下，孩子。」菲力克斯低聲說，眼神還停留在她那裡。

為她表演？朗誦嗎？我？在勞拉．琪佩羅拉面前?!

「我……我不……」

「阿姆農。」

或許是因為最後聽到他叫我的名字。又或許是因為我已經什麼都不在乎了。

「是啊，為我表演一下，阿姆農。」勞拉．琪佩羅拉說，她一個字一個字地慢慢念出我的名字。

「我不行……因為……我……」

角落裡，植物叢中，我忽然看見一個異常龐大的身影若隱若現，沉重地緩緩升起，開始向我揮舞雙手。

加比高喊著：「喲呼！快表演給她看！朗誦！」

「我做不到！」我嗚咽道。

加比的影子笨拙地圍繞著我，把弄著她鬈曲的頭髮。我猛烈地搖著頭。那個影子沉思了片刻，站直了，一手高舉在半空中，一手遮著眼睛。加比模仿勞拉時就是這個動作。

「我怕她！」我向加比哀求道。

「站起來，獅心諾諾！我會幫助你的！」

「你倒聰明！你都不在這裡，當然容易逞英雄！我可是見過你站在她面前抖個不停的樣子！」

「閉嘴，注意：我們要開始了！」

我的膝蓋搖晃個不停，慢慢地站了起來，不敢看勞拉．琪佩羅拉。我試圖忘記她就在這裡。此時她已經脫下了女王一般的高跟鞋，赤腳坐著，她的腳與普通人並無兩樣，盤在身下。而我穿著女孩子的襯衫、短裙和涼鞋。這一切都沒有章法，不合邏輯。我瞄了一眼放植物的那個角落，試著用盡我所有的想像力去把那個黑影裝扮成永遠穿著黑色裙子的加比，因為黑色顯瘦，也因為她永遠都在緬懷埋葬於她一圈圈脂肪下的那個瘦女人。在裙子的上方，我安上了加比的大餅臉，總是紅通通的鼻子，有點像蛤蟆似的，總是咧著笑的大嘴，她正在擦地或是切洋蔥，突然之間停下了，沉默，彷彿聆聽著遠方有個聲音在呼喚她。我已經知道要發生什麼事了，加比露出微笑，一隻手高舉在半空中，慢慢地站直身體，開始用顫抖，深沉，女王般的聲音念起：

「噢，乾枯的花園……噢，失明的夜鶯……」然後她會像公主一樣屈膝行禮，嬌羞地拉起裙角遮住她切洋蔥時熏出來的淚眼：「王子已經離去，陛下，他乘著黑暗的馬車漸行漸遠。他如何還能叫我的名『忠誠』，若我留下，而非追隨著他，去往那邊界的盡頭？」

我不記得我有沒有響應加比。剛開始我每說一個詞都要噎一下，可是慢慢地我的聲音好像穩定了，克服了，放開了，甚至還敢像加比那樣稍微晃一晃手，跟勞拉．琪佩羅拉的動作一樣……我怎麼敢的。我哪來的膽子在她面前表演？某一個瞬間，我聽到一聲沙發椅的嘎吱聲，還有瓶子和玻璃杯碰杯的聲音。我沒有看，沒有張開眼睛，只是念啊念的。或許因為太累了，我忘記了害羞。或許借著加比之口說話對我有所幫助，她與我同在，保護著我，我似乎感受到她的形象與坐在我對面的勞拉．琪佩羅拉融為一體，使她稍微軟化了一些，就好像加比在懇請她，以女人與女人之間的方式，代替她在這裡好好照顧我。是的，似乎和那個出人意料的，令人迷惑的，累人的，危險的菲力克斯單獨相處了一整天之後，能跟冷靜安詳的勞拉．琪佩羅拉在一起著實讓我放鬆了不少。

我不停地念著，一直念到演國王的阿和隆．麥斯肯回答勞拉．琪佩羅拉的那個場景。我到此念完了，或者說打住了。我倒在椅子上，精疲力竭，為自己感到訝異。現在該睡覺了。

我聽到了三聲慢悠悠的鼓掌聲。

勞拉．琪佩羅拉為我鼓掌。

她坐在沙發椅上，前面擺了個腳凳，身邊放著高腳杯。她的眼裡滿是淚水。並不像牆上的照片裡那樣，流下一條淚痕，而是滿滿的淚水，沖刷下來，在她化了妝的臉頰上流淌成兩道淚溝，我突然間意識到她已經不年輕了。

她用她那男人似的響亮的嗓音說：「你非常有才華，你有當演員的天賦。」她看了一眼菲力克斯，「你問過這個孩子嗎，他這種天賦從哪裡來的？」

菲力克斯說：「我問過。他不知道。有個叫加比的女字，是他爸爸的朋友，常教他表演。或許是跟她學的，誰知道呢？」說完，擺出一副無辜的表情。

關於加比，我想解釋一下，但又擔心會為了這麼私人的事情耽誤了勞拉．琪佩羅拉的時間。她從沙發上站了起來，手上拿著中式檯燈，拉了一把後面的電線，赤著腳圍著我繞圈，從各個角度好好研究了我一番。我動都不敢動。我還記得，當時我意識到她已經不那麼年輕了，頗有些失望。不知道為什麼，我總是認為她的年紀跟加比差不多……「別崇拜任何人，孩子。」她說。她的臉被黃色的光圈照亮了半邊。「沒有任何人是值得崇拜的，阿姆農。」她用手背擦了擦鼻子，就像小孩子的做法，只不過她戴著紫色的真絲手套。

我想不通像她那樣的女人怎麼還會悲傷。她，有著如此崇高的名望，有那麼多人愛戴，又有如此成功的事業。

「去他的事業！」她抱怨著，發出一聲苦笑。當她走到我的身旁，我感覺到面頰上一陣輕柔的撫摸，像觸電一般：她的圍巾拂過了我的臉。

「事業與人的情感相關是最危險的。」她說，將自己杯裡的酒倒了一點到菲力克斯的杯子裡，送給他一個戲劇化的微笑。「或許當一個……雜技演員……會更簡單一些？要嘛當吞火人？還是攀岩者？身體……身體總是說著自己的一套語言。身體是坦誠的，不會說謊……可是那些一生都在用情感打動別人的人，會很容易就喪失了自己的情感……」

她用手捂住嘴，坐了下來。我不明白她說的這段話是她自己想出來的，還是戲裡的臺詞。我也不明白她的微笑是不是在提示我為她鼓掌？我忍住了。

「我還沒問你們，你們是誰？」她的聲音在迴響。「我是說，你們選擇在我面前表演什麼人？」

「這個孩子是阿姆農。而我，像往常一樣，是一個巡迴演出表演者、魔術師、大盜、保險箱竊賊，還是偷心賊。」

「噢！盜賊先生？」勞拉．琪佩羅拉疲憊地問道，頭向後倒。「這裡已經沒什麼可偷的了，除了回憶。」她說，手一揮，指向布滿照片的牆壁。

菲力克斯說：「回憶是偷不走的，只能杜撰。對我而言，光杜撰自己的回憶就夠了。」

「解釋解釋！」勞拉．琪佩羅拉要求道。左右搖晃著她的杯子，並輕輕地晃動她那修長的、看上去還很年輕的腳。

菲力克斯大笑道：「這有什麼可解釋的？誰會喜歡痛苦的回憶？我想方設法把我生命中那些痛苦的時刻抽離出來，描繪得更美好一些。我把一生中我愛過的女人描繪成更加漂亮的樣子，還誇大了我從銀行裡偷到的錢財數目……」

他們聊天時幾乎沒有任何眼神交流，都對著酒杯說話，可是他們之間分明有一種強烈的親密感，一種羞怯的親密，就好像他們已經認識很多年了。而我，雖然不明白究竟發生什麼事，也能感覺到他們在極力地控制著，不要像一般人久別重逢時那樣說話。

「那這個孩子，你是怎麼把他帶過來的，菲力克斯？」

我不記得他對她說了我的名字。或許我沒留心。勞拉．琪佩羅拉突然在椅子上坐正了身子，向他投去一道銳利駭人的目光：

「這樣好嗎，菲力克斯？你就這麼帶走他得到允許了嗎？還是你又重操舊業……」

「這孩子？這孩子自己來我這裡的，他自願的……對吧，孩子？」

我點了點頭。我爸爸和菲力克斯是如何碰面的，如何像男人一樣地握手……所有的事情，當時我實在沒力氣把整個故事講給她聽。

「菲力克斯，你看著我的眼睛，菲力克斯。你會好好照顧他嗎？你不會對他做什麼吧？這一次不是你那些瘋狂遊戲的其中一輪吧？菲力克斯，你回答我！」勞拉．琪佩羅拉說，她的聲音出乎意料的冷靜果斷。

她的詭異叫嚷之後是一片寂靜。菲力克斯垂著頭。我對她笑了笑，想讓她冷靜下來，可是不知為何，我感覺她的尖叫聲像一把尖刀刺進我的身體，還在裡面扭動。我心想，只要能讓我有一點時間，一點時間就好，或許我能弄清楚剛才這幾個鐘頭裡到底是什麼事情讓我如此煩惱困惑，或許我能好好聽聽在我腦子裡嗡嗡響個不停的那幾個關於菲力克斯和這段奇遇的疑問：為什麼爸爸一開始選擇了他？他們到底是在哪裡會面和握手的？

「別擔心，勞拉。」菲力克斯終於說話了，輕歎了一口氣。「我和阿姆農一起玩一、兩天，僅此而已。我們高興高興，化個小妝，捉弄一下警察，這不過是個遊戲。勞拉，我會好好照顧他的。」

我不明白她為什麼如此擔憂。她用一種焦慮不安的眼神審視著我，眉頭在雙眼之上皺成一道。

「我會照顧好他的，勞拉。」菲力克斯溫柔地重複了一遍，「這只是個遊戲……不會像之前那樣……這回什麼事都不會發生……只要他想回家了，我們馬上就回去……勞拉，這是我金盆洗手之前的最後一次演出了。為了這次演出我已經等了很長時間了。再過幾天就到他的成年禮了，我想……我和阿姆農，是時候會一會了。」

「是啊……」勞拉・琪佩羅拉有些恍神，喃喃說著，「這週就是你的成年禮了……八月……八月十二號……是啊。」她從哪裡知道的？菲力克斯什麼時候告訴她的？我可是一直跟他們在同一個房間裡啊！要嘛是我打了個盹？勞拉轉向菲力克斯：「可是你剛說什麼？什麼金盆洗手？你不幹了？」

「不幹了，是。」他說完咧了咧嘴。

女演員打量著他，突然間眉頭一皺，問：「菲力克斯，出什麼事了？你是不是得什麼病了？」她的聲音完全變了，變得溫暖而顫抖，不再像她平時說話那麼低沉，那麼戲劇化，那麼像舞臺上的女王。她第一次伸出手，穿越她與他身體之間那段無限遙遠的距離，觸碰到他的肩頭。而他輕輕低垂他的臉頰，去摩挲她的手。他們相互凝視著對方的眼睛，我已經明白了，毫無疑問，他們相識已久。他們極盡全力忍耐著不站起來投入對方的懷抱。

菲力克斯疲憊地說：「一切都很好，勞拉。只不過是上年紀了。心臟有點小毛病，它也上年紀了，不靈光了。還坐了十年牢，又不是在療養院待著。不過一切都會好轉的。」

「是啊……」她苦澀地笑了笑，說：「一切都會好轉的。一如既往，對嗎？菲力克斯，什麼都好不了了，我們失去的東西再也回不來了……人生怎麼會糟糕成這樣……」

菲力克斯說：「我們現在還能修復。我來這裡就是為了修復一切，所有已毀壞的東西。」

「你什麼都修補不了。」勞拉．琪佩羅拉低聲說。

「不，不。」他回應道，溫柔地撫摸著她的手掌。「我一直都在修補……菲力克斯途經之處遍布光明……眾人皆醉，夢想著世界會變得更好……」

勞拉輕輕地笑了笑，看著也像是在哭。她說：「你沒救了，菲力克斯。不過我選擇相信你。要是連你都信不過我還能相信誰。」

「除了騙子誰也不要相信。這是對的。」

「你發誓。」

「你知道的，勞拉，我只會承諾，絕不發誓。」

她又大笑了起來。這會兒她的半張臉處在陰影當中，柔和的燈光落在她銀色的秀髮上。她把香菸掐滅在菸灰缸裡。然後，慢慢地，就像她演出的安娜．卡列尼娜一樣，走進聚光燈下，抬起雙眼，凝視著菲力克斯。她看著他，就像一個少女看著一個少男。她疲倦的眼中突然充滿了微笑與愛意。

「在我這一生當中，你都去哪裡了？」她問道。

「我的確是走得太遠了……」他歎氣。「來看了你一眼馬上就跑了。接下來的十年裡，我都有要事得處理，你知道的……」

「要是我早知道的話……」她鼻子一哼，倚靠在沙發椅上。「十年了，日復一日，我一邊咒罵你，一邊思念你。你被判了這麼重的刑，我真開心。你活該。」她靜靜地說著，不再看著他。「然後，十年過去了，五年，六年，七年，仇恨也消失了。一個人能恨多久？仇恨就像愛情一樣脆弱，無論如何，這一切不過是場遊戲。你當時是怎麼跟我說的？這只是前一段黑暗與後一段黑暗之間短暫的光明。乾杯！」

他將酒杯稍稍舉起。「乾杯，勞拉。祝你青春永駐，智慧常存！」

「奇怪了。」她眼含淚光，微笑著說：「我好不容易遇到一個貌似真心的人，可他偏偏說自己是個造假專家。」

她優雅地將髮夾一一摘下，放下她銀白鬈曲的如瀑長髮。她說：「你的事情再多講一些。再將整個故事說一遍……」菲力克斯伸出手，抓住她的一綹髮絲，開始將它輕輕地撫順。我覺得除了菲力克斯從來沒有人敢對勞拉．琪佩羅拉做這樣的事。她沒有抗拒。她低下頭，抿著嘴唇。他的手指穿過她的髮絲，溫柔地哼起某個小調，小小聲地，小小聲地吟唱著。不一會兒，她也同他一起哼了起來。他們看著就像兩個老小孩，睡覺前給自己唱著搖籃曲。整個房間裡彌漫著一種夢幻般的溫柔。

我的眼睛也睜不開了。我覺得應該打個電話回家了。我得跟爸爸還有加比聊聊，告訴他們我現在在哪裡，感謝他們出了這麼個高明的主意。我還想問問加比，她怎麼會不知道勞拉．琪佩羅拉和菲力克斯．格里克之間，紫圍巾和金麥穗之間，曾有過一段關係。或許她是知道的，但沒有告訴我。還有，像勞拉．琪佩羅拉這樣的女明星怎麼會知道我的生日？誰告訴她的？到底發生了什麼事？為什麼我感覺自己像一個被人牽著線的木偶，被一步一步地拉向那個人想讓我去的地方。可是，在那個地方等著我的會是誰？

我被一聲巨大的叮噹聲驚醒。一時間還我以為已經到早上了，可是窗外仍是漆黑一片。我還是坐在睡著時那張沙發椅上。牆上的掛鐘顯示現在是夜裡兩點。菲力克斯和勞拉．琪佩羅拉站在窗邊看著外面，她的手搭在他的肩膀上，他的手摟著她的腰。我尷尬得不知道該往哪裡藏。

勞拉向窗外指了指，菲力克斯點了點頭。接著我聽到她說海上的什麼東西被人偷走了。他環抱住她的肩膀，安慰著她。她把頭倚在他的肩上，說：「菲力克斯，像你這樣的人只存在於童話中。」

「真實世界就是這樣。」他輕聲說：「或許只有在童話裡才能真正地活著，對嗎？」

我咳了幾聲，好讓他們知道我已經醒了。勞拉．琪佩羅拉轉過頭來，對我笑了笑。突然之間，她露出一種燦爛的笑容，不是女演員的笑容，而是一個女人對她心愛的孩子露出的微笑。

菲力克斯問她：「如果我和阿姆農辦成了，你就把紫圍巾送給他當禮物？」

勞拉．琪佩羅拉還在對著我微笑，輕撫著她的圍巾。

「如果你們辦成了，我就把它送給你。」

「我們辦成什麼事？」我睡眼惺忪地問。

勞拉溫柔地伸出手，在我面前輕輕揮動，就好像我一碰就會碎。我一動不動，滿懷渴望，雖然還不知道在渴望著什麼。過了一會，她的手指摸到我的臉，她纖長溫暖的掌心放在我整個臉上，從臉頰到額頭。她的皮膚非常柔軟，跟她演出時用的聲音和她女王似的面孔截然不同。她的手指溫柔地放在我的眼睛上，只是略微觸碰到，一隻手指放在兩眼之間，正好壓在那個點上，我沒有聽到任何嗡鳴聲，也沒感覺到那個引擎像大黃蜂一樣發動起來。我只感覺到我的一雙眼睛，在她溫柔的指尖下拓寬，變大，最後變得無比清澈。

「要是你們能把我被偷走的海洋找回來……」勞拉說。

我說不出話來，也不明白。我在她柔軟的手掌中點了點頭。為了她，我做什麼都願意。

「告訴我，琪佩羅拉女士。」菲力克斯稍微思考了一會兒，說：「你這裡會不會碰巧有部推土機？」

第十八章　像一隻夜行動物

勞拉．琪佩羅拉抓抓頭。「推土機？我好像還真有一部……」她急匆匆地跑向冰箱，打開它，在廚房裡喊著，「啊！剛把最後一個給扔了……太笨了！」

「是不是在哪個抽屜裡……」菲力克斯咕噥著說，打開了他的行李，在裡面翻找，扯出了一頂特別醜陋的假髮。他把它戴到頭上，又飛快地「長」出了一條與之搭配的小鬍子，和兩顆臉上的黑痣。顯然，他把整套行頭都裝在了一個側袋裡。勞拉看了他一眼，急急忙忙地跑到旁邊的屋子，拿回來一件破爛襯衫和一條縫了補丁的褲子，大概是她的戲服。不消片刻，菲力克斯就變身為一個衰老的乞丐，駝著背，拖著殘疾的左腿。「怎麼樣？費爾伯格先生，阿姆農？咱們累了嗎？還願意出門上一下夜班嗎？」

我實在累壞了，可又不想錯過。我問他我們要去哪裡。

「路上再向你解釋。事成之後我們再回來帶走圍巾，還有勞拉。」

「你別忘了。」勞拉提醒他，誘惑式地把圍巾甩到他面前。「我的圍巾只有用海洋才能交換。整個海洋，除了海洋什麼都不行！」最後這幾分鐘裡，她變得歡快活潑，像個小女孩。她的身體似乎在不自主地舞動著，我從來沒在舞臺上見她這樣表演過。

菲力克斯呼喊了一聲，並對我眨眨眼。他伸出兩隻手指舉過頭，準備去奪那條紫色圍巾。勞拉．琪佩羅拉高聲尖叫著，跳了起來。菲力克斯跑過去，勞拉單膝跪在沙發椅邊上，招揚著她的圍巾，在頭頂飄成一道紫色的圓弧。菲力克斯站住，跺著腳，大笑著，直到看到我臉上的表情。

「抱歉。」他對我喊道，臉瞬間就紅了。「我就是開個玩笑！完全忘了！」說著用力拍著自己的額頭。

沒關係。

「怎麼了？」勞拉關心道，已經站起來，把圍巾再度披到了肩膀上。

「我真笨……」菲力克斯嘟囔著。「我只是想讓阿姆農笑一笑，可是每次都搞砸，反而讓他難受……」勞拉一頭霧水。她當然不明白。她站在那裡，來回看著我們，過了一會兒說：「你們之間已經有祕密了啊。」她笑笑，「挺好的。」她忽然雙手環抱住菲力克斯和我，在我額頭上親了一下。

沒有攝影師在場，也沒有閃光燈，只有勞拉．琪佩羅拉親吻了我。加比會暈倒吧。她大概會把我的額頭風乾了當成紀念品。接著，她親了菲力克斯，在額頭上，和嘴唇上。她閉著眼睛親吻了他。

「菲力克斯沒有朋友，除了一個女人。」我想起他說的話。他們有十年沒有見過面了，顯然這十年他都在牢獄之中。勞拉．琪佩羅拉就是那個女人，他唯一的朋友。突然間所有事情像一幅拼圖一樣漸漸拼接到了一起，可是這種拼接卻恰恰是一個謎，甚至比拼圖本身更加令人毛骨悚然。

「好極了！」菲力克斯歡呼著。「阿姆農和菲力克斯現在就去把你的海洋帶回來！請問女士您幾點鐘起床？」

「對記者我總是說我十點之前絕不睜眼。」勞拉咕噥著說。「可那不過是說出來讓人羨慕而已。事實上，我每天五點鐘就醒了，像我這樣的老人睡不了多久。」

像我這麼年輕的也睡不了多久，我心裡想。我躲在一張沙發椅後面，脫下了女式襯衫和短裙，換回了我原來的衣服。

菲力克斯驚訝地看了我一眼。「要是別人看到你這個樣子怎麼辦？」

「我穿著褲子和我自己的涼鞋跑起來比較方便。」

他想了一會兒，聳了聳肩。好吧。然後轉向勞拉：

「早上六點阿姆農和菲力克斯會把海洋帶回給你。現在你把家裡所有的燈都關上，上床睡覺去。」

她立刻用女王的口氣說：「你別告訴我該做什麼，今天晚上，趁你們去外面胡作非為的時候，我正好有我的計畫。」

她把我們送到門口，在我們背後拋了幾個飛吻。

我們沿著街道向下走，走在微涼的黑暗當中。樹上的葉子窸窣作響。月亮很大，似珍珠般皎潔，幾乎快滿月了。我想到所有我認識的人現在都睡了。所有的普通人、外行人，都安詳地進入了夢鄉，而我和菲力克斯・格里克，這位傳奇大盜，卻行走在黑暗的街道上。

菲力克斯叫住我。「現在我們這麼進行。我走前面，你走在我背後五十步的地方。要是有情況，警察來了什麼的，我就噓一聲！你趕緊跑，藏起來！然後你回去勞拉家裡。千萬別在街上等我！」

「可是我們要去哪裡？」

「去海邊。那裡出了問題。我們去沙灘上找推土機。很簡單的任務。過來，搞定，十分感謝，週末愉快！」

「等等，我不明白。出了什麼問題？」

「以後再解釋！現在我們得走了！」

然後他就消失在黑夜中了。

沒多久，他的影子又出現在距我十幾公尺遠的地方。我不知道他是怎麼做到的。用跑的？還是飛？一眨眼的工夫他就出現在街角，拖著病腿，一瘸一拐地走著。

我小心翼翼地跟在後面，保持著固定的距離。我偷偷地掃了一眼四周，確定沒有人尾隨著我。這個場景真詭異：我跟蹤著一個要我跟蹤他的人，同時警惕著有沒有人跟蹤我。

我盡量輕輕地走路，聽不到一點腳步聲。我感到有點緊張。說不定那些跟蹤我的人已經來了。我試圖用他們的方式思考：警察們在搜尋從火車上下來的一個老頭和一個小孩。我很好奇他們是否已經知道劫持火車的是菲力克斯．格里克。根據我對他們的了解，他們得花上好幾個鐘頭做人像拼圖，跟有前科的罪犯照片作比對，並找到菲力克斯朝火車頭扔過去的那枚金麥穗。

可是他向那個滿臉青春痘的警察出示了他的真實駕照。

還偷走了他的手錶。

只是為了逗我開心？

不，不只是這樣。在菲力克斯那裡，什麼事都不會「只是」怎樣。一定還有別的，更深層的動機。

會是什麼動機呢？為什麼他要讓那個警察看到他的真實姓名？那樣他就會心起疑慮，努力回想這個老人的名字。

我能想像得到那個傢伙抓著自己長滿青春痘的額頭，滿臉狐疑。菲力克斯．格里克太耳熟了，可就是無法馬上聯想在一起。畢竟，當菲力克斯鋃鐺入獄的時候，那個警員還在玩警察抓小偷的遊戲。於是，他等了一個鐘頭，值完班，回到家，跟她待產的妻子聊聊天，告訴她有個老人講到關於孩子的事，什麼整個人生都會改變之類的，問她看沒看見他的手錶。他幾乎可以肯定在遇到那個老人和他梳小辮子的孫女之前，他的手錶還好好地戴在手腕上。然後，他又開始回憶這個名字。菲力克斯．格里克？好像在哪裡看到過，手寫的，還是印刷的？他變得焦躁不安，對妻子說他很快就回來，趕緊開車去派出所。手錶或許是落在儲物櫃裡了。可是，並不在那裡。那個警員走進所裡一位警官的辦公室，他是個老警官，能記得住二十年前的事。大概跟我爸爸年資差不多。那個警員猶豫地問：「請問，您聽說過菲力克斯．格里克這個名字嗎？」

案件像一場聲勢浩大的焰火表演一樣爆炸開來，龐大的機器開始發動。

菲力克斯想讓警方知道是他幹的。越是有人在後面追，他越享受逃脫的過程。他需要加一點危險當佐餐的調味料。我從後面仰慕地望著他。他在我前方跛行，弓著背，看上去十分可憐。真是個偉大的演員。爸爸很清楚他在做什麼。有的事情，只有像菲力克斯這樣的罪犯才能教我。有的東西，只有處於真正的危險當中，才會得以檢驗。或許，不學會這些，就當不了世界上最好的警探。比如像現在這種感覺，黑夜中你獨自走在犯罪的路上，周圍有警察追蹤，孤身一人，能依靠的只有自己的直覺、機智和膽量。

我心想爸爸可以指望我了。他這一輩子就為我籌劃了這麼一個夜晚，我突然間意識到，跟他在一起的日常生活都是訓練的一部分，每件事都是為偵查課程做準備，為了生存而戰。比方說，我們一起去菜市場買東西，正談論各種事物，他會突然說：「你仔細看這條街。（我已經熟悉了他那種特別的聲音，教導時才用的聲音。）十個人裡面有八個會認為這只是他們買東西的地方，會會朋友，等等公車，但剩下那兩個人則有完全不同的看法。一個是罪犯，而另一個，就是你，警探。（我順從地站直了身子。）罪犯在這裡看到了藏身之處，看到可以下手的錢包，打開的袋子，鬆動的門鎖，而最主要的是，他看到了你，諾諾，偽裝成普通百姓的便衣警探。而你，偵探，一眼就能掃視完整條街道，那些普通百姓在你眼中視若無物！你立刻把他們排除掉，連你奶奶都對他們提不起興趣！（奶奶琪特卡的形象在我眼前輕輕飛過，騎著把掃帚，完全無視那些人群。）你必須盯緊目標：眼神滴溜溜的年輕人，或者是排隊等公車推擠老奶奶的兩個傢伙，再或者是神色匆匆手上拿著可疑提袋的男人。只有他們！其他人都不存在！你是與他們作戰！」

我很愛跟爸爸一起上街，總是充滿了責任感。要是碰到同學，我就會點點頭，繼續走路，生怕他打擾我執行任務。有時候，我會分心到那些普通人身上，那十分之八的無辜百姓，做著他們的小買賣，對身邊遊蕩著的危險全然不知，想不到他們的頭頂上方有兩個機智的頭腦交戰正酣。他們也許年齡上比我大，可是當我走在街道上，跟爸爸一起，我感覺自己像他們的爸爸。

我的步伐太快了，跟菲力克斯離得太近了。這樣可不妙。可以看得出來我有多緊張。不能讓任何人發覺，不能讓任何人看出來我有任務在身。我就是個很晚才回家的孩子。幸好我穿著自己的衣服。要是個女孩，這麼晚了一定會引起別人的注意。另外，又當回一個真正的男孩，感覺真棒。

也不是說當那個女孩有多麼糟糕。我其實已經開始有點習慣了。

菲力克斯去哪裡了？他突然消失了一陣子。哦，在那裡。

有一隻狗朝菲力克斯狂吠。是一隻瘦巴巴的小狗，從某家的院子裡朝他狂叫。這可不好，會引人注意。菲力克斯快步走遠。但是其他的狗，各家各戶的，各個庭院裡的，二層樓房裡的，也開始叫了起來。或許有人會靠近窗邊，看看發生了什麼事。菲力克斯說狗總是會咬他，而我自己已經被狗咬了不下十次了。我一經過，最訓練有素的狗都會開始發瘋。我甚至還被一條導盲犬攻擊過！

好吧，咱們走吧。沒關係。整個城市都在對我們狂吠。我的雙腳開始不由自主地奔跑，彷彿有人在召喚我，誘惑我：到這裡來……或許是因為我現在感覺太孤單了，菲力克斯和爸爸都不在我身邊。頭頂那一輪巨大雪白的月亮在變換著表情，我向前走著，可是去哪裡？去找誰？

佐哈拉浮現在我腦海中。她非常美麗，個性還很強硬。要是現在她還活著，該有多少歲了？三十八歲，跟班上其他孩子的媽媽一樣。如果她還在，我的生活會變成什麼樣？我們就不會有加比了，但我會有一個媽媽。倒不是說覺得少了些什麼，這麼些年了，我過得也挺好的。只是有些小細節我很想弄清楚。就是這樣。只是為了給我今天開始做的小調查收尾。

狗叫聲終於休止，寂靜降臨，城市酣然入睡。我像一隻黑豹，兇猛而安靜。一隻夜行動物。睡在家裡的孩子們做夢都想不到一個與他們同齡的男孩能做出什麼事。

一個法律之外的孩子。一個有著另一套法律的孩子。

光是想到這個，我就打了個冷顫。

這週末就是我的成年禮了。整個警局的人都會來。爸爸也保證過到時候會讓我升職。我們說好了的。我當二等警員已經當了很多年了，這個週末我就能晉升到一等警員了！我們會走一遍常規儀式，我像個男人一樣喝下一整杯的啤酒，然後他為我別上肩章。也是時候了。離我上一次晉級已經過了一年半了，都怪那頭牛的事故。

突然間我停下了腳步。有一輛警察巡邏車停在我左邊的人行道上。我像閃電一般迅速彎下腰，躲進了旁邊的小花園裡。過了幾秒鐘，我向外偷看。車裡有兩個警察，靠在座位上說著話。一盞煩人的藍色警示燈在車頂上打轉。電臺轉到了音樂頻道。兩個大塊頭巡警，偷懶坐在車裡聊天。渾蛋。可是我沒有辦法讓他們感覺不到我的存在。我左瞄右看，街道上空無一人。我向上張望，萬一屋頂上有個崗哨什麼的就不好辦了。那片區域很空曠。我從花園出來，貼著籬笆跑到了前面。我避過了他們，從法律的手中逃脫了。如此輕鬆。就像他們身邊的一道黑影。而他們又懶又笨。

蠢貨，我在心裡嘲笑。兩頭大笨熊。

到了角落我站了起來，正常地走路，手插在口袋裡。菲力克斯也現身在黑夜中。我們都用了同一個辦法從警察眼皮底下溜出來。我無聲地為自己吹了一聲口哨，突然之間感覺好極了。「神清氣爽」，我們的加比會這麼說。

世界上似乎只有我和菲力克斯是兩個真實存在的人，其他所有人都是我們這齣戲裡的演員。我們命令他們睡覺，他們就服從。就連那些沒有睡覺的人，也不是真的醒著，可能只是出現了幻覺，夢到他們是清醒的。只有我們，菲力克斯和我，是醒著的，敏銳而警惕，像兩道影子在黑暗的街道裡穿行。我們是另一類人，一條細細的線將我們與他們分隔開來。如果這時一個孩子正好醒過來，穿著睡衣，透過窗戶看見了我，大概會以為自己在做夢，要嘛就以為看到了蝙蝠俠。或者是海軍部隊的什麼人。我躡手躡腳地走著。我踢到了路旁車子的輪胎。沒有什麼特別的原因，我的腳就是正好踢到了它。那又怎麼樣。現在一切都是我的，街道，城市，全是我的。你們都在熟睡當中，而我卻在黑暗中潛伏著，危機重重，出其不意。如果我一時興起，說不定會毀掉你們半個城市，把它燒成一片廢墟。誰會知道？你們這些可憐的無辜孩子。晚安。別怕。我不會傷害你們的。我是好人，很善良。

要是我拿根鐵釘，在一整排車上刻上我的大名——諾諾昨晚到此一遊——你們就被嚇得半死了吧。

或許我應該給自己創造一種特別的風格，就像菲力克斯的金麥穗一樣。

睡吧，安靜地睡吧。小小的家庭，爸爸，媽媽，還有兩個孩子。你們哪知道什麼是真實的生活，你們擁有的一切崩潰起來易如反掌。你們哪懂得什麼叫做為生存而戰？什麼叫做法律與罪惡之間持久不絕的戰爭？睡吧，蓋好被子，把兩隻耳朵都蓋上。

我像一個越過敵方警戒線的間諜般沿路前行。只要一聽到有腳步聲，我就蹲到院子裡或者門廊處，耐心地等待。晚歸的人們從我身邊匆匆而過，幾乎沒人碰到我或者發現我。有一次，在一個黑暗的樓梯間，一個女人就站在離我幾公分遠的地方，翻她的皮包找鑰匙。她朝我的方向看了一眼，目光落在了幾輛自行車之間，卻沒有看見我。

慢一點，你一直在奔跑。

大概一年多前，我碰巧目睹了一個像我一樣的孩子被警察逮捕。爸爸和我在加比家吃完一頓特別的晚餐，正準備回家。我也不記得那頓大餐是為了慶祝什麼，大概是她的某種節食方法見效了。當時我們正開車回家，聽到警務無線電裡說有兩個男孩正企圖撬開一輛停在羅恩電影院附近的汽車。爸爸調頭就往那裡趕。他原本不應該帶著我一起去，可是他擔心如果先把我送回家可能會錯過這次逮捕行動。爸爸絕不會錯過任何任務。

我們一路飛馳，速度過快，我幾乎是黏在座位上。一長串車流阻擋我們，爸爸按喇叭，不耐煩地捶了一下方向盤，他沒警笛，也沒有警示燈，我們被堵在路上，只能坐著乾等。我閉著嘴，因為我看到了他的額頭和脖子上鼓起的青筋，不到片刻我爸爸就會爆發，然後飛過車流。

輪胎發出刺耳的摩擦聲，汽車發動了，爸爸調轉車頭逆向行駛！他越線超車，衝上安全島，還差點撞到了一輛迎面開來的汽車……我能做的只有靜靜坐著，嚇得渾身僵硬。一是因為我當時認定我們很快就會被撞死，但更為恐怖的是，那一刻爸爸的臉色。他的力量想要立刻打破所有規則，即使是他自己最神聖的法律。儘管我對他的座右銘爛熟於心：「在刺客的槍口下，保鏢無須為踢開總理而向他道歉。」可是看到他變成這樣，我還是被嚇到了。他就像一個巨大的彈簧，一輩子壓得很緊，突然間一鬆手，就開始發狂。

他一邊瘋狂地開車，一邊向我簡短解釋，用一種警告的口吻，告訴我不准做什麼：別出聲。別離開汽車。別惹人注目。就好像我不知道一樣。我透過眼角餘光打量他，彷彿是一個陌生人，不知道從哪裡冒出來的一個全新的人。他緊張地面對前方，雙唇緊閉。他的眼中有一絲危險的光芒，似乎在享受著這個挑戰死神的瘋狂遊戲，並且繼續著他年輕時代的狂野，只不過現在是在法律的範疇以內。一路上我們收到埋伏在電影院附近的警察們傳來的各種細節描述。他們說，那個年紀小一點的、負責放風的男孩，正隨意地站在馬路中間，確保沒人看到他的同伴。而他的那個同夥正準備撬車。他完全沒有察覺到屋頂上有個警察正在監視，通過對講機報告了他的一舉一動。

聽上去我的童年還挺狂野的，對吧？其實並不是。不過案件剛說到一半，我並不想就此打斷，談談我的童年究竟過得怎麼樣，不過就是些警察行動啊、槍枝什麼的。

下次吧，如果我有時間講的話。

我們在街角停下車，還有很多車輛停在那裡。忽然之間，附身在爸爸身上的那個眼神兇狠的陌生人不見了。在小小的車子裡，我能感覺到一股強大的活力注入了他的體內。他換上一件便裝毛衣，拿出一副小型望遠鏡，窺視著事件動態。我很熟悉他臉上這個表情。他轉向我，彷彿突然間反應過來我還跟他在一起，想起來不是他的警察搭檔，而只是他的兒子。他對我露出一個淡淡的苦笑，發自心底的笑容，摸了摸我的臉。

「兒子，我真高興你跟我在一起。」他說。聽到他說出這種話，還是在行動進行當中，我整個人都懵了。他怎麼突然想起來要說這個？我的臉頰在他的撫摸下發熱，還想要他繼續這麼做。

屋頂上的警員報告說那個偷車賊剛剛第三次走過一輛黃色的飛雅特，並向裡面偷窺。一有路人經過，那個賊馬上躲到車子後面，而那個放風的就假裝在研究電影海報。

「72呼叫75，完畢。」爸爸對著無線電通話器低聲說。他又成為一個完美的專業警探。

「72請講。」對講機裡的聲音回答他。

「我不希望我們有任何多餘的動作，除非他真正進入車內。不要打草驚蛇，讓他在車內留下足夠多的指紋，清楚嗎？」

「收到。」那個聲音回答。

他們觀察了一會兒。一對情侶走過街道，停下來，在那輛飛雅特旁邊擁抱。他們一定希望能單獨相處，絕對想不到此時有多少雙眼睛正盯著他們。整個世界都隨著望遠鏡和對講機嗡嗡作響，而那兩個天真的可憐人卻什麼都不知道。

「好了，他們完事了。」屋頂警探報告道。

「電影院外面也能看電影，是不是？」另一個一直沒出聲的警探在對講機裡笑著說。

爸爸斥責道：「噓！工作時別開玩笑！」

又過了一分鐘。爸爸緊張地敲打著方向盤，他的眼睛瞇成一條縫，準備好了要撲出去。

「他拿出了一把螺絲起子。」屋頂警察報告。「他撬開鎖了。」幾秒鐘後，「進去了。」

爸爸對著機器小聲說：「數到十就出動！我去抓那個放風的。75抓撬車的。73，堵住偷車賊的去路。行動！」

他說「行動」的時候真完美，就像電影裡的警察。

然後，他迅速地鑽出了汽車，完全忘記我的存在。在行動中，他實在太投入了。我看著他，學習他的每一個動作。他輕鬆地走過街道，手插在褲子的口袋裡。那個把風的也從眼角打量著他，認為他沒什麼問題。他看著就像一個普通的行人，累了一天，剛下班回家。他的肩膀垮下來，拖著疲憊的步伐。爸爸下班回家時就是這個樣子。是啊，這時我心想，就算有我在家，或許那個家對他來講也是空空蕩蕩的。或許他真正期待著的人——已經不在那裡了。

還有三十步，還有二十步。我的嘴巴發乾。現在他們之間只剩十五步的距離了，而那個男孩還是沒有察覺。

突然間，爸爸衝向了他，像一頭憤怒的公牛。他運足丹田之氣怒吼著「雜種！」，瘋狂地揮動著他的手臂。就連我都知道他犯了個天大的錯誤！他應該走到那個男孩旁邊，只有非常近身了才能撲向他！

可是爸爸按捺不住，他是如此痛恨那些罪犯，恨不得徒手把他們撕成碎片。

「你對付犯罪分子時帶有太多個人情緒了，甚至毀了整個偵查和埋伏行動。」加比在廚房裡對他說。

什麼叫「帶有太多個人情緒」？他有什麼私憤可洩？

「你太急著報仇，總是暴露了自己。」報什麼仇？她在說什麼？

那個放風的大哭了一聲，聽著像是某種動物的號叫。他兩腳絆了一下，馬上起身，抬腿就跑，一躍三丈高。他跑得飛快，幾乎腳不沾地。他不費吹灰之力越過了爸爸，像個腿腳機敏的足球運動員一樣閃了過去。我看到爸爸轉過身，一副笨拙氣憤的樣子，痛心疾首地揮舞著雙手。那個破車而入的同夥看到了這一切，立刻朝反方向逃跑。我看見埋伏在灌木叢中的警探跳了出來，沮喪地攤開雙手。那個放風的，剛從爸爸手上溜走，現在正朝著我的方向跑了過來。我們之間相隔約一百公尺，我完全知道該怎麼做。我慢慢地從車裡出來，漫不經心地走向他。我甚至一點都不緊張。我的身體就像一部上好潤滑油的機器，會替我思考。我一眼都沒看那個男孩，他也沒看我。像我這樣的小孩沒什麼值得擔心的。他只害怕那些成年的警探。不到一分鐘的時間，他已經跑完了整條街，就快要經過我這裡了。我能看到他的眼珠子都突出來了。我飛身躍向他，就像爸爸無數次在健身房裡向我演示的那樣，我整個人摔到地面上，絆倒了他。

這一切發生在一秒鐘之內。他跑步的衝力太大，跌倒之後還滾出去好幾公尺，直到撞上一輛停在路邊的轎車才停下來，躺在地上，目瞪口呆。過了一會兒，兩個警探給他戴上了手銬。警探阿爾法思認出了我。「那個是費爾伯格家的孩子吧？不就是那個吉祥物？」

「諾諾，你在這裡做什麼？」另一個長著大鬍子的警察問道。

所有警員都認識我。

「我見他逃跑，就絆了他一下。」

「哈，你真棒！你拯救了整個行動！」

爸爸一路小跑過來，氣喘吁吁。

「抱歉，我誤判了距離。我太早撲過去了。」他嘟囔著。

「沒關係，長官。」

「沒關係，長官。」

那兩個警員忙著給那孩子上手銬，免得讓爸爸看到他們臉上的真實表情。

「另一個跑了，長官。不過你兒子逮到了這個孩子，他一定會幫咱們給他的同夥寫一封漂亮的邀請信。對吧，渾蛋？」

那個外號叫「老爹」的警員從背後給了那孩子一腳，可是我們都知道他真正想踢的人是誰。

我們在那裡又多留了幾分鐘。爸爸等待著法警過來，從他車上採指紋。一小群人圍了過來，警員們指揮他們散開。人們對我指指點點，有幾個在交頭接耳。我保持著酷酷的樣子，手插在口袋裡走來走去，檢查指紋，搜尋還有沒有什麼能夠協助破案的證據。我不過做了這種情形之下應該做的事情。

我抓住的那個孩子雙手被反銬，躺在人行道上。他的臉上閃爍著路燈的光芒，看起來就像一隻被捕獲的小動物。我不敢看他的眼睛。他整個人生可能會從此改變。而我，就是他的宿命。可是，他的眼睛卻在搜尋我。他在人行道上扭動著，試圖看我一眼。我沒有動，就讓他看著。我想我看到了他臉上的蔑視，對法律之子的蔑視。他對我露出一個邪惡的笑容。帶著仇恨，也帶著一種怨恨的祝賀，祝賀我成功抓住了他。

我們就是這樣的。專業人士總是對敵人的招數了如指掌。這是專業人士的榮譽。就像菲力克斯和爸爸，他們握手言和，為了我達成協議。這到現在都讓我覺得不可思議，儘管我一直相信他們一定這樣做過。可是如果他們沒有呢？

爸爸跟另外幾個警員告別，我們開車回家，一言不發。實在太尷尬了，他差點弄砸了整個行動，而恰恰是我過來拯救了他。我想跟他說這不過是個巧合，我的成功完全是無心插柳，像我這麼大的孩子反應是會快一些，但他作為一名警探，顯然比我聰明得多，也老道得多。但最後我選擇了沉默。我最擔心的是他會收回他早些時候，抓捕之前，在車裡對我說的話。

我有一整年沒想到這件事了，甚至都沒有跟米加提起過。我只想忘記當時車裡那種恐怖的寂靜。從那之後，我再也沒有提起這件事情。加比也是，她打報告時知道了這事，也一直保持沉默。唯有當下，深夜時分，這件事又湧上我心頭。我又想起來那個孩子臉上的邪惡微笑。或許他的嘲笑是對我這種乖寶寶的鄙視。或許他早在當時就感覺到我身上的某種特質。

可是加比說的話究竟是什麼意思？什麼叫他與犯罪分子對峙時帶有太多個人情緒？他們到底對他做了什麼讓他鬥得這麼狠？為什麼他想要復仇？

說實話，我已經開始懂了。我猜到了答案，可是強迫自己要小心。不要太草率地下定論。我依照次序提出問題，就像進行調查一樣。這些問題一直圍繞在我四周，我的整個人生，可我從來沒有提出來過：為什麼他與犯罪分子之間會有私人恩怨？他們是否曾經傷害過他？如果是的話，怎麼傷害的？比方說，他們殺了他的什麼人？是不是因為他們殺了她，他才與他們不共戴天？我已經完全忘了自己還在逃跑，必須小心。我不住地念叨著我的問題，嘴唇一張一合，也不管有沒有人注意到我。可是他們為什麼要殺她？是因為她對他們做了什麼事嗎？或許他們殺了她，是為了懲罰爸爸。那麼誰是那個殺手？她死了以後，對他的懲罰就結束了嗎？還是，他們現在想要接近他身邊的其他親人？

可能正是出於這個原因，爸爸從小就訓練我要睜大眼睛，對任何人、任何事都要保持懷疑的態度。可是，或許我的猜疑心還不夠專業。比方說，菲力克斯跑到我面前時我就沒起疑心。他究竟和這整件事有什麼關係？爸爸真的跟他握手言和，為了我達成協議嗎？為什麼我如此地被他吸引，儘管害怕，還是想跟他在一起。說不定現在就是應該逃離他的時候。拯救自己……

我越走越慢，有一點害怕，有一點失落，繼續前行，可是一直感覺有個力量在把我向後拉。彷彿在一瞬間瞥到了我這個年齡的孩子不應該看的地方。在那個地方，爸爸站在黑暗之中，肌肉緊繃，脖子上的青筋突起，咬緊牙關在與罪惡搏鬥。他要保護整個世界，不被長著一千張臉的強大敵人所傷害，最主要的是，他要保護我，訓練我為持久不絕的戰鬥做準備。他孤獨絕望地站在那裡，與整個罪惡世界抗爭著，不乞求任何人的幫助，也絕不妥協。

好吧，我又開始奔跑。

第十九章 沙灘騎手

突然之間我感覺到海洋。它用潮濕的氣味和湧動的浪花襲擊了我。大海！我只不過離開了它幾個鐘頭，已經開始想念它了。正如我說過的，我非常熱愛海洋。儘管我是耶路撒冷人，卻像特拉維夫人一樣擅長游泳。一有機會，我就央求加比帶我去海邊。還在半路上我就開始興奮得渾身發抖，她會取笑我，說我像從耶路撒冷的水族館裡逃出來的魚，等一下就要回到真正的家。

可憐的加比，穿著黑裙子坐在毫不舒適的躺椅上，鼻子上遮著一塊白色的護鼻罩，她渾身上下——包括她的皮包——都抹上了防曬霜。在喧鬧的海灘邊，她看上去就像一個幽靈。她厭惡大海，懼怕陽光，而且最忍受不了的是那些穿著比基尼的辣妹從她身邊經過。她的腦袋被嫉妒和憂傷兩支船槳撥得搖來晃去。「我是唯一一個在海灘上就會暈船的人。」一看到年輕姑娘招搖過市，她就會這麼抱怨，「上帝把我帶到這個世界上，一定是為了刷新人類忍耐力的極限。」

爸爸也不太喜歡去海邊。我似乎從來沒看見過他在海裡的樣子。（我到十歲時才偶然間發現他竟然不會游泳！）加比知道我投入海浪之中有多麼快樂，儘管她在海灘上飽受折磨，還是願意至少每個月帶我去一次海邊。這是我們的固定娛樂日，或者說，是我的娛樂日。我沒覺得加比在特拉維夫的海邊有多享受，可是從我八歲那年起，五年來她沒有錯過一次「特拉維夫」日：她在沙灘上如坐針氈。可是離開海灘之後，她會對著勞拉．琪佩羅拉的房子站上一、兩個鐘頭，站到兩腳痠疼也沒一句怨言。我們會從那裡去一家餐館，她會在一頓狼吞虎嚥之後，在一張餐巾紙上計算有多少卡路里像偷渡客一樣隱藏在那些無辜的牛排和薯條當中，害她發胖……有時候，她會貪婪地大咬幾口，就會倒在椅背上，揉著她肚子上的肥肉，喃喃地說，「唔，這可不好，加比。節食計畫又打亂了。」

從餐館出來，我們會坐公車去最後一個，也是激動人心的目的地：拉馬特甘郊區的巧克力工廠。這是另一個我和她發過毒誓要保守的祕密，屬於我們的甜蜜祕密。老天保佑，爸爸千萬別發現她把我帶壞了。

每月一次，週四下午四點整，巧克力工廠會開放訪客參觀。我和加比五年以來從未爽約，算得上是他們的榮譽客人了，有時候也是僅有的客人。我們花整整一個鐘頭的時間跟著昏昏欲睡的導遊閒逛，聽她描述巧克力是怎麼做出來的，研磨可可豆，融化奶油，在一個大桶裡攪拌濃稠的奶油狀液體……

那個導遊很有個性，瘦得像根棍子一樣。她說的每一個字都了無生趣，即使講的是巧克力這麼美好的事物，就像一部機器一樣死板地完成任務。她從來沒改變過她的講解辭，每次都講同樣的兩個笑話，也從來不好奇為什麼我們每個月都要來跟著她閒逛。只有一次，她違反了常規的路線。那次只有我們兩個訪客，當我們走到包裝巧克力塊的部門，她轉過來對我們說：「不好意思，反正你們之前已經來過了，你們介不介意今天跳過這個部分？我四點四十五分有一個重要的約會。」

我和加比迅速交換了一個震驚的眼神：包裝部門可是整個行程的重點啊！就像演員們上臺之前去參觀化妝間！

加比瞇起眼睛，挑釁地問：「跟男人約會？」

「不是。約了醫生。」那個女人說。

「要是約了醫生就算了。不過下不為例。」加比原諒了她。

說到這裡我必須打斷一下，澄清一些事情：有些人，有些粗俗不堪又缺乏藝術細胞的人，會認為這樣的遊覽無聊至極。就算他們碰巧愛吃巧克力，他們也只對最後的成品感興趣，只注重實實在在的結果。

而我和加比，卻很享受生產巧克力的奇妙過程。那些管子，那些大桶，那些運送成袋的可可豆的堆高機，那些研磨之前烘烤可可豆的巨型圓桶，傾倒出神奇濃漿的大漏斗，凝固成一整板的巧克力，閃耀迷人，等待著被分成小塊，先用一層銀箔包裹，接著是一層光鮮亮麗的包裝紙——大自然的生命輪迴是多麼美好！

很抱歉我的這段描述太過冗長。我意識到這本書的讀者當中或許會有一、兩個是對巧克力的魅力無動於衷的。世界上的確存在這種生物，而我們必須以高尚的情操接受他們，當他們是科學無法解釋的現象之一。我自己就認識一個孩子——還是不說他的名字好了——他從小就偏愛吃鹹的食物，不愛吃甜食。說真的。他酷愛洋芋片、脆餅之類的零食。我不得不說，他真是個怪物。從這個區別看來，我和他恐怕是分屬於兩個不同的人類分支：

鹹派的那幫人，眾所周知，都是些現實主義者，邏輯極其嚴密，作決定非常果斷，對幻想總是持懷疑態度，只尊重事實。我還不止一次聽說，他們那一派的協會就在死海附近山上的什麼地方，他們還會舉行駭人聽聞的儀式，把整塊的巧克力泡到死海的鹹水裡！太恐怖了！不過，研磨了這麼多年的鹽，這個協會也漸漸衰弱了。

而我，則正好相反，有時候我相信我的血管中流淌的是巧克力糖漿（櫻桃口味的）。直到現在，我表面上看起來已經是個大人了，當我與人會面，進行重要的商務餐敘時，我的內心深處還是知道，這整頓飯，整場談話，都不過是為了吃到最後的甜點而必須付出的代價。

當那甜點一上來，噢！

一邊輕鬆自然地聊著天，我往嘴裡塞上一口巧克力慕斯，或者「甜蜜美夢」蛋糕，或者「小天鵝」可麗餅，或者「喜馬拉雅雪山」奶油……坐在宴會桌對面的那個人永遠想像不到，在我這個舉止得體的紳士心中，會浮現出兩個人：一個頭髮枯黃的矮小男孩和一個穿著顯瘦黑裙的胖女人，正在大快朵頤，欣喜若狂……

到這裡，我再次請求打斷一下故事敘述，趁作者與讀者之間有著甜蜜的親密接觸，利用這個千載難逢的時機公開我的臨終願望，我的精神遺囑：

把我埋葬在巧克力棺材裡吧！

讓大地變成甜的吧！

我先看到了一部推土機，緊接著看到了菲力克斯。他還沒有注意到我，我就發現他了。我剛抵達海灘，他就出現在附近的一條小路上。他像個乞丐似地瘸著腿，四下張望，就像個漁人撒開大網，將一切盡收眼底。他當然知道應該怎麼張望。因為一個普通人要想看後面有沒有人跟著，通常都從左邊肩頭往後看。總是這樣的，你試試看就知道了。這就是為什麼當一個優秀的警探跟蹤嫌疑人時，他會向右後傾，避免被人發現。菲力克斯深諳此道，他偶爾也會往右邊瞟幾眼，從而在黑暗中監視我。

我猜他還不太確定跟在他背後的是不是我。突然之間他消失了。我看不到他去了哪裡。他彷彿被沙灘吞噬了，消失在夜幕當中。正如警察局裡人們所說的，他就像水一樣難以捉摸。成百上千的警察以為已經成功抓到他了，可是攤開掌心一看，發現他又從他們的指間溜走了。

除了那個握得特別緊的人，當他打開拳頭的時候，菲力克斯還在那裡。

我等待著。他去哪裡了？我遲疑了片刻，輕輕地吹起了口哨。我看到有什麼東西在沙丘間移動著，像一條蛇在陰影和月光之間蜿蜒爬行。過了一會兒，一個微弱的口哨聲回應了我。那大概是我們之間沒有事先商量就已經達成一致了的暗號。

我們穿過黑暗，靠近彼此。「這裡呢。」我說，指了指旁邊的推土機。

「這個恐龍。」菲力克斯唾了一口。我也搞不清楚他的意思是說這部推土機太舊了，還是說它看著像個史前生物。

它很小很堅固，帶著一把黃色的鏟子，鏟子有它的架子那麼大，向上高舉著。

我們站在一處沙地裡刨出來的大坑前，顯然不久後一棟建築物的地基要打在這裡。我對我們到這裡來的目的還是一無所知。我們安靜地在四周踱步，測量著這片區域。大坑四周有一排木頭柵欄和一堆鋼軌，邊上還有把鋸子。不遠處是一個小小的警衛亭，但是沒有燈光從亭子的縫隙中透出來。

我們走近了一些。我感覺菲力克斯不是在用眼睛看，而是在用鼻子嗅。

「裡面有人。」他用手指打了個暗號。「睡著了。」

「你怎麼知道的？」我小聲問。

「這裡生過篝火。」他指了指一小圈灰燼。

「只有一杯咖啡。」

「太棒了，福爾摩斯。」加比的聲音在我腦中響起。「那你怎麼知道他睡著了？」

菲力克斯低聲回答我：「我不知道，但願如此。我是誰啊，又不是先知以利亞。」我們繞著那個亭子走了一圈。它沒有窗戶。這似乎讓菲力克斯非常高興。他向我伸出一隻大拇指。然後，他開始四下搜尋，找到一根木頭，對著亭子的門量了量。他躡手躡腳地靠近亭子的門，動作就像出現在老鼠噩夢中踮著腳尖走路的貓，周遭安靜下來，突然間，他用力把那根木栓插到了門把上，亭子變成了牢籠。

「快。」他叫我，我在他的聲音當中聽到了他的力量，那種遇到危險才被喚醒的力量，就像一部準備發動的引擎。

菲力克斯跳上推土機，好似躍上了馬背。他到處摸索了一下，找到兩根大釘子，還有一把鉗子。我搞不明白他要幹什麼。亭子裡的人似乎醒過來了，在裡面來回跺腳。菲力克斯用鉗子把兩根釘子扭在一起，做成一把金屬小叉子，插進了駕駛座後方的雙眼插孔裡。還是一片寂靜，我不知道接下來會發生什麼事。

突然之間，寂靜被打破了。菲力克斯轉動了那把簡易鑰匙，推土機開始咆哮。噪音大得可怕。我覺得，在這種喧囂聲中，整個特拉維夫市裡沒人能睡得著。菲力克斯跳上駕駛座，招呼我也上去，我飛身一躍……

他拉起手剎車，放下，推土機猛地一顛。我們來回搖晃，就像坐在一頭快要伸直膝蓋站起來的駱駝背上。菲力克斯奮力拉起他前方的兩根大型桿子，用腳踩下踏板，發現有反應了，開始駕駛。推土機立刻聽話了，彷彿能感覺到他的權威。我們開過了警衛，亭子的縫隙間似乎亮起了一縷微弱的燈光。我看到門把在上下搖動，那個警衛要想辦法出來，儘管門把已經被木栓封死了。他開始用拳頭砸門。

犯了錯誤就要付出代價，孩子。這就是生存的法則。走吧，回去睡覺吧。

不消片刻我們就到了堤岸。它非常宏偉，有好幾公尺高，幾十公尺長。一堵沙牆被夯實在堅固的土牆上，顯然這些沙子就是從我們剛才站著的大坑裡挖出來的。

「這個小山丘遮住了勞拉窗口的視野！它擋住了她看海！」菲力克斯在噪音中大喊著。

「可是等這個房子建好了，就會擋到更多！」我喊道。

「已經三年了，他們都沒有動工。他們撤了，留下這個爛攤子，沙子，推土機，還有個警衛！建商捲款逃了，還帶走了大海！現在抓緊了！」他用最大的音量回答我。

他發出一聲恐怖的叫喊，把推土機轉向山丘，開足了馬力。我彈了起來，一隻手緊緊抓住推土機上方的鋼梁，閉上眼睛。

鏟子刺進了那道土牆的中央，把它劈成兩半。過了三年，沙子受潮水和鹽分的影響，已經壓得十分緊實，但推土機一瞬間就把它摧毀了。沙土飛揚，騰起令人窒息的沙塵。我的眼睛，我的鼻子，我的嘴巴，全都充滿了沙子。菲力克斯抓過換擋桿，向後倒退推土機。然後他把機器猛地轉過來，又衝了過去。

推土機大舉進攻，高舉著它的鐵鏟，又放了下來，用它鋼鐵般的力量猛擊那個堤岸。我們四周飛沙走石，土崩瓦解，掀起的沙塵直奔天際。菲力克斯向後甩著頭，像雄獅一樣咆哮，像豺狼一樣號叫，吼聲中帶著快意。我拍打他的肩膀，提醒他還有一個同伴！他在駕駛座上稍稍移動了一點，讓我踩到油門。推土機轟鳴著，顫抖著。我把它從我們身邊噴湧的沙土中拉了出來，又一次衝向那道堤岸，找一個要擊潰的地方。這真是太不可思議，太瘋狂了。我們就像征服者，與一堵石牆戰鬥。我記在腦子裡的那張小單子上，「駕駛經驗」一欄下面，「火車頭」後方可以加上「推土機」。菲力克斯用盡了他最大的音量吶喊，歌唱。我覺得他唱的是：「誰偷了，偷了去特拉維夫的火車？」然後自己回答道：「是我們先驅者，偷走了特拉維夫！」過了一會兒又唱：「碧海在下，藍天在上，我們拆了港口，毀了這裡。」這時我覺得是時候唱我們的主題曲了，我們，大聲吼著，隨著飛揚的沙塵和拍打的浪花，我們編了一首曲子：

你眼睛閃亮
像鑽石光芒
你站在碼頭
揮揮手告別
偷走的海洋

我爲你拿回
而你的圍巾
一定要給我！

我不確定這首曲子是我們當中的誰編出來的。我先開始，菲力克斯繼續，沒過多久，我們都大聲唱了起來。菲力克斯胡亂揮動著手臂，臉頰上流下快樂的淚水。他穿著一身乞丐裝，活蹦亂跳，看上去像某個古代的異教徒對著月亮頂禮膜拜。我很好奇，也許他會這麼開心，是因為在他整個犯罪生涯當中，還從來沒有幹過跟我在一起做的這些事，這是出於善意的犯罪。於是，我們在推土機上跳舞，搖擺雙臂，又笑又叫。還有它，那部黃色的推土機，也充滿了生氣。我從來沒見過如此歡樂的推土機。或許它想感謝我們把它從沉睡中喚醒。它歡騰雀躍，跑來跑去，調皮地靠近土牆，就在最後一刻，用它的神力給那堵牆一個大驚喜。它像一頭可愛的大象寶寶一樣，每猛鏟一下，就把它長鼻子似的鏟子高舉向空中，彷彿還顫抖著發出了推土機的歡笑。

現在一起唱：

嗨，嗨，勞拉——
嗨，勞拉．琪佩羅拉！
嗨，嗨，勞拉——
嗨，勞拉．琪佩羅拉！

天空漸漸顯出魚肚白，黑暗慢慢地消退，融入海中。從我們推倒土牆後造出的海灘上望出去，淺藍色的光帶若隱若現。我深深地吸了一口大海的氣息，感到一股鹹味衝進肺裡。我吶喊著，我尖叫著，我記不得自己還幹了什麼，我征服了它！現在它是我的了！第一個孩子！全世界！

早上五點，推土機總算停下來。或許是壞掉了，要不就是沒油之類的。天邊已經開始泛出光亮，雪白的海鷗開始盤旋，發出喳喳的叫聲。那道土牆倒塌成一堆廢墟。清晨的小浪潮已經開始沖刷它，把殘沙拖回海裡。菲力克斯和我從頭到腳全是沙子，連眼皮上都感到刺痛。我們的臉上都結上一層潮濕的沙子和海鹽做成的面具，但是他的藍眼睛閃閃發光，像個興高采烈的孩子。

菲力克斯把他的泥手伸到他的破爛乞丐衫裡，拉出來一條精緻的金項鍊。一個心形的小匣子和兩枚金麥穗在他糊滿泥沙的手上閃耀著神祕的光芒。

「你跟你的媽媽一模一樣。」他大笑著穿過沙灘。「她在海邊就是這個樣子，像你一樣瘋狂。大海是她的家，她就是海裡的一條魚。」

他從鍊子上摘下一枚金麥穗，用手指撫摸著。「現在把這個扔出去吧。」他說，把它放在我的手掌心。

「我？」

我?!

「你讓我做你的招牌動作？」

他居然讓我做他的招牌動作！

「是的，請吧。這麼做就對了。請吧！」

輕巧，金黃。一枚小小的麥穗在我手上。我直直地站在推土機上，看到他用一種別樣的眼神從側面打量著我，就像他第一次在火車上看我那樣。

我用盡全身的力氣，把那枚麥穗扔向了天空，扔向了大海。

它在空中悠悠地翻轉著，最後被吞沒在浪花之中。一隻潔白的海鷗俯衝向它。或許牠抓住了，或許沒有。

我們從推土機上跳下來，開始奔跑。我們必須在整個城市甦醒之前離開這裡。我偶爾向後張望，感覺到心裡一陣憂傷。我們的小推土機還停在海岸線上，鏟子高高舉起。就為了一個夜晚，我們把它喚醒，打擾了它的安眠，而現在，它又要進入夢鄉了。

我們聽到警衛亭裡傳來撞擊聲和尖叫聲。菲力克斯遲疑了一下，還是朝那裡走了過去。他將卡在門把上的木頭放鬆了一點。裡面的撞擊聲停止了。或許那個人嚇壞了。我們趕緊逃離，但在我們離開海灘之前，菲力克斯停下來，指著那排高高的樓房說。

「你看那裡，阿姆農。」

大多數樓房的百葉窗緊閉著。特拉維夫還在沉睡，做著它最後的美夢。然而在一扇高高的窗戶上，有一片紫色的雲彩，正迎著柔光曼妙飛舞，在清晨的微風中呼吸。那是勞拉·琪佩羅拉的圍巾，現在是我的了。

第二十章 真的有靈魂轉世嗎？還有，我上了報紙頭條

我先去沖了個澡。這是我到特拉維夫之後第一次洗澡，跟耶路撒冷人的說法完全一致：澎湃有力的水花從頭頂沖刷下來，可不像耶路撒冷那種涓涓細流似的淋浴，剛細細地噴了一下，水就咕嚕嚕地逃回管道裡。我把黏在身上的好幾層海沙沖掉，又在蓮蓬頭下多站了半個小時，水流讓我整個人平靜下來。洗澡的時候，我想起還沒打電話給爸爸和加比，可是當我一走出浴室，菲力克斯就說早飯已經準備好了，該坐下來吃點東西了。勞拉為我們準備了皇家英式早餐，典型的及時行樂主義：煎蛋配熱可可，切碎的沙拉，還有蘋果醬。我覺得這頓飯是我吃過的第二好吃的食物（上次飯館裡那一餐排第一）。我跟她說，她的沙拉做得像加比的一樣。勞拉問，加比是誰？我嘴裡塞滿了食物回答她（很符合加比的形象）。我一直都很遺憾加比沒和我在一起，因為我覺得她與勞拉一定會相處得非常愉快，她們對於生活、對於男人都有著相似的見解。另一樁遺憾的事情，是加比沒法看到我跟明星在一起時，是如何應答自如的。我已經叫了她好一會兒「勞拉」，她也叫我「諾諾」。

不過勞拉在家的時候並不覺得自己有多出名。她就是一個普通女人，上了點年紀，很樸素，不上濃妝，不用她那種抑揚頓挫的、女王似的舞臺聲音說話，也沒有誇張的手勢。在家裡，她就

是個有血有肉的女人，說話時帶著輕微的口音，看到什麼東西會很搞笑地評論幾句，她有一張漂亮的臉蛋，身體柔軟，衰老的手上長了幾粒褐色斑點，脖子上有些微的細紋，或許這正是她總戴著圍巾的原因。

她對我非常溫柔愛護。不管走到哪裡，她都跟在我後面，坐下來，盯著我看。這真是太詭異了，因為通常來說，直到昨天都是我在費盡力氣地想要看她一眼，哪怕只有片刻，只是偷瞄一下都好。我還花錢買票就為了看她一眼。此刻，卻是她在目不轉睛地盯著我看。

她說：「你要是被我看煩了就告訴我，諾諾。我特別喜歡看著你。」

「我有什麼好看的。」我笑了，有些發窘。

「你長得好看。好吧，也算不上是大帥哥，別想多了。可是你的臉長得很有意思。你的五官非常有個性，讓我想要更加了解你！你看這耳朵，就像小貓一樣。你笑起來的時候特別甜，你做的每件事都讓我動心。噢！」她用兩手托著臉頰，笑著搖晃腦袋。「我真夠嘮叨的。像個老女人似地說個沒完。你要理解我，我在劇院裡認識的那些孩子都是女孩們裝扮出來的。我已經好久沒見過一個真正的小孩了。再多跟我聊聊。」

「聊什麼？」

「一切。所有關於你的事情。你的房間是什麼樣？誰買衣服給你？你放學後都做些什麼？你喜歡讀書嗎？」

先是菲力克斯，現在又是她。已經很長時間沒有人對我如此感興趣了。他們怎麼了？

「來幫我拿這些照片。我需要一個年輕力壯的男子漢來幫我遞照片。」

她爬到一把梯子上，我把那些昨天之前還掛在牆上的小照片一幅一幅地遞給她。她一整個晚上把它們從牆上摘下來，把釘子拔出來，拿白色的牙膏把那些小洞都填上，黎明之前她還站著把牆壁重新粉刷了一遍。

「全都多虧有你，是你幫我做的決定！」我們早上從海邊回來的時候，她滿懷感激地對我說。當時她穿著長褲和一件男式T恤，渾身沾滿了塗料。

「我想這麼做已經想了十年了，可是一直不敢動手！」她大喊道，揮舞著油漆刷子，甩得菲力克斯全身上下都是白點。「十年了，這些傲慢的嘴臉讓我喘不過氣來，所有我的照片，我的演出，我可怕的造型，現在都去閣樓待著吧！我要開始呼吸了！」

我站在她的腳下，一幅接一幅地舉起來給她，伊麗莎白．泰勒，大衛．本—古里安，甚至還有摩西．戴揚。她站在梯子上發出陣陣笑聲，把他們全都扔進了黑暗的閣樓裡。

她從梯子上下來的時候對我說：「這比我試過的所有減肥方法都要管用！一夜之間，我起碼減掉了一噸重的膚淺和虛榮！」

「可是話劇就是你的生命啊！」我震驚地說道，還帶著點失望。

「錯了，費爾伯格先生！我的生命從現在才開始，今天！或許，這得感謝你！」然後，她抓著我瘋瘋癲癲地手舞足蹈，搞得我們都差點摔倒。

我覺得我要瘋了。我真是丈二金剛摸不著頭腦。

不過還挺享受這一切的。

早上吃飯的時候，我們聽到鄰居們打開百葉窗，驚喜地大喊大叫。越來越多的百葉窗打開了。人們伸出頭，相互呼喊著，被一夜之間發生的奇蹟給震驚了。我聽到一個老人跑下樓去，詳細地跟人解釋，說有可能是昨天晚上的月光太過強烈了，引得海潮也比平時劇烈了很多，導致那堵土牆都被沖毀了。另一個鄰居則提出他的觀點，認為市政府打算連海景都要徵稅了，所以才急急忙忙地把社區的海景恢復原樣……

勞拉說：「孩子，正如你所聽到的，什麼人都能來特拉維夫，不需要經過考核。」她走過來，站在我和菲力克斯中間，兩隻手臂搭在我們的肩膀上。她說：「你送了他們一份大禮，儘管他們也許根本不知道。」

我想打電話給爸爸和加比，可是菲力克斯又開始描述我們是如何摧毀那堵牆的，塵土飛揚成什麼樣，我們又是如何把那個警衛關在亭子裡的，還有……我發現，菲力克斯跟我爸爸在成功完成任務之後的狀態一模一樣：說話神采飛揚，對那些企圖螳臂當車的人充滿了鄙視。一到這種時候，爸爸的憂傷就消失無蹤，而菲力克斯的高貴也稍稍褪去。我觀察著他，想到他和爸爸都那麼好勝，爸爸在戰鬥中打敗他的時候，他一定非常受挫。

過了一會兒，勞拉催我們快去睡覺。她讓菲力克斯睡客廳沙發，讓我去我還沒見過的房間裡睡，是一間面對著大海的小房間。

「從這裡能看到最漂亮的海景。」她一邊鋪床一邊對我說：「兩年前有一次，我在這裡坐著看了好幾個鐘頭。好像只有我自己，或是有人陪我。即使隔著老遠的距離，大海就能安撫我的心。現在，多虧了你，海洋又回來了。」

她站了一會兒，倚著窗臺。「從這裡看出去，大海最開闊，最蔚藍。」她平靜地說，似乎是在引用誰說過的話。

她一把拉下了百葉窗，免得陽光刺到我的眼睛，可是她的動作實在太決絕，像是要切斷一段痛苦的回憶。她輕輕地說了句「晚安，諾諾」，走了出去。

一片黑暗中，我平躺著，努力入睡。我聽到她小聲地跟菲力克斯說話，可是一點都聽不清楚。我有點煩惱，又忘記給家裡打電話了。算了，起床再說吧。

這張床很窄，是張兒童床，可我睡在上面非常舒服，就像童話裡那個金髮姑娘睡到了小熊的床上。夜裡出任務的時候我有點著涼了，呼吸不太順暢。另外，房間裡的空氣也不太流通，能感覺得到這房間已經很久沒有人用過了，也許甚至都沒人進來過。一個大櫃子立在我對面，牆上掛著風景照。我輕輕地爬起來，想好好看看。都是些裱裝過的明信片。瑞士山脈、艾菲爾鐵塔、紐約帝國大廈、一群奔跑的斑馬……我踮起腳尖走路，不想讓勞拉和菲力克斯知道我醒了。為什麼我要偷偷摸摸？我在躲著誰呢？

牆角的櫃子上放著一排小娃娃，是不同國家的士兵玩偶，穿著各式各樣的傳統制服。顯然是很多年前有人把它們排列成這樣的。我順手拿了一個下來，它就壞了。鮮亮的紅色制服一碰竟然成了碎片。我為自己造成的破壞感到很難過，這時一個駭人的念頭油然而生，這裡的東西我是不是摸得太多了？其他的物品是不是也都會腐壞，粉碎？

我趕緊回到床上。房間雖然有些黑，可我走在裡面卻十分有安全感，彷彿每一步路都很熟悉，赤腳踩在粗糙的地磚上，我感覺似乎曾經來過這個房間。可我昨天才第一次進入勞拉家裡！我兩眼之間的嗡鳴又開始發作了。我感覺到它越來越近，就像一輛摩托車從遠處轟鳴著開過來。

可能是我早飯吃太多了。我躺了下來，又迅速地坐起。誰在那裡？只是個影子。

我飛快地拉起被子蓋過頭，把兩隻耳朵也蓋了起來，完全違背了爸爸的教導。只留下一條小縫向外偷看。我試圖查看那些影子。高高的櫃子，那些小玩意，架上的士兵玩偶，世界各地的明信片……我開始抽筋了。整個房間都擠向我的身邊。我躺在床上打滾。這下糟了。我又翻過來趴著，聞到了枕頭上的氣味。那味道真熟悉，我彷彿曾經聞到過。我到底怎麼了。房間中的每樣東西都來跟我說話。早飯吃下去的東西在我胃裡凝結成冰。我軟弱無力地伸出手，觸到了牆壁，我的手指摸到了一個裂紋，形狀像是一道閃電，比我自己在家摳的那一道要深得多。所以，我猜睡在這張床上的人曾經拚命地控制自己，強忍住哭泣。我觸摸著它，感覺到自己的手指變得蒼白冰涼。我迅速地把自己的手伸進床架和床墊的夾層裡，接著就摸到了我想尋找又害怕找到的那個東西，風乾的口香糖。這不可能，我心想，所有東西都跟我自己房間裡一樣。我摸索了一遍床墊，在床罩上找到了一個小洞，位置正如我所料。曾經睡在這張床上的人恰好跟我一樣喜歡摳床墊。我傻傻地想到，可別讓我在這裡也找到樹莓口味的糖果啊。

我驚恐地坐了起來。這不可能，我心想，太不正常了。突然間我的鼻子也不塞了。我想起哈因曾經講過一個一模一樣的故事。他說有一個印度的小女孩能記得自己的前世，把她的父母帶到一個她從來沒去過的村莊，給他們看她出生前一百年就藏好了的玩具。可是那種事情只會發生在印度，不是在這裡，不會在我身上。我到底怎麼了？我是誰？我害怕得全身冰冷，我把那顆糖果剝開，放進嘴裡。它已經乾了，像一粒水晶，就連上面長的黴都已經變硬了。我舔了舔，把它含進嘴裡吮來吮去，直到它濕潤，恢復原狀。一股美妙的滋味，樹莓的回憶，在我的舌尖融化，蔓延至我的腦海。我坐在床上，吮吸著那顆糖果，整個口腔唇舌全都充滿了回憶。我周圍的一切都消失了，只有融化在口中的樹莓味，或許這就是小嬰兒吮吸著母乳的感覺。

我從甜蜜的幻想中回過神來，已經感覺不是那麼疲憊了。整個房間都在對我發出呼喊，震耳欲聾，召喚著我從沉睡中甦醒過來。我悄悄地爬起來，走到壁櫃前面，打開了它。

櫃子裡放的是小孩的衣服。沒什麼大不了的，我這麼想著，讓自己平靜下來：從上到下不過是些小孩的衣服。可我還是平靜不了。相反的，我全身都開始起雞皮疙瘩。我搞不清楚這些衣服是男孩的還是女孩的，或許有兩個人的。有連衣裙和小短裙，小女孩的內衣。但是也有男孩的長褲，男孩的襯衫，寬皮帶，厚的運動短襪。到底是男孩還是女孩？架子上的玩偶，是屬於男孩的還是女孩的？它們是娃娃，可又是士兵。可能有許多男孩和女孩來過這個房間，就像我一樣？他們被人用各種理由，各種藉口，各種招數，騙到這裡？他們在這裡受到什麼待遇？他們現在去哪裡了？我摸了摸櫃子裡掛著的連衣裙，手感冰冷，跟今天菲力克斯給我的裙子一樣。顏色也像他今天給我的那些，色彩鮮豔，紅的，紫的，綠的。我覺得這裡不太對勁，為什麼他們偏偏把我留在這個房間裡？加比從來沒跟我說過勞拉跟個孩子住在一起，不管是男孩還是女孩。那麼櫃子裡的衣服是誰的呢？勞拉和菲力克斯之間到底是什麼關係？為什麼菲力克斯把我帶到這裡來？我打電話回家。我必須跟爸爸談談，現在，馬上。

我聽到一陣腳步聲走過來，趕快跳回床上，蓋上被子。勞拉．琪佩羅拉和菲力克斯．格里克躡手躡腳地走進房間。我閉上眼睛，嚇得全身冰涼。那種恐懼就像揙著翅膀的蝙蝠，從我讀過的外國黑暗傳說中，從警局裡流傳的兒童綁架案中，飛了出來。我用盡剩下的力氣與這種恐懼抗爭著。菲力克斯和勞拉不會是那種人的。不會？為什麼不會？說不定那些拐騙兒童的人恰恰就看起來很友善，否則如何成功騙得那些孩子跟著他們，對吧？說不定他們總是合夥行動，菲力克斯負責把那些受害者帶到這裡來？勞拉問他什麼瘋狂的遊戲，還有他把我帶過來有無得到允許，到底是什麼意思？他們從哪裡弄來這些小孩的衣服？我從眼皮的縫隙裡向外偷看，發現他們站在我床前。她的頭倚在他的肩膀上，他的手攬著她的肩。他們安靜地看我，菲力克斯悄聲說：「這孩子。」

勞拉重重地歎了一口氣。

過了一會兒，她把菲力克斯推出去，關上了門。她拿過一張椅子，坐在我床邊，屏息靜氣地凝視著我。

我已經完全糊塗了。我沒有力氣去搞懂周圍究竟發生了什麼。也許菲力克斯曾經犯罪過，也許他還在繼續犯罪，可是我卻心甘情願地跟他來到這裡。是我自己選擇過來的！而勞拉呢？她與這一切有什麼關係？如果她真的參與了一宗針對我的罪行，我就算死了也無所謂了。因為那樣的話，一切都變得沒有意義了。我痛苦地歎息了一聲。

勞拉趕緊站起來，衝向我，把手放到我的額頭上，擦掉冒出的汗珠。

「睡吧，我守護著你。」她輕語著。她用柔軟的手指把我身體四周的被子整好，又拍鬆了我的枕頭。好吧，我就知道，她絕不會跟什麼壞事扯上關係的。

她看我的眼神非常微妙，帶著期待，又像是懷念。我稍微翻了翻身，我們在黑暗中相互注視著對方。

她用輕柔的聲音說：「別害怕，諾諾。只有我在你身邊，你想要我出去嗎？」

「沒關係。」我答道。可是她到底想從我身上得到什麼？

「菲力克斯告訴我，你曾經在我家外面等過我，而我竟然從來沒注意到你。真對不起。」

「沒事，我也去看過你的表演。」

「是啊，他也告訴我了。你覺得我的演技如何，諾諾？」

「非常好。我覺得……嗯……你是個很優秀的演員，就是……」

「就是什麼？」她靠過來。我為什麼會跟她聊這些？

「沒什麼，我亂想的……就是，在家裡，你現在這個樣子，更加真實一些。」

我聽到她在黑暗中咯咯一笑。

「菲力克斯跟你想的一樣。他說我就會演女王、公主這種角色，可是要演一個普通女人就一塌糊塗。這麼多年了他總是這麼說，或許他是對的。」

我想要反駁，為她辯護，就好像加比自嘲她的外貌時一樣。可我已經沒有力氣去反駁了。

「諾諾，跟我聊聊你自己吧。」

「我有點累了。」

「我真傻。你在這裡我實在太高興了，終於來了個孩子，我還是別折磨你了，這就走。你快睡吧。」

「不，留下來，別走。」我大概是害怕自己一個人待在這間神祕的屋子裡。也因為我突然覺得跟她在一起很愉快。有她在，我得到一種從未有過的全新感覺。就像跟奶奶在一起。

當然我有一個真正的奶奶，琪特卡。我們的關係很複雜。她生了爸爸、撒母耳伯父，還有另外三個兒子。她是個又高又瘦的女人，梳著高高的髮髻，一隻眼睛患了白內障，手指乾枯發黃。很抱歉我把她描述得像老巫婆，可是她真的長成這樣。無論從哪種角度而言，她都對我沒有好感。我的一言一行，她都要批評兩句。她一見到我，就會用正常的那隻眼睛上下打量我，然後開始批評，直到我承受不了，大哭起來，或者大發脾氣。我估計她從我出生起就對我充滿了厭惡，而我，從三歲開始就不再叫她「奶奶」了，而是直呼她的大名「琪特卡」。我會用一種特別的語調叫這個名字，好讓她清楚地聽出來我對她有多不滿。到了四歲，加比讀「小紅帽」的故事給我聽之後，我開始對琪特卡抱有很重的戒心。我跟爸爸說我不想再去看她了，除非有獵人出現，並且要盤問她各種細節來驗明正身。

爸爸壓根沒打算介入我和奶奶之間，她如何批評我，他都沒意見，並盡量不讓我們碰面。有時候，我都很驚訝他怎麼會樂意讓我跟她斷絕關係。不過，爸爸也不是個特別有家庭觀念的人。他也不太鼓勵我跟琪特卡奶奶的其他孫子們一起玩。我的叔伯們一共有七個孩子，都很普通，沒什麼過人之處，典型的「史勒哈夫」式小孩，和像我這樣的孩子斷絕友誼，對他們來說沒太大困難。我的整個童年當中很少和他們見面，除非有婚禮之類的家族聚會場合，整個晚上他們就跟他們的父母坐在一起，用刀叉吃東西，有人和他們說話時才開口講話。因為他們不停地用異樣的眼神看我，我也不想破壞了我在他們心目中的壞印象。我整晚站在酒吧旁邊，假裝一杯接一杯地灌酒，直到服務生跑去提醒我的某個叔叔，快過來管管我這個小酒鬼。這時我會用眼角餘光看看琪特卡奶奶是不是把一切看在眼裡，然後，昂首闊步地去跟鼓手幹一架。

然而跟勞拉這個陌生人在一起，我感覺很好。她的溫柔，她對我無緣無故的喜愛……感覺很好，嗯。

「跟我講講你的事吧。」我說道，幾乎快睡去了。「別講你的演藝事業，就講講你自己。」

「總算有個腦筋清楚的人了。」勞拉微笑著說。她把兩條腿盤在椅子上，像她喜歡的那樣，略微思考了一會。

「諾諾，你說得對。我和我的演藝事業——你是這麼稱呼它的——早就不是那麼一回事了。多年來，我一直能意識到這種距離。跟你說句實話……」她靠近我，小聲地說：「我並不怎麼喜歡站在觀眾面前演戲的感覺！」

我震驚極了。這是多麼重大的獨家新聞啊！「勞拉·琪佩羅拉憎惡戲劇表演！」不過，我當然不會把這個消息洩露給媒體。這是我和勞拉之間的私人祕密。

「你瞧這事多詭異。」她笑笑，「我從來沒有這麼堅定地說過話。可是跟你在一起，不知怎麼的，所有事情都變得清晰起來：生命中什麼事情重要，什麼不重要；我在餘生想做什麼。」

我歪著嘴笑了笑。她可真夠看得起我。

「我突然很想跟你聊聊我的事。好讓你更加了解我。我不想累著你，可就是忍不住。我是不是太討人厭了？你要是累了、煩了就告訴我。」

「說說你的兒時趣事吧。」

「你真的想聽嗎？真的？」她高興極了。這下馬上看出來她年輕時是什麼模樣了。

「不過，我只想聽……」我猶豫了，怎麼說才不會冒犯到她。「只想聽那些從來沒跟媒體說過的、新鮮的故事。」

她久久地注視著我，慢慢地點了一下頭。

「我真的想好好親你一下，諾諾，但我還是得忍著。我突然間不想說了，要不給你唱首歌怎麼樣？」

「唱那首〈你眼睛閃亮〉？」

「不，另外一首。我像你這麼大的時候，我媽媽唱給我聽的。當時我還是個小女孩，住在很遙遠的國家，那時我的名字還叫做勞拉．巴茲，還沒取這麼華麗可笑的藝名。可是那個時候，我有一隻叫維克多的小狗，還有兩個好朋友，愛樂卡和卡特婭……」

「勞拉．巴茲？這是你的真名？」

「喜歡嗎？你很失望？」

「不……我只是……很詫異……因為勞拉．琪佩羅拉這個名字太美了……」

她兀自笑笑，閉上眼睛，開始用輕柔的嗓音唱起一首外語歌。曲調愉悅美好。

過了一會，不知是過了幾個小時，還是幾分鐘，我聽到她喃喃地說：

「睡吧，親愛的。我們還有的是時間。」

當我醒來的時候，已經又到傍晚了。我的作息全亂了。我躺在床上，做著白日夢。要是在家，這個時間爸爸還沒下班回家。我自由自在的，可以打打乒乓球，要嘛翻一翻槍枝目錄，或者用我的指尖在地球儀上游走，畫出國家之間的線路，再或者什麼都不幹。

有時候我確定已經過了一個小時，爸爸馬上就回來了，可是鐘錶上的指針可能才剛走了一分鐘。那麼現在做什麼呢？我一點都不想待在家裡，作業嘛，沒有加比在我也不樂意做，只有萬不得已才會去找米加。跟他坐在一起，我們光說些廢話。我開始吹牛扯謊，越說越離譜，他就會咧著大嘴盯著我，兩隻笨重的耳朵垂下來，就像兩個秤砣一樣掛在腦袋兩邊……他在等著我繞進自己編的蠢話裡，我覺得他好煩。我去激怒他，有時候我們會莫名其妙地打一架，純粹因為無聊。但到最後，我還是會站起來走掉，感到無比空虛。很久以來，這已經不是真正的友情了，不過是兩個人一起度過無聊時光。過了成年禮我就通知他，我們絕交吧。我受夠了。

要是我熱愛讀書就好了，可我一點都不喜歡閱讀，要等著加比念給我聽。要是我會演奏什麼樂器就好了，比方說，打鼓。因為學打鼓你不需要有好的聽力，只要有節奏感，有力氣就行。這些我正好都有。可是，爸爸不會同意買鼓給我的。

那成千上萬個小時裡，童年時光裡每一個無止境的下午，我到底做過些什麼？我用什麼充實著自己的人生？有一件事我還記得，那就是我曾經出題考自己，只靠著聽引擎的噪音，來分辨鄰居家的汽車。要嘛就花好幾個鐘頭來翻我的珍藏品——那些尋人啟示，並絞盡腦汁地想那些失蹤人口現在在哪裡，我如何才能把他們組織起來，變成我的專屬警衛隊。反正他們現在失蹤了，不屬於任何人了，為什麼不能把他們變成我的人來保護我……有時我也會溜著滑輪去「四十烈士紀念園」，看看我能不能記住紀念碑上那四十位烈士的名字。要不我就四處瞎晃，無所事事，等待著什麼事情發生。

可是什麼都沒發生。而曾經發生過的真正友誼，我卻親手毀了它。

如果今天是星期三，且正好是這個時間，我會偷偷摸摸地躲在灌木叢裡，沿路跟著哈因的媽媽，看著她從購物中心安全地回到家。晚上六點半她會準時從美容院出來往回家的方向走。儘管我已經在她那裡失寵了，還是不放心她沒有人保護。我跟在她背後，當她的保鏢，我會為她查看周圍地區可能出現的危險，一旦發生意外狀況，或是針對她的抗議示威時，要為她設計好迅速撤離的路線。有時候，她會停下腳步，跟街坊鄰居談幾句。我會馬上警覺地站起來，準備好決一死戰——萬一那個鄰居突然襲擊她呢。我的腦海中有一個聲音在呼號：「拔槍！瞄準！射擊！」與此同時，我觀察著她長長的眼睫毛，一上一下溫柔地搧著。有時候，如果我藏得離她很近，似乎還能聽到她說話的聲音。

勞拉家的掛鐘顯示現在差十五分就七點鐘。我起床，又洗了一個澡，把我這一天熱出來的臭汗給沖掉。真想不通怎麼會有人受得了住在特拉維夫。勞拉已經去劇院了，留給菲力克斯一張長長的清單，寫著「照看屋子、廚房和諾諾的注意事項」。搞得我像個三歲大的小屁孩一樣，我又不是玻璃做的。菲力克斯坐在客廳裡，借著那盞中式檯燈的光線讀著報紙。他穿著一件紅色的浴袍，繫著腰帶。他的頭髮已清洗乾淨，梳成整潔的銀白色波浪，髮根微微金黃。他看到我，馬上站了起來，把報紙疊好，問我想不想吃東西。

我注意到了，他的聲音中帶著一點緊張。我們在廚房裡擺好餐桌，誰也沒有說話。我坐下來，又站了起來，想要打電話回家。菲力克斯說煎蛋馬上就做好了，得趁熱吃。我說我只想告訴家裡的人我很好，不會花很長時間。菲力克斯說這個時間所有打到耶路撒冷的電話肯定都在占線。他說話時速度很快，語氣堅定。我又坐了下來。為什麼通話會占線？他端來煎蛋，還用彩椒和芹菜做成皇冠的圖案來點綴，像一個藝術家的簽名似的。他一定特別懷念過去一頓飯宴請三十位賓客的美好時光。

「這樣可以吧，阿姆農？」

「當然，很有格調，是吧？」

他露出一個蒼白的笑容。我警覺了起來。每次當菲力克斯的情緒如此低落時，我就感覺像是有人要吹滅我們好不容易一起點燃的蠟燭。我想起那天晚上，我們出發尋找推土機，去摧毀土牆之前，他也是這樣。

「你今天晚上想做什麼？」他心不在焉地打斷了我的話。

我反問他：「你想做什麼？」

「你可以回家，如果你想的話。」

「什麼，這就結束了？就這樣？」我才剛剛開始享受這次冒險。

「冒險不必非得進行下去。」他歎了口氣，說：「你來決定。」

「我想永遠留在這裡。」我大笑道。「可是週六就是我的成年禮了。爸爸是怎麼跟你說的？你們決定怎麼做？」

「我再說一遍，阿姆農：全由你來決定。」

這個回答非常詭異。他似乎在迴避我的問題。

「等等，要是我決定跟你待一整個星期呢？或者一個月？我不回學校上課了，咱們就像這樣夜裡到處遊蕩，幹我們的事？」

他表情嚴肅地說：「這對我是莫大的讚揚。」

可是他似乎要說的是另一個答案。爸爸絕不會讓他一直帶著我的。一個小小的警鐘開始在我身體裡敲響。人們總是說大腦裡響起警鐘，而我的，則是響在胃裡，就在我心臟下方靠右邊的位置。

菲力克斯在廚房裡走來走去。他把杯子洗乾淨，把浴袍的帶子重新繫了好幾次，打開冰箱的門，又關上。

我停下來不吃了，看著他。他怎麼了？

「順便說一句，阿姆農。」他背對著我說：「在我們繼續行程之前，有件事情我們得談談，就你和我，只有我們兩個人。」

「什麼事？出什麼問題了？」天啊，千萬別出什麼差錯，我祈禱著。別破壞了這個美好的夢。只要再過一小段時間，還有一、兩天。反正週六之前我肯定得回去。菲力克斯在找什麼東西，終於在他的椅子上找到了，是那張報紙。他把它扔到桌上，正好扔進我的盤子裡。他到底怎麼了？他示意我打開報紙看，我應該從哪裡看起？可是，不用費多少工夫，我就看到了。

頭版頭條赫然印著一行鮮紅的大字：尋找被綁架兒童。

下面有一行加粗的黑體字：警方要求全面封鎖新聞。有報導稱，遭綁架的男孩為高級警官之子。

再往下是一張火車司機的照片，那列火車停在田野中間。還有一行字吸引了我：

「男孩的父親正在組織搜救行動。綁匪身分已確定。男孩生死攸關。」

第二十一章 回歸槍口，說起愛情

我當下感覺非常冷。這我記得很清楚。我全身冰涼，就好像有人用一把冰冷的剪刀把我從一張溫熱的照片上一點一點地裁了下來。

「這是……」我問他，甚至連問句的後兩個字「什麼」都沒有力氣說完。

「我得告訴你一個故事。」菲力克斯有氣無力地說，雙眼緊閉著。

「這是什麼……」我又問了一遍，我的聲音顫抖得就像他手中的報紙。「男孩生死攸關」那幾個字在我的眼前晃動。餐桌上，我和菲力克斯之間，橫著一把切麵包用的大刀。我的眼睛怎麼都離不開它。

「你綁架了我？」我小心謹慎地問道。我實在無法相信，雖然我對此一清二楚，但始終不願意承認。

「你也可以這麼說。」他回答，還是沒有睜開眼睛。他整張臉變得扭曲且憔悴。

「你真的綁架了我？」我的聲音嘶啞了。

「是你自己主動來到我面前的。」他說。

他說的沒錯。是我自己在火車上走近他，問他「我是誰？」。

「這個故事很長……也很複雜。」菲力克斯說，頭靠在牆上。「可是如果你不願意聽，現在就可以告訴我。」

我整個人麻木了。沒了知覺，也沒了情緒。我已經不想活了，也不可能回家。幹了這些事以後，我還能回到爸爸身邊？能不能這麼理解：我和菲力克斯做的所有事情，所有的冒險，都真的是在犯罪？是的，犯罪，我犯罪了。我的腦袋疼得嗡嗡響，疼痛直接鑽進左邊的眼睛。我活該。可是怎麼會發生這種事？是巧合而已嗎？爸爸到底有沒有策劃過我幹的那些事情？如果他對此毫不知情，那他也不會過來，給那個魁梧的服務生留一大筆小費，也就是說，我成了菲力克斯那一連串犯罪的同夥？我怎麼會那麼信任他呢？我出什麼問題了？我到底是誰？

還有，為什麼我會如此享受這些罪行？

「你為什麼要綁架我？」我問道，小心翼翼地說出「綁架」這個字眼。這個詞突然間聽起來是如此的殘忍無情。

他沒有回答。

「你為什麼要綁架我?!」我大吼了一聲。他戰慄了一下，看上去忽然變得相當衰老和虛弱。

「因為……因為……我想告訴你一些事。」他說。

「告訴我什麼？你為什麼要撒謊？」我怒喊著，聲音大到連我自己都被嚇了一跳。那把刀離他的手非常近。

「這個故事與你有關，阿姆農。也和我有關，不過主要是關於你的。」

「你現在想對我做什麼？找我爸爸要贖金？」

現在我明白了：他這是在向爸爸復仇！沒錯，他曾經是個罪犯。他暗示過很多次，可是我實在太笨了，都沒會意過來。爸爸逮捕了他，把他送進了監獄，他想要報復！可是我有什麼罪過？我對他做過什麼?!

至於什麼他們之間的祕密協定，把我當成犯罪分子來訓練，從而幫助我成為最好的警探，還有什麼他們之間男人式的握手，都是我自己憑空捏造的。

「我不想要你爸爸的任何東西。我不需要他的錢。」

「那麼，你想從他那裡得到什麼？」

「他的兒子。」

「為什麼?!」

這個問題從我的身體裡咆哮而出，把我的心撕成了兩半。因為我已經喜歡上他了，以為他也喜歡我，直到我意識到自己被綁架了。一切都毀了，一切都完蛋了。我當初怎麼會以為是爸爸籌劃這場行動的？現在我明白了，他和加比為我準備的不過是火車上的魔術師、雜技演員、偽裝的警察和犯人什麼的，與我和菲力克斯一起幹的事比起來，這些真是小巫見大巫。

「你綁架我是為了復仇。」我對他說。從我口中擠出的一字一句都充滿了不齒。「你要報復爸爸逮捕了你，這就是原因！」

他搖搖頭，閉上了眼睛。我有一種感覺，他似乎再也不敢睜開眼，因為他也為毀了一切而感到後悔不已。

「不，阿姆農。我綁架你只是因為我想見你，想和你在一起。跟你的父親沒有任何關係。這只是你和我之間的事。」

「我？你開什麼玩笑。我又不出名，只是個孩子！如果我不是他的兒子，你從我身上得不到任何東西！」

「阿姆農，你想走就走吧。你自由了。」菲力克斯說：「我不會強迫你。可我想讓你知道，我看重的只是你，不是你的父親。只是你，阿姆農。」

「什麼？只要我願意，現在就可以逃跑出門？」

「你不需要逃跑。有人在後面追你的時候才需要逃。」

「那你……不會來追我？」

他終於張開了眼睛。他的雙目蒙上了一層愁雲，寫滿了無可奈何。我很信任他的眼睛，但是又忍不住地回想起所有那些被他這雙眼睛蒙蔽過的人。

「你現在看我的眼神……」他說，手按在頭上，不停地搖頭。「我說了十七年的謊，這是最大的懲罰。你的眼睛，你看我的樣子……」

我站了起來。我的膝蓋在發抖，手臂也抖個不停。我試圖在他面前掩飾自己的戰慄，不想讓他看到我有多害怕。我慢慢地走出去，頭也不回。他嗚咽了起來。看得出來，我不再信任他讓他有多麼受傷。可是叫我如何還能相信他？

「我走了。」我說。

「隨你的便。我總是這麼對你說的，你來決定這個冒險什麼時候結束。」

我退回到門口。

「我必須告訴你一個很重要的故事。與你的身世有關。」他平靜地說。

讓你和你的故事見鬼去吧，我心想。你毀了我的美夢，現在所有這一切都變得猙獰恐怖了。

「我只想讓你知道一件事。如果你再給我幾個小時，不用多久，就到明天早上，我就能告訴你了。」菲力克斯說。

「要是我不肯呢？要是我不相信你呢？」

隨著我每說一個字，他的頭就垂得更低一些，就像受到了打擊。「別走，沒有任何人能為你講這個故事。」

「你發誓也沒用！」我氣沖沖地說。

我衝向門把。我敢肯定門一定鎖了，鑰匙就在他手上，他會拿出來在我眼前炫耀，帶著瘋子似的笑容。我這下玩完了，就像他帶到這間房子裡的其他孩子一樣。之後，我的照片就會出現在尋人啟事上，警察會徵集志工幫忙搜尋我的下落，最後他們會在耶路撒冷的樹林裡發現我的遺體。

「不，阿姆農，我不會對你發任何誓言。」菲力克斯輕柔地說：「對你，我只會做保證。」

然而，鑰匙就在鎖孔裡。我轉了轉它，門開了。我趕緊溜了出去，甩門，跳下臺階。我三步併作兩步地跑下樓梯，有那麼一秒鐘，我想像他如果對我窮追不捨，我一定要尖叫。我的頭髮豎了起來，全身都瑟瑟發抖，但他並沒有追過來。我倉惶逃出了那棟大樓，街道一片漆黑。汽車開著大燈從我身邊經過。我靠在一道柵欄上休息，像狗一樣吐著舌頭、喘著粗氣。我不斷地對自己說，我自由了！我自由了！可是不知怎麼的，我一點也不覺得開心，只感到強烈的痛苦和羞辱。

我記得那晚的空氣中有一股忍冬的香氣。外面一切如常。沒人能猜得到我剛剛經歷過什麼，我是如何躲避厄運的。一對情侶走了過去，手挽著手，然後是一個男人，牽著一隻狗。他手上拿著的那份報紙登了我的頭條。要是我現在過去叫住他，說我就是那個舉國搜尋的孩子，他會怎麼做？

那個男人已經走過去了，可是他的狗一直磨磨蹭蹭地嗅我的鞋子。牠抬起頭用懷疑的目光看看我，然後開始像往常那樣對著我狂吠。但那個男人拽了一下狗繩，在那條狗洩露出我的身分之前把牠拖走了。

我迅速地走上人行道，想著我大概需要一整年的時間來平復心情，才能慢慢搞清楚這兩天之內發生的一連串事件。最令我震驚的是，我竟然從來沒有意識到我的身邊發生了這麼多事。那麼多人都在為我擔心，為我著急，搜尋著我的下落，而我卻完全迷失在自己編造的小說情節裡。

這種情形見怪不怪了。

蠢貨，笨小孩。我在想什麼呢？爸爸怎麼會把我交到一個罪犯手上，讓他教我犯罪手段？讓他為我上一堂違法速成課？我的父親，窮盡其一生維護法紀，跟騙子歹徒鬥爭到底，比如這個叫菲力克斯的傢伙。

我到底是怎麼了？我怎麼會犯這種錯誤？就像睡夢中有人在身邊踢了我一腳，我卻還像個弱智者一樣繼續傻笑，相信所有我看到的東西。而其實這全是一個謊言。謊言，犯罪。我撒過那麼多的謊，終於也讓自己被騙了。

街角的書報攤還開著。我經過的時候，小心翼翼地瞄了一眼那些報紙頭條。所有報刊頭條都是關於我的，只說我被綁架了，連名字都沒提到，因為警方要保守祕密。

綁架。被綁架。生死攸關。我自言自語地念叨著這些詞語。它們聽上去很刺耳，跟菲力克斯對待我的方式沒有任何關係。我也沒有生命危險。報紙上說的全是謊話，不過是為了吸引讀者目光。

我穿過街道，急忙趕路。去哪裡？我不知道。逃離菲力克斯，從他的危險中逃跑，越快越好。他現在正做什麼？獨自一人留在廚房？他肯定逃走了，像一道影子一樣溜了，準備尋找下一個倒楣鬼。

我轉了一圈，又回到了勞拉．琪佩羅拉家後面的街道上。我只是想看看他是不是打算從窗戶爬出來。然而，他並沒有。我尋思著最好報警。我可以去書報攤那裡打個電話。雖然我身無分文，可是說不定我能跟賣報的人解釋，說我就是報紙上登的那個孩子，綁架案的受害者。沒錯。我放慢了腳步。這些事情需要從長計議。我很好奇米加是不是已經知道了，班上的其他同學有沒有猜到被綁架的就是我。他們從來沒跟我交過朋友，曾經嘲笑過我和爸爸之間的愚蠢警探遊戲，我們相互敬禮的方式，還有那些他頒發給我的，或者還沒頒發的警銜。

讓我們來聽聽他們現在會說些什麼。比方說，馬爾克斯太太，那個總是極力想把我從學校開除的女人，或許會擦著眼淚說：「不，他不是心智失常。他只是有著藝術家似的靈魂。就是這樣的，有的孩子是四方形的，有的孩子是鋸齒形的。只是我們一直都不明白這一點。」而其他的老師，或許會互相打電話，說：「是他啊。可憐的孩子。或許是我們的所作所為導致他變成這樣的。我們應該編一本精美的小冊子來紀念他。這孩子還是有些特別之處的，雖然有時候野了一點。」

我很好奇哈因．斯多伯爾現在有什麼想法，這件事會不會讓他有所改變。還有，他會不會跟家人討論這件事。

我把手插在口袋裡，讓自己停下來。我為什麼要跑？三思而後行。可是沒多久，我再次回到了勞拉．琪佩羅拉的房子前面。這些街道看起來都一模一樣。我走下街角，再次路過那些報紙頭條。或許就連總理梅爾夫人都會在百忙當中抽出空來，詢問她的犯罪問題特別顧問，警方有沒有竭盡全力解救這個孩子，他能不能向她透露一下這個孩子的名字，當然，她會嚴格保密。然後，顧問在她耳邊低聲說出了我的名字，總理會用她特別的聲音說一句「啊哈！」，暫時忽略其他的國家大事。

可是，菲力克斯現在在做什麼？還待在廚房的餐桌旁邊嗎？這個男人，我的同伴，我們剛剛一起度過了我人生當中最快樂的兩天，就像做夢一樣。突然之間他成了報紙頭條的一部分，變成了陌生的敵人。當我離開他的時候，他看上去像是生命被抽乾了。為什麼他如此看重我對他的信任？為什麼他要費那麼大力氣來讓我開心？

他還提出來要分擔我的吃素償還計畫。

而我，也在心裡承諾過，我會忠實於他。

我背叛了他，不過是他背叛我在先。

我坐在馬路邊，思考著應該怎麼做。

我聽到街口響起了警笛的呼嘯聲。要是我走過去，就能馬上結束這一切了。那樣的話，我就再也聽不到菲力克斯要告訴我的故事了。再也不能問他問題了。爸爸是永遠不會告訴我那個故事的。他不想讓我知道，甚至不允許加比向我提起。

而菲力克斯說他認識佐哈拉。

他了解她和爸爸的生活，知道他們一起去住的那座山。

爸媽在那裡還養馬是什麼情況？他們成雙成對地在那裡過的是什麼樣的生活？

菲力克斯說過，他綁架我是為了告訴我這個故事。

這個故事。這個故事。它一直縈繞在我的周圍，嗡嗡地響個不停。十三年來這個故事都保持著沉默，如今卻讓我不得清淨。

等等，那張照片。他在火車上給我看的照片。

我的老天爺啊！

我用雙手抓住頭。照片裡我和米加都穿著大衣。也就是說，菲力克斯從冬天就開始策劃這個行動了。他下了多大力氣，花了多少精力啊。僅僅是為了講個故事給我聽？還有那輛他從國外航運來的布加迪轎車，他準備的金龜車。或許還有什麼東西我還沒看到的。他還對勞拉說，這是菲力克斯最後一次行動了，他的告別演出。

他知道關於我的、也對他很重要的事情。如果這件事對他不是那麼重要，他就不會花那麼大的力氣。這個故事對他而言非常重要。如果不聽他說，世界上就再也不會有人告訴我了。已經十三年了，從來沒有人願意告訴我。

我一點都不怕他，我帶著恐懼感對自己說。如果我想，現在就可以回去，聽他講完故事，再把他送進警察局。

好極了，我試著給自己打打氣，警探爸爸抓住了一個罪犯，十年之後，警探兒子又抓獲了他。這是個完美的輪迴。

真是個渾蛋，我很氣憤。他怎麼能說服我相信是爸爸同意了這整個行動！

可是我的內心不得不承認：他沒有說服我相信任何事情。我問他問題，他回答，實際上他並沒有對我說謊。這就是事情詭異的地方：從我們相識開始，他從來沒有對我撒過一次謊。除了那次，他想要用手槍逗我開心。他還非常渴望告訴我他的事蹟，他說的所有事情都是真的，或許在我聽來是真的。似乎他希望世界上能有那麼一個人，哪怕只是個小孩，可以讓他直抒胸臆。

可是為什麼偏偏是我？抓過他的警察的兒子？

我站起來，開始往回走。菲力克斯沒有對我說謊。他從來沒有試圖傷害我，也沒有阻止我逃跑。為什麼我不肯聽一下他一直在說的話：「由你決定。你來選擇。」一切都掌握在我手上。如果我有勇氣，我就會了解一切。如果我沒有，現在我就可以回家，受到英雄式的歡迎，慶祝我從綁匪手上死裡逃生。我只想知道真相。

我緩慢地爬上臺階。是的，我是自願回來的。我會聽他講故事，然後設下圈套，讓他就範。就這麼幹。這樣我就能彌補所有與他一起犯下的過失，爸爸也會原諒我。

就在我準備敲門那一刻，我遲疑了。清醒一點，我對自己說，他有槍，他是個亡命之徒。你還有最後一次機會轉身走掉。如果你現在進去了，有可能沒法活著出來了。

我敲了敲勞拉家的門。裡面沒有一點動靜。

他已經逃走了，我心想。不用想也知道，難道他會耐心地等著我回來，帶警察來抓他嗎？他逃走了，現在我再也聽不到那個故事了。我感到一陣強烈的悔意。一方面因為我永遠失去了聽故事的機會，另一方面也因為我意識到我會想念菲力克斯這個大騙子。

我碰了一下門把。門開了。我謹慎地側著身子擠進去，這樣比較不容易受到傷害。爸爸的所有直覺和本能都回到了我的身上。

屋內一片寂靜。

「有人在嗎？」我小心地問道。

窗簾抖動了一下，菲力克斯從後面鑽了出來，手裡拿著他的手槍。我就知道。我怎麼會像個白癡一樣中了他的圈套。

「你回來了。」他說，臉色蒼白，手顫抖個不停。「你是自己一個人回來的，沒有帶警察，對吧？」

我點點頭，不敢動彈。我整個嚇壞了，也為自己的愚昧懊惱不已。

他把手槍扔到地毯上，雙手捂著臉，擠壓著眼皮。我直直地站著，沒有撲向地上的手槍。我等待著他控制住自己的情緒，直到肩膀不再顫抖。他把手拿開的時候，我看到他的雙眼又紅又腫。

他嘟囔著：「你回來了。好極了，阿姆農，你回來了。」

他向我走過來，拖著沉重的腳步。他的頭髮亂成一團。我等著他走進廚房後，飛快地撿起地上的手槍，放進自己的口袋。現在我感覺安全多了。可是我的心臟跳得前所未有的快，也不知道為什麼。我站在通往廚房的走廊上。菲力克斯正在喝水。他站下來，歎了口氣，用手撐著額頭。

他面如死灰，蒼白得就像法醫照片中的死屍一樣。桌子上有一支筆和一張紙，紙上潦草地塗了幾行字。他注意到我在看著那張紙，靜靜地把它拿起來，揉成一團。

「你不知道你的回歸對我意味著什麼。」他說。

「你要準備逃跑嗎？」我問他，聲音中還是帶著一些質疑，但仇恨已經消失殆盡了。

「你要知道，你回來，救了我的命。雖說菲力克斯的性命現在也不值什麼錢，但你回來了，讓我的生命又有了意義……你明白我在說什麼嗎？」他說。

我完全不明白。

「再晚五分鐘，我們就再也見不到對方了。」他說。

「講故事！」我不耐煩地吼道。我再一次後悔回來了，我錯過了逃生的機會，差點就能回家，忘卻這一段匪夷所思的插曲。「你答應過我的，現在說吧！」要是之前我走去那輛警車那裡了，這會兒我可能已經跟爸爸通上電話了。

「這個故事是關於一個女人的。」菲力克斯猶豫著說。我的心撲通撲通直跳。佐哈拉，佐哈拉，血流湧進我的太陽穴。菲力克斯把手伸進襯衫裡。我下意識地摸了摸口袋裡的槍。我的本能要快過我的思考，雖然似乎沒有這個必要。他並不是在摸索什麼武器，只是拉出了那根帶著最後一枚金麥穗和心型相片匣子的項鍊。

他指尖輕輕一彈，小匣子打開了。他遞給我，用嘶啞的聲音說：「我和你爸爸都愛過這個女人。」

匣子裡，佐哈拉對著我微笑。她有著一副美麗的臉龐，以及一雙間距略寬的眼睛。

第二十二章　鳥兒與冬天

很久很久以前，有一個小女孩。當她六歲的時候，人們來為她過生日。大家把她放到一張用鮮花裝飾的座椅上，高高舉起。所有的客人一齊把她舉到半空中，祝賀她又長大一歲了。她突然帶著幸福的笑容宣布，她已經為自己定好了死去的日子，那就是整整二十年後的今天。喧鬧的房間立刻變得鴉雀無聲。小女孩困惑地看著簇擁在她身邊的，這一張張靜默、沉痛的臉，哈哈一笑，說：「還有很長的時間呢！」

她長著一張瘦長的臉，顴骨略高，就像是永遠都吃不飽的樣子。她的手腳纖細，就像幾根火柴棒；並且總是布滿醜陋的抓痕，都是她晚上睡覺或者白天做白日夢時自己抓出來的。她會在房間的窗戶旁邊一坐就坐上好幾個鐘頭，烏黑的眼睛半閉半張，就算叫她的名字，她也充耳不聞。年紀稍微大一之後了，她開始如饑似渴地閱讀，完全沉浸在書海裡。她什麼書都讀，無論是兒童讀物還是成人讀物。她有一個寶貴的祕密：她並不是一個小女孩，而是由她喜愛的書本派到人間的密探——每讀一本書，她就化身為裡面的一個人物——她的任務就是混在普通人當中過正常的生活，不被人發現她的真實身分。如果有人發現了她其實只是披著人類的外衣，假扮成一個小女孩的樣子，那個人就會受到懲罰。佐哈拉沒有說過那個人會受到怎樣的懲罰，甚至連她的私密日記裡也沒有提過。今天，我已經比佐哈拉去世時的年紀更大了，我想大概可以這樣猜測：所謂懲罰就是那個密探始終留在人間。

當她又長大了一些，佐哈拉（或者說是長襪子皮皮，或是《清秀佳人》的紅髮安妮，或是《哈克歷險記》的哈克，或是《塊肉餘生錄》的大衛．考柏菲，或是《綠野仙蹤》的桃樂絲，或是靈犬萊西，或是湯姆叔叔，或是羅密歐與朱麗葉的合體……）開始在日記裡詳細地描繪一個她稱之為「死亡之國」的國度。她寫道，這個國家裡全是死去的人，在那裡他們與家人繼續生活在一起，只不過是在死去了以後。她還畫出了那裡的人們生下的小嬰兒，雪白的嬰孩，沒有眼睛。她被送去看過很多醫生，他們都對她的這種抑鬱症束手無策。有一個醫生建議給她買個樂器，希望用音樂來治癒她的抑鬱。有人在特拉維夫的本—耶胡達大街上一家小小的樂器行裡買了一管黑色的木笛送她。佐哈拉恰巧很願意吹奏這支笛子。然而，總是沒多久，她又恢復了沉默和自閉，嘴裡還含著笛子，手指有節奏地在音孔上輕拍，卻沒有吹奏出一點聲音。

在佐哈拉為數不多的正常日子裡，她會像一隻穿過了冬日暴風雪的小麻雀一樣唱個不停。她整個人充滿陽光，愉快地談天說地，走路蹦蹦跳跳，她還會一遍又一遍地擁抱她喜歡的人，把她的臉蛋埋在他們的胸前。在那樣的日子裡，她的面龐光彩照人，神采奕奕，那些因為憂愁和憤怒而生出的難看皺紋徹底地消失了。忽然之間，人們發現她其實是一個漂亮的小姑娘。那些日子，她會穿上一些並不符合她年齡的服裝，長長的圍巾，別緻的禮帽，走在她媽媽的身邊，在特拉維夫的街道中徜徉。那場景像極了一枚罕見的郵票，引來路人驚奇的目光，似乎她是在為一場孤單的遠遊準備行囊。

在這樣的日子裡，佐哈拉會興高采烈地講個不停。她非常需要說話，會自己編一些想像中的故事，翻來覆去地講給別人聽，家人、同學，任何有耐心聽她講話的人。她就像一個小詩人一樣，用富有詩意的語言講述她曾經遊歷過的世界，要嘛講她的前世，要嘛講一些微小的生靈如何飄浮到她的眼皮裡，幫助她實現願望。或者講某個年輕的王子，他住在一個極其遙遠的國度，這個國家的名字她不能說出口，否則就會出現魔咒。那個王國的大法師預言王子將來會娶一位以色列姑娘，來自小城特拉維夫……她說這些故事的時候總是十分嚴肅認真，眼睛半閉著，嘴唇微微噘起，彷彿是在聽從她身體裡的另一個人講述這些情節，她本人只不過是在轉述。這些故事太過美好迷人，以至於沒有人會管它們叫「謊言」，而稱之為「童話」，佐哈拉的童話。甚至連她班上的同學也不會叫她「騙子」，而是帶著驚奇的心情傾聽她說話，但態度略有保留，因為他們也無法斷定她是不是真的相信自己講述的故事。如果她並不相信，她怎麼可能講得如此面不改色，誰能理解一個小女孩怎麼一會兒是一個樣子，突然又變成另一個樣子。就讓她先決定自己到底是誰吧！

還有一件事直到今天都讓我心痛不已。佐哈拉好的時候，她會從孩子裡選擇一個男孩，愛上他。當時她最多八、九歲，卻愛得極為認真、徹底，將她偉大的靈魂整個付出。當然，被選中的男孩一定嚇得半死。誰會想要一個跟屁蟲黏著？因為這個瘋丫頭，所有的小孩都嘲笑他。她忽然之間向他拋來的這種成年人式的愛情，讓他覺得沉重不堪。可是佐哈拉沒有放棄和退縮，她會寫長長的情書給他，在他家門外守候幾個鐘頭，在所有人面前對他說情話，讓自己難堪，卻完全沒有感覺到他在努力委婉地迴避她（如果他的心腸還算好），大部分情況下，他會嘲笑她那張害了相思病的臉，答應她要愛到海枯石爛，而他的朋友們就藏在門後，爆發出一陣哄笑。佐哈拉對此毫不介意。一旦她選中了一個人，便對他的嘲諷和挖苦視而不見。她很清楚這個年紀的男孩子是很討厭小女孩的，這是自然的法則。很遺憾就連她選中的那個最好的男孩，都屈服於這條法則。儘管如此，佐哈拉可以為他變得強大。她有著超乎尋常的忍耐力，也許甚至超越自然的力量。因為她有一套只屬於自己的法則，她無怨無悔地等待著他，直到他度過了這個暫時的愚昧階段。她堅信自己的慷慨無私，總會潛移默化地進入他的內心，當他一人獨處，沒有那些狐朋狗友在身邊的時候，或許她的一句話，哪怕是一個眼神，就在他緊閉的內心深處擦出了一星火花。一年或兩年以後的某一天，當他已經度過了現在這個階段，他的內心一瞬間就豁然開朗了。這就是讓她從現在開始覺得幸福的最好理由。想到這個，她就會踩著舞步穿過大街小巷，生活是如此美好，她也是美好生活的一部分，她不是一個密探，而是一個有血有肉，靈魂豐滿的女孩！

然而，霎時間，就像被咒語擊中了似的，她的眼睛蒙上了一層霧，嘴角也像是被兩根線拽了下來，她的臉變得痛苦扭曲，整個人看起來就像是個乾癟的老太婆，已被生活折磨得疲憊不堪。

任何一種最微小的事物都會把她的痛苦加深至無以復加：一口破碎的水罐，一個跛足走過街道的男人，或者一個未被履行的承諾。即使是在百花齊放的春日，其他孩子就像水果和花朵一樣新鮮，身體充滿了活力，而她也只是坐在窗前，手掌對著陽光舉起來，看著她自己纖弱的骨頭和關節，然後潸然落淚。有一次，學校裡課上到一半，她突然站起來，尖叫著：「沒有圍欄！沒有圍欄！」老師試圖擁抱她，安慰她，問問她是什麼東西讓她突然如此害怕。佐哈拉從她的臂彎中掙脫出來，像一隻受驚的野獸一樣在教室裡瘋跑，一邊尖聲大叫著：「沒有圍欄，地球沒有圍欄，人們會掉下去的！」

到了她十四歲的時候，醫生們已經放棄了，這些抑鬱的症狀卻突然幾乎完全消失了。像變魔術一樣。醫生們對此也無法解釋。他們都在竊竊私語，說這是青春期到了，是荷爾蒙的影響……最重要的是她已經康復了……佐哈拉開始成熟起來。苦澀傷痛的童年過去了，所有人鬆了一口氣，她逐漸變成了一個少女。她變得狂野，活潑，有著銀鈴般的笑聲，對豐富多彩的世界抱有無止境的渴望。她一天天越長越高，越來越美麗，不，不僅是美麗，而是令人神魂顛倒。她烏黑的秀髮和眼珠，如雕像般立體的顴骨，讓她看起來既精緻又野性。這個女孩比所有的男孩都要出格，她像他們一樣說髒話，衣著邋遢，總是穿著牛仔褲和那幾件不變的T恤。她的衣櫃裡沒有穿衣鏡：「我不想看到自己，也沒什麼可看的！」她會驅使男孩子們去幹一些危險的事情，煽動他們與其他女孩作對。那些溫柔的、斯文的女孩，總是非常怕她。她對待老師也非常粗魯，每隔兩天就會逃學，跑去海邊玩上一天。她的眼睛閃著光芒，有著小麥色的皮膚，結實的肌肉，和游泳選手一樣的體型。她動作敏捷，行事迅速，似乎是在補償這麼多年以來花在發呆和靜坐上的時光。書本她碰都不碰，生怕再次墜入書頁裡的萬般愁緒當中。只有那支木笛，偶爾還會呼喚她，試圖把她重新吸引回來。大多是在季節變換的日子，傍晚時分，佐哈拉會無意間在窗臺邊坐下，嘴唇抿到了笛口上，她突然之間意識到——不！絕對不行！因為這支笛子也掌握在佐哈拉的手上，應該是她來決定什麼時候吹奏，怎樣吹奏！如果這支笛子企圖破壞規矩，把她拉入另一個已被遺忘的空間，她就會立刻把它收回絲絨套子裡，讓它躺在黑暗中長點教訓，知道什麼能做，什麼不能做！

這一切發生在以色列建國之前，英國託管的那一段黑暗時期。猶太人渴望脫離他們的統治，獲得獨立。與佐哈拉年紀相仿的少男少女們參加了各種社團組織，湧現出很多英雄事蹟，他們在英軍士兵的毆打下寧死不屈，被投入監獄。在學校裡，他們竊竊私語，傳播各種暗號和流言。所有人同仇敵愾，只有佐哈拉置身事外。「我才不關心政治，我去海邊就是為了游泳，曬曬太陽，可不是為了幫助那些從船上下來的非法移民。」還有一次，有人看見她在一家英軍士兵頻繁出入的咖啡館裡跳舞，便委婉地提醒她要與那些占領我們國家的外國敵人保持距離，她的回應極其粗魯。她班上的一個男生，一個地下社團的活躍分子，說：「放過她吧，她不屬於任何地方，就把她想成是來自月亮吧。」

或許他說的是對的。等一下我就會講到她跑遍整個月球，跳入凡間的故事。正是因為那個月球，正是因為一座月亮山，我出生了。

「關於佐哈拉我一無所知。」在勞拉的廚房裡，我又對菲力克斯重複了一遍這句話。「爸爸不願意談論她，就連加比都在這個話題上保持沉默。」

菲力克斯說：「我認為那位加比小姐找到了一種非常聰明、非常巧妙的方式來告訴你有關佐哈拉的事情。」

「可是她什麼都沒對我說過！」

「你漸漸地就會發現她告訴了你多少事。」

「有人曾經說過她喜歡吃草莓醬。」

「你爸爸告訴你的，還是加比？」

「都不是，是琪特卡，我的祖母。我曾經舔光了一瓶草莓醬，琪特卡說我就像她一樣。『就像他的母親一樣。』她用那樣的語氣說道，嘴像條刀疤一樣咧著。」

「我可以告訴你，阿姆農，你的母親喜歡吃一切甜食。不過，她最愛吃的是巧克力，瘋狂熱愛巧克力。」

就像我一樣。

還有，我鬥牛的事情讓爸爸回想起了關於她的一些什麼事，害得他氣得快發瘋。

「那麼，你從來沒有見過你媽媽的親人嗎？舅舅、阿姨之類的？」

「她沒有親人……」至少我聽到的是這樣，要嘛就是我這麼想的，或者我從來沒想過這個問題。

「真的？你見過什麼人一個親人都沒有的嗎？連個叔叔或者遠房表哥都沒有？那她是做什麼工作的，她的職業是什麼？你從來沒有想過問一句嗎？」

我無語了。

「接下來我要告訴你的故事，阿姆農，你聽得會有些吃力，甚至可能會感覺受傷。但是，你會明白很多你過去從來不知道的事情。我必須告訴你，因為你知道——這話該怎麼說——這就是我想跟你見面的原因。」

「好吧，那就講吧。」該來的總是會來的。

「等等，或許你應該先想一想：或許你並不想知道一切。因為你不知道的事情，不會讓你心痛。」

可是我不知道的事情已經讓我心痛了。我點點頭讓他繼續。

「好吧。」他說，在椅子上坐正。「我之前曾提過，佐哈拉還是個小嬰兒的時候我就認識她了，因為我認識她的媽媽。之後，她在你這個年紀的時候，我也認識她。可是，我最了解她的階段，是她到了十八歲的時候。她當時太漂亮了，是我這輩子認識的所有女孩中最美麗、最特別的。你要相信，阿姆農，我這個老傢伙，」他說著，指了指自己，「這輩子可是認識不少的女孩。」

「你……愛上過她嗎？」我根本不需要問出口，從他的臉上完全能看出來。

「對我而言，想要不愛她是不可能的。」

對我而言，聽到菲力克斯說他曾經是我媽媽的前男友真是太尷尬了。

「但是，那是一種非常特別的愛。就像電影裡面的愛情！」他說。

越說越糟了。

慢慢地，菲力克斯用他沙啞的嗓音為我講述了他與佐哈拉的故事。他說得簡單扼要，不帶任何戲劇化的描述，甚至連眼睛都不眨。我能感覺出來他竭盡全力地做到客觀，只講述事實，即使是那些聽起來最不可思議的事實。他的確很想讓我在聽這個故事的時候，不受到任何來自他這方面的欺騙性影響。

我說不上來菲力克斯講了多久。我把自己完全交到他的手上，他帶著我環遊了世界，乘著人力車，渡江輪船，還有大型飛機。他精心講述著這個故事，儘管一開始他說的每一個字都讓我痛苦不已，把我整個人生弄得翻天覆地，可我知道，他說的都是真的。無論如何，時不時的，我都會有點恍惚，以為我聽的是一個憂傷而美麗的童話。

很久很久以前，在特拉維夫城裡，住著一個漂亮的女孩，叫佐哈拉。佐哈拉野性，清新，是大海的仙女。她十六歲那年決定輟學，但沒有任何人會說她比同齡的女孩子懂得少。到她十七歲生日的時候，她是整個特拉維夫最美麗的女孩，追求她的人不計其數，不僅有英國士兵，還有年紀比她大一輪的著名富翁，荷蘭來的樂隊指揮，和特拉維夫足球隊的中鋒。可是佐哈拉誰都不要。為什麼？因為她還沒有找到一個配得上她的人？還是她害怕再像童年時代一樣陷入情網？到了十八歲的時候，她第一次出國遠行，和江洋大盜菲力克斯·格里克一起，那個有著一雙迷人的藍色眼睛的男人。

他帶她旅行了兩年，去了很多遙遠而神祕的國度。這兩年裡，菲力克斯·格里克和我的媽媽所遊歷的國家，全都是佐哈拉憑它們的名字來挑選的。這些名字在她聽起來好似魔咒一般：馬達加斯加，夏威夷，巴拉圭，火地島，坦尚尼亞，桑吉巴島，象牙海岸……

在豪華的酒店大堂裡，他們邂逅了彷彿是從古老書本裡走出來的人物：被放逐的王子，被廢黜的君王，部隊將領和雇傭兵，革新失敗的改革家，聲音太尖厲不能演電影的默片明星……

「我在那裡自稱是來自義大利的藝術品收藏家。」菲力克斯微笑著說：「要嘛就是佛羅倫斯博物館的館長，為逃避義大利稅務局的調查來到這裡。而佐哈拉，好吧，我們對外宣稱她是我唯一的女兒，只有她能夠繼承我放在銀行裡的所有畢卡索和莫迪里亞尼的畫作。我們就是這麼幹的。」

「有什麼意義？」我帶著嘲諷的語氣說，但什麼都不明白。「佐哈拉也……嗯……說她……

等等……」

「你聽了就知道了，慢慢來。」

他們在上述某個國家的首都生活的時候，會去河岸邊走走，或者租一輛飾滿仿金裝飾的豪華馬車，忠誠的女兒伏在假冒的父親膝上，為他的雙腿保暖。他們這樣出行時，可能碰巧會遇上一個被放逐的國王。國王眼神敏銳，拾起了這個美麗少女無意間掉落的白手帕，追上他們，交還手帕，親吻她的手，並抬起帽子向她與她的父親行禮，順便與他們攀談了幾句。國王邀請這位謙謙君子和他美麗羞澀的女兒一起到他的酒店套房裡共進晚餐。酒過三巡，他已略帶醉意，拜倒在這個異國少女的石榴裙下，同時也被菲力克斯蔚藍色的雙眼降服。他會邀請他們登上他的遊艇，一起去河上航行七天。

開始他們會面露猶豫之情，表示不想給他添麻煩。「完全不麻煩！我榮幸至極！」

「您對我們實在太客氣了，陛下。」

「天啊，來吧！明天就走！」

最後，他們欣然前往，帶著七個空的行李箱登上國王的豪華遊艇，讓人以為他們有多富有。他們頭戴熱帶大草帽遮擋陽光，還帶上了那支在特拉維夫的樂器行裡買來送佐哈拉的小木笛，用來吸引傳說中的美人魚。

「總是同樣的故事。」菲力克斯說，眼睛看著別處。「五次，十次，我們編的是同樣的故事，用的是同樣的辦法。只是每次地點不同，人也不同。每次都是不同的獵物。我們捕獲住他，而他有可能理所當然地以為是他自己捕獵了我們。但是從來沒有任何一個獵手比得上你的媽媽。」

「什麼？你說什麼？……我不明白！」他到底在暗示什麼，這一切怎麼會與我媽媽有關？他該講講佐哈拉的事了吧。

菲力克斯安靜了一會，聳了聳肩膀。

「這對你來說不容易，阿姆農。這是個很痛苦的故事。可是我必須告訴你。我向她承諾過，她要求我向她保證的。」

我像被蛇咬了一樣，說：「誰要求的？誰要求你的？」

「你的母親，佐哈拉，在她去世之前。她要我找到你，在你的成年禮之前告訴你整個故事。她說你必須知道關於她的所有事情。這一切都是出自於這個原因。」

「什麼一切出於這個原因？」

「就是這一連串的事件。帶著你跟我一起走，好講這個故事給你聽……你的成年禮轉眼就到了。」

「啊。」我說，悠悠地點了點頭。「啊，是啊。」可是我什麼都沒聽懂。

「還有，我必須把她送你的禮物交給你。她送你的成年儀式禮物。」他小心翼翼地說。

「什麼禮物？她已經死了，對嗎？」我的嘴唇幾乎不能動了。

「是的，她已經死了。可是她在臨死之前為你準備好了禮物。只是，我估計不到明天早上不可能拿得到。很多年前她在銀行留了一個保險箱，裡面放著送你的禮物。這就是為什麼我希望你能跟我一起待到明天早上。如果你跟我一起去開保險箱，我就把我最後一枚金麥穗送給你。然後，你就可以走了，忘了菲力克斯。」

我的嘴唇做了一個蒼白的微笑。忘了菲力克斯，說得輕鬆。

「我媽媽……」我聲音沙啞地開了口，那兩個字幾乎要將我顛覆了。我的喉嚨裡酸甜苦辣各種滋味都湧了上來。

「她是一個極其特別的女人。」菲力克斯說著，拍了拍我的手來安慰我，他也看出了我的悲痛。「她很美，很有野性，就像一頭母獅。她當時那麼年輕，已經是全特拉維夫最美的女子，舞會皇后。她只要勾一勾小手指，隨時有二十個男人願意為了她自殺。世界上沒有什麼東西是她想要而得不到的，世界上也沒有任何人能決定她應該做什麼。」

我滿懷驚奇地聽著，這是我的媽媽嗎？她就是這樣的嗎？雖然我很少想像她的樣子，突然間她變得難以想像起來。

「她非常強悍，阿姆農，只有非常美麗的人才會那麼強悍。她甚至有些，怎麼說呢，殘酷。或許她還不了解自己的能力，或是不明白她的美貌和能力有多大的殺傷力。有人因為她，整個人生毀於一旦。因為他們愛上了她，而她卻玩弄他們，直到她感覺厭倦，又把他們拋棄了。」

「殘酷？」這不可能。他一定是在說別的女人。他在撒謊！這從頭到尾都是一個圈套！可是他的表情告訴我，他說的是事實。

「是的，很殘酷。就像小貓在玩弄老鼠。那隻貓咪並不清楚自己的爪子有多厲害。她覺得自己只是在跟老鼠玩遊戲，可那隻老鼠已經快要死了。」

「可是，她怎麼會嫁給我爸爸的？他們是怎麼相遇的？快告訴我！」我急需扭轉這個故事，至少要把佐哈拉拉近爸爸身邊，拉近正常的生活。

「別著急，阿姆農，還沒那麼快就講到她是如何遇見你爸爸的。」菲力克斯歎了一口氣，說道。

「等等，」我叫了出來。「你是因為這個才綁架我的？為了報復爸爸把她從你身邊搶走？因為她愛爸爸勝過愛你？」

菲力克斯搖了搖頭。「抱歉，阿姆農！你必須從頭到尾聽完整個故事！咱們得按順序講。這是她說的！否則，你什麼都不會明白。」

好吧。那就講吧。我既想聽，又不想聽。我已經不知道自己到底想要什麼了。他每說一個字，我的生活都會天翻地覆，讓我感到異常陌生。好吧，連我自己都變了。等他把故事講完，我必須開始重新認識自己。諾諾．費爾伯格，很高興認識你。其實也不是那麼高興。

「你的媽媽，她曾經是我的搭檔。這是她自己想要的！」他看到了我的眼神，補充了一句，似乎是在修正自己說的話。「她說這是她想要的生活。真的！」

「罪犯的……生活？」

他垂下頭，不說話。

「你是說我的媽媽是一名罪犯……你撒謊！你又對我撒謊！」我大喊著，站了起來，又坐下，看看天花板，又盯著地板。

菲力克斯大聲說：「你聽我說！這是她想要的！不是我！她曾經對我說，菲力克斯，其他的所有人都是——懦夫！他們的生活無聊透頂！我對她說，佐哈拉，罪犯的人生是很短暫的！每一刻都有可能死掉！而她說，無論如何，生命都是短暫的，我們就該活在當下。哪怕只有一年，或者一個月，過我們自己想過的生活！人生就像一場電影！」

我有一個罪犯媽媽。她是個這樣的人。正因如此，大家都瞞著我。罪犯媽媽。這種事也不是沒有，否則也不會有女子監獄了，裡面關滿了犯罪的女人。可是無論如何，這種事不可能偏偏發生在我的身上。為什麼不可能？這種事總得發生在什麼人身上，為什麼不會是我？我又有什麼好介意的，我壓根就不認識她。可我還是很介意，現在唯一介意的就是這件事。或許他不過是在說謊。他說的是事實。我有一個在世界各地劣跡斑斑的罪犯母親。因為這個，爸爸從來不提起她，除了那一次，我傷了潘西婭那一次，他大吼了一句，佐哈拉的詛咒傳到了我的身上。

可是怎麼會……他為什麼會娶她？我的爸爸怎麼會娶一個罪犯？

我是一名警察和一個罪犯的兒子。

我快要爆炸了，感覺被劈成了兩半。

菲力克斯說：「我們做了大概兩年的搭檔。在國外那兩年，一切都像一場夢一樣。後來，她又厭倦了。所有的事情最後總會讓她厭倦。但我從來沒有遇到過任何一個人比你的媽媽更享受這個工作。對她而言，這就是一場遊戲，她總是不停地歡笑。」

我目光向下，盯著棋盤花紋的桌布。一個方塊挨著一個方塊，有紅有白。我想讓爸爸和加比現在就過來，把我抱在中間，除了他們，再也不讓任何人看到我。

「你還想聽接下來的故事嗎？」菲力克斯小心翼翼地問。

第二十三章　的確就像一部電影

夜裡，漆黑的河水旁邊，伴著蟬聲和蟲鳴，在馬達加斯加的星空下，或是桑吉巴島的月色中，或是象牙海岸上，被放逐的國王對他的客人們講起他深愛著的國土，美麗的高山湖泊，安居樂業的臣民。忽然有一天，叛徒發起了令他始料未及的暴動，儘管他從未傷害過敵人半分。一夜之間，起義席捲了他的七十二座皇宮，他的七架黃金馬車被搶劫一空，甚至連他作為愛好收藏的七百雙鞋子也下落不明。

這對假冒的父女檔認真地聽著，不時地點點頭，表示同情，臣民的叛變令他們咋舌，他們連國王可憐的鞋子都不放過，實在不配享受他的仁慈。他們很高興聽到國王已經從忘恩負義的叛徒手中逃了出來，還帶上了好幾雙黃金製作的涼鞋，鑲著紅寶石的絲絨拖鞋，還有——他靦腆地笑笑，左右張望——還有一些他王國當中最精美的寶貝。到這裡就不能再多嘴了。

在為落難國王的悲慘經歷發出一陣陣沉重的歎息和久久的沉默之後，髮絲用染料漂成灰白色的父親向國王敞開了心扉，講起了他和他女兒的生活。他們四處流浪，躲避心胸狹窄的稅務官員，他漫不經心地提起了他保存在瑞士銀行儲藏室裡價值連城的繪畫收藏品，與此同時，衰敗皇族的臉頰上重現出一道紅暈。此時，父親知道，魚兒已經嗅到了魚餌的香味了，甚至已經開始圍著餌料打轉了。

然後，話鋒一轉，父親就會開始談起他端莊的愛女，他百萬財產的繼承人，而她則以摺扇遮面，羞澀地眨著眼睛，向國王頻頻放電。

老父親說著說著，突然劇烈地咳嗽起來，整個身子都顫抖了，女兒將安哥拉毛毯蓋到父親的膝蓋上，但他還是咳個不停。父親試圖用手帕掩飾住難聽的咳嗽聲，而那個國王，已經憑著他敏銳的洞察力，留意到了手帕上的點點血跡。

到這個節骨眼上，病弱的父親就會懇請國王同意他回房休息，把他美麗的女兒和落魄的國王單獨留在甲板上。當他離去的時候，他的咳喘聲大得能把船帆都吹起來，當然，也吹鼓了國王那顆貪婪的心。

然後，他們繼續聊天，國王彷彿回到了他最好的時代，青春煥發，氣宇軒昂。少女陶醉在他的話語當中，意亂情迷。

「她是真的陶醉了還是假裝的？」我盯著廚房裡那塊紅白棋盤花紋的桌布問菲力克斯，因為我自己也有點陶醉了。

「是，也不是。」他是這麼回答的。

她之所以陶醉，是因為那裡的一切就像一個夢。輕拍著船舷的河水，星空，蟲鳴，冒著氣泡的香檳酒，還有憂鬱的國王。她並非陶醉其中，而是在靜靜等待著，她像一個獵人，或者說像一隻獵豹，時刻準備把話題轉到她和菲力克斯想要的方向。

說到陶醉，她的確對國王的財產頗感興趣，但讓她更為享受的，是她在這齣戲裡扮演她的角色時，輕柔的微風在撫摸著她，像一條華美至極的絲巾。有那麼一個瞬間，她自己也完全相信了，她就是那個垂死的百萬富翁唯一的繼承人，當她聽到國王的艱辛往事時，眼眶會漸漸變得濕潤，心裡想著，真像一場電影。

最詭異的是她的眼淚，儘管她生來就活在不真實的幻想世界當中，但她的眼淚卻是那麼的真實，濕潤，鹹澀，國王那顆蒼老的心臟怦怦地跳動了一下，兩下。

在遊艇上共進了一頓豐盛的晚餐之後，國王邀請美女用木笛為他吹奏一曲。她先是拒絕了，最後還是從絲絨套子裡拿出了那管笛子，倚靠在船邊，吹奏了幾首著名的希伯來小調，比如〈迦南的美好夜晚〉和〈羊兒向泉邊走來〉。有時，她吹奏得太過入神了，忘卻自己身在何方，她會蜷伏在甲板邊，嘴裡還銜著笛子，手指按在音孔上，卻不發出一點聲音。儘管如此，耳朵聽不到的旋律依然流淌出來，從甲板上滴落到水面，將河裡的美人魚從沉睡中喚醒，紛紛從黑暗的河水中露出頭來，她們水藻般的長髮在身邊散開，整個河面泛起粼粼波光，那是她們白的，黃的，紫色的眼睛在閃閃發亮。她們全神貫注地聆聽著，輕輕歎息。

國王清了幾次嗓子，想叫醒睡著了的吹笛少女（至少他是這麼想的），最後沒了耐心，開始搖晃她的肩膀。她驚醒過來的那一瞬間，國王凝視著她那雙眼睛裡的黑暗深淵，哆嗦了一下。但很快地，她的眼簾垂下，再抬起時，又是之前那對既羞澀又撩人的眼眸，讓他喜愛不已。然後，他會左右張望，確定四下無人，在她耳邊悄悄地說出一個祕密。

或許她已經不記得了，或許她的內心從不向這種世俗的事情傾斜，可是他，那位被廢黜的國王，激動得聲音發顫，說他很走運，從他的國家偷出了一大筆財寶，包括他們的鎮礦之寶，幾袋鑽石皇冠，成箱的金錠和金甲蟲，以及其他的一些國王們逃跑時通常會抓上的金銀細軟，尤其當他們剛剛被廢黜之後。

所有這些都會是她的，只要她答應嫁給他。

嫁給他？

美麗的少女搖著摺扇，大眼睛一閃一閃的，那條華美的絲巾縈繞著她，國王的心已經像火一樣燃燒。也許他是真的愛上了她，也許他意識到，在她的父親悲慘地過世之後，她將繼承的畫作是多麼的價值連城。國王還有一個小小的計畫，收復國家的計畫，他要收買幾個將軍，重登寶座，執掌皇權。只是他還差點錢，將軍們可得花重金收買，據他所知，畢卡索的名作有時能值不止十顆鑽石。

「可我必須問過爸爸。」她眨著眼睛說。（這麼看東西非常有趣，眨眼睛會讓景物看起來像在大銀幕上一樣閃爍起來……）國王說了句「等一下」之類的話，跑回他的艙房，就在船長室的隔壁，在那裡，他顫抖著雙手，打開了藏在他父親的肖像、他祖父的肖像、他曾祖父的肖像後面的保險箱。然後，回到她這裡，手心裡握著一件寶貝，像一輪喝醉了的月亮一樣閃著奇光，一枚用地心深處挖出的紅寶石打造的石榴。寶石閃耀著成熟的果實一般鮮豔的光芒，發紅發紫，投射到漆黑的河面上。她張大了嘴盯著它，似乎從來沒見過如此美麗的事務。當國王用一條銀項鍊把這枚吊飾戴在她纖細的脖子上，他的手濕潤了，溢出了汗水，也溢出了貪婪，當然，主要是貪婪。而那個少女，想的卻是：遙遠的特拉維夫城燈火通明，從來不會有像現在這樣一個伸手不見五指的時刻，黑暗得能看到河面上閃爍的光影。在特拉維夫，也沒有一條像樣的河，能倒出一個落難國王為你戴上寶石項鍊的樣子。在她的倒影裡，一個骨瘦如柴的小女孩正看著她，大概八、九歲的樣子，有著一雙烏黑的眼睛。那個小女孩不會說謊，既騙不了自己也騙不了別人。已長大成人的佐哈拉懇求她收下那枚發光的寶石石榴，作為禮物，或是賄賂，再或者是一份補償，用來減輕她受到的驚嚇，可是那個孩子堅決地搖著頭，說：不！

日子一天天過去了。旅程不斷延長。她還在猶豫不決。國王已經到她病重的父親住的船艙裡探望了不下十五次，忍不住留意到枕巾上不時灑上了新的血跡，這讓他分外憂傷。到了晚上，國王會陪著少女在甲板上漫步，與她共進晚餐，用他光輝歲月中的奇聞軼事來取悅她，為她奉上野莓大小的寶石和鑽石，時不時撫摸一下她的手，遐想著什麼時候能親吻她。但她，還是在抗拒。

有一天，少女的父親病情加重了。他把她和國王叫到自己的艙房裡，他希望女兒與國王訂婚，並要求國王發誓會照顧她一輩子，視她如珍寶。在他最後神志尚且清醒的時光裡，他見證了這一對璧人忠貞不渝的愛情誓言。當然，他也沒有忘記在國王的耳邊低聲說出他瑞士銀行的賬戶密碼。國王興奮極了，趕緊飛奔回他的艙房，將這串他夢寐以求的數字記在一個小本子上。同時出現在他的艙房門口的，是碰巧經過的船工，手裡正舉著熟透了的水果送來。此刻他已妒火中燒，少女光潔的頸項上掛著的那枚定情寶石正發出萬丈光芒，刺破了曾屬於他們之間的誓言：不分彼此，永結同心……

很快地，少女的父親危在旦夕了。他的女兒擦著眼淚跑過走廊，船長用無線電通知了岸上，在最近的城市靠岸，一位年老的醫生帶著一個表情嚴肅的修女上了船。他們在他的病榻前小坐了片刻，就迅速地離開了遊艇。走的時候還戴著面罩，顯然是為了避免受到父親的疾病傳染。

只過了大概一個鐘頭的時間，上了鎖的艙房內傳來被蒙住了嘴巴的叫喊聲，船長破門而入，發現老醫生和修女背靠背地被綁在了一起，身上穿著那對父女的衣服。而他們，已經換裝成醫生和修女的樣子，溜出了遊艇。現在估計已經在趕路，前往最近的機場了。甚至可能已經起飛，正飛越金色的遊艇，跟船上的老國王揮手道別呢。國王的鑽石、珍珠、金甲蟲，還有其他的漂亮寶貝，如今都安然無恙地躺在少女行李箱的密袋當中。而她，正依偎在她病弱的父親身邊。那個父親笑起來聲如洪鐘，看著比誰都健康。他們還有許多類似的故事，這只是其中一個。

菲力克斯又沉默了。我也不說話。我能說些什麼呢？外面天色已經非常暗了，還有很多很多故事要聽的。可我害怕極了。我突然在自己的胸膛裡感覺到了她的心跳。這就是這個故事給我造成的結果：船，黑色的河流，國王，珠寶，他們說的話……她的活力感染了我。那枚金色的小匣子打開著，照片中，佐哈拉的眼睛生動地閃著光。她說：「看著我，別害怕，別害怕我也別害怕你自己。你，也是我製造出來的。」

「你真應該見見她……」菲力克斯若有所思地笑著，這個笑容我已經很是熟悉。「她就像傳說中的公主，沒人像她打扮得那麼漂亮，她的連衣裙，她的禮帽……就好像每一天都在化妝過普珥節……她賺的所有錢，馬上就散了出去。錢只是在她手上經過，從不停留。她管這叫『不義之財』，是我們從小偷手裡偷來的錢。我就對她說，親愛的佐哈拉，沒有什麼有義之財、不義之財的，錢就是錢，最重要的是用它來做什麼。可是她，天啊，她只是愛我們這場遊戲。看到她把錢財那樣扔掉，我心疼死了。在大街上，或者當她坐在電影院裡，她會在黑暗中突然向空中撒一把鑽石，那可是十顆小鑽石！要嘛就從高高的熱氣球上忽然播撒一陣鈔票雨……」

我坐在那裡不寒而慄，如癡如醉。這種想要從高空往下大把大把地揮灑的感覺，我實在太熟悉了。

突然響起一陣洪亮的電話鈴聲，把我和菲力克斯嚇了一跳。

我聽故事聽得太入神，忘記了所有其他的事情。綁架，外面的世界，報紙頭條。菲力克斯拿起聽筒，聽著電話。突然間他大吼了一聲：「我們馬上就到。」然後掛了電話。

「走吧，阿姆農，我們得走了。」

「去哪裡？那個人是誰？」因為我必須一直保持警覺。

「是勞拉叫我們去劇院。我把我們的勞斯留在那裡了。勞拉在等著我們。」

「我們的勞斯萊斯？」

「勞斯是我的叫法。這是個私人的笑話。來吧，快穿上塔米的衣服，我們出去。勞拉說我們上了所有的報紙，附近可能會有警察。我們必須逃跑了。直到明天，直到我們去銀行，拿到給你的禮物。」

我沒有與他爭辯，穿上了塔米的衣服。然而，在穿衣服的時候，我開始明白過來這些衣服是屬於誰的，感到背脊一陣發涼。

是的，到最後我開始明白了。我真是個糟糕的警探。我並不是用邏輯思考出來的，而是用我的心——因為我走過了我的母親佐哈拉曾經走過的路。當時她比我大不了多少。

因為這是這個故事的規則，是菲力克斯好幾個月之前策劃這項行動時就已經定下的規則。直到現在，我才終於開始明白藏在這整段旅程背後的目的，從我遇到菲力克斯的那一刻起，從我偏離了爸爸和加比為我制定的歡樂行程的那一刻起，我走的每一步都是事先設定好的。就算是我自已想要走的那些步伐，也是菲力克斯事先設定好了的，把我不知不覺地引到了這裡。更重要的是，制定這個行程的是佐哈拉。她就存在於我的身體裡，想要展露出她自己。

紅短裙，綠襯衫，我穿著那些衣服回到了菲力克斯那裡。鮮豔的色彩已隨著時間漸漸褪色。現在，它們對我而言已不再陌生，那些布料觸碰著我的皮膚，輕輕地撫摸著我，溫柔地擁抱著我。

「這些是她的衣服，對嗎？」我問他。

菲力克斯點了點頭。

「當她還是個小女孩的時候穿的？」

「嗯，是啊，當然。」

我想起在火車上他第一眼看到我時的神情，還有我在金龜車裡換上她的衣服時，他濕潤的眼睛。

「我這樣子有沒有任何地方像她的？」我小心翼翼地問。

「你們就像一枚豆莢裡的兩顆豆子。」

第二十四章　警探的兒子

我們分成了兩隊，一隊由我組成，另一隊則是菲力克斯。首先，他解釋了怎麼從勞拉的家走到哈比瑪國家劇院，然後提醒我警探們正在逼近。他的直覺告訴他那個地方有警察埋伏。我問他是怎麼知道的。「如果我感覺背上像有螞蟻在爬，那就是附近有警察的信號。」他說。我也感覺到肩膀中間似乎有點發癢，彷彿有人在盯著我的後背。或許我也開始發展出反警察的感知力了。

一號分隊靠近窗邊查看敵情。二號分隊縫補他的乞丐服。一號分隊在前門的窺視孔偵查，報告門廳一切正常。二號分隊通知一號分隊先行出發，他五分鐘以後就來。

二號分隊走過來，站在一號分隊面前。

「再見，阿姆農，路上當心，別讓人抓住你，放聰明點。你還得聽完她的整個故事，她和你爸爸是怎麼遇見的，你還得拿禮物！」

「那你也小心。」

「來握個手吧，好搭檔。」

搭檔！自從爸爸把我晉升到二級警員以後，我還從來沒有過這麼驕傲的感覺！我向他伸出手。我們握了握手，突然之間，毫無準備地，兩支分隊擁抱在一起。

「再見。」我小聲地說，心裡想：這個犯罪分子曾經是媽媽的搭檔，而現在，過了這麼多年，又成了她兒子的搭檔。這個輪迴圓滿了。

「嗯，現在走吧。」菲力克斯嘟囔著，不知為何迅速地向後轉過身。

好吧，我與菲力克斯在一起的最後一個夜晚，我們之間故事的最後一個章節，現在開始了。

菲力克斯說對了，那裡的確有很多警察。我一從勞拉的家裡出來就認出了他們。有人已經把整個街區的路燈全部關了，還有警車打著微弱的燈光轉來轉去。每個角落都站了一小群警察，手裡拿著地圖，研究著行動區域。黑暗中，我能聽到對講機發出的噪音，還似乎看到了屋頂上的水塔後面埋伏著一個身著便衣的偵查員。也可能是我看錯了。這麼漆黑一片的，實在太難發現藏在屋頂上的監視者。我仍然不太明白，警方是如何猜到我和菲力克斯在這裡的，偏偏就在這個街區。如果他們還沒找到我昨天扔進海裡的金麥穗，就沒有任何理由將我們的金龜車和劫持火車事件聯繫起來！無論如何，事實就是他們已經開始猜測到了什麼，並逐漸包圍了街區。我心想，或許他們還知道一些別的事情，菲力克斯還沒有告訴我的事情。

一個年輕人走了過去，坐在長椅上。他看上去非常疲憊，這麼年輕的人不可能累成這樣。

我瞄了一眼他的鞋子。變換身分喬裝打扮的人往往忽視了換雙鞋子。

他穿的是犯罪調查科發給警員的「守護神」牌皮鞋。

一個小女孩蹦蹦跳跳地走向他，腦袋後頭紮著一根馬尾辮。她用肆無忌憚的眼神盯著他看，佐哈拉的眼神。

「走開，小妹妹，別煩我。」年輕人吼了一聲。

我這個小女孩真是聽話。

我順著菲力克斯的指引，向右轉。可以想像得到爸爸現在正在安排警力四處搜尋我。他坐在特拉維夫城區街道的大地圖前面，指派各個小組出發，去不同地點埋伏。在安排埋伏方面，他很有一套。他總能猜得到犯罪分子會往哪個方向逃竄，受到追擊的時候喜歡藏身何處。有一次，他讓一個偵查員躲在一個大垃圾桶裡，距離珠寶店外面的伏擊點約一千五百公尺遠。那個盜賊從埋伏在商店旁邊的警察手中逃脫，一路狂奔，越過了三個在他的必經之路上等待著的警員——這條路線正是爸爸在籌備追擊行動時就預料到了的——他縱身跳入臭氣熏天的垃圾桶，露出得意的微笑，不料卻聽到了手腕上發出一聲手銬的脆響。

「一個好的警探要像罪犯一樣思考。」

可我已經絲毫不確定我說這句話的時候是站在哪一邊了。

周圍黑得伸手不見五指。只聽到竊竊私語的聲音，和窸窸窣窣的動作。

我必須不斷地提醒自己，從純粹的專業角度出發，爸爸還是可以指望我的，不要讓他失望。是的，我只有十三歲，可是已經接受了將近十年的訓練了。從我三歲時就開始了。那是爸爸想要的，因為莫札特的爸爸就是從他三歲起開始教他彈鋼琴的。爸爸是從教我如何準確描述人們的樣子開始的。有的時候，他會跟我玩一些記憶遊戲：公車司機穿的是什麼顏色的衣服？我們剛剛離開的商店裡誰戴了眼鏡？那天早上幼兒園的每個小朋友都穿著什麼衣服？你生日派對的時候，幼兒園老師穿了什麼顏色的連衣裙？

他一臉嚴肅，面無表情。我要是說錯了什麼，他就會勃然大怒。如果有我沒回答的問題，隔天就得補答。還有懲罰措施。可是最要命的懲罰，就是我失敗時他那聲不屑的鼻哼。

到了我五歲的時候，問題變成了：停在房子前面的汽車車牌號碼是什麼？我們去琪特卡奶奶家的路上經過多少盞紅綠燈？新來的郵差是用哪隻手拿信的？上門收集慈善募捐的人說話是什麼口音？你怎麼發動一輛汽車？為什麼你昨晚睡覺的時候又把毯子拉上來蓋住耳朵？你的警覺性到哪裡去了？這個禮拜你沒有零花錢了。不許哭，有一天你會為此感謝我的。

我跑得太快了，生怕暴露了自己。

到我十歲生日的時候，我之前已經提到過了，爸爸送了我一副人臉拼圖。當我十二歲的時候，他帶我去警局的射擊訓練場做打靶練習。還沒有用到實彈，只用了空心彈，但打的是真槍，口徑為點三八的溫布利手槍。每個月我們都會找一個晚上，單獨去一次，只有我和他。我耳朵上罩著溫暖的真皮耳罩，手上握著冰冷的手槍，感受著那一份沉甸甸的重量，那一股強大的後坐力，還有爸爸指導我的手勢時在我臉旁的溫暖呼吸。前方是高高的綠色人形靶子。「瞄準頭部！瞄準心臟！快！拔槍！開火！」

上百次。上千次。拔槍！開火！你走在大街上，有人拿著一把刀走到你背後——拔槍！你在床上睡覺，有人破門而入，溜進了你的房間。拔槍！你目睹了有人搶奪了一個孩子，正試圖把他塞進汽車裡。拔槍！他想要逃跑？站直了，兩腿分開保持平衡，用左手穩住你的右手，一隻眼閉起，瞄準，現在開火！不好，動作太慢，有這麼長時間，他都殺了你兩次了！現在再拔槍！永遠要做首先開槍的人，你才能活著講這個故事！繼續，拔槍！只能用你的本能行動！時間不等人！你已經沒剩幾年時間可以學習的了，過不了多久你就要真正進入行動了！你都已經十二歲了！拔槍！拔槍！開火！

加比說我花了太多時間在警察局裡玩「牛仔遊戲」，看了太多我這個年紀的孩子不應該看到的東西，爸爸回答她，只有這樣，我才能克服自己的軟弱，變得強大、堅定起來，變得有男子氣概。因為透過玩她所謂的「牛仔遊戲」，我能學會人生中最重要的課程，懂得秩序與混亂是永恆的敵人，遵紀守法與違法亂紀永遠不可共存。加比耐心地聽著，說：是的，孩子天生就是優秀的偵探，因為對他們來說，世界就是一個巨大的謎題，需要他們去解開。可是每個年齡層的孩子都有屬於他們自己的謎題，像諾諾這麼大的孩子，還有其他很多搞不明白的事情，包括與他的身世相關的一些事。這時，爸爸開始發怒，吼著說她管不著，他要怎麼撫育他自己的兒子，不用她來教。或許在對待我的問題上，他是犯過一些錯誤，但在他的理念裡，他作為一個父親最大的責任就是訓練我如何面對真實的人生，如何面對生死存亡的戰爭。加比就會說：「最後他一定會完全變成你訓練出來的樣子，到時你就後悔了。」

一隻蟋蟀不知從哪裡的草叢中叫了一聲。一陣微風從海上吹來，我愉悅地深吸了一口鹹鹹的空氣，從大海的氣味裡汲取力量。我坐直了身體，頭高高地抬起。今晚將是我的大考驗。我必須像他一樣聰明，甚至要比他更聰明。我要試著按照他的方式思考，然後騙住他。知識就是力量，知識就是力量！我知道他是怎麼想的，也知道他會如何安排這類行動。可是他已經不太清楚我是誰了。他那裡沒有我的更新資料。他認識的諾諾已經是不一樣的孩子了。他相當確定我一有機會就會想辦法從菲力克斯手上逃跑。他教過我遇到綁架時應該如何逃生。可是他對現在的我已經一無所知。我生出一種詭異的懊惱之感，因為我知道自己離開了他，逃得太遠了。我還想到，或許，這是我人生中第一次有機會給他一個驚喜。

我越走越快，清新的海風陪伴著我，撫慰著我。我感到後背一陣酥麻，看來過不了多久，他就要收網了。我試著想像他會怎樣給他和其他的偵探概述現狀：

第一，菲力克斯綁架了諾諾，強行抓住了他；

第二，菲力克斯就藏身在這個街區裡；

第四，必須在菲力克斯傷害諾諾之前將其逮捕。

可是並沒有第三點。這一點他不能公之於眾，卻是非常重要的一點：他們必須在菲力克斯給諾諾講關於佐哈拉的故事之前抓住他。

我卻偏偏極其渴望聽完這整個故事。從頭到尾。這是關於我人生的故事。我有權知道一切。我絕不允許任何人中途打斷，即使是我爸爸也不行。尤其不能是他。再也不需要任何祕密了！再也不需要任何偽裝了！

我感覺自己像一名騎士，邁著強健的步伐，正準備走上戰場。有生以來第一次，為了佐哈拉和她的故事而戰。

如果他試圖阻止我——我就逃跑。

如果他要與我打一架，我就打回去。事到如今，我必須知道自己到底是誰。

真夠奇怪的，我離不開綁架我的那個人，卻正逃離想要營救我的那個人。

我實在太緊張了，完全忘記了自己的喬裝，大步地走在路上，緊緊地攥著拳頭，一點都不像一個可愛的小女孩走路的樣子。不過，佐哈拉也不是什麼可愛的小女孩。我能想像得到她像我年紀這麼大時是什麼樣子。她長著一張漂亮的臉蛋，略微稜角分明，眼睛閃閃發光。她是那種惹別的女孩子嫉妒的焦點，女孩們總是在她背後竊竊私語，男孩們也有一點怕她。老師們常常勸她的媽媽把她轉到別的學校，那裡更適合她這種「鋸齒型」的孩子。

她的媽媽？

誰是她的媽媽？當然她會有一個媽媽，和一個爸爸。他們是誰？我為什麼會發抖？

我強迫自己再次放慢速度。出什麼事了？有那麼多的地方，爸爸怎麼會知道菲力克斯會藏身在這個街區？有什麼事是其他所有人都知道只有我不知道的？有什麼事是其他所有人都理解只有我不理解的？我用僅剩的一點點力氣維持著自己的喬裝，要不是有這麼多年的訓練，恐怕我早已失去理智了。我經過了一輛停在街角人行道上的警車，坐在裡面的警察沒有留意到我。我的目光隨著一隻飛翔的小鳥，落到了一株柏樹上，其實是那樹叢裡的電線上。小佐哈拉對長著羽毛的朋友很感興趣。我向右看看，努力穿透黑暗。我知道了！他們在那裡，那兩個穿著黑色上衣的男人。他們站在街邊最高的屋頂上，正在安裝三腳架。放置夜視望遠鏡的三腳架。

爸爸正在收緊我四周的包圍圈。這是一次追捕，就像電影裡的一樣。追捕菲力克斯，追捕我。他會挨家挨戶地搜索，直到發現我為止。我感到背脊一陣發涼。彷彿有一張看不見的強大網絡包圍在我身邊，等待著猛撲下來，把我擒住。我全身上下每一個細胞都在顫抖，但仍然繼續趕著路。千萬別讓他們看到我臉上的驚恐。有那麼多的地點，爸爸是如何想到來這裡找我和菲力克斯的呢？為什麼我就是打不破腦子裡的那堵水泥牆？那個答案彷彿就在我眼前閃個不停，可是我不能……走吧，繼續趕路，現在別搞砸了。再過幾分鐘，到處都有警察了。他們會分散到所有可能的觀察點。沒有任何人能逃過他們的監視。他們要做的就是好好待著，很清楚即使是像菲力克斯這樣狡猾的綁匪也總會從藏身的房子裡出來，買點食物，或者把你，這個被綁架的孩子，轉移到別的隱蔽所。

爸爸已經到這裡來了，我心想。他當然來了。所有人都出發了，這種時候，他絕不會還龜縮在什麼辦公室裡。他一定到了這裡，或許坐在一輛偵查車裡，正拿著手電筒研究地圖。

我能感覺得到他就在我周圍。他的目光尾隨著我。他肌肉發達的身體爆發出強大能量。他就在很近的地方，觀察著，等待著。我能在空氣中感覺到他的存在，能聞得到他的氣味。他就在這裡。這一刻，他的眼睛或許已經聚焦在我的後背上。他是否已經開始好奇我和菲力克斯之間究竟發生了什麼事？他是否已經有所懷疑，在過去這兩天裡，我是有意地不理會他對我發自內心的無聲呼喚？他兩眼之間皺起的那道溝是不是更深了？就像有人用刀子刻上去的。

我越走越快，心臟撲通撲通狂跳。我就像是一隻被狩獵的動物。某處響起了警笛聲，我警覺地跳了起來。儘管沒有人注意到。我看到馬路對面有個警察正在檢查一個過路老頭的證件。那個老頭生氣極了，雙手激動地比劃著。那個警察向他解釋了一些什麼話，老頭立刻平靜了下來。

快逃。快離開這裡。不能讓爸爸抓到我。我不是屬於他的，至少不光屬於他一人。

我用上了我所有的專業知識，所有的訓練，自我演練起他教過我的所有東西。只消一眼我就能洞悉一切。偵查車外面掛著偽造的假車牌。屋頂上的夜視望遠鏡隱約閃著光。手挽著手走過我身邊的小情侶，腳上都穿著「守護神」牌的皮鞋。我還清楚地洞察到了，此刻我和爸爸之間出了什麼事，此刻我的生活和他的生活都發生了翻天覆地的變化。

我用正常的速度行走，留意著任何有可能會讓小佐哈拉感興趣的東西。我就是小佐哈拉。我找到了很好的理由，可以從右肩方向往後看。我時不時地查看一下屋頂，勞拉那位安靜的鄰居還在忙著過她神祕的生活。警察蜂擁而至，遍布各處，正在分配武器，裝置設備。

我太了解警察了，了解關於他們的一切。此刻我能在空氣中嗅到他們焦慮的氣味。我希望菲力克斯能在他們包圍勞拉家的街道之前逃出來。要是他現在就被抓住了，我會發瘋的。他還沒有講完剩下的故事，我還沒有拿到佐哈拉給我的禮物呢。

我很好奇那會是個什麼禮物。誰知道她會突然從她的「死亡之國」給我送來什麼東西。

這是一個詭異的夜晚。一陣輕風吹拂著柏樹的樹冠。所有東西都在呼呼作響，都在吟吟低語。我覺得自己像是行走在空氣當中，遺世獨立。我彷彿失蹤了，迷失了，這是一種奇異的感覺，就像漂浮在宇宙中。或許正是因為這樣，警察們要找到一個失蹤的人是如此困難。因為當你走失了，你就是獨自一人了，自由自在地漂浮在世界上。你可以選擇下一站去哪裡。你是獨一無二的。

在這種時刻，我覺得太孤獨了。大千世界中的一粒小小塵埃，它就是我。

可是，我是誰？兩天之內，所有事怎麼會亂成一團了？我居然成了一名要從我爸爸手中逃跑的逃犯。到底是什麼強大的力量把我吸進了這個故事裡，越來越遠，越來越深……

我頭暈目眩，完全失去了自己的意志。

一股陌生的力量從我的靈魂深處升起，像一片雲霧一樣散開，飄散到我內心最隱祕的角落，低語著：「是你，你要逃離他，你一直都是這樣，一直都有點……害怕他。現在，你知道了這個祕密，這才是真正的你。並非全部，而是你的一部分。因為你的這一部分總是在逃亡，總是在犯罪，永遠。看起來，你已經不能繼承你的父親，成為世界上最好的警探了。」

伴隨著這個令人痛苦的低語聲，我還聽到了內心的另一種聲音，嘶聲吼叫著：「你可以選擇，如果你願意，繼續走你母親的路……還有菲力克斯……」我腦中浮起一個念頭，或許他綁架我，是為了傳授給我一些他那個行業裡的祕密招數，教給我他的專業……

身體外面，我穿著她的衣服。衣物輕柔的撫摩直達我的內心。它們伴隨著我的步伐節奏在哼著小調。很久很久以前，有一個叫佐哈拉的女人，再早一些時候，她是一個小女孩。我對小女孩時期的她還是不太了解，不過她的衣服在跟我說話。它們對著我的皮膚訴說著，她的短裙，她的襯衫，甚至還有那雙吸收了她腳上汗水的涼鞋。

我完全可以閉著眼睛走路。彷彿我的腳認識從勞拉家到哈比瑪國家劇院的路。我乾脆停止了思考，讓佐哈拉的涼鞋引領著我往那裡走。它們果真做到了。它們帶著我走下人行道，留心每一處坑窪，每一個路口，每一排樹木。有一次我想向右轉，可它們強迫我向左轉。我還從來沒見過這樣意志堅定的涼鞋。距離最後一次走過這條路線已經過了二十五年了，它們仍然記憶猶新。當我走路的時候，它們就向我的腳丫不斷發送信息，直到我終於明白過來。曾經有一個小女孩叫佐哈拉，不過，你可千萬別叫她「小女孩」，否則她會朝你一拳打過來。佐哈拉總是特立獨行，活在自己的世界裡，被其他的孩子們排斥。她思想早熟，有時候會逃避到自己的幻想空間當中，在她忽閃忽閃的眼睛後面，上演著一幕幕只為她一人而演的電影和戲劇。還有什麼？對了，她喜歡草莓果醬和巧克力。

她住在高高的大樓裡，從她的房間能看到最廣闊最蔚藍的大海。她喜歡在床墊的祕密小洞裡藏樹莓味的糖果。喜歡在牆上掛來自全世界各地的明信片。她還喜歡收集來自遙遠國度的士兵玩偶。可是她為什麼要收集那些玩偶？誰送給她的？又是誰給她寄的明信片？

或許是她的父親。到現在為止我還沒有想過她的爸爸。她當然會有個爸爸，對嗎？

我走在路上，像喝醉了一樣。那雙涼鞋讓我跳起舞來，彷彿忽然間它們被注入了一股歡快的力量。我的眼睛裡滿是愚蠢的淚水，真可笑，我，一個男孩子，笑得像個小女孩一樣。像一個努力忍著不想哭出來的小女孩，在牆上刻出閃電的印記。在這兩天瘋狂的時光裡，我怎麼就沒看出來呢？勞拉家裡的臥室，枕頭上的味道，衣櫥裡的衣服，還有來自全世界各地的明信片。

因為我在害怕，害怕知道一切。

勞拉整個晚上都和我坐在一起。她還知道我的生日。

我怎麼會遺漏了這一點？

還有，爸爸猜到了菲力克斯會把我帶到這裡，帶到勞拉的家裡。

這是我的必經之路。我的路徑早已被事先規劃好了。

這就是命運。

正如菲力克斯告訴我的故事。

我躊躇不決，猶豫萬分。我還能承受多少驚喜？這段旅程中還會發生什麼事？

「在交通號誌燈附近有一個小坡，到那裡向右轉，然後再向左轉。」菲力克斯指路的時候說。

我向右轉，然後再向左轉。

「然後看你的正左方。」

我面朝左邊看過去，像一根面對九點鐘方向的時鐘指針。

電線杆後面有一個女人，正朝我揮舞著圍巾。是勞拉。

她站在一輛帶邊車的摩托車旁邊，我突然被一段早已遺忘的記憶擊中。摩托車，邊車，番茄盆栽。一個笑起來像野馬一樣奔放的男人，直到有一天，他停了下來，變得非常憂鬱，非常刻板。可是坐在摩托車上的是菲力克斯，他戴著一副古怪的墨鏡和一頂皮製頭盔。很明顯，他是在模仿爸爸當上警察之前的打扮。他顯然比我早到了。他踩了一腳油門，引擎轟的一聲發動了。

這就是我們的勞斯萊斯。

還有著名女演員，勞拉·琪佩羅拉。

她是佐哈拉的媽媽。

菲力克斯·格里克，這個擁有金麥穗的男人，愛過我的媽媽。但他不是像情人間的那種愛，不是一個男人愛上一個女人那種愛，而是像一個父親愛他的女兒那樣。

為什麼我之前沒明白？

菲力克斯是她的父親，勞拉是她的母親。

金麥穗和紫圍巾。

佐哈拉的父親和母親。
他們一齊催我趕緊上車。
我的外公和外婆。

第二十五章　佐哈拉起身穿越月亮，而丘比特換上了重型武器

一整個晚上，我，菲力克斯和勞拉，我們騎著那輛加了邊車的摩托車。風吹在臉上，揚起我們的頭髮。為了讓對方聽得見，我們必須大喊大叫。菲力克斯騎車，勞拉坐在他後面，抱著他的腰，而我坐在邊車裡，像隻蟲子一樣蜷縮著。過了一會兒，我們換了位置。我坐在他後面，抱著他的腰，勞拉像隻蟲子一樣蜷縮在邊車裡。

我們在深夜的黑暗裡暢遊。城市的燈火在頭頂閃爍，將我們倒映在盲人乞丐朦朧的鏡片上，路邊精緻的櫥窗中。摩托車的黑影拍打著人行道，廣告牌和情侶們最愛的長椅。一個接一個的剪影在我們眼前飛快地掠過，夜晚的小咖啡館，昏暗的林蔭道，街上的清潔工，還有三五成群，半夜裡出來溜達的狗，對著我們狂吠。一隻斑點狗，一隻德國牧羊犬，領頭的是一隻小小的白色獅子狗，要嘛就是一隻小臘腸犬，一隻大丹犬，和一隻醜陋的牧羊犬。就好像特拉維夫的狗狗們派出了代表團為我們送行，送我們踏上追尋佐哈拉的征途。

或許我應該先描述一下我們在國家劇院外面碰面時的場景。我與我的外公外婆碰面，這真是送給我成年禮的雙重驚奇大禮物，當然，不帶退貨發票。

我踩著輕鬆隨意的步伐走在街道上，可是不出幾步，我就開始狂奔。勞拉朝我揮動著圍巾，

一開始用一種很矜持的方式，彷彿她是國家劇院的第一夫人。可是當我走近了，她開始朝我跑過來，整條大街上（或者說世界上）沒有任何人能認得出來那個人是她。她穿著藍色牛仔服，長長的頭髮披下來，沒有化妝。我們飛奔向對方的懷中。她看到我臉上的表情，就明白我已經知道一切了。我們擁抱在一起，我把頭依偎在她的肩膀上，說：「你是佐哈拉的媽媽。」她回答道：「是的，是的！你終於發現了，我太高興了。我已經忍不住要告訴你了。」國家劇院上空的氣壓突然下降了，我的後頸脖一片濕潤。

菲力克斯站在那裡，手放在屁股上，不住地點著頭：

「你們好了嗎？抱歉，我們必須啟程了！之後還有的是時間讓你們哭哭啼啼的。」

「你真是大英雄！」勞拉刮了刮他的鼻子，「我知道你為什麼要戴這個頭盔，可是我還是能看到你的眼睛！」

「他是我外公，這個我也知道了。」我對勞拉說，有一點為自己感到驚奇，我剛才那麼熱情地奔向了她。

「如果你敢公開叫我一聲外公，我就把你扭送到警察局。」菲力克斯嘟囔著，「我這麼年輕怎麼能被叫做『外公』？」

「可憐的孩子。」勞拉交握雙手，激動地說：「有菲力克斯．格里克這種外公。」

菲力克斯抗議道：「有什麼可憐的？你還認識哪個外公會帶他的外孫去劫持火車嗎？」

他是對的。

勞拉說：「你要是叫我外婆，我會很開心的。菲力克斯最後也是會習慣的。」我再一次被她的香水味包圍著，就像一片雲霧包裹著我。我終於有一個真正的外婆了，我心想，一個會擁抱我的外婆，而不是一個只會挑三揀四的祖母。

「那你們結過婚嗎？」我忍不住問了一句，因為她還有自己的原則。

「他問我，我結過婚了嗎？」勞拉笑了。「哪有一個外孫會問他外婆這樣的問題。」

「不是，因為你曾經說過……」

她大笑了起來。「是的，諾諾，那是真的。我喜歡獨自生活，隨心所欲，我的確是那樣的女人。我總是像吉卜賽人一樣自由自在。如果我愛上了什麼人，絕不會等著他過來。我會徑直走過去，向他表白！還有，我的確愛上過這個老頭子。」她憐愛地拍了拍他的頭盔。「我想給他生個孩子。可是我還是沒有準備好將開啟我生活的鑰匙交到他手上。」

「在我看來，螺絲起子跟鑰匙一樣好用。」菲力克斯笑了起來。我真為勞拉，我的新外婆，感到驕傲。因為我知道她無論何時都會忠實於自己的心。

「你從哪裡弄來這部摩托車的？」我問菲力克斯，他露出了一個神祕的微笑，聳了聳肩膀，口中念念有詞，咕噥著什麼神奇的菲力克斯，萬能的菲力克斯，還有其他一些吹牛的形容詞，主要為了氣一氣勞拉。可是勞拉只是大笑著，揉了揉他的脖子，說：「都七十歲的人了還像個小孩子一樣！」

「出發！」菲力克斯發動了，我們也一起上路了。

我有許多問題想問她，還有他。為什麼這麼多年來她都沒有嘗試過聯繫我？她知道我的存在嗎？當我和加比在她家外面見到她時，她認出我了嗎？……

加比。加比，加比，加比。

她怎麼能對我隱瞞關於勞拉・琪佩羅拉最重要的事？她與菲力克斯・格里克曾經相愛過，他們有過一個女兒，現在已經去世了，她曾經是一個，嗯，是一個罪犯，她碰巧也是我的媽媽。這麼多年以來，加比一直在向我傳遞著微妙的暗示，提示我勞拉・琪佩羅拉與菲力克斯・格里克是我人生和命運當中兩個極為重要的人物。她為我的好奇心埋下了小小的種子。她說著紫圍巾，說著金麥穗，模仿勞拉，唱她的歌，講菲力克斯的人生傳奇，所有這些都是為了等待種子到一個合適的時機破土發芽，那就是距離我成年禮還有三天的時候。

他們合力誘捕我。可是我很樂意被他們捕獲，非常樂意。

我忍不住偷看勞拉和菲力克斯，努力地去習慣他們成了我的外公、外婆這件事。還是感覺很奇怪，因為在我認識勞拉之前，她是那麼遙不可及，而現在突然之間，她進入了我的生活。這種區別實在太巨大了，差不多跟一個叫「勞拉・琪佩羅拉」的人和一個叫「勞拉・卡茲」的女人之間的區別一樣大。我還是不太明白，這樣的事怎麼會發生在我們身上，我們怎麼會變得如此親密，有一個真正的外婆是什麼感覺……突然間我們的目光相遇了。

「諾諾，我一看到你，」她說，並從邊車裡斜靠過來，「我就意識到這些年我實在太笨了，為什麼不試一下反抗你的父親，跟你見個面。」

「他不同意嗎？為什麼？」我大聲叫了出來，並不僅僅因為風聲太大。

「佐哈拉去世之後，他不想與她過去的生活保持任何聯繫。天啊！他生怕她的某些特質遺傳到他兒子身上，就連我的存在都被他抹去了！」她把頭髮綁了起來，好讓我聽得更清楚一些。

「可是我受夠了，現在我要和你達成協議，而不是跟他。我非常願意做你的全職外婆，你會錄用我嗎？」

我大笑起來。一直都有那麼些女人想當我的全職媽媽或者全職外婆。我把手伸向邊車，跟她握了握手。我當然會錄用她。

「咱們到鑽石中心了。」菲力克斯透過他的頭盔大喊，他在一個大大的十字路口轉彎，從馬路上開下去，進入了大樓後面的一片空地。

然後他停車。

風停息了。勞拉和我都鬆了一口氣。菲力克斯在我們旁邊跳來跳去，努力想要摘下那頂帶著耳罩的，酷似二戰時期飛行員頭盔的皮帽子。空氣中彌漫著巧克力的香味，我馬上知道我們在哪裡了——我和加比之間的甜蜜祕密之泉，美妙的巧克力工廠。這五年裡，多虧了我和加比的光顧，他們的規模已經擴大了許多。

我笑了。「你怎麼知道我喜歡來這裡？我可從來沒跟你們說過。」

「跟我們說什麼？」勞拉問，然後嗔怪道：「好了，菲力克斯，快把腦袋上那個傻玩意脫下來。」

「加比和我每個月都來一次，去那個巧克力工廠，看他們怎麼製作巧克力。」

「每個月一次？」勞拉大吃一驚。

「我們已經堅持了好幾年了。然後，我們就會去你家附近等你。」

勞拉看看我，又看看菲力克斯，晃了晃腦袋，說：「我真想見見這個叫加比的女人。她簡直太出色了！」

我不是很明白她為什麼如此激動。外婆們不是應該擔心小孩子吃多甜食會長蛀牙，不允許他們頻繁造訪巧克力工廠嗎？

「現在先別想巧克力的事了。」菲力克斯用命令的口吻說。他總算把那頂古怪的頭盔脫了下來，不好意思地看了一眼勞拉，加了一句：「都是我這鼻子，你看，太礙事了。」

勞拉狠狠地用手指比了一個剪掉的手勢，菲力克斯退縮了一下護住他的高鼻子。我有一種感覺，他多多少少總有些怕她。

「先別想巧克力了！」他又說了一遍。「看看，鑽石中心！這就是你的故事開始的地方。」

「我的故事？」

「是的，長官！就在這裡，很多年之前，這裡是以色列的鑽石中心！整個大樓裡全是鑽石，還有很多警衛和監視器，連一隻老鼠的一舉一動都不會放過，到處都是最先進的警報系統。長話短說，有一天，我和佐哈拉開車途經此處，她看到了這棟樓，一邊笑一邊說：『你覺得怎麼樣，老爸？』——她過去是這麼叫我的——『我能不能哪天晚上闖進去，爬到樓頂上，再偷偷溜走而不被人抓住？』」

等等，慢一點說。我很想把自己的耳朵遮住。實在很習慣聽到我自己的母親說出這種話，好像是電影裡的人才會說出來的臺詞，而且是沒有小孩的人。

菲力克斯繼續說著：「我就對她說：親愛的佐哈拉，那樣有什麼意義呢？如果你是想要錢，你要多少我就給你多少。要是你還嫌錢不夠多，不夠好玩，咱們就像之前那樣，去國外，去一個沒人認識我們的地方，幹上一票大的。」

勞拉把手放到我的肩膀上，「你要是聽不下去了，就告訴我。」她小聲地說：「菲力克斯很喜歡講引人入勝的故事，但有時候他太誇大其詞了。」

「誇大其詞？」菲力克斯抗議道：「我是實事求是地講故事給他聽，帶他到故事的發生地，給他看當時是怎麼回事。這就是生活！錯了嗎？」

我開始明白為什麼這兩個人沒辦法生活在一起了。

「繼續。我想聽。」我說。

「啊哈！你看吧？」菲力克斯趾高氣昂地對勞拉說：「你外孫想聽！好吧，長話短說。佐哈拉對我說，老爸，我不想再要不義之財了，也不再想去戲弄那些傻子了。我只是想找點兒樂子，找一下心跳的感覺。因為回到家以後的生活太無聊了，我在這裡都要無聊死了。你覺得我爬上屋頂吹笛子怎麼樣？就吹一首曲子。然後我就下來，不會讓人抓住的。你說呢，爹爹？」

我向上看，頭向後仰，好看到樓頂，一邊笑一邊這麼看還真不容易。「就為了上去吹笛子？」一首小調在我心中回轉了起來。

「闖進這棟大樓是很愚蠢的事情。」菲力克斯接著說：「要是為了拿點好東西，我還能理解。畢竟算是個生意。可是就為了炫耀一下？唉，佐哈拉就是這樣。凡是我不讓她幹的事，她就偏要幹。我要是說，佐哈拉，親愛的，小心一點！她就會說，噢，爹爹，你什麼都不准我做。」

我看著他，心裡想，是的，他們一定就是這樣爭執的。

「對著樹木石頭說話都比對著她容易。」菲力克斯歎了口氣。「我說不行，她說就要，到最後我們誰也不理誰了。過了一段時間，我確信她已經忘了這回事了，謝天謝地，然後我就出國工作了，把她留在家裡。可是發生了什麼事？大概兩週之後我接到你外婆的電話，說佐哈拉那麼幹了！就像她說的一樣！」

「你是說她做到了？爬到了屋頂上面？」

「當然了！不過別問我她是怎麼做到的，我也不知道！到處都是警衛，卻被她視為無物！但是監視器還是拍到了她，一時間亂成一片，每個人都跳了起來，警報聲，警衛，警察，警犬……這時佐哈拉狂奔了起來！一邊奔跑一邊大笑！可她並非逃跑，而是徑直跑上了屋頂！因為她想在那裡吹笛子，是吧？因為對她來說，這只是一場遊戲，是吧？」

他若有所思地搖了搖頭。「可是在那之後發生的事，我就不知道了。」他聳聳肩膀，說：「或許你能告訴我。」

「我？可是我怎麼……」

「這是你的故事，不是嗎？」

我怎麼可能知道？當時我還沒出生呢！他朝我努了努嘴，他濃密的眉毛比從前皺得都高。她去了哪裡？正如計畫的一樣，她爬上了屋頂，可是她還打算做些別的事情。我微笑了。不，不可能。她可不敢在那麼多警察面前吹笛子……可是，菲力克斯閉上了眼睛，有力地點了點頭。你是說她真的做到了？她從口袋裡拿出了那管木笛，吹奏了起來？

「嗯，當然了，不然你覺得呢？」

月光灑在高高的大樓上。我想像著佐哈拉站在屋頂最高處，或者甚至坐在屋簷邊上，腳丫子伸在半空中，月亮的柔光傾注在她的秀髮上，也灑了下來，灑在我們現在站著的這片空地上，灑在警察們的身上，和帶著藍色條紋的警車上。她安詳地擦拭著笛嘴，我猜她要開始吹奏了。那首夢幻的河上小調在我腦海中響起，我能感覺到她頸項的悸動。

突然間，嗚……笛聲！清澈，柔和。我能聽到悠揚的笛聲從樓頂飄出，一個一個的音符傳入了樓下警察的腦中，他們一動不動地站著，有的害羞地舉起了帽子，傾聽著那纖細的笛聲，好似星空下草原的羔羊，圍在吹笛人的身旁。

他們還不知道在上面的是一個女人。

佐哈拉吹了一整首童謠，完全沒出錯。警察們站在下面一動不動，像被釘住了一樣。他們彷彿聽到了一首讚美詩，讚美勇氣，讚美傳奇和瘋狂。吹完了，她小心地擦乾淨笛嘴，把笛子放回了絲絨袋子裡。現在她要做什麼？

笛聲停止的那一刻，魔咒解除了，又開始一片騷亂。警察們在樓裡到處跑，警犬叫個不停，對講機裡大聲喊著各種命令，而她呢？她當時在做什麼？

「你來告訴我們。」菲力克斯小聲說：「你知道的。」

我？我怎麼會……？

沒錯，我已經有些了解她了。當我緊閉上雙眼，能感覺到在我額頭的那個點上響起了她的嗡嗚，我立即知道了，她沒有傻等著警察來抓她。「她逃跑了，是嗎？」

是的，菲力克斯的眼神告訴我。

可是能逃去哪裡？沒有路能下來，而在她之上，只有天空。那麼，她做了什麼？她能做什麼？跳起來抓住一架路過的飛機？從電線杆上滑下來？菲力克斯微笑著，什麼也沒說。勞拉歪著頭，觀察著我，彷彿在我的臉上追尋著她的女兒佐哈拉的思想軌跡。我閉上眼睛，集中注意力。我感覺到那個點開始發熱。佐哈拉站在屋頂上，我的媽媽，菲力克斯的女兒。我果然與聰明的騙子們一脈相承。忽然間，我也成了一代王朝的其中一員……如果我處在她的位置，會怎麼做？為什麼我想不到一個特別聰明的辦法讓她離開這裡？為什麼我集中不了精神？或許是濃重的巧克力氣味妨礙了我的思考……我和加比的甜蜜祕密之泉……我們每個月來一次這裡……一隻小羔羊來到泉水邊……那個氣味將我越拉越近，輕念著魔法咒語……

「那裡。」我四處張望，指著那個巧克力工廠。「我媽媽逃到那個地方去了，」我認真地補充了一句，「她特別愛吃巧克力，你知道的。」

「謝天謝地。」菲力克斯鬆了一口氣，彷彿我剛通過了一場入學考試。

勞拉和菲力克斯相視而笑，也許是因為我剛叫了她「我媽媽」。

她逃到了巧克力工廠。

這也是為什麼加比……五年來每月一次……

那麼多次，風雨無阻。

「可是她是怎麼從鑽石中心到達巧克力工廠的呢？」菲力克斯低聲問道。

「怎麼去的？」這的確是個問題。兩座建築物之間離得很遠，想要縱身一躍跳過去太不現實，而爬下去，也不可能，警察們都在下面等著呢。等等，「那個時候這附近有沒有什麼吊車？」我問道。

勞拉說：「這附近總是會有吊車。我覺得他們在這裡建大樓不為別的，就是為了把吊車立起來。」

這樣的話，我知道了。

我們假設，佐哈拉跳到了立在這裡的一部巨大吊車上。吊車的車臂伸展到鑽石中心的樓頂。她伸出腿測量了一下距離：只需一個小跳，大概一公尺左右，她就能到那上面。倒不是很遠，但有數十公尺高的落差。菲力克斯審視著我的面部表情。我什麼都沒有說，而最瘋狂的念頭正在我腦中穿行：佐哈拉綁起長髮，把辮子塞進衣領裡。她將木笛裝進口袋。生死就在此一跳！不過死亡從來沒有嚇倒過她。現在，她縱身一躍，越過了那道深淵，落在吊車的金屬長臂上……我甚至沒有停下來等菲力克斯確認我的猜測，我的幻想。我對此確信無疑，彷彿那一刻我與她同在。我感覺到了她落下時的重重一震，她的牙關緊緊地咬在一起。她在上面躺了一會兒，疼得有些發麻，或許是嚇壞了，不過很快地就開始爬行……

不對，抱歉。如果是我在上面，估計會爬行著離開。但在吊車上的人是佐哈拉，她絕不會爬著走。絕不。慢慢地，她顫抖著伸直了身體，抬起了膝蓋，然後她站了起來，開始行走。

我凝視著夜空。一道長長的金屬車臂將月亮切分成兩半，我想像著自己的媽媽正從上面走過，穿越月亮。她盡量不去看腳下的深淵，儘管也許她其實非常想看一眼。而正看著我的菲力克斯，突然間倒抽了一口涼氣。

還有那些警察？他們在幹什麼？拿出手槍瞄準目標？吹響警哨？我完全明白他們的感受，他們一定非常困惑，非常不解，眼睜睜地看著一個小小的身影無法無天地闖入了戒備森嚴的禁地，坐在屋簷邊吹了一首童謠，之後又起身去穿越月亮，筆直地行走著，就像在玩高空走鋼絲，挑戰著比他們的手槍手銬和警哨要強大得多的東西。也許正因為如此，他們幾乎不敢行動，只能製造出一片喧鬧，卻不知該做些什麼。

「不是所有的警察都這樣！」菲力克斯糾正了我的想法。「有一個人明白她要去哪裡。只有一個人，唯一的警探。」

勞拉和菲力克斯注視著我。現在輪到我繼續講故事了。好好描繪一下這個警探，唯一明白佐哈拉意圖的人。我試圖把他設想成美國電影裡的某個形象，英俊瀟灑，有著鬈曲的頭髮和蔚藍的眼睛。可是，這樣感覺怪怪的。

能怎麼辦？我只好拿出了家裡面的那個例子。

「這個人，這個警探，個子不高，但非常硬朗。他長著一個大腦袋，幾乎看不到脖子，結實極了。」還有點煩人，我心中暗喜，有點討厭，看上去總是心不在焉，總的來說，是個滿身臭汗、脾氣暴躁的大老粗。

「對極了。」菲力克斯露出微笑，「他就是這樣。」

接著聽，勞拉用眼神說道。

「他是唯一知道該做什麼的人。他不動聲色地快步跑到吊車那邊，沿著鋼架往上爬，把它當成了一副長梯……」

這樣真好，我想著，心裡很溫暖。高空作業這方面他有著豐富的經驗，爬上旗杆什麼的……因為大約四、五年前的某個夜晚，他溜到了耶路撒冷五個領事館的房頂上，暗地裡把國旗的繩索切斷，換到其他的地方綁上。於是第二天早上，義大利大使醒來的時候，房頂上掛著敵對國衣索比亞的旗幟，而法國領事正吃著牛角麵包，抬頭一看，差點沒噎得窒息——他的領地上空正飄揚著大英國協的大旗！沒過一會兒，九個氣急敗壞的大使和領事開始互相通電話，空氣中充滿了各國語言的惡言惡語和外交唾沫。整個耶路撒冷爆發出一陣哄笑，我的爸爸也贏得了他的賭注。現在，他又攀上了這根垂直的高竿，爬到了吊車的長臂上，離那個神祕的走鋼絲的人就幾公尺。爸爸坐了下來，往下瞄了一眼，差點暈過去，之後他盯著那個膽大包天的疑犯，意識到自己從來沒有遇到過這樣的對手。

他們真的是在天上相遇的，我心想。

一步，又一步，走鋼絲的人差不多要到達鋼臂的那端了，那一邊就懸在巧克力工廠的樓頂上。爸爸試圖匍匐前進，可是恐懼和眩暈把他壓倒在吊車的長臂上。他決定拋開面子放棄自尊，改用爬的。他的肚子貼在鋼臂上，能感受到逃犯每走一步引起的微弱震動。那種震動傳播到他全身，給他帶來一種莫名的快感。走鋼絲的人忽然間往後轉身，看到了這個氣喘吁吁的尾隨者。佐哈拉兀自笑了出來，很讚賞他的勇氣，也很鄙視他爬行的樣子。當時真的是這樣嗎？還是我編造出來的？我不在乎。只是希望事實如此。直到今天，每當我開車路過巧克力工廠時，都會想像出這樣的場景：他們在上面，無聲地爬過巨大的吊車鋼臂。他們懸在燈火通明的城市上空，警察們的上空，第一縷親密的絲線在他們之間微妙地編織了出來，或許正是因為這縷突如其來的絲線，佐哈拉開始加快了腳步，幾乎是在逃跑，而爸爸則加快了爬行的速度，越追越緊。然而，佐哈拉在他之前到達了鋼臂的那頭，到了巧克力工廠的樓頂上方。

我深吸了一口氣，「然後她跳了下去。」

「可是那很高啊！」菲力克斯表示懷疑，「大概能有四公尺高呢！」

「她還是跳了！」我堅持，「什麼事都沒有！」

「而且她一貫都用雙腳著地。」菲力克斯驚訝地嘟囔著。

「那是一個夜晚，」我繼續說著，已經無法停下來。這個故事從我的身體裡傾瀉出來，從我兩眼之間那個發熱的地方往外湧，儘管我之前從未聽過它。「巧克力工廠已經廢棄了，佐哈拉在裡面跑來跑去……」我看到她奔跑著，尋找出路，在偌大的廠房裡四處摸索，赤著雙腳，鑽進鑽出，爬上爬下。這一切我都看見了，有一根羽毛在輕搔著我的大腦。我把我的想像直接講給他們聽。這一次我沒有說謊。我終於終於講出了這個故事，它一直存在於我的大腦中，就像一團亂麻，如今突然間解開了。佐哈拉死而復生了，她在巧克力桶和攪拌機之間舞蹈，偶爾停下來，忍不住伸出手指蘸一點巧克力，舔上一口，然後放聲大笑。

一聲重重的悶響，一個龐大而笨重的身體降落到了巧克力工廠的屋頂上。是那個警探。唯一的那個。他翻滾了一圈，罵了句髒話，站起來，小心翼翼地拔出槍，進入巧克力工廠。他四處張望，搜尋著那個疑犯。他得到一個清楚的信號：他的肚子四周發熱時，罪犯就在附近。此時他覺得非常的熱，在肚子四周，全身各處。

「喂！你！」爸爸大喊著，他的聲音伴著巧克力的氣味在工廠裡迴響。「這個地方已經被包圍了！你跑不掉的！雙手高舉過頭，慢慢地出來！」

回音漸漸消失。一片寂靜。爸爸謹慎地看看四周。巧克力的香味飄進他的鼻孔。也許，有那麼一瞬間，他想起了自己的童年，在一個類似的廠房裡，到處是裝滿白糖和麵粉的機器，跟這裡何其相像。餅乾配上巧克力，太美味了！可是，他馬上抑制住了這些念頭，他這個職業絕不允許有一點分心，任何一個小錯誤都可能致命。他小心翼翼地邁著步子，朝各個方向揮著手槍。

然後呢？接下來發生了什麼？我的想像力突然間關上了。前額上那個熱熱的地方也變冷了。一道暗紅色的窗簾在我的腦海前方擺動著。

「然後，她開槍打了他。」菲力克斯說。

「她開槍？」我大吃一驚。我從來沒想過她居然有把槍。「你是說她朝我爸爸開槍了？」

「是啊，當然了。那把槍現在就在你的口袋裡，阿姆農。你從我這裡拿走的槍就是她的。」一把女人的槍。我記了起來。沒錯，他曾經在一個軍火展覽上把玩過一把類似的手槍，還用手指敲了敲。

「他受傷了嗎？她打中他了？」

「打中了肩膀，我很抱歉。她這輩子從來沒有開過槍，連蒼蠅都不肯打死。可是對著你的父親，她射出了一顆子彈。或許她只是想開個玩笑，跟他玩一下，或許……誰知道呢？」

「或許什麼？她為什麼突然朝他開槍了？」我咆哮著。

「或許她感覺他很危險。」勞拉輕描淡寫地說了一句。「不是因為他是個警探，而是因為他是個男人。她有可能感覺到了他會在她的生命當中扮演一個非常重要的角色，這讓她十分恐慌。」

我向後靠倒在摩托車的邊車上，讓自己癱在裡面。我大概要花上幾百年的時間，才能消化所有這些事。我把頭埋到座位裡面，雙腳懸掛在車邊。勞拉和菲力克斯低語了幾句，菲力克斯鼻子哼了哼。一架飛機飛過。鑽石中心樓頂的霓虹燈閃爍著紅光。我倒著躺下去，脖子上掛著的那枚子彈順著鍊子從領口掉出來，落在我的嘴上。冰冷刺骨。是從他的身體裡取出來的。佐哈拉射進去的。我這一生都把它戴在脖子上，卻毫不知情。「就像丘比特的箭，」勞拉說，溫柔地把我從邊車裡拉了起來。「你爸爸在那一刻愛上了她。」

「因為她開槍打他的時候在放聲大笑。這時他才聽出來她是個女子。」菲力克斯解釋說。

爸爸震驚地站著。我敢肯定被子彈擊中的疼痛，一定不亞於被一頭牛頂了。爸爸用他沒有受傷的那隻手抓住肩膀，試圖止血。「什麼！你是女人？」他驚訝地問道。

她又笑了，銀鈴般的笑聲在四周迴響，嘲弄著他。

她又開了一槍，但這回並不是為了打傷他。

「你鬥不過我的。」爸爸大喊著，露出勉強的微笑，強忍著痛楚。

可是她又開了一槍，把他頭頂的大燈打得粉碎。爸爸躲閃到一邊，用可可豆的麻袋做掩護。又是一槍。咖啡色豆子濺了他一身，香氣四溢。他跳到後面，彎下腰。她開槍。他數了數她打出的子彈數量，計算她的彈匣裡還剩多少發彈藥。知識就是力量，只不過這一次，似乎他知道的越多，就變得越軟弱，心被她俘虜得越徹底。

就這樣，只有他們兩個人，時間彷彿靜止了。她大笑著，嘲弄著他，藏在機器後面，爬到堆高機上，在組裝線後面朝他吐吐她粉紅色的小舌頭，在糖袋子後面揮舞幾下她的毛衣，他一跑過來就馬上消失，又在另一個完全不同的地方出現，並且小心地朝他的頭頂上方開槍，這也是遊戲的一部分。

儘管他剛剛受了傷，卻一直沒有收起笑容，並非出於自願。

「就是這樣開始的。」我解釋道，突然間明白了過來，「她能讓他笑出來。」

「對了。」勞拉表示認同，「她如果想逗人發笑，誰也抗拒不了。」

是的，我心想。世界上只有她一個人能讓他笑出來。

可憐的加比。

「有一次，我們在牙買加。」菲力克斯回憶道，「佐哈拉當選了一九五一年度笑容女王！她笑一笑就贏到了三千美元的獎金！」

「於是，他們在廢棄的巧克力工廠裡放聲大笑。」我接著說，想像著他們的歡樂場景，我的父親和母親，在偌大的機器周圍相互追逐，年輕，快樂，不像警察與盜賊，而像一個男人與一個女人，她笑得如銀鈴一般，他笑得像野馬一樣，他們的笑聲響徹廠房。我還從來沒有聽過他發自內心地大笑過。「直到突然間……」

有時我想，也許在那個時刻我註定是一個會編故事的人。「突然間，」我接著說，異常自信，「當她跑過一個高臺時，她絆倒了，翻滾著掉了下來，然後……」

「然後怎麼樣？」勞拉和菲力克斯緊張地問，向前靠了過來。

「然後她摔了下來……」

「再然後呢？」

「徑直掉入了裝巧克力的大桶裡，」我無比驕傲地下了結論。那個桶有三公尺寬，三公尺長，兩公尺深。一個巨大的攪拌器緩慢地攪動著裡面的甜蜜。我記得所有這些大桶的尺寸。加比曾經在最大的那個桶面前站了好幾個小時，我這個傻瓜，當時以為她想一頭栽進巧克力的海洋裡潛泳。

「爸爸跟著她跳了進去，還穿著制服什麼的全副裝備。他使出全力在濃稠滾燙的巧克力熔漿裡游泳。」突然之間我聽上去像是個體育節目的解說員。

到這裡我停住了。

因為爸爸壓根不會游泳。

「沒錯。」菲力克斯表示同意。「他差點就被淹沒了！」他對著身旁的勞拉，帶著嘲諷地加了一句：「什麼樣的警探會淹死在巧克力裡啊！」

「可佐哈拉會游泳。」勞拉接著說道，絲毫不理會他。「她抓住他的鬈髮，把他一路拖到了桶邊的階梯上。」

她抓住了他的鬈髮。也抓住了他的心。

那個時候，他還是滿頭的頭髮，也還有心。

「噢，親愛的，讓你講這個故事一定特別不容易，就算聽故事都很難。」勞拉說。

「是的，是不容易。或者說，難也不難。」我承認，又坐回了邊車。「我完全沒想到自己能講出這個故事。」

「這個是說得最好的版本。」菲力克斯說。

他渾身上下全是巧克力，他的制服，手槍，連眼睛都糊住了。可是他那顆單身漢的心像敲鼓一樣撲通撲通直跳，這個女人太符合他的那些嚴苛要求了。一個能把他獵捕住，又能把他釣上來的女人……佐哈拉站在那裡，笑得上氣不接下氣，眼神中帶著少女的希冀，打量著他寬大的肩膀，結實的身體……

我能清晰地看到她，就好像那一刻我與他們同在一起。孤獨，沮喪，從頭到尾沾滿了巧克力。她的頭髮，她的脖子，她的肩膀，她尖尖的耳朵，滴著長長的巧克力絲。就像一枚裹上了巧克力的苦杏仁。

「像兩個巧克力娃娃。一個警察娃娃，和一個盜賊娃娃。」勞拉輕聲說

「他們一起放聲大笑。」菲力克斯嘟囔著。

爸爸多愛笑啊。

可憐的加比。

她在嘴裡塞滿了巧克力，不停地吃，也沒法讓爸爸笑出來。

「舉起手來。」警察娃娃說，手上拿著糊滿了巧克力的手槍。

因為他數過了，知道佐哈拉的子彈已經全部擊發。

「我喜歡你。」盜賊娃娃說。她可能用手指從他的鼻尖上抹下了一點巧克力，放在嘴裡舔了舔。

「我從來沒遇到過像你這樣的男人，如果你好好地跟我說，我就嫁給你。」

「可以，我好好地說——請把手舉起來！」爸爸說，他沒有完全聽懂。

佐哈拉爆發出一陣大笑，因為她覺得這一定是他另類的幽默。

第二十六章　世界上從來沒有兩個人如此格格不入！

又回到了路上。我們離開了巧克力工廠，一路向北。我不知道我們要去哪裡，也沒有問。我在途中換回了自己的衣服。我不再需要佐哈拉的衣服了，如今她已在我心中。

街燈在兩旁飛馳而過。幾個路人停下來盯著我們看。這個三人組看上去實在太奇特了：菲力克斯戴著那頂可怕的皮帽，身體前傾，就像賽馬的騎師；勞拉的長髮飄揚著，如同一條美女蛇；而我，這麼小的年紀，大半夜在外面瞎晃真不合適。

當然那輛摩托車也很吸引人們的目光。它是一部非常老式的大塊頭機車，噪音大得跟坦克似的。邊車看上去隨時都有脫鉤的危險。一個急轉彎，我就有可能像顆番茄一樣飛出去，無聲無息。而菲力克斯和勞拉會繼續趕路，相互依偎著，乘著摩托車，駛向夕陽。

其實是朝陽。

我偶然瞥了她一眼。勞拉抱著菲力克斯，她的銀灰色長髮像一條圍巾一樣蓋在他們的身上。菲力克斯沒有停下來跟她說話，而是迎著風大聲地喊，她也對著他的耳朵喊回去。他們也許是在爭吵，或者只是在愉快地聊天，可是無論如何，你都能看出來他們曾經是多麼的親密。

「故事才剛剛開始！」勞拉越過她的頭髮圍巾向我喊道。

「我聽著呢！」我喊回去。

……回到巧克力工廠，爸爸簡明地跟佐哈拉解釋了以後的事：他會帶她出去，確保沒人能傷害她，還會設法申請做她的審問官。她可以在警方做筆錄時暢所欲言，告訴他為什麼要惹這麼大的事件，她明明是個家教良好的女孩。或許她這麼做是因為跟人打賭，這種事常常有，沒人比他更了解。為了回報她的全力合作，他會為她請求從輕發落，不留下案底。這樣她還能繼續像一個守法公民一樣過她的正常生活。還有，或許，等事情全都結束了，她願不願意跟他一起去看場電影？

佐哈拉被他的力量，他的果斷，他的男子氣概，迷得神魂顛倒。他沒有像其他警察一樣等在下面，而是跟著她過來了。還有，有的追求者會為她寫自命不凡的情詩，另一些會用跳樓來威脅她，阻止她離開他們，而他是第一個追著她爬到高空中，又沒有將她棄之不顧的人。佐哈拉，這個曾經將百萬富翁和足球明星一腳踢開的女人，凝視著我的父親，嘴唇微微地嚅動著，發不出聲音。「他值得信任嗎？」她的靈魂深處發出一個疑問。然而他的活力與氣魄如暴風驟雨般席捲了她，她心中已有了答案。

勞拉在風中說：「像佐哈拉那樣的姑娘，總是活在幻想世界裡，分不清現實和虛幻的界限。很自然地會被像你父親那樣的男人所吸引。或許她認為他能幫助她找到心靈的安寧……」

也許在這一點上勞拉是對的，因為儘管爸爸年輕時也曾放蕩不羈，他曾爬上大使館的屋頂，把大英國協的旗幟換到了法國領事的頭頂，或者把車輪改成方的，給斑馬套上套索，但他總是知道他的底線在哪裡，能清楚地區分出正確與錯誤，事實與虛幻。比方說，他從來不會為「他是誰」這種問題感到迷惑。

「嗨，牛仔。」巧克力娃娃笑瞇瞇的，她不知道這曾經就是他的小名。「你壓根不清楚自己抓的是什麼人，對嗎？」

在那裡，在那個巧克力桶的上方，佐哈拉開始跟他說故事。故事裡充滿了流亡君主和異域島國的名字，還有瑞士銀行保險箱裡的大筆錢財。爸爸張大了嘴站在那裡，她把頭向後一甩，被他一臉單純的樣子逗得哈哈大笑，他純真得就像一個長不大的孩子。而我很清楚，此時爸爸的心正被一道冰冷而鋒利的疼痛所刺穿。因為有一個聲音在他心裡呼喊著，她不是你想像的那樣，她不屬於你！他幾乎已經聽到他的哥哥撒母耳在斥責他，怎麼能如此草率地墜入一個罪犯的情網，而他的母親琪特卡則喃喃地說著「除非我死了，否則你休想娶一個罪犯進門」。他知道一旦他與犯罪分子產生瓜葛，警局的長官就會解除他的所有警務職責。他從第一刻起就非常清楚，所有這些事情會像雨點一樣砸下來。可是，爸爸的心裡盛滿了世界最甜蜜的甘露，是愛情的甘露。他實在無法放棄這獨一無二的，深深打動了他的女人。他的靈魂變得堅韌了起來。

就這樣開始了。從那幾分鐘起，他的信念偏離了軌道，就連他的面部線條也一分一秒地起了變化，變得嚴肅，深沉，有責任感，彷彿只有到了那個時刻，他才從年輕走向了成熟。他的脖子突然間變得粗壯了，嵌入雙肩，他的肩膀和胸膛也長得越來越寬闊，好將他的整顆心包覆在裡面，好裝得上這一道全新的枷鎖。一個曾經把冰箱背在後背上跳舞的人，是可以承受得了這種巨大的負擔的——去接受面前這個美得懾人心魄的女人種種不可思議的人生。因為即便她大笑著講述了她那些駭人聽聞的罪行——簡直令人髮指——他還是能聽到她輕柔的耳語，乞求著他的救贖。他知道她這是在用冷眼考驗著他，看他能不能成為一個真正的偵探，看穿她的偽裝，看到那個孤獨的小女孩，如此苦澀，如此明媚，尋找著那個不會害怕她的人……

我跟爸爸在一起經歷過那麼多事，聽過那麼多關於他的故事，這個瞬間是我最愛他的時刻，儘管當時我沒有和他在一起。在這一瞬間，他以極大的努力克服了心中的小小恐懼，拋卻所有理性考量，摒棄他篤信不疑的教條，同意走上另一條路。簡而言之，他放棄了那些實在明確的東西，換來了一份看不見摸不著的愛情。

爸爸被指派去審訊她。整整一個月，他每天都去拘留所裡看她，跟她一坐坐上八個小時，為她錄口供。

菲力克斯嘟囔著：「那不是一份口供，那是她的懺悔書。」他憤怒地猛踩了一腳油門，把我和勞拉顛得前仰後倒。

「你還要那個女孩怎麼樣？」勞拉說，用她鋒利的指甲戳了戳他，完美地詮釋了外婆這個角色。「她可沒把你供出來！關於你的事她隻字未提！她只是想把自己從她說過的所有謊言裡洗乾淨，重新開始。你能怪她嗎？」

「可她有必要把從上帝創世起的全部歷史都講給他聽嗎？」菲力克斯磨著他的牙，壓了壓剎車。「她連一個祕密都沒有保留！」

「因為她陷入情網時就是這個樣子。」勞拉歎息了一聲，或許是對她自己，又或許是對菲力克斯。「在她愛著的男人面前，她隱藏不了任何祕密。」

我們無言地行駛了一段時間。菲力克斯把肩膀抬高到耳朵下方，像是要擋掉勞拉拋給他的什麼東西，我還不明白到底是什麼。勞拉深深地歎了一口氣，接著講述起那段奇特的審訊。

佐哈拉告訴爸爸，鑽石像石榴籽一樣傾倒在她的掌心，她還頻繁地提起那些他只在雜誌上讀到過的遙遠島嶼和奇異國度。所有的一切聽上去亦真亦幻，他已經毫不在乎。因為他感覺到她正拉著他的頭髮，把他拉過他的底線，拉過所有的界限，他心裡的某種東西在為她搖旗助威，而另一種固執的恐懼感又把他的雙腳按壓在地上……

勞拉透過呼嘯的風聲大喊著：「這真是一次獨特的審訊。他想知道關於她的所有事情！現在讓他感興趣的不是她犯過的罪，而是她的個性……他被佐哈拉……這一團謎……迷得神魂顛倒……」

「他甚至還跑來調查勞拉！」菲力克斯帶著輕蔑的口吻喊道，他開得太快了，話語飄散到了風中。

「不是調查，就是過來跟我說說話……在廚房裡，整晚整晚的……好幾個星期……問她童年時候的事……看她的相簿……她學校的筆記本……坐上好幾個小時……他不明白……」風將淚水帶到了我的眼眶裡。我想到爸爸坐在勞拉的廚房裡，就在昨天，我自己還在那裡坐過。

「然後就是庭審。」勞拉接著在風中喊著講故事。「你的父親向法官保證他會看著佐哈拉，不讓她再惹是生非。多虧了他，法官網開一面，判了她兩年的監禁。考慮到她做過的事情，那已經是從輕發落了。」

我驚呆了。「兩年監禁？你是說他們分開了整整兩年？」

「哦，不，諾諾，正好相反。那是一段愛情佳話！現在我們就要到達那裡了。」

「到達什麼地方？」

勞拉把手指放到嘴唇上，示意我安靜。

風漸漸停了下來。那些在我眼前一掃而過的黑影再一次變成了熟悉的事物。一排樹木，一片桉樹林，一座沙丘，幾道高牆。菲力克斯身手嫻熟地從主幹道轉進了旁邊的小路。勞斯萊斯揚起了一些灰土，在泥濘的道路上顛簸，登登登地穿越了桉樹林，停住了。

勞拉小聲說：「到了。就在這裡，兩年。」

我們跳下了摩托車。我還處在旅途的搖晃當中沒恢復過來。我們都有點步履蹣跚，相互攙扶著。菲力克斯又在跟他的皮製頭盔奮戰。勞拉站著，從後面抱住我，臉頰貼著我的臉。

「你會著涼的。」她說。

「她已經儼然是一個好外婆了。」菲力克斯咯咯笑著。

月光中佇立著一棟奇醜無比的矩形建築物，是一座監獄，一座被混凝土牆和帶刺的電網包圍著的女子監獄。每個角上都有一座六邊形的崗哨。表情嚴肅的警衛在房頂上來回操著正步。一架探照燈大概每分鐘旋轉一圈，照亮了周圍的田野。

我的媽媽在這個地方住了兩年。

被封閉著，被壓抑著，逐漸枯萎。

勞拉說：「完全不對。不出一個月，她就成了這裡所有女犯人的頭，成了她們的代表，來對付監獄的統治者。她活躍著呢。另外，你爸爸每天都來看她！」

是的，每天。他會做完工作，跟他年輕的祕書加比小姐說一聲再見，然後開車到監獄。到這裡以後，他會把摩托車停在這片空地上。（他已經把邊車裡種的番茄植栽給移除了，意識到那個年少輕狂的時代已經過去了。）然後，他會低著頭，像一塊岩石一樣面無表情地坐著，深吸一口氣，他每次走出去接受生命的審判之前總會這麼做。他從摩托車上下來，走向監獄的大門。

日復一日，任何事都不能阻止他。無論是惡劣的天氣，還是警局上司對他劈頭蓋臉的數落。從那個時候起，正如他之前預料到的，他們開始對他百般刁難。他的晉升被延期了，他的職責被削減了。他們對他說：「離開她，你就會前途無憂！」可是他仍然繼續去看望她。他們暴跳如雷。「你怎麼能為了這麼一個小小的罪犯毀了大好的事業？」爸爸靜靜地聽著，不發一言。可是到了那天工作結束後，他又跳上了摩托車，前往監獄。

沒有一點邏輯可言。沒有一點希望可言。這既不現實，又不專業，可是，我一直提醒著自己，他們的愛情萌生在一個巧克力桶裡，還有什麼能比這樣的愛情更不講道理。激情與甜蜜的附屬品便是懊悔與自責。

每天下午六點鐘，他會準時來探監室裡看望她，全副武裝的警衛目不轉睛地監視著他們。他們頭挨著頭輕聲耳語，互訴衷腸。我媽媽告訴他監獄裡的生活，她的獄友，她與警衛、獄卒之間永無止境的爭執。爸爸會告訴她，他為了她建造的房子：在月亮山上，靠近約旦邊境的地方，他買下了一小塊地，在那裡為他們倆建築了一座宮殿。那裡有一個小木屋，家具都是他親手打造的，還有羊圈、馬棚和雞窩。他每個週末都獨自一人待在那個狂風呼嘯的山頂，精心雕築他們的愛巢。他搬來木材，工具，水管和門窗，甚至還有一把舊的木犁，帶來種子和肥料。他開始學習關於飼養羊啊驢啊馬啊之類的所有事情……當他去看望佐哈拉的時候，會向她展示他畫的藍圖，哪裡是羊圈，哪裡是馬棚，他打算怎麼裝籬笆，怎麼打造廚櫃。禁錮在他心中的所有愛意都轉化成了木材、門框和窗架。她為他這種一絲不苟的認真模樣深深著迷。聽著他嚴肅地說著臺階要做多高，她的心裡充滿了一種從未有過的寧靜。在他寬闊的肩膀和四方的手掌裡，她看到了力量與責任感。佐哈拉想像著她的完美生活，住在那個小木屋裡，前門有三級臺階，每一級八十公分高。

「就像電影裡演的一樣。」佐哈拉哈哈大笑著，她的心已經飛到了他身邊，她那顆永不安寧的，極易厭倦的，變化無常的心。

「唉。」勞拉歎了一口氣，渾身顫抖。

「唉。」菲力克斯也歎了一口氣。

「世界上從來沒有兩個人如此格格不入。」勞拉說。

「直到今天我還是搞不懂他們看上對方什麼了。」菲力克斯氣沖沖地說。

他們看著我，彷彿我掌握了答案。彷彿我就是那個答案。

我不知道該說些什麼。有時候我也對他們之間這種相互吸引的力量感到好奇，儘管，我就是他們的共同點和不同點製造出的產物。

「你的父親大人只想到了他們相似的地方。」菲力克斯冷笑了一聲。我這時才開始反應過來他有多厭惡爸爸。你的外公是你爸爸的敵人，這種感覺還挺複雜的。「你的父親大人以為，他也在部隊裡或者耶路撒冷的狂歡舞會上搞過幾次惡作劇，他就能猜透佐哈拉的心思了。可是，對他而言，佐哈拉太過狂野了。如果他是一隻貓咪，那麼她就是一頭母獅。」

勞拉歎息著說：「他就是太好、太誠實了……還有，我應該怎麼說，有一點太普通了，沒辦法理解她那種人的個性……」

她說這話時並沒有帶著嘲諷的口吻，而是用溫柔的，幾近後悔的語氣在說。儘管我還不是非常確定她這麼說是什麼意思，但還是能感覺到她是對的。一股苦楚之情一點一滴地流淌到我的心裡，我第一次開始質疑起他的偵查技巧，也看清了一件事：專業能力再強，也無法解決人生中的所有難題，尤其是關於人類情感的。

「我，也，有一點……」我結巴著說，不知道該如何表達。「……像佐哈拉，你說她的……」因為我想告訴勞拉關於我的一切，所有痛苦的真相，不想讓我們之間存在任何一個謊言。

「你是佐哈拉的兒子，菲力克斯的外孫。你的血緣當中有一些來自他們的東西很正常。」勞拉輕描淡寫地說。

這種說法倒挺新鮮，我之前從來沒有這樣想過。那麼，這是好事還是壞事？我是因為佐哈拉才變成現在的樣子嗎？但我幾乎不認識她！我的血緣當中有她和菲力克斯的東西，這話什麼意思？

我睜大了雙眼，驚訝地盯著菲力克斯。他挺拔地站在那裡，頭高高地昂起，就像閱兵式上的軍人，在我的審視下顯得有一點焦慮，他似乎感到些許自責，或者是帶著歉意，就像兩天前我們闖入勞拉家裡時一樣，他誠懇地懺悔著，希望我能原諒他把什麼東西遺傳給了佐哈拉，而她又傳給了我……這一切變得太過沉重了，我抬頭瞥了一眼勞拉，但願她能說句什麼好話，把我拯救出來。她真是個完美的外婆，立刻就明白了我的用意，帶著安慰的笑容說：「想像一下她最終被釋放時，他們有多開心。」

我長舒了一口氣，菲力克斯也是。

我能想像出那個畫面：佐哈拉離開監獄的鐵門，爸爸坐在摩托車上，等待著她，就在這個停車場裡。好了，她走出來了，四處張望。警衛們在瞭望塔上監視著。現在爸爸從摩托車上下來，走向她。他們擁抱在一起，儘管在公開場合這讓他有些難為情，然後他們……

然而，還有一些事讓我心煩意亂。我不知道，也許跟剛才發生在我和菲力克斯之間的嫌隙有一定關係，也可能是因為我突然間萬分痛苦地意識到，爸爸和佐哈拉真的太格格不入了。

他們跳上了摩托車，從監獄一路騎到月亮山。這一點我非常確定。他們沒有別的地方可以去了。沒有任何地方允許他們待在一起。爸爸騎著車，佐哈拉坐在邊車裡。我能看到他們之間有明顯的距離。或許當時也颳著大風，讓他們之間的對話變得困難。或許他們都陷入了沉默，他們單獨在一起，覺得有些羞澀，沒有了之前圍繞在身邊的那種童話般的光環。他們不再是兩個巧克力娃娃，一個警察，一個盜賊，他們的愛情在一聲槍響中點燃，在鐵窗後燃燒成火焰……現在他們只是兩個人，一個男人，一個女人，感到有些莫名的陌生，覺得自己與對方截然不同。他們怎麼能單獨住在一起呢？

他們忽然間害怕了，我也是。佐哈拉在邊車裡陷得更深了。我能感覺到她，也能感覺到他，彷彿我真的跟他們在一起，行駛在荒涼的公路上，風吹著他們的臉龐。一瞬間，他們的命運變得勢不兩立，她內心的某個東西弓起了背，發出嘶嘶的聲音，而他內心的某個東西開始憤怒地朝她狂吠……她想去摸一下他的手，可他雙唇一緊，眉頭一皺，把她推開了。因為，只用一隻手騎車，會違反交通規則。

「那就是現在我們要去的地方。到今天早上我們就回來，去銀行保險箱拿諾諾的禮物。」菲力克斯低聲說道。

勞拉問：「你要帶我們去哪裡？我很冷，咱們回家吧。」

「去月亮山。他們的房子那裡。」

勞拉吃了一驚。「什麼！太遠了吧！那裡都快要到邊境了！」

「我們必須去那裡。」菲力克斯堅持。「我向諾諾保證了今天晚上要讓他看到他們在一起的全部生活！」

勞拉懇求他。「菲力克斯，去那裡要花上好幾個鐘頭的時間，你這輛老爺車半路上就會散架。」

「只要一個小時我們就能到那裡！菲力克斯保證！」

監獄裡的狗聞到了我和菲力克斯的氣味，他們的爭吵聲也吵醒了牠們。牠們開始拽著狗鍊瘋跑，嘶啞地狂吠。勞拉和菲力克斯面對面站著，怒氣衝天，火光四濺。

「你總以為自己能決定所有事情，是嗎？永遠都想計畫我的一切！」

「可你從來不聽我的，要是你肯聽我一回，你就……」

「什麼都懂得更多！應該穿什麼衣服，跟誰交朋友，演哪出戲！你是大人物！你最重要了！」

「好吧，我的確比你懂得多。」菲力克斯笑了，紳士地往旁邊邁了一步。「我甚至知道你在想什麼！」

「哦？是嗎？」勞拉說，臉湊近他，「那你現在就告訴我，我在想什麼啊，大能人？」

菲力克斯一字一頓地說：「你在想，你在想那邊的那棵樹應該是真的。」

他伸手指向樹林中間的一大叢灌木。

「你的意思是它不是真的？」我問道。

「你就是在想這個吧，小勞拉？」菲力克斯戳了戳她，歡快地咯咯笑起來，還想捏捏她的下巴，直到她轉過臉來，一副受了侮辱的表情。

「你在那裡藏了什麼東西？又有新的驚喜？噢，菲力克斯，你就永遠長不大嗎？」

我等不及他們爭吵完，就跳了起來，跑向那棵樹。

走近了，能看到有什麼東西藏在裡面。是個體積很大的東西，有人用樹枝和灌木把它偽裝起來。我鑽進去，把成堆的樹葉撥開，扔到地上。

很快地我就看出來它是什麼了，簡直不敢相信自己的眼睛。這真是超出了我最狂野的想像力。他是怎麼做到的？什麼時候藏在這裡的？誰幫助他的？他到底在哪裡找到她的？

我首先看到了一扇黑色的門，然後是重重的越野輪胎，再然後是圓形擋泥板，戰爭期間塗上了白色的條紋，好讓英國的行人能在實施宵禁的夜裡辨認出它來……

我跪在它的旁邊。我的珍珠，我們的珍珠。那輛我們忍痛賠給馬烏特耐爾的汽車，他第一次開它出去就翻了車（哈利路亞），便硬說它被詛咒了，立即把它賣掉。從那以後，我們忘卻了它，再也不提起它了，除了偶爾痛說往事的時候。而現在，它就在這裡，重生了。

我滿心敬畏地打開了車門。它的每一寸我都了如指掌。我曾經擦拭過無數次它的擋風玻璃，儀錶板，方向盤，就好像我幾乎把自己都烙印在它的身上了。一股懷念的浪潮洶湧襲來，跟我每次看完電影《靈犬萊西》之後的感覺一模一樣。我坐到副駕駛座上，舒服地蜷縮在上面。誰知道這麼長的時間它都去了哪裡？誰開過它？它是否還記得我的手指是如何撫摸它的？

菲力克斯走了過來，透過車窗往裡看。

「現在覺得你這個外公怎麼樣？」

「它去哪裡了？你是怎麼把它帶到這裡來的？」

「我心想，要是我們的旅程是以一輛布加迪開始的，就必須以一部Humber Pullman結束。這就是我說的格調。」

「可是，你知道它曾經屬於我們嗎？」

他自顧自地笑了出來，很享受我崇拜的眼神。

「人們總是這麼說菲力克斯的。」他吹噓道，一隻手臂挽著剛過來看個究竟的勞拉。「神奇，太神奇了！」

我告訴勞拉關於「珍珠」的故事，爸爸是如何偶然間在垃圾場發現了幾乎報廢的它，把它一個零件一個零件地帶回來，像照顧一頭受傷的小獸一樣悉心照料著它，還有我們是如何像復原一幅馬賽克畫作一樣地把它拼湊成一體，如何保護著它的純潔完好。

「你的父親大人竟然不允許把它開出院子。」菲力克斯嘲笑道：「你聽到了嗎，小勞拉？這是什麼？一輛汽車還是一件瓷器？」他坐了進去，示意我們一同上車。勞拉鑽進了後座，我坐在副駕駛座。我知道問他在哪裡找到它的毫無意義。他就愛故弄玄虛，就算是在沒有這麼驚人的事情上也是如此。我有什麼好在乎的？知識就是力量，可是你不需要對每一件事情都給出解釋。我連問都沒問。探照燈掃到了我們，警衛們變得像那些警犬一樣急躁起來。或許他們以為我們在策劃一場越獄。我能聽到擴音器在高牆之內喧嘩的聲音。我看了菲力克斯一眼，他也看看我。我們感覺到背上像是有螞蟻在爬。菲力克斯不動聲色地點了點頭，發動了汽車。我屏住呼吸，心中暗數著，引擎發出了三聲微弱的打嗝聲，聽上去是那麼遙遠，誰也猜不到那六個汽缸裡有什麼事正在發生。接著，突然之間，車子啟動了，它渾身顫抖，就像剛被王子吻醒的睡美人。菲力克斯放下手剎車，換到一檔，只聽一聲巨大的轟鳴，那四個越野輪胎，蒙哥馬利將軍對戰隆美爾時用的那種，噴射出一股強勁的沙流，駛向遠方。

不停地開啊開。

駛上泥濘的小路，穿越空曠的田野。

「你想開一小段路嗎？」

「你說什麼？」

「你想開一小段路嗎？我說。」

我想嗎？

「菲力克斯！」我外婆提醒他，用她的尖指甲戳著他的肩胛骨。有時候她的動作跟琪特卡簡直一模一樣。

「夠了啊，別再犯傻了。」

「讓咱們的小夥子開一下吧。有什麼害處？這裡又沒有警察。沒人會看見的。他都已經開過火車了！」

「求你了，勞拉！就一下子。」我央求它。

「好吧，不過你得抓緊他的手。還有，菲力克斯！你這樣我很不喜歡！」

菲力克斯朝我眨了眨眼，停下了車。我們交換了位置。我幾乎還踩不到油門與剎車。我踩了一腳油門。「珍珠」往前衝了出去。我讓它減速，換檔。它很聽我的話。它是懂我的。我知道如何激勵它，也知道如何駕馭它。所有的動作都存在於我的血緣當中。換檔桿上面的圓頭這會兒已經很貼合我的手掌了，這些年我長大了不少。馬烏特耐爾先生應該跟我學學怎麼開車。我試圖想像爸爸如果見到我會怎麼說。他要是知道我把這輛車開出了院子，一定會發瘋的。我什麼時候才能告訴他？或許永遠不會。為什麼要交代那麼多的細節？我聽到外婆在後面懇求著：「諾諾！諾諾！」有時候，它又會叫：「菲力克斯！菲力克斯！」我在一塊凹凸不平的田地上顛簸，忽然間明白為什麼你總是能見到人們向左打一點方向盤，又向右打一點，可是車子還是直直地往前開，接著，我感覺到了兩眼中間的灼熱。我的腳踩下油門，去飛行吧，去滑翔……

在火山爆發之前的那一瞬間，我控制住了自己，保持克制。我意識到正是因為自己的愚蠢，我已經失去過「珍珠」一次了，我不想再次失去它。

「輪到你了。」我把駕駛座讓給了菲力克斯。

他看著我，有一點驚訝。「這樣就夠了？我還以為你會帶著我們一路開到月亮山呢！」

「不了，謝謝，我開夠了。」

勞拉從後面抓住了我的肩膀。「來，坐到我旁邊。」它說。我爬回後座，蜷縮在它身邊。我感覺好極了。我彷彿修正了一個人生中的錯誤，我能主宰內心的某個東西了。菲力克斯仍舊透過後視鏡看著我，眼神中流露出些許失望和驚訝。勞拉像女王一樣揮了揮手，用它跟計程車司機說「記到劇院賬上！」的那種聲音命令菲力克斯：「去月亮山！」菲力克斯服從了。

第二十七章　空曠的家

汽車輕輕地滑行進了夜幕中。電臺裡放著美國歌曲。菲力克斯開著車。勞拉打開她的圍巾，現在是我的圍巾，把我們包裹在一起。我們小聲地說著話，免得打擾到專心開車的菲力克斯，當然也是因為我們需要有屬於我們的私密空間。

「開始問吧。」她說，我們舒服地依偎在一起。「我們已經失去了太多時間了。想問什麼儘管問。我非常願意回答你。」

好吧。

「當佐哈拉還是一個女孩的時候，她知道菲力克斯是……嗯……」

「好極了！」她打斷我。「直接了當，像我一樣。或許除了表演天賦之外，你的確還遺傳了我的一些特質。」

「什麼？你是說我是遺傳你而不是遺傳……」我差點要說出來「加比」，這也告訴我們要摒除舊有的信念有多麼困難。

「我當然希望你是遺傳我啊。你媽媽也是個不錯的演員！她有天賦，又感情豐富。她還是小女孩的時候基本上跟著我住在劇院裡。噢……」勞拉笑了起來。「那個孩子為劇院著迷，絲絨的布幕和面具，國王和皇后，英雄和壞人……我的演員同事們都說她是哈比瑪劇院的吉祥物。嗯。」她歎了一口氣。「我猜這種天賦在生活中幫了她很大的忙，誰知道她到底騙了多少人……不過，你問的是一個非常重要的問題……」

「她知不知道他是一個罪犯。」這個詞現在從我口中說出來要容易多了。

勞拉說：「不，她不僅不知道他是個罪犯，十六歲之前她甚至不知道他就是她的父親。」

「什麼？」我完全無法理解。

「你是個大孩子了，諾諾，我可以開誠布公地跟你說話了，對嗎？」

「當然了。」可是，說什麼？

「這個世界上有各種各樣的奶奶和外婆……我估計，你有一個爸爸那邊的奶奶，她是一種類型，完全沒有問題。我敢肯定她非常寶貝你。而我是稍微……另類一點的外婆。」

「怎麼個另類法？」

「我有一些不太一樣的想法，不同的行為標準……世界上每個人都是不同的，對嗎？」

「對。」我回答她，不太確定她想說什麼。儘管她突然之間變得小心謹慎了起來，擔心我會對她有所揣測。

「我身邊總是圍著很多男人，我的仰慕者，情人……你有一個挺狂野的外婆……」她久久地注視著後視鏡中的自己。菲力克斯抬頭瞄了她一眼，眼睛綻放出一道光芒。「對於佐哈拉而言，菲力克斯不過是另一個叔叔，一個富有的、友善的叔叔，從世界各地給她寄來明信片和玩偶娃娃。每次他降落到了我們這個小小的國家，就會花些時間和我們，和其他所有人聚一聚，然後又消失不見了。他只是媽媽的朋友之一，不過是一個非常要好的朋友。你明白嗎？」

「明白。」我回答她。至少我認為我明白了。她的確是一個另類的外婆。

「後來，當佐哈拉到了十八歲的時候，他忽然發來電報，邀請她去壯遊一番，當是送她的畢業禮物。開始說是去一個月，可是當我讀到她從巴黎寄回來的第一封信，就知道她已經屬於他了。」勞拉若有所思地從鏡子裡瞥了菲力克斯一眼。「你自己也看到了，他的魅力，他的傳奇故事，是多麼輕而易舉地就把人迷倒——尤其是佐哈拉這種容易受到感染的性情中人。」

或者像我這樣的人，我心想。

她在我的耳邊歎氣。「因為事實上，諾諾，讓她著迷的，不僅僅是菲力克斯對她說的話，教她做的事，還有菲力克斯遺傳到她血液中的東西。當這兩個人一起遠行時，他只不過讓她看到了自己有多麼像他，而她還不知道，或者是不敢知道。他向她展示出了她的本質和能力。」

我坐了起來，這聽上去真熟悉。

菲力克斯猛踩了一腳油門，珍珠像一道閃電一樣飛了出去。我恰好在鏡子裡看到了他的嘴角。他在微笑，幸福而驕傲。勞拉也看到了，微微地癟了一下嘴。我突然意識到或許是因為這個，菲力克斯才製造了這起「綁架」：為了向我，他唯一的繼承人，顯露出隱藏在我身體裡的另一個部分，喚醒那一部分的諾諾，讓我知道他的存在。這樣世界上才能留下他的一點特性，屬於菲力克斯．格里克的獨家記憶。

這樣，我也會明白我不單單來自爸爸的家庭那一邊。

碰！

我的世界每一刻不停變化。過去幾天裡發生的事情每分每秒都點起全新的燈火，彷彿現實根本不是什麼真實固定的東西，而是如此的難以捉摸，變幻莫測。

我的腦海中浮現了太多的想法，就快要爆炸了。勞拉說佐哈拉和我的身體裡流淌著菲力克斯的血液，這到底是什麼意思？難道我會長成一名罪犯？我註定會成為那樣嗎？如果我不想呢？如果我還是想成為世界上最好的警探呢？我的身體裡也流淌著爸爸的血液啊，難道沒有影響嗎？況且是爸爸和加比撫養和教育我的。難不成佐哈拉的血緣會戰勝一切？罪惡總是比法律更加強大嗎？多少滴罪惡的血液才能完全稀釋掉法律？我打了個冷戰。我能感覺到血液在我的體內循環，非常熱，熱得滾燙，穿過我的喉嚨，我的胃，我的胸口，我的雙腿。我從來沒想過原來這是可以感覺到的，血液有著它的個性。可是或許我還從佐哈拉的血液裡繼承了別的東西呢？一些好的方面，比如她的想像力？她那些故事？為什麼不會呢？這些問題在我的血管中奔湧，我的血液在暴怒，在發酵，彷彿有人正為它做試驗。可是，誰能告訴我試驗結果如何？會有什麼事發生在我身上？或許最終有人會提醒我：我是誰？

「有一件事是肯定的，你不是佐哈拉。永遠不要忘記這一點：你不需要追尋她的足跡。這完全是由你來決定的。」勞拉犀利地說。

「我不是佐哈拉，我不是佐哈拉。」我這樣告訴自己。

「你當然會有一些她的東西，和菲力克斯的東西。可是，你還有來自很多其他人的東西，你爸爸家裡那一邊的所有人，比方說，我們講起過的那個奶奶，還有你伯父，那個著名的教育家撒母耳．史勒哈夫博士，對吧？」

我生平第一次發現體內有一點史勒哈夫的東西也許並不是什麼壞事。與此同時，我也感受到了一種前所未有的自尊和自信，因為我再也不是一個人在和整個史勒哈夫家族戰鬥。我突然間意識到，一直以來，我在他們之間都覺得抬不起頭來，就像一個缺乏安全感的局外人，因為他們是這樣一個龐大的家族，有著緊密的聯繫和強大的相似性，而當我獨自一人面對他們時，沒有人站在我這邊，就像一個偷偷混進他們家族中的棄兒。此刻我明白了，從一開始他們就對我充滿敵意，甚至在我出生之前，這全是因為佐哈拉。然而，現在，我有勞拉、菲力克斯和佐哈拉站在我這邊，兩大陣營勢均力敵了：醫生、教育家和琪特卡，對陣演員、騙子和編織幻想故事的人……我緊閉上雙眼，想像著那個場景，兩個對立的陣營，而我，一直調整著自己的位置，最後站在了他們的正中間。我傾聽著內心的聲音，覺得我這個位置還是有些不妥，於是我向後移動了一點點，向菲力克斯那一邊挪了小半步，立馬感覺我的靈魂安寧了下來。

「你有著另一種性格。」勞拉接著說，完全沒有意識到我內心的閱兵場上正在進行著一次小小的操練。「佐哈拉只是佐哈拉。永遠別忘了這點！去了解她，去感受她，但是記住，你是一個全新的人，一個獨立的個體。」我低聲重複著她的話，試圖把它們鐫刻到我的記憶裡。我知道在漫漫的人生長路中，我會一直非常需要這幾句話。「現在，諾諾，作為一個獨立的人，我命令你睡一會兒。還有一個漫長的夜晚在等著我們。」

我把頭靠在她的膝上，躺了下來，閉上眼睛。我努力想要睡著，卻無法入眠。各種念頭伴隨著車子行駛的節奏跑進我的腦中。我感覺到所有事在心中變得愈發清晰，愈發明瞭。我是與眾不同的，我接受的撫育方式是另類的。我有一個特別的父親。我已經明白了，我跟他不是孿生兒弟，不可能和他完全相同，我也可以成為與他不盡相同的人。我是一個獨立的個體。我能選擇成為什麼樣的人。況且，加比會一直在身邊提醒我該走哪條道路。

加比。加比，加比，加比。

那個聰明的、狡猾的傢伙。這麼些年來她一直認為我有權了解我的媽媽，不顧爸爸的嚴厲禁止，她用各種暗示，製造大大小小的事件，向我展露了關於她的一切……我記得她坐在海邊，貼著護鼻罩，賣力地抹著防曬霜，她站在巧克力工廠的大桶前，之後又帶著我虔誠地等候在勞拉的門外。我笑了，是加比說想要勞拉的圍巾和菲力克斯的金麥穗，希望能變成像勞拉一樣自由而堅強的女人，同時又像菲力克斯一樣有點邪惡，有點變幻莫測。變成勞拉和菲力克斯的綜合體，就像他們的結晶。

簡而言之，變得像佐哈拉。那樣爸爸就會再次愛上她……可是她實在太不像佐哈拉了，我暗自想著，謝天謝地，加比不像佐哈拉。她是活在現實中的人，而不是在電影裡。

窗外的天空已經不那麼黑暗了。黎明很快就要來臨了。勞拉的雙眼緊閉著。或許她是在打盹，關於佐哈拉的回憶和遺憾將她帶到遠方。我失去了母親，而她失去了女兒。因為這個重大的事件，我們同病相憐。往事如煙，但當我們說起它，回憶起它，它彷彿又重生了些許。我也閉上了眼睛，用力捏了捏她溫暖的手。

道路在車下飛馳，珍珠一路疾行。一對年輕人曾經一起乘著一輛帶邊車的摩托車行駛在這條公路上。或許過了一會兒，他們就不再害怕彼此了。廣闊的天地在他們面前展開。他們開始聊天，慶祝佐哈拉重獲自由，爸爸辭去了工作，告別了家庭，他們歡欣鼓舞地奔向偉大的冒險之旅。道路崎嶇陡峭，天空開始發白。此時的天色與那天晚上一模一樣，就是我們在沙灘上開著推土機的那個晚上。過去的短短幾天裡，我還真是經歷了不少事啊！我還記得那個在火車上跟他爸爸和加比揮手告別的小男孩。那個以為自己是專業警察的孩子。真笨！真笨啊！

「你看。，那座山。」勞拉小聲說。

一座高山籠罩在初升的月影下，黝黑，崎嶇，看上去甚是詭異：山的一邊光滑圓潤，而另一邊則全是陡峭的懸崖。車子爬上了未經修葺的泥土路，我們身邊騰起了一團雲霧般的灰塵。胖乎乎的鷓鴣在我們的車下逃竄，停在路邊驚恐地望著我們。或許已經很多年沒有車子開到過這裡了。我們爬得越高，空氣就變得越清冷。一道寬闊的峽谷在我們面前伸展開來，它披著清晨的薄霧，佩著翠綠的緞帶。

「那就是約旦河。邊境。」菲力克斯抬起下巴示意。

我們的珍珠最後咆哮了一聲，往前一衝，爬上了山頂。我們在滿是野草和石頭的路面上開了一會，停了下來。

月亮山。

一陣沁涼的風吹過。我們腳下的風景在晨霧中若隱若現。一隻小鳥在頭頂盤旋，展開雙翅衝上雲霄，發出一陣短促的歡鳴。我感到很冷，很孤獨。勞拉用我們的圍巾包住我的肩膀。一座搖搖欲墜的小木屋佇立在那裡。窗戶上沒有玻璃。木板上長滿了野草。寒風吹過，發出令人毛骨悚然的呼嘯。

我們慢慢地靠近那座木屋，似乎害怕去接近它。我們爬上了三級破敗的木頭臺階。菲力克斯推了推門，它嘎吱一下開了，整個倒了下去，發出一聲巨響。每一個聲音都有回音，聽上去陰冷，絕望。

我們小心翼翼地踩進去，每走一步路都掀起一片灰塵。我們遠離那些腐敗的牆壁和空蕩的窗櫺，茴香草的細芽從破爛的地板縫裡鑽出來。勞拉抱住我的肩膀。

「記住，他們曾經在這裡過得很開心。」她靜靜地說，生怕破壞了這裡的寧靜。「他們想要一個屬於他們自己的空間，沒有外人打擾，沒有流言蜚語，也沒有外面世界的繁文縟節。一個不被他們的過去追趕著煩擾的地方。」

「看吶……」菲力克斯低聲說。

在木屋的另一頭，有一塊破損的木頭隔板，或許那裡曾經是他們的臥室。沒有隔間，只有一具舊舊的大火爐站在那裡。我伸手去摸它，一碰就馬上碎了，就像佐哈拉房間裡的玩偶娃娃。我嚇壞了，這兩天裡我觸摸過的所有東西都瞬間粉碎了，消失不見。我必須記住這一切。

「來看看這個。」勞拉指了指。

牆上用大頭釘釘著一張紙，在風中輕輕拍打著。是一幅鉛筆素描，畫著一張男人的臉，背景是一匹馬。畫面已經很模糊，難以辨認了，但我們三個人只瞥了一眼就立刻看出這是誰的肖像了。

「她還會畫畫？」我問道。

「只要她想，她可以做任何事情。」勞拉說。

其實我也是這樣。

「看看你的爸爸。」菲力克斯說，他沒有用「父親大人」這個詞，語氣裡也沒有了一貫的嘲諷。

爸爸看上去既年輕又英俊。他有一頭濃密鬈曲的頭髮，眼睛和嘴角都帶著笑意。從畫像裡能看出得來他過得很好。

「你爸爸很愛她，而她呢？」勞拉歎息著，自問自答：「她顯然愛的是自己的愛情。可是她是不是真的愛他，是不是以她一直期望的那種方式來愛他，我就不知道了……」

現在，我要寫一些我完全不確定的東西，只能依據勞拉告訴我的話來猜測，我希望事實果真如此：佐哈拉和爸爸在一起很開心。至少一開始是這樣的。她不是個嬌生慣養的女子，可以趕著羊群去山上放牧，收拾桌椅，在汽油爐子上煮飯做菜。她愛他們的這個小家庭。

日子一天天過去，她感覺到她的靈魂逐漸變得純淨了，過去那些冒險的精神漸漸剝落了，就像蛻掉了一層死皮，似乎已經是別人的故事了。傍晚時分，他們會看著夕陽，安靜地享用簡單而健康的晚餐。有時候，他們會騎著他們的兩匹馬一起出去，一直騎到懸崖邊。他們很少說話，言語在這個地方也是多餘的。偶爾，佐哈拉會吹起她那支木笛……

這一切都是我的猜測。或許他們的生活會比這刺激得多，只是我的想像力實在太有限，沒辦法描繪出來？可我也只能依靠想像，因為爸爸從來沒有告訴過我那裡的真實情況。即便在我和菲力克斯的旅程結束之後，爸爸仍舊對此保持沉默。還有很多東西我不知道的，或許永遠不會知道。

勞拉說：「有一次我來這裡看望他們，我和他們待了整整一個星期，然後才回特拉維夫，當時我心想，這兩個人創造出了他們自己的伊甸園啊，亞當和夏娃，沒有那條蛇。」

「你來這裡看望過他們？他們讓你過來？」

「他們邀請我來的。寫了一封漂亮的信給我，希望我來看看外孫。」

也就是我。

我是在這裡出生的？

「你還不知道嗎？他還真是什麼都不告訴你。」她苦笑著搖了搖頭，深深地歎了一口氣。「我說過的，他想抹掉過去的一切，什麼都不讓你知道！好像你就只是他一個人生的。」

菲力克斯喃喃地說：「佐哈拉很聰明，她知道你的父親大人想要把她抹掉，正因為如此，她讓我帶你走這一趟旅程，她早就知道！」

「你好好看看，諾諾。」勞拉深吸一口氣，接著說：「這裡，在這間木屋裡，就在這個房間裡，你出生了。沒有一個醫生，也沒有一個接生婆。你的爸爸來不及把佐哈拉送到醫院，是他接生你的。他親手割斷了你的臍帶。」她從後面抱住我，臉貼著臉。「這大概是世界上最美的出生地了。」她的聲音開始顫抖，「就像創世之初，一個爸爸，一個媽媽，和一個孩子。正好就是現在這個時間，早上四點半。十三年前，還差幾天。」

我不知道自己的靈魂飛散到了哪裡。

「我在這裡待不下去了。」勞拉突然說，走了出去。菲力克斯緊跟著她。

我也覺得很為難，但還是想多留一會兒。再一次與他們共處。只有我們。就像在創世之初。

我雙膝跪地，撫摸著木頭地板，生鏽的鐵釘，床腿留下的痕跡。然後我坐在地板上，非常安靜，非常專注地思考著。我長這麼大從來沒有如此嚴苛地讓自己專注過。

這一刻所有的回音都消失了。自從佐哈拉去世以後，那些回音一直都跟在我的周圍，低訴著種種隱祕。那些叫人困惑的回音，我彷彿一直都試圖去理解它們，去模仿它們，去順從它們的意願。

我在裡面多待了幾分鐘，找到了一把彎曲的勺子，一根吊床的綁帶，一副壞了的畫框，一盒舊火柴，一隻女鞋，和一條褪色了的男士手帕。我把它們全都撿起來，放在臥室裡，火爐的旁邊。我收拾了這個家。

「和你在一起的日子是她人生中最快樂的時光。」我走出來的時候，勞拉對我說。她的眼睛和鼻子都通紅，菲力克斯的鼻子也泛紅。「她會跟你一起到處嬉戲，你們就像兩隻小狗一樣。這裡，看，這個地方是你爸爸曾經用來放沙箱的地方。你才出生兩天，他就給你做了一個沙箱！還有這裡，是個避風處，她曾經在這裡放你的搖籃。她會和你一起在地上滾來滾去，而你的爸爸就站在這裡，抱著胳膊，靠在一邊大笑。」

禮物，這些就是我的成年禮得到的禮物！

太陽出來了，把山谷染成了金色。有時候我心想，正是因為嬰兒時期，我有過如此廣闊的空間，導致我直到現在都很難待在密閉的房間裡。晨曦中，我在懸崖邊看到了一塊迎風招展的布條。那是一縷掛在荊棘上的破布，顏色褪去了，過去可能是紅色或者紫色。或許是她的某條圍巾，在她策馬奔向山崖時被鉤住了。但我不敢靠近的原因，不是因為那道懸崖。

「你是在伊甸園裡長大的。」勞拉輕聲說。

「可惜沒過多久，佐哈拉自己把蛇帶過來了。」菲力克斯自言自語著。沒有人知道那條蛇是何時甦醒的。牠帶著流浪者的毒液，思念著當初蜿蜒爬行，驟然襲擊的快感。為什麼她就不是好好地待在那裡？和他在一起？

「把這個故事講出來很不容易，要聽下去就更加困難。諾諾，握起你的拳頭。下面要來了。」勞拉說。

她告訴我，佐哈拉一天天地變得越來越焦躁，越來越不開心。風景在她看來千篇一律，羊群無聊至極，她已經厭煩了在木屋和田地裡幹活，厭煩了永遠沾在衣服上的羊糞味。

那我的父親呢？

他也有一些地方讓她幾乎抓狂。我不知道是什麼。每當我試圖去猜測時，都感到萬分痛苦。也許是他的沉默寡言？或許是他讓她覺得有點無聊？我試著從她的角度來看，因為從另一個角度來看問題總是會有好處的。可能是她突然覺得他的眼睛長得太小、太猥瑣了？他撫摸一件物品時會呈現出一種奇特的方式，他歡快地握著它，就好像在強迫那個東西承認它是屬於他的，他有權用任何他想要的方式去觸摸它。我覺得在某種程度上我有點像他，而且隨著年齡的增長，我也變得越來越像他。

還有可能讓她惱怒的是，他不肯完全斷絕從前的生活。他向她媽媽保證每週都會打電話給她；週末的報紙他必買無誤；晚飯後不來一瓶啤酒，人生就過得沒有意義；他聽電臺裡的足球比賽直播聽到上癮。此外，有一次他從附近城市的跳蚤市場買回了一把巨大的椅子，包著印花的布面，這把椅子讓佐哈拉回憶起了一個叫「多布茲」的胖女人（多布茲，聽聽這名字！）。她開始對著他尖叫，質問他在幹什麼，他曾經發誓要在這裡創造出他們自己的伊甸園，像吉卜賽人一樣自由自在地生活，不需要家當或財產，而現在，他又把他物欲橫流的靈魂給找回來。她的臉充滿憤怒，異常可怕，她長長的黑髮就像飛舞的長蛇，她的臉頰凹陷下去，彷彿患了重病。他怎麼膽敢以為他的靈魂像她的一樣偉大！她多希望他能與她並肩行走在蒼穹——是行走，而不是爬！可是看看他吧！他怎麼可能有辦法理解像她這樣的人！他只有那麼一小點有限的靈魂，一個餅乾鋪長大的孩子的靈魂！「多布茲！你這個肥大的多布茲！」她尖叫，飛身撲向他，揮舞著拳頭和鋒利的指甲。爸爸用他的銅手鐵臂，小心翼翼地抓住她。她發瘋發狂，被他的手掌禁錮著，氣喘吁吁，她要呼吸，她要出去，她要飛向自由的世界……

清新的空氣在他們之間變得陳腐。山谷也因他們日復一日在山頂上的爭吵而變得狹窄了。佐哈拉感覺到爸爸在監視她。她還記得他對那個法官的承諾——他會親自看著她，讓她遠離麻煩。也許他根本不應該做出這種承諾，因為這個承諾，法官輕判了她，卻讓他成為了她的牢籠。

「別再跟著我了。」她對他發怒。

「我不是要跟著你。你就告訴我你要騎馬去哪裡吧。」

「我想去哪裡就去哪裡，費爾伯格警官，我是一個自由的人。」

「佐哈拉，親愛的，我們離邊境這麼近。那邊會有走私犯，還有武裝的滲透者，你又是一個人單獨行動。」

「我不是一個人單獨行動，我有我自己，還有槍。」

「我該拿你怎麼辦啊，佐哈拉？我要怎麼做才會讓你開心起來？告訴我吧，教教我吧，我會是個好學生的！」

「是啊。」佐哈拉說，騎上馬背，彷彿第一次看清了他。她同情地說：「你是一個好學生，你也一定會非常勤奮的。」她加了一句嘲諷的話，然後就調轉馬頭，絕塵而去。

勞拉回憶道：「有時候她會消失上好幾天。她睡在山上，睡在岩洞裡，誰知道呢？她回來的時候饑腸轆轆，渾身是傷。你去哪裡了，佐哈拉？她什麼都不說。有時候她會一路騎著摩托車回到特拉維夫，在我家裡過夜。她會去跳舞，喝得酩酊大醉再回家，或許乾脆不回家……他就會過來把她接回去。他們吵得很凶……佐哈拉尖叫著說她不想回去……她不屬於任何地方，不是那裡也不是這裡……」勞拉輕柔地說著，頭低垂著。我吸收了她說的每一個字。

「有一次她騎著馬出去，就再也沒有回來。一切結束了。」勞拉唐突地來了一句。「或許她越過了邊境，被約旦士兵開槍射死了。或者，她也許摔下了懸崖。要嘛就是被滲透者謀殺了。軍方開展了追查，他們把整個區域都搜索過了。你爸爸在部隊裡的朋友還偷偷地在夜裡潛過了邊境，去那邊搜尋。什麼也沒找到。她消失了，突然一下子人間蒸發了。」

「突然一下子，她的整個人生都是這樣：突然一下子。」菲力克斯歎息道。

我看著那片金色的風景。我並不想看，可是控制不住自己。我感覺到佐哈拉騎著馬奔向那邊，或許正是眼前這一道懸崖。那個時候我的耳邊不斷地響起佐哈拉小時候曾經問過的問題：為什麼世界的邊緣沒有圍欄，防止人們摔下去？沒有圍欄，就是這樣。當你快到懸崖邊時，你必須當心，必須停下來。

她二十六歲，正是她計畫好了要死去的年齡。可是她怎麼能拋下我們？我問自己。她為什麼不為我著想一下？失去了她，我會變成什麼樣？

「可是在那之前，在她做了……她說的那件事之前，她給我打了個電話，」勞拉說，她的嘴唇顫抖著。「她就象徵性地打了個電話，簡單地告別……媽媽，她對我說，我立刻從她的聲音裡聽出來了，時候到了，她要走了。媽媽，上次我回特拉維夫的時候，留了一個東西給我的兒子，給小諾。」

小諾？

「她是這麼叫我的？」

「沒錯，總是叫小諾。」

很可愛的名字。

「她說，那是一份送給你的禮物，但只有到了你的成年禮時，你才能打開它。」

小諾。

所以，我有了一個新名字。以前從來沒有人叫過我「小諾」。

多有趣的名字啊！

「可是，是什麼禮物？」我終於鼓起勇氣問她了。

「她說那是一個祕密。一個驚喜。她愛極了祕密和驚喜。她說你必須和菲力克斯一起去取。」

「祕密」和「驚喜」這兩個詞讓我顫抖了一下。「那個就是她留在銀行保險箱裡的禮物嗎？」

「是的，她想給你一個驚喜，就像送給大人的一樣：一個保險箱。你為什麼跳起來了？她想給你留下一個她冒險生涯的記憶，世界上只有你才拿得到。她已經跟銀行這麼囑咐過了。」只有小諾可以把它拿出來，我媽媽說。

或許她不知道怎麼做一個好媽媽，可是在那麼多年以前，她就想到了我的成年禮，想到了我的感受和對她的思念。她都知道。她對我有一種強烈的感覺。我永遠也不能忘記。

「給你，她就留了禮物，可是給我，光留下了你的父親大人。」菲力克斯抱怨著。

因為佐哈拉死後，爸爸把他所有的憤怒和痛苦都發洩到了菲力克斯身上。他開始懷疑佐哈拉和這個傳說中的菲力克斯．格里克之間的神祕聯繫。他完全不知道菲力克斯是她的父親，她沒有告訴過他，勞拉也沒有。他也從來沒有問起過。或許他壓根不想知道。有流言說菲力克斯和勞拉是一對情人，可是話說回來，她有過那麼多的情人……爸爸從山上下來，把木屋交給了搶匪，交給了周圍村莊的牧羊人，交給了越過邊境的走私犯和滲透者。他對他當時的長官說，他想回來警局。整整三個月的時間，他把自己關在一間小小的辦公室裡，從早到晚地工作。加比會給他帶三明治，為他沖咖啡，帶孩子。她就是那個時候愛上我爸爸的。或許是他槍套裡的奶嘴，或者別的什麼東西，讓人情不自禁地愛上他。爸爸把佐哈拉的檔案重新讀了一遍。他甚至飛到國外去跟國際刑警會面，之後又跟桑吉巴島、象牙海岸、牙買加和馬達加斯加的警察通越洋電話。漸漸地，一幅完整的畫面被他描繪出來了：佐哈拉與菲力克斯的罪惡之旅。

菲力克斯不無感歎地說：「我，這整一段時間，我都在國外靜靜地工作，什麼都不知道，什麼都沒有感覺到，整天忙著偷哪家銀行，拿哪套郵票藏品還是鑽石，掙錢糊口。而他，你的父親大人，已經撒開了抓捕菲力克斯的大網。」

因為菲力克斯變成了他的頭號大敵。全部罪惡的象徵。那條教唆了夏娃偷嘗禁果的蛇。他想要抓住他，阻止他蜿蜒爬行，吐出半真半假的蛇信。他像一部渦輪機一樣沒日沒夜地工作，當他愛著佐哈拉時，他有至少兩顆心；當他恨著菲力克斯時，他有至少兩個大腦。

「有一天我回到以色列為朋友慶生，什麼都還沒反應過來，『呼』的一下，我就被捕了。」

他異常惱怒，眼睛裡閃爍著那段恥辱的回憶。「我被判了十五年監禁。直到半年前才被放出來，因為表現良好，和健康狀況糟糕。我坐了十年牢，全都怪他！」

「你是咎由自取。」勞拉糾正他。「夠了，別再說這些了。我們都付出了太過沉重的代價。我們所有人，包括雅各布。」

我爸爸的名字從她嘴裡說出來顯然既溫柔又親切。

我們走回汽車那裡。我最後望了一眼山谷，還有那座破敗的小木屋。這是我的生命開始的地方。我曾在這裡過得很開心，直到一切都毀了。我想跑去懸崖邊，將那塊破布撿回來，可是我不敢。我撿起了一塊石頭，放進自己的口袋。是一塊光滑的灰色鵝卵石。直到今天，我還保留著它，就放在我的書桌。

在沉重的寂靜之中，我們一路開著車。不知道什麼時候，我睡著了，等再睜眼的時候，我們正要進入特拉維夫。我揉了揉眼睛，一切都回來了。我們昨天晚上究竟做了什麼，那是我這輩子經歷過的最長的夜晚，我們還要做什麼？我正打著哈欠伸了伸懶腰，「銀行」的字樣映入了眼簾，我立刻清醒了：銀行與菲力克斯，這一對詞語放在一起，聽上去有些危險。

「你是說我們要去銀行嗎？」我詢問道。

「是的，去銀行。早安。」

「去拿佐哈拉給我的禮物？」

「是的，然後你就可以拿到我答應送給加比小姐的金麥穗了。」

「把它從銀行拿出來會不會很困難？」

「一點兒都不難，從銀行裡拿一個保險箱出來簡單極了。」

我辦不到，我心想。我天生不是搶銀行的料。劫持一趟火車已經是我的極限了，一個人必須知道他的底線。

勞拉在我身邊睡著了。我試圖喚醒菲力克斯的良知：

「我現在太累了，搶不了銀行。」

死一般的寂靜。他又在假裝專心開車。我想試試看，提醒他作為一個外公的責任感。「真的，我實在太累了。這個晚上過得挺不容易的。」

他嘟囔著：「你不是非得幹這件事，這不是犯罪。你就徑直走進去，拿了你的東西，然後我就會給你菲力克斯的最後一枚金麥穗。」

「不需要開槍射擊什麼警衛之類的？」勞拉突然厲聲問道，她那外婆的敏銳直覺被瞬間喚醒了。

「不用開槍。」

「不需要爬過一條什麼暗道？」我問。

「為什麼要爬暗道？你想什麼呢？我們就徑直走進銀行，把你的名字告訴保險箱保管員，進房間，開箱子，拿禮物，然後……」

「你好，謝謝，和再見，」我搶了他的話。

他露出驚喜的笑容：「完全一致。」

又是一陣沉默。

「看著我的眼睛，外公。」

我從後視鏡裡看著他的眼睛。它們就像嬰兒的眼眸一般蔚藍無邪。

第二十八章　這就過分了

早上八點半，菲力克斯外公把車子停在一條安靜的小道上，離劇院不遠的地方。勞拉．琪佩羅拉（對我來說，是卡茲），以色列戲劇界的第一夫人，最佳表演獎得主（我的外婆），穿過街道走進銀行。她披頭散髮，穿著一條髒兮兮的、褪了色的牛仔褲。儘管菲力克斯對她並不看好，她還是完美地演繹了一個普通女人的角色。不是皇后，不是女王，也不是一尊女神，或者悲情的女英雄，高舉著雙手，要嘛悲痛地捂著眼睛，而是一個簡簡單單的猶太老奶奶，一心想存五塊錢到她的銀行賬戶裡。只不過，天氣太熱了，或者她年歲太大了，再或者她要引開人們的注意力，好讓背後那一對老人和孩子偷偷溜進去，她一個踉蹌跌倒在地上，呻吟著，嗚咽著，一把鼻涕一把淚。

這是我見過她演得最好的一個角色。我從來沒有如此地欣賞過一個人物，有時候我認為她的成功要歸功於這兩天發生的事情。因為她突然變成了一個外婆……可惜我沒有時間站在那裡觀賞。一大群人圍住了她。人們喊叫著，打電話，叫救援，而我與菲力克斯則偷偷溜進了螺旋式的樓梯裡，潛入了地下室。

那底下只有一個年紀挺大的警衛，正啃著番茄奶酪三明治。我報上了我的名字。這是一個緊張的時刻。他的報紙摺疊著擺在他面前的桌子上，頭版鋪天蓋地放滿了我的照片。還有我的名字。他們終於公布了！我滿懷驕傲地讀著那個大標題，心中咯咯發笑：阿姆農．費爾伯格遭綁架！那是我人生當中最出名的一天，可是就在此時，我的公眾知名度也許會毀了一切。警衛打開了一個巨大的記事簿，開始逐條翻閱，口中念念叨叨著我的名字，鬍鬚上還沾著奶酪屑。有一個瞬間，他的眼神落到了報紙上，他大聲念著報紙上我的名字，卻沒有注意到任何特別的相似之處。他繼續翻閱著那份名單，直到找到了我。

「在這裡呢，阿姆農．費爾伯格。授權領取母親的保險箱。哇！時間真是夠久遠的了，十三年！那個保險箱都能過成年禮了！」他被自己的小笑話逗得哈哈大笑，噴了一嘴的奶酪屑，灑得整張報紙上都是。

「進去吧。這是你的外公嗎？」

是的，他真的是我外公。

為什麼明明是事實，聽上去卻那麼像一個謊言？

那個警衛掏出了一大串鑰匙，為我們打開了一道鐵門，接著又打開另一道。他在外頭關上門，留我們單獨在裡面。

「你們有十分鐘的時間。」他說，我們能聽到他坐回椅子上，重新拿起了三明治。

我們在一個小小的房間裡。四面牆上從天花板到地板全都放滿了保險箱。都是方形的灰色盒子，每個上面都帶著一個圓型的撥號盤，寫著從0到9的數字，還有一根細小的箭頭指針。菲力克斯很快找到了我們的。

「十分鐘，十分鐘之內勞拉必須從地板上爬起來。時間非常短，你覺得自己能做到嗎？」他說。

「做什麼？」

「打開盒子。」

「你把鑰匙給我就行。」

「好吧，你看啊，這是個問題。」菲力克斯清了清嗓子，說：「沒有鑰匙。」

我盯著他。「什麼意思？沒有鑰匙？那我要怎麼打開它？」

「你必須自己來開，不用鑰匙。」他說，再次聳了聳肩膀。「你必須猜出來一組五個數字的組合，然後，啪的一下，它就開了。」我給了他一個非常為難的眼神。

「這個組合是保密的。」他加了一句，說了跟沒說一樣。「就像一組特殊的密碼，佐哈拉希望你猜出來。」

「等會兒。」我惱了，「你是說她沒有告訴你密碼是什麼？」

「沒有，她只是說到時候你一定能猜出來。」他又聳了聳肩膀。「我知道這會有點問題，當然知道！」

「等等！等等！」我大叫了起來。「你以為我能猜得到整組五個數字，連順序都不會錯嗎？」

「嗯，當然了，你最好動作快一點。」

「根本不可能！」我對著他生氣，感到被騙了，相當失望。因為就在我眼面前，就在這道防護牆的後面，是我媽媽送給我的唯一的禮物，可是我卻永遠不可能拿到它！

「根本不可能就這麼瞎猜出五個數字！」我低聲向他喊道，免得讓那個警衛聽見。「我猜中的機率還不到百萬分之一！」為什麼她要這樣對我？為什麼我的家人就不能送我一個正常的、體貼的成年儀式禮物？

「是的，是的，別喊。非常困難，我知道。但是你必須記住，是你的媽媽選擇了這組數字，對嗎？」

「所以呢？」

「所以……就是這樣！她是你的媽媽！你是她的兒子！她唯一的兒子，血濃於水！」

不知道出於什麼原因，我被他的話感動了，儘管它聽上去毫無邏輯。可是經過了之前的幾天，我對事情邏輯性的期望值已經降得很低了。的確如此，我心想，我是她的兒子，我是世上唯一一個血管中流著她的血液的人。而她已經過世了，所以我必須去嘗試一下。

「好吧，」我對菲力克斯說。「我準備好了，把好風，別讓人來打擾我。」

我閉上眼睛，漸漸地將自己與外界隔離。

我忘記了鐵門另一邊那個啃著三明治的警衛，忘記了目不轉睛地盯著我的菲力克斯，忘記了我的外婆勞拉，她還坐在樓上的地板上耍賴，盡力為我們爭取寶貴的時間。

我忘記了爸爸，還有我們再次見面時，他將會說出的所有話。我會怎麼解釋。加比怎麼樣了？她還跟他在一起嗎？還是已經永遠地離開了他？我回到家還能看見誰？

五個數字。

佐哈拉，佐哈拉。我穿過了你的衣服，睡過了你的床。我吃掉了你藏在床墊裡的樹莓味糖果。你有著烏黑的長髮，黝黑的眼珠，兩眼間距略寬。我繼承了略寬的眼距，但黑色那些部分卻都沒有。

嗨，佐哈拉，我是小諾。我比兩天之前更加了解你了，可還是知之甚少。勞拉晚些時候還會再講你的事給我聽。我會問她你是哪種女孩？你像我一樣，看見自己的媽媽在舞臺上演出時會作何感想？我想知道更多的事，想知道一切。除了巧克力和果醬，你還喜歡吃什麼？你像我這麼大的時候最喜歡哪部電影？你最愛的顏色是什麼？會是藍色嗎？像我一樣。我還想知道如果你沒有離開我的話，我的生活會變得有多不同。

佐哈拉，你大概總是穿著長褲。我敢肯定菲力克斯給我穿的是你去舞會時的短裙。或許你很討厭它。你是個假小子，對嗎？一根難啃的硬骨頭。

1。

「1。」我閉著眼睛默念，這個數字脫口而出。我已經忘卻了所有的數字，可是當我一說出口，就知道這一定是佐哈拉選的第一個數字。因為它是所有數字當中的第一個，也因為這個數字的形狀很合適她，一根簡單的豎線。我聽到菲力克斯撥動了轉盤上的指針。

我又陷入到了佐哈拉的世界中。

她長大了，卻仍然孤獨。但她現在很受歡迎。因為她開始綻放了。人們總是禁不住為她的美貌駐足，她那雙迷人的眼睛，閃耀著佐哈拉特有的魔力。她變成了一個女人，越來越有女人味，變得前所未有的狂野、犀利，像一團真正的漩渦，將她的仰慕者從一個派對席捲到另一個派對。

她與他們逢場作戲，對他們毫無興趣，即便她成了舞會女王，卻仍舊孤獨。她在夜空中閃耀，好似一道閃電，出人意料，叫人目眩神迷。她，是一個女人，但卻像菲力克斯一樣，也是一道鋸齒型的弧線……

2。

「2。」我說。

我能聽到錶盤指針的卡嗒聲。

此時，菲力克斯出場，把她帶到了巴黎。她不想回家，所以她們又繼續旅行，去了無數的異國他鄉，在那裡，被放逐的國王乘著豪華馬車，偷來的鑽石倒映在漆黑的河面，那裡有船長，有修女，而佐哈拉飄浮在他們中間，從一個人身邊飄到另一個人身邊，在臆想的幻覺和眼見的實景中不停地旋轉，直到再也分辨不出虛幻與現實。所有東西都在旋轉，就像老國王的菸斗裡冒出的煙霧。她閉上了眼睛，臣服於這種虛構出來的快感，和像蜿蜒爬行的毒蛇一樣曲折的謊言。她意識到，她也像她的父親一樣，懂得如何把故事說得半真半假，讓人們對她的謊言深信不疑。與此同時，她在不停地向下旋轉，旋轉，下沉，下沉……

8。

「8。」

指針移動了。

我感到非常疲憊，這個過程快要折磨死我了。閉上雙眼的那一瞬間，我恍惚了。我害怕這個瞬間。我的心臟變得沉重，越來越深地墜入一團黑色流沙的無底深淵。

我小聲地對菲力克斯說：「我沒法繼續了，我覺得自己快要暈倒了……」

「再試一下，」他懇求著我，「先別停下來！」

一排又一排的數字飄浮在我的面前，就像一本巨大的銀行帳目，那些6啊7啊8啊都在我眼前跳舞，迷惑著我，引誘著我去選擇它們。我閉上眼睛，盡力地壓縮它們，在一團迷霧中尋找佐哈拉。

我看見她和爸爸在一起過得很快樂。他們站在山頂上，薄暮之中，她看著那一輪純淨輝煌的太陽漸漸西沉，她的肚子裡懷著我！小諾！她在一個金屬大盆裡沐浴，即便她不是真心地愛著爸爸，她還是努力地在他為她搭建的溫暖小窩裡開心地生活。或許是她的確曾經為了他真心實意地努力過，滿足地留在環繞著她的這個小家裡。

0。

0？可是我的嘴唇猶豫了。其實並不是0。不是一個完整的0。它是圓形的，對，但帶著一道突起，就像懷孕了？是的，不是零！不像零那樣空空如也。因為這裡面有些不對勁。有個東西在零的裡面踢著腿，打著滾，想要破繭而出。即使在她與爸爸過得很快樂的日子裡，還是有個鋒利無比的東西，一直想劃穿她孕育著的安寧。

5？

「試一下5。」我呢喃地說。

「還剩一個數字了，」菲力克斯低語著，「到了揭曉最後一個數字的時候了。」

這簡直太可笑了，我心想。我坐在這裡，閉著眼睛，一臉嚴肅，試圖去猜五個不著邊際的數字，還是某人十三年前空想出來的！我真是個徹頭徹尾的大傻瓜。我是說真的。

我覺得累極了，好像我的靈魂都已經被抽乾了。

可是當我看進去，再一次感受到了她的孤獨在我身邊遊蕩。她的孩子出世了，她很愛他，這是一定的。可是不久以後，她像從夢境中醒過來一樣，張望著光禿禿的山嶺。爸爸讓她覺得無聊，還有一點失望，儘管她不想承認。她已經知道了，已經感覺到了，她不屬於這裡，也不屬於任何地方，有時候她想要奔跑到大山陡峭的那一邊，到懸崖的邊緣，向下看，一片煙波浩淼，有一個聲音在呼喚著她飛下去，像一隻出籠的鳥雀，像一支射出的利箭，將她自己從生命中飛速射出……

7，我想到了。

「7。」我說。

「你確定嗎？」菲力克斯輕聲問道，「想清楚了，這是最後一個數字。」

「7。」我說。

一片寂靜。

然後我聽到了指針撥動的聲音。

接著是一聲「卡嗒」的脆響，就像是鑰匙在鎖眼裡轉動時發出的聲音。

菲力克斯屏住呼吸。

一個小蓋子「啪」的一下打開了。

我睜開眼睛。菲力克斯站在那裡，他銀白色的頭髮根根豎起。他的手上拿著一個長長的木頭盒子，上面還貼著一張紙條。

「你做到了。」菲力克斯虛弱地說。我的嘴唇發乾，比整個旅程中的任何時刻都要憔悴。我現在只想蜷縮成一團，好好睡一覺，哪怕是在地板上。除此之外，別無他想。

「你能讀懂她的內心。」菲力克斯說，吃驚地睜大眼睛。「這就是血緣的力量。」

他把那個盒子交給我。我拿著那張紙條，手抖個不停：

「給小諾的成年儀式禮物。愛你的媽媽。」

「我應該打開它嗎？」我悄聲問他。

「別在這裡開。沒有時間了。我們必須趕緊離開這裡。你可以晚一點再打開它。」

我把盒子放進口袋。觸摸到它的那一刻，我的精力又回來了。菲力克斯合上保險箱，這一次便是永遠。

「我簡直不敢相信自己有多蠢，」完事之後我說，「我應該馬上就能猜出來她選的那一組數字。」

「為什麼？」

「因為那是我的出生日期。57年8月12日。」

菲力克斯念了一遍那些數字：「12857！全中！」

他看看我，我也看看他，我們開始哈哈大笑。

「你瞧，這是她最重要的一天，你要記住。」他說。

「我們出去吧，趁還沒人發現我們下來這裡了。」我說。

「等等，阿姆農。菲力克斯說話算話。」

他把那條項鍊從上衣領口拉了出來，取下了最後一枚金麥穗，交到我手上。那條精緻的鍊子上現在只剩下心形相匣了。他用手掂了掂，看著空蕩蕩的鍊子。「沒有了。」他試圖擠出一個微笑，可他的臉沉了下來。「再也沒有金麥穗了。」

我拿著那枚小小的金麥穗，把它穿到了我的鍊子上，掛在子彈旁邊。

我們走過了第一道鐵門，又走過第二道。此時我們同時發覺有些不太對勁。我們交換了一個眼神：警衛離開了他的桌子。菲力克斯縮了一下，他背對牆壁站著，眼睛像豹子一樣瞇成一條縫。他嘴角的那道兇狠的紋路變得發白。

「他們抓到我了。」他惱羞成怒地說：「他們抓到我了，該死的！」

他從鐵門背後擠了出去，彷彿要消失在牆壁裡。他的眼睛左瞄右看，額頭上冒出了豆大的汗珠。他處在極大的恐懼當中，不能動彈，不能改變，也不能逃走。

當我們轉到樓梯那裡時，一支槍管出現在眼前。沒有時間可浪費的，也沒有時間思考，一切都取決於我的速度和專業技巧。我拔出槍，我媽媽的手槍，上了膛，我展開雙腿保持平衡，左手扶著右手，把手槍舉到視平線高，所有這些動作用了不超過一秒鐘。經過上百個鐘頭的本能訓練，我已經不需要思考。「別想，行動！」他教過我，「讓你的本能為你服務！拔槍！」我閉上左眼，瞄準了那支對著我們的槍管。

拿著槍的那個人很小心地避免露出他的臉。他謹慎而緩慢地走下樓梯。聽到他沉穩的腳步聲，我能斷定他是一個真正的職業警察。但我絲毫不害怕。爸爸對我成百上千次的訓練已經讓我準備好了面對這一時刻。我的手指放在扳機上，泰然自若。

接著，那隻握著槍的手進入了視線。

粗厚，黝黑。

再然後，是臉。

又寬又大。還有結實的身體。腦袋接在上面，幾乎看不見脖子。

「不准動！警察！格里克，向右兩步。諾諾，把槍扔給我。」

爸爸看上去疲憊而憔悴。

第二十九章　世上還會有奇蹟發生嗎？拭目以待

現在怎麼辦？

「別想！拔槍！」我曾聽他這樣對我喊過好幾百次。「首先拔槍的人才能活著給他的孫子講故事！」可是在這裡我就是那個孫子！「激發你的本能！」這麼些年的訓練裡，他一直朝我喊著的到底是哪種本能？是作為一個專業警察的本能還是作為一個兒子的本能？那麼，作為一個孫子想保護他外公的本能又怎麼說呢？

（還是在他自己的爸爸面前。）

這是什麼情況！

「把槍扔過來，諾諾。」爸爸又說了一遍，聲音沉靜而緊繃。

他的槍在發抖。我的也是。我們順著對方的身體搖搖晃晃地繞著圈。突然間，爸爸的眼球幾乎快要從眼眶裡爆出來。

他認出了我手裡的槍。

那是把女人的手槍，槍托鑲著珍珠貝母。是佐哈拉的。那把曾經打傷過他，並且改變了他人生軌跡的手槍。

我能看得出來自久遠的那段回憶給了他重重一擊。忽然之間，他們又面對面地站在了巧克力工廠裡……我一下子被完全遺忘了，那一瞬間只有他們兩個人依然存在。我也控制不住我手上的那把槍：兩把手槍面對著彼此，一進一退，挑釁地跳著蛇舞。

「把槍扔過來，媽的！」

他絕望地大喊著。

可是我並沒有扔出去。

直到今天，每當我想起那個時刻，都會覺得難受。年紀越大，我就越少為當時的自己考慮，而更多地想到爸爸。想到當他見到自己的兒子用槍指著他時，心裡是什麼感覺。就好像他陪伴我照顧我的這麼多年心血，都在我撿起她手槍的那一刻被完全抹殺了。

就好像她再一次打傷了他。

「沒事的，爸爸。別擔心，我不會開槍打你的。」我小聲說。

「慢慢地放低槍管，別緊張……現在把槍扔掉。」

「好。」我慢慢放低槍管。

停住了。「可是你會怎麼對待菲力克斯？」

「格里克會回他該去的地方，監獄。」

「不。」我又舉起了槍。「不，我不願意。」

「你……什麼?!」

我很熟悉他這種表情，非常害怕。他的臉變得通紅，眼睛瞇成小縫，兩眼之間那個深刻的驚嘆號突出來，像一根棍棒在我面前揮舞。

「我說我不願意，讓他走。」

「諾諾，別發神經了！馬上扔掉那把槍。」

「不。你先向我保證放了他。」

他的臉憤怒地扭曲了。「他綁架了你，你明白我說的話嗎？他綁架了你！」

「不，那不是綁架。」我說。

「閉嘴！我沒有問你！」他咆哮。

「讓他走，否則……」我開口說，一片紅色的迷霧在我腦中散開。

「否則怎麼樣？你要對我做什麼？」爸爸說，怒氣衝衝地嘲笑著我，他手中的槍顫抖個不停。

「否則我就要……開槍了！」

「打誰？」他們倆異口同聲地大喊道，爸爸和菲力克斯。

「嗯……打他！……菲力克斯！」我突然冒出這麼一個回答。

一片寂靜。我也很想搞清楚自己是怎麼回事。

爸爸說：「我不明白了。你想開槍打他？」

「我不管！什麼都不管了！你也好，他也好，你們都快把我弄瘋了！快放了他，否則我就開槍打他！」

那片迷霧益發厚重了。過去這幾天裡發生的事情就像一個漩渦，在我腦海中翻湧。我會開槍打他。我會開槍打我自己。我會把我們三個都殺了。我們會有一場混戰，接近大規模屠殺。首先我會開槍自殺然後再逃走。我會與善良鬥爭，與邪惡抗戰。我要超越善良與邪惡，活下去！

我大聲尖叫，語無倫次，踢牆，把自己的頭撞在鐵門上。費爾伯格火山爆發了。無論如何，我想讓爸爸看到我的爆發，那樣他才明白我生起氣來是有多可怕。

我不知道我像那樣咆哮了多久，可有一件事情我很肯定：在那個時刻，一旦我把這一切變成了一場表演，就做不到全情投入、毫無阻礙地發狂了。（勞拉曾說過「那些用情緒去打動別人的人，最終會發現失去了自己的感情」，是不是就是這個意思？）

「等一下！」爸爸的喊聲穿透了我的怒火。「你為什麼說那不是綁架？」

他聽上去有些不太確定。或許我的表演奏效了？

「真的！」我用力跺著腳，不過稍微沒那麼激動了，是那種「凡事還有得商量」的跺腳。

「我是自願跟他走的！他沒有綁架我！」

「什麼意思?!解釋！」

「都是因為一個誤會開始的。我走錯了一個車廂，錯過了你安排的節目。」我說。

爸爸豎起耳朵聽著，表情困惑。「他在那輛火車裡搞什麼鬼？」他一邊說，一邊用手槍指著菲力克斯劃了個圈。

菲力克斯直到這會兒還半蹲著，就像逃跑到一半時被凍住了。他緩緩地站起身，放鬆了一下他緊張的肌肉，梳了梳頭髮，溫柔地對我爸爸說：「有什麼問題嗎，父親大人？我只不過想看看他，這有什麼錯？難道他不是我的外孫嗎？」

他微笑著伸手一指我，彷彿在炫耀他創造的作品。我吃了一驚，因為我意識到了在這短短幾天裡，他成功地改變了我，讓我和爸爸疏遠了許多。或許這是他最大的復仇。

我震驚極了，實際上，我完全不能動彈。因為如果這是真的，那麼他就做了一件極度殘忍的事情。他利用了我來對付我的爸爸……退一步說，如果他沒有綁架我，我就永遠不能聽到關於我和佐哈拉的故事，也拿不到她留給我的禮物；再退一步說，就算菲力克斯一開始是抱著復仇的目的，到最後他做的事也都是為了我，無論是作為一個搭檔也好，一個朋友也罷，最重要的是——作為一個外公。

爸爸發出一聲呻吟，用拳頭捶著牆壁，對著菲力克斯咆哮：「諾諾和你沒有一點關係！你永遠都不允許再接近他，聽到沒有？不止你，還有那個在地板上演鬧劇的老女人。」

「可是勞拉是我的外婆！」我吼叫著，備感侮辱。

他慢慢地轉向我，像一頭疲憊的公牛。「你已經知道了，他們把一切告訴你了。」

「是的，所有事情。關於我的媽媽，關於你。可是別擔心，這不會改變任何事。」

「沒有用的……」爸爸自言自語著，他的槍口和腦袋都垂下了。「我不想讓你知道，你還太小了。」

他所有的怒氣一瞬間煙消雲散，坐在樓梯上，手槍吊在兩膝之間。我終於可以心滿意足地看著他，試著在他臉上讀出過去幾天裡聽到的故事。他目光呆滯，用手抱著頭。我在他的五官上搜尋著過去的痕跡，那天夜裡那個跳進大桶裡差點溺死在一桶甜蜜裡的年輕男人，那個每天去監獄探望佐哈拉，為她在月亮山上建築了一座宮殿的男人，那個親手為我接生，剪斷了我的臍帶的男人，我的父親。

可是我找不到他。

我只看到了一張專業警察的臉。那個因為愛上了一個罪犯，十二年來一直懲罰和折磨著自己的人。就因為他追尋了她提出的旅程，而這段旅程又逾越了普通人的規則。為了這個他認為不可饒恕的錯誤，他成了自己的囚徒。

「我計畫著把一切都告訴你，諾諾。」他鄭重其事地說：「我只是想應該到你長大一點之後再說，僅此而已。我擔心你還不夠……嗯……不夠成熟，聽不下去這一團亂麻似的故事。現在你已經知道了，我很抱歉。」

「是的，可是我沒事，什麼事都沒有。」

當然，出了很多事，可是現在不是討論這些麻煩細節的時候。

「他對你好嗎？他沒有傷害你吧？」

「菲力克斯很好，爸爸。」你們非常像，我在心裡補充了一句。

爸爸看看菲力克斯，菲力克斯也看看他，我立刻明白了。儘管我還很年輕，已經能看得懂他們盯著對方的眼睛時心裡是怎麼想的。他們之間不只有憎恨。這兩個男人被一段特殊的命運拴在一起：他們愛過同一個女人。

爸爸問：「那我們現在怎麼辦？警方正在全國上下追捕你。」他歎了口氣，像是故意要說漏嘴。「我自己一個人到這來，因為我猜到了你的最後一站，」他說到這裡狠狠地盯著菲力克斯，「會來拿佐哈拉留給諾諾的禮物……」

「你自己一個人來的？」菲力克斯的眼中閃過一絲興趣。

「就我一人。」爸爸說，眼神放空盯著他。「怎麼，你有什麼提議？」

「天啊，菲力克斯哪夠格給父親大人提什麼建議啊？我只是有一些想法。」

「說來聽聽。」

「我想或許我們可以這麼幹：我突然拔出槍，嗯？」

「然後呢？」爸爸說。

「然後我拿著槍指著阿姆農的頭說，如果父親大人不放我走，我就開槍打他，嗯？」

「再然後呢？」

「你就無計可施了，於是我跑了。」

又是一陣沉默。他們不需要過多的話語，就能理解對方。「你是說，」——爸爸在心裡暗笑著——「你是說，你打了我？你知道媒體會怎麼大作文章嗎？還有警局？」

「誰管警局怎麼樣？」菲力克斯咧嘴一笑。「忘了警局那檔子事吧。你抓到過菲力克斯一次，現在又抓到了他第二次。沒有任何一個警察做得有你一半好。這麼想不就行了。」

「可是如果我讓你走了，誰會知道我抓到過你？」

「啊，可是你會知道。」菲力克斯說，看上去相當耿直。「還有你的兒子阿姆農也會知道。這才是重點，對嗎？」

爸爸點了點頭，又點了點頭。他做起決定來總是非常迅速。

「好吧，好吧。」爸爸歎息道，「其他的解決方式都會傷害到我們三人，尤其是這個孩子。

來吧，把我們綁起來。」

他站起來，把手槍放回槍套，解下了他的皮帶。菲力克斯和我緊張地觀察著他。我手裡還拿著槍，要是他突然撲向我們怎麼辦？爸爸看到了我們臉上的表情，還有我緊握不放的手槍，重重地歎了一口氣。

「唉，諾諾。」他臉上露出一絲苦澀。「我知道你這麼做，只是為了在這種狀況下保持專業精神，可是，不知道為什麼，我真的覺得很沮喪。」

現在我確定他不會給我們一個驚喜了，把槍放回了口袋。

爸爸苦笑著，對菲力克斯說：「到最後，我們教他們什麼，他們都會用來對付我們，是嗎？」菲力克斯點了點頭。

爸爸靠近了，一身汗臭又很憔悴，標準的「臭老粗」。我們已經有三天沒見對方了。我想跳上去擁抱他，歡呼著一切圓滿結束了。可是我們甚至連手都沒握。或許這樣更好，這才是男人與男人之間的方式。菲力克斯叫我們進地下室，背靠背坐著。他把我們緊緊地綁在一起，一邊做事還一邊哼著小曲，他嘴唇上的那個標誌又浮現了出來，他每次把別人綁起來的時候就是這樣。他綁完拉緊了皮帶，這樣我就沒法解開了。我聽到爸爸對他發脾氣說別綁太緊了。「別傷著孩子。」他說。

然後，菲力克斯把爸爸的手銬從他的口袋裡扯出來，將我倆的手銬在一起。聽到爸爸手腕上那一聲手銬的脆響，我回想起了火車上那個假扮的囚犯，他竟然反過來成了那個警察的獄卒。那是多麼詭異的一段旅程啊，真是無話可說。

透過眼角，我瞄到菲力克斯靠在爸爸身邊。他說：「她是一個非常特別的女孩，我知道你真的很愛她，可是，夠了，逝者已逝，你必須忘掉她，生活還要繼續。諾諾是個好孩子。他需要一個母親。聽我說，費爾伯格先生：老菲力克斯曾經見過很多很多女人，可是還沒有一個，能比得上你的加比小姐。她是一個非常聰明的女人。想想她的優點。抱歉，如果我介入了你的私事。謝謝，再見！」

我能感覺到爸爸在我的背後呼吸。我覺得他馬上就要爆發了。然後，菲力克斯繞到我這邊，彎腰對我露出一個微笑，一開始是他那種老套的蔚藍色笑容，可是他突然間把它抹去，給了我另外一種發自內心的笑容。

「我們玩得很開心，嗯？」

我點點頭。

「你是一個與眾不同的孩子。你有一點像個小騙子，可是又很善良。混合體！現在，我已經看過你了，我別無所求了。因為現在我知道：菲力克斯會在這個世界裡活下去。」他大聲地抽了抽鼻子，蔚藍的眼睛變得又紅又腫。「好了，我得走了。別的地方還有急事。或許下次還會在哪裡見到你，或許不會了。或許有一天，你會在大街上遇到諾亞爺爺向你打招呼。這個世界上什麼事都有可能發生。但重要的是你認識了菲力克斯，我也認識了你。」他溫柔地伸出手，摸了摸我鍊子上掛著的金麥穗，像是跟它告別。「還有，最重要的是，我知道勞拉會一直看護著你，確保你不會變得……但願不會……變得太像菲力克斯。只有一點，你要記住，我們的生活不僅僅是規則。需要在生活裡留下一些空間，留給只屬於你自己的規則！」然後，他靠近過來，在我還沒察覺之前，親了一下我的額頭。

「諾諾，記好了：人生就是黑暗與黑暗之間的一線光明，而你看到了菲力克斯經過這個世界時發出的最美好的光芒。」

一道藍光閃過，他消失了。

我們靜靜地坐著，爸爸和我，背靠著背。

現在得從哪裡開始？

我感覺到他在我背後的呼吸。

我的背加他的背……背加背……加比……

「那……加比怎麼樣了？」我斗膽問了一句。

一陣沉默，然後是一聲歎息。「在家裡等著。」

「她……要離開我們了？」

我聽到他用臉頰蹭了蹭自己的肩膀。

「她給我下了最後通牒。到週日之前，我必須做出決定。」

跟我想的完全一樣，是的，我什麼都知道。

我們都沒有說話。

過了一會兒，他嘟囔道：「那把槍還在你那裡嗎？」

我用手肘碰了一下口袋。裡面空空如也，只剩下勞拉的圍巾。菲力克斯，這隻老狐狸，竟然在親我的時候掏了我的口袋！我想哈哈大笑，可是出於對爸爸的敬意，控制住了自己。

爸爸突然間說：「你意識到還有幾天就到你的成年禮了吧？」

我實在忍俊不禁了，放聲大笑。爸爸安靜地坐著，寬闊的後背挺得筆直。我從胃腔裡，從腳趾頭裡大笑出來，笑得前仰後合……然後，我感覺到他似乎移動了一點點，似乎在我背後抖動，使盡全力要控制住他自己。直到最後，他終於爆發出了一聲大笑，把我震得左右搖擺，就像風暴中的小船。就像一個想揹著冰箱跳華爾滋的人。我猜這大概可以算作我生平第一次逗他發出的笑聲：第一次，唯一一次，也是最後一次，三合一。

他的確發出了一聲大笑，真正的雄馬般的笑聲。

「有時候事情變得太複雜了。」他說，此時我們都冷靜了下來。

「我想你。」我飛快地說了一句。

「我也是。」爸爸說，我只要聽到他說這句話就足夠了。

幾分鐘之後，我又說得出話了。「我上報紙了。」我說。

「哦，何止啊！全國上下為了你都全副武裝了。結果到最後你說你沒有被綁架。」

「因為那真的不是綁架。」

「出了這麼個亂子，我要惹上大麻煩了。不過，習慣了。沒事。不就被訓斥嘛，多一次少一次也沒什麼區別。」

我什麼也沒說。關於警局的事我已經為他想好了。我才不在乎他們會不會來參加我的成年儀式。誰需要他們的禮物？反正我現在已經得到足夠多的禮物了。

「我會有麻煩了。」他突然間說，緊繃著背上的肌肉，幾乎要把我舉起來離開地面。「過去十二年裡我跟他們一直不對盤。已經十二年了，我沒有得到一次像樣的晉升。他們光會扔一些最無關緊要的案子給我。還能拿我怎麼辦？」

我們聽到街上響起一陣警笛聲。一片喧嘩，各種大呼小叫。

「他們到了！」爸爸氣憤地說：「我告訴艾汀格爾九點整到這裡來，沒有跟他說為什麼。現在他們可以來個小型慶功會了。」然後他加了一句驚人的話：「我希望你的外公已經逃掉了。」

那天傍晚我們去了一家餐館，加比，爸爸，和我。那是我有生以來吃得最開心的一頓飯，儘管我不得不承認，比和菲力克斯一起去吃的餐廳更高級一點。當我們盡情享用的時候，我告訴了他們所有的事情，或者說差不多所有的事情——好吧，實際上只說了一點。因為當我開口的瞬間，我突然意識到我沒辦法把主要的內容講給他們聽。因為事情的主體部分有一點太朦朧了，聽上去不合情理。我感覺像是從睡夢中醒來的人，努力想要將夢境轉達給周圍的人，卻發覺它已經漸漸消逝了。

只有一樣東西是實實在在的：我在夢境中得到的那件禮物。它現在正躺在我的大腿上。我緊緊地抓著它，從此以後它就一直跟隨著我。只可惜我的音感不夠好，吹奏不了佐哈拉留給我的這管簡單的木笛。可是每當我感到傷心或孤單，就會坐到窗臺邊上，雙腿垂在外面，將笛子放到嘴邊，聆聽它的弦外之音。

之後我們討論了一下爸爸在警局的前途，最後發現他壓根不會有前途。

「我明天早上就把辭職信遞上去。呃，加比，我想開始一段新的生活。」

加比的臉刷的一下紅了，低頭盯著桌布。突然間我明白了些什麼，他會叫「呃，加比」，不是為了惹惱她，而只是為了中途暫停一下，確認自己不會一不小心脫口而出另一個名字，那個永遠都在他嘴邊的名字。

「佐哈拉出事以後我還在警局裡待了這麼多年，這真是個大錯誤。」他說，我知道自己猜對了。聽到他如此自在地說出了她的名字，也讓我心裡舒服多了。

「我真正的生活一直都在這裡，只是我沒發現。我埋頭於工作當中，浪費了許多寶貴的時光。」

我張大嘴巴聽著，之前從來沒有聽過他像這樣說話，就好像是加比給他寫的講稿一樣。順便說一句，加比，幾乎整個晚上一言不發。她似乎在等待著，要聽到他的決定。

他在口袋裡摸索著什麼東西，一個方形小盒子，就是那種電影裡的鰥夫會從口袋裡掏出來向他們孩子的家庭教師求婚時用的東西。

「爸爸，等一下！」我叫了出來。「先別壞了我的事！」

我像變魔術一樣從口袋裡拉出一條皺巴巴的圍巾，把它鋪在桌子上，紫色，透明，等急促的呼吸都平緩了，然後強作鎮靜，把那枚金麥穗放到了中間。

「這是給你的，加比，我做的一切都是為了你。」我說。

加比雙手捂住她的大紅臉，涕淚橫流。

「別哭啊！」我在她耳邊小聲央求，「你可別殺風景啊。」

「讓她哭吧。這叫喜極而泣。」爸爸說。

顯然在我離開的這段時間裡，他們的關係有了微妙的變化。

加比用手撫摸著那條圍巾，又握住那枚金麥穗。

「現在我什麼都有了。我要的東西收集齊全了，我可以許願了。現在，咱們看看世界上還會有奇蹟發生嗎？」她說。

她咬著顫抖的嘴唇，勇敢地看著爸爸。她緊緊地閉上雙眼，無聲地許了一個願望。

當她許願時候，爸爸打開了那個方形小盒子，將一枚美麗閃亮的戒指擺在桌上。坐在我們周圍的人都放下了刀叉，朝這邊看著。

「你說呢，呃，加比，要是你下週不是太忙的話，嫁給我吧？」爸爸羞澀地說。

他當然知道該怎麼求婚，我的爸爸。

加比喃喃地說：「戒指，鑽石……你不是吧……」

她用顫抖的手拿起那枚戒指，掙扎著拚命套到自己的手指上，帶著歉意地對爸爸笑笑。她試了另一根細一點的手指，但還是戴不上去，爸爸清了清嗓子，對著別桌皺了皺眉，直到最後，她終於把自己的小指頭伸進了戒指裡。她再也不會摘下它了。爸爸擠出一個勉強的笑容，說：「這樣你就能繼續用小指頭把我們耍得團團轉……」

她看看他又看看我，開始哈哈大笑。這是一種全新的笑聲，低沉而神祕，就像一個祕密的玩笑在她的喉嚨裡冒著泡泡。一瞬間我有了一個奇怪的甚至有些可笑的想法——或許加比在我的這場綁架中也扮演了一個什麼角色，而且比我之前想的更重要。也許她不是獨自一人行事，而是祕密地找了一個狡猾的、有那麼一點邪惡的搭檔一起合作，那個人……不！……不可能……這不可能！

我充滿驚奇地看著她：是不是？她的臉上掩藏得很好，我永遠都找不到問題的答案。這個問題我會保存在我的未解之謎當中，不去糾結於它的答案。因為儘管知識就是力量，在未知裡也存在著特別的甜蜜感。

然後，加比轉向爸爸，整張臉容光煥發，一瞬間她的內在美終於點亮了她的外在。她用一個清晰悅耳的聲音說：「我願意，雅各布，我願意嫁給你。」

她用女孩子氣的驕傲眼神掃了一圈餐館裡的客人，一咧嘴露出一個能拉到兩邊耳朵的笑容，向所有人笑著，向我，向爸爸，溫柔歡快地說：「哦，雅各布……」

這時她站了起來，抱住他的脖子。服務生和客人們毫不害羞地看著他們。而我，像往常一樣，恨不得找個地縫鑽進去。先是菲力克斯和勞拉，現在又是爸爸和加比。我顯然是有什麼特異功能，導致男人和女人撲向對方懷裡。

我往上看看，又往下看看，心想「雅各布」真是個好名字，我想告訴他們從今以後只能叫我「小諾」。然後，我就沒什麼可想的了。加比滿臉淚水，在爸爸的背後摸到我的手，緊緊地捏了一下以示感謝。接下來，她將我的手舉起來，在空氣裡寫了兩個字，就像是她寫給我的祕密信件，這兩個字是：

終於！

國家圖書館出版品預行編目（CIP）資料

鋸齒形的孩子 / 大衛.格羅斯曼(David Grossman)著 ; 林婧譯. --
初版. -- 臺北市 : 大塊文化, 2019.04
面 ;　公分. -- (to ; 105)
譯自 : The Zigzag Kid
ISBN 978-986-213-959-2(平裝)

864.357　　108001611

LOCUS

LOCUS